BASTEI
LÜBBE

Amanda Sayle

Der Ruf des Herzens

Aus dem Amerikanischen von
Hartmut Huff

BASTEI
LÜBBE

BASTEI-LÜBBE-TASCHENBUCH
Band 11351

1. Auflage Nov. 1988
2. + 3. Auflage Dez. 1988
4. Auflage Dez. 1988

Deutsche Erstveröffentlichung
Titel der Originalausgabe: The last Frontier

First published in Great Britain in 1987
by Century Hutchinson Ltd.

Printed in West Germany 1989
Einbandgestaltung: Klaus Blumenberg, Köln
Titelfoto: McElroy & McElroy, Australia
Satz: Fotosatzstudio „Die Letter“, Hausen/Wied
Druck und Bindung: Ebner Ulm
ISBN 3-404-11351-9

Prolog

Die Nachmittagssonne sandte ihre sengenden Strahlen über eine weite, sandige Ebene in Zentralaustralien. Es war eine abstoßende Gegend – eine flache, ausrucksIose Landschaft, die sich nach allen Richtungen in die Unendlichkeit zu erstrecken schien. Die karge Vegetation stach in starrem Kontrast gegen die dürre Erde ab, deren Farbe durch das blendende Licht intensiviert wurde. Da und dort wich die von Gestrüpp überwucherte Einöde Flächen, die mit weißen Salzpfannen gesprenkelt, von einem ausgetrockneten Fluß zerschnitten oder von Dünen durchzogen waren.

Es war wahrlich das tote Herz des Kontinents.

Und doch – selbst hier herrschte Leben. Schmeißfliegen summten, Moskitos sirrten, Insekten krabbelten überall. Ein einsamer Milan hing am wolkenlosen Himmel und stieß in elegantem Bogen herab, wenn er tief unter sich eine Bewegung wahrnahm. Känguruhs knabberten an dürren Halmen. Ein Rudel wilder Dingos kämpfte um den faulenden Kadaver einer toten Kuh. Zwischen den Sandhügeln gaben sich winzige Ameisen und Spinnen ihrem täglichen Kampf ums Überleben hin. Falter und Schmetterlinge flatterten ziellos umher.

Eine winzige Beutelratte war auf Nahrungssuche; ahnte nichts von ihrem bevorstehenden Schicksal. Schwingen schlugen und Krallen spreizten sich. Der Milan schwebte einen Augenblick lang bewegungslos in der Luft und schoß dann mit ungeheurer Geschwindigkeit nach unten. In Sekundenbruchteilen tötete er die Ratte mit seinen scharfen Klauen und trug seine Beute triumphierend davon.

Plötzlich durchbrach ein grelles Geknatter die Stille: Ein kleines Sportflugzeug, dessen Motor stotterte. Die Cessna flog in geringer Höhe über die rote Ebene und warf ihren Schatten auf die verbrannte Erde dort unten. Die Dingos blickten von ihrem Mahl auf. Die Känguruhs verharrten und nahmen Witterung auf. Ein Goanna öffnete seine geschlossenen Augen. Sie warteten, bis das Flugzeug vorbeigeflogen war, und wandten sich dann wieder wichtigeren Dingen zu.

Die Cessna flog weiter, bis sie eine Bergreihe errreichte, die ihr mit dunkler Majestät den Weg meilenweit versperrte. Während sich das Flugzeug höher in den azurfarbenen Himmel schwang, bewegte sich unten etwas.

Auf dem Gipfel des höchsten Berges stand eine menschliche Gestalt, die in den Felsen hineingehauen zu sein schien. Ein großer, kräftiger, braungebrannter Mann trat langsam ins Licht und spähte nach oben. Er beobachtete das Flugzeug, bis es aus seinem Blickwinkel verschwunden war. Dann wandte er sich um und ließ seinen Blick über die blutrote Sandwüste ringsumher schweifen. Jetzt herrschten wieder Stille und Einsamkeit. Er war zufrieden.

Gemählich kehrte er zu seinem Lager im Schatten des Felsen zurück.

1

Der internationale Flughafen von Los Angeles brodelte förmlich vor Betrieb. Obwohl es schon Abend war, herrschte ein dauerndes Kommen und Gehen an allen Terminals, da Flugzeuge in regelmäßigen Abständen eintrafen oder abflogen. Massen von Menschen wurden durch die Hallen geschleust, drängten in die Fahrstühle oder strömten über die riesigen Korridore. Wohin man sah, tränenreiches Abschiednehmen oder fröhliche Willkommensgrüße. Die ganze Stadt schien unterwegs zu sein.

Es war das organisierte Chaos.

»Nicht so schnell, Mami!«

»Ja, warum so eilig?«

»Bleibt dicht bei mir.«

»Schließlich wartet das Flugzeug nicht stundenlang.«

»Kommt endlich weiter, ja?«

Kate Hannon steuerte einen mit Gepäck beladenen Rollwagen zielstrebig durch den Korridor. Die Zwillinge schlurften hinterher. Während ihre Mutter eifrig darauf bedacht war, voranzukommen, folgten sie äußerst widerwillig.

Kate wußte das. Über ihre Schulter hinweg trieb sie sie zur Eile an.

»Geht's nicht etwas schneller?«

»Die Tasche ist so schwer«, beklagte sich Tina.

»Dann gib sie Marty. Trag statt dessen seine Gitarre!«

»Kommt nicht in Frage!« protestierte der Junge.

»Ich schaff's schon«, seufzte Tina. »Wenn du nur etwas langsamer gehen würdest, Mami.«

»Verzeih.«

Kate verlangsamte ein wenig ihr Tempo. Genau wie ihre Kinder sah sie dem neuen Leben, zu dem sie jetzt unterwegs waren, gleichermaßen gespannt und besorgt entgegen, aber sie wollte sich nichts anmerken lassen. Indem sie die Zwillinge zur Eile antrieb, hoffte sie, weitere Auseinandersetzungen zu vermeiden. Fast die ganze vergangene Woche war eine lange Folge ununterbrochener Streitereien gewesen, und das hatte sie ziemlich erschöpft. Die Zeit für Diskussionen war vorbei. Sie waren eine Verpflichtung eingegangen, und sie würde sich revanchieren.

»Wie weit ist es noch, Mami?«

»Wir sind schon fast da, Tina.«

»So'n Mist!« murmelte Marty.

»Was war das?« fragte seine Mutter scharf.

»Ach, nichts.«

»Gut.«

Das Trio schlängelte sich weiter durch den überfüllten Gang.

Kate Hannon war eine muntere, attraktive Frau Mitte dreißig. Sie war von jener zarten Schönheit, die sich im Lauf der Zeit noch verstärkt. Fülliges Haar fiel auf ihre Schultern und umrahmte ein rundes, offenes Gesicht, aus dem ein helles, intelligentes Augenpaar leuchtete. Um es während des langen Fluges bequem zu haben, trug sie ein kariertes Hemd und eine lange Hose. Doch trotz dieser bequemen Kleidung und ihrer nachdenklichen Miene erregte Kate die Aufmerksamkeit der umstehenden Männer.

Die Zwillinge hatten ihr gutes Aussehen geerbt, obwohl es bei beiden im Augenblick nicht zur Geltung kam. Tina, in einem formlosen Oberteil und mit weiter Hose, schaute gequält drein und verbarg auf diese Weise ihre natürliche Ausstrahlung. Marty, in T-Shirt und Jeans, sah verdrossen drein, fast böse. Die beiden Vierzehnjährigen waren sichtlich unglücklich.

Marty warf seiner Schwester einen Blick zu. »Plärr nicht!« zischte er.

Kate hörte hin, sagte aber nichts dazu. Sie hatte sich geschworen, daß sie sich in keine Diskussionen mehr einlassen würde. Doch dieser Schwur sollte sogleich auf die Probe gestellt werden.

»Kommt Billy zum Flughafen?« fragte Marty.

Tina verkniff sich einen Seufzer, und ihr Bruder wünschte, er hätte den Namen ihres Freundes nicht erwähnt. Achselzuckend entschuldigt er sich.

»Er hat's versprochen«, murmelte sie.

»Billy wird da sein«, ermutigte er sie.

Seine Sorge um die Zwillingsschwester war unübersehbar. Als sie den Kopf hängen ließ und einen weiteren Seufzer unterdrückte, versuchte Marty sie mit einem kleinen Scherz aufzuheitern.

»Freu dich doch, Tina. Sieh's mal von der schönen Seite.«

»Von *welcher* schönen Seite?«

»Wir könnten ja auch auf den Mond fliegen, um dort zu wohnen.«

»Da wär's nicht so schlimm wie in der australischen Wüste!«

»Jetzt reicht's!« schimpfte Kate. »Hört jetzt beide auf!«

Sie beschleunigte wieder den Schritt, und die Kinder hatten Mühe, mitzuhalten. Martys Flugtasche rutschte von seiner Schulter und er mußte sich bücken, um sie wieder aufzunehmen.

»Müssen wir so schnell gehen?« fragte er-

»Ja.«

»Warum? Wir haben doch jede Menge Zeit.«

»Wir haben unser Flugzeug bereits verpaßt«, erinnerte seine Mutter ihn.

»Meinetwegen!« explodierte Tina. »Warum sagst du das denn nicht?«

Kate holte tief Luft, und ihre Stimme vibrierte warnend.

»Tina, ich bin dazu wirklich nicht in der Stimmung.«

»Streitet nicht«, riet Marty.

Doch seine Schwester hatte genug. Mitten im Schritt blieb Tina stehen und ließ die Tasche, die sie trug, zu Boden fallen. Tränen flossen jetzt über ihre Wangen, und sie stieß einen verzweifelten Schrei aus.

»Ich gehe nicht!«

Die anderen blieben stehen und drehten sich um. Kate rang um Selbstbeherrschung. Es war genau die Situation, vor der sie sich gefürchtet hatte. Mutter und Tochter standen mehrere Sekunden lang in wortloser Konfrontation da, beachteten die neugierigen Blicke der an ihnen vorbeieilenden Menschen nicht. Marty war hin- und hergerissen zwischen Mitgefühl für seine Schwester und großer Verlegenheit.

»Wie bitte?« sagte Kate mit beherrschter Ruhe.

»Mir wird's gutgehen; wenn ich bei Billy bleibe.«

»Das kommt nicht in Frage!«

»Warum?«

»Tina«, betonte ihre Mutter, »ich habe nicht die Absicht, auf deinen Unsinn einzugehen.«

»Das ist kein Unsinn!«

»Heb die Tasche auf.«

»Ich fliege nicht nach Australien.«

»Du tust, was ich sage!«

»Nein.«

Eine kurze Pause entstand, dann ging Kate zu ihrer Tochter und versetzte ihr eine schallende Ohrfeige. Das Geräusch hallte wie ein Pistolenschuß durch den Gang.

Tina war so schockiert, daß es kaum schmerzte. Marty reagierte ebenso überrascht. Keiner der beiden konnte sehen, daß ihre Mutter diejenige war, die bei diesem Zwischenfall am meisten aus der Fassung geraten war.

»Mami«, sagte Marty ungläubig. »Du hast uns noch nie geschlagen.«

»Vielleicht ist das ein Fehler gewesen.«

Tina richtete ihre Augen flehend auf ihre Mutter, bedauerte bereits, daß sie sie dazu getrieben hatte.

»Ich habe solche Angst.«

Nach kurzem Zögern breitete Kate die Arme aus und legte sie um das Mädchen. Sie zwang sich zu einem knappen Lächeln und versuchte ihr Bestes, um das Kind zu beruhigen – und sich selbst.

»Ich habe auch Angst«, gab sie zu.

Erheblich langsamer setzten sie ihren Weg fort.

Zwanzig Minuten später, nachdem sie das Gepäck am Schalter der Fluglinie aufgegeben hatten, sahen sie sich vom Chaos der Abflughalle umgeben. Eine Menschenmenge wogte und flutete um sie herum.

»Ich habe auf der Landkarte nachgeschaut.«

»Ich auch.«

»Es war da – Larapinta...«

»Tatsächlich, auf der Landkarte von Australien!«

«Genau in der Mitte.«

»Es war komisch.«

Freunde waren gekommen, um sie zu verabschieden. Während Tina mit ihren Freundinnen palaverte und Marty den Mitgliedern seiner Band die Hände schüttelte, wechselte Kate letzte Worte mit den drei Menschen, die sie am meisten vermissen würde. Judy, Fran und Mary waren ihr stets vertraute und hilfsbereite Freunde gewesen. Frauen, die wie sie arbeiteten, die ihre Probleme nachfühlen konnten und halfen, mit ihnen fertig zu werden.

Fran war vom Namen von Kates neuem Zuhause beeindruckt.

»Woher kommt der Name?«

»Larapinta? das kommt aus der Eingeborenensprache.«

»Toll!«

»Heißt das, du wirst künftig von diesen kleinen schwarzen Kerlen umgeben sein, die Knochen in den Nasen tragen?« erkundigte sich Mary befremdet.

»Ich glaub', wir haben ein paar Eingeborene, die für uns arbeiten«, sagte Kate. »Eigentlich sind's nur wenige.«

»Eins steht jedenfalls fest«, merkte Judy an. »Da du zumindest auf der Landkarte stehst, kannst du nicht verlorengehen.«

Mary war ängstlich. »Wenn man 5000 Quadratkilometer eigenes Land hat, kann man in seinem eigenen Hinterhof verlorengehen.«

»Dein neues Zuhause ist größer als Los Angeles, stellte Fran fest.

»Ist doch nicht möglich«, warf Judy ein.

»Doch – aber ohne Menschen.«

»Das könnte von Vorteil sein«, sagte Mary. »Ich mein', schau dir doch nur mal die Menge hier an. Los Angeles ist ein Irrenhaus.«

»Darum leben wir ja hier«, fügte Judy hinzu.

Die Frauen brachen gemeinsam in helles Gelächter aus.

Kate war froh, daß ihre Freundinnen zum Flughafen gekommen waren. Eine Welle von Zuneigung durchströmte sie, und sie versprach, so bald wie möglich zu schreiben und sie nach Australien einzuladen.

Dann wurden wieder Zweifel in ihr lebendig, und als sie darüber nachdachte, was sie alles im Stich ließ, erfaßte sie Panik. Ihre Freundinnen bedeuteten ihr alles, und sie ließen ihr das Dasein in Los Angeles mit all seinen Schwierigkeiten als relativ glücklich und harmonisch erscheinen. Und jetzt ging sie daran, all dies einfach abzubrechen. Das war gerade so, als wenn sie sich selbst die Luft wegnahm. Sie spürte, wie ein heftiger Schmerz ihr die Kehle zuschnürte.

Was, wenn ich einen schrecklichen Fehler begehe? dachte sie. Wenn sich nun herausstellt, daß Australien nichts für uns ist? Bin ich wirklich schon bereit für eine zweite Ehe? Ist er der richtige Mann für mich?

Judy spürte ihre Angst und legte einen Arm um sie.

»He – wie fühlst du dich?«

»Optimistisch«, sagte Kate.

Doch der scheue Blick ihrer Augen verriet das Gegenteil. Sie schaute zu den Kindern hinüber und seufzte innerlich schwer. Die Zwillinge wirkten mürrischer und ärgerlicher denn je. Für sie war es eine Qual.

Marty war von einer Gruppe lautstarker Teenager umgeben, die in auffälliger Kleidung steckten. Er hatte geholfen, die Band zu gründen und war der Leadgitarrist. Gerade jetzt, wo sie begannen, ihren eigenen, ganz individuellen Sound zu entwickeln, wurde er aus ihrer Mitte gerissen.

Buddy sprach aus, was alle dachten.

»Sag Bescheid, wenn deine alte Dame wieder zur Vernunft kommt.«

»Ja.«

»Vielleicht ändert sie ihre Meinung und beschließt, gleich wieder in die Zivilisation heimzukehren.«

»Das hoff' ich, Buddy.«

»Dann brauchen wir uns ja gar nicht erst nach einem neuen Gittarristen umzuschauen.«

»Sicher nicht.«

Marty schluckte und versuchte, mit diesem sehr gefühlvollen Anlaß fertig zu werden. Von seinen Freunden Abschied zu nehmen, war noch viel entmutigender und schmerzlicher, als er es sich vorgestellt hatte. Die Band war seine ganze Welt. Sie verlieh ihm Status und Bestimmung, hob ihn über den Durchschnitt seiner Schulkameraden hinaus und barg die Verheißung einer herrlichen Zukunft als professioneller Musiker.

Und sie hatte ihm daneben noch etwas Lebenswichtiges nahegebracht: Mädchen. Für einen scheuen und unerfahrenen Jungen wie Marty war es sehr schwer gewesen, Kontakt zum anderen Geschlecht zu bekommen. Die Band hatte all das geändert. Weibliche Fans umringten sie, wann immer sie spielten. Das hatte seinem Ich gutgetan, und so konnte er seine ersten Petting-Erfahrungen mit Mädchen machen.

Jetzt war das alles vorbei. Die Vorstellung dieses Verlustes war niederschmetternd.

Buddy zauberte hinter seinem Rücken ein kleines Päckchen hervor. Vor Verlegenheit scharrte er mit den Füßen und sprach undeutlich.

»Jedenfalls – also das ist von uns allen, Marty... von der Band.«

»Mann, danke!«

Marty nahm das in Geschenkpapier gewickelte Sechserpäckchen mit Cassetten und hielt es fest. Er war wirklich gerührt, doch das Geschenk ließ ihn sich noch elender fühlen. Es hatte so etwas Endgültiges und markierte das Ende seiner Zeit mit der Band.

Die anderen machten es ihm mit Schulterklopfen und Lebewohlrufen noch schwerer.

»Viel Glück, Marty.«

»Ja – und üb weiter Gitarrre!«

»Bleib cool, Junge!«

»Komm bald wieder. Okay?«

Marty fürchtete sich, ihnen in die Augen zu blicken und ließ den Kopf hängen. Er wagte es nicht, seine wahren Gefühle zu zeigen und zog es vor, schweigend zu leiden. Obwohl er versuchte, sich wie ein Mann zu verhalten, wurde er sich grausam der Tatsache bewußt, daß er innerlich eben nur ein Junge war. Das alles trug dazu bei, den Ärger auf seine Mutter zu vertiefen. Was sie vorhatte, war unverzeihlich.

Sieht sie nicht, was sie mir damit antut, fragte er sich.

Tina stand mit der Schar ihrer Freundinnen dicht daneben. Obwohl sie über ihre Bemerkungen lächelte und auf ihre Fragen antwortete, war sie in Wirklichkeit unkonzentriert. Ihr Blick streifte ständig auf der Suche nach Billy durch die Halle. Aus Kalifornien fortzufliegen war schlimm genug. Aber abzureisen, ohne ihn noch einmal gesehen zu haben, würde die Qual nur verlängern.

Wo blieb er bloß? Komm doch, Billy, dachte sie. Ich liebe dich. Ich brauche dich.

Daisy zeigte Interesse an der Reiseroute.

»Tina, darf ich dein Ticket sehen?«

»Warum?«

»Ich will's mir nur mal ansehen, sonst nichts.«

Achselzuckend reichte Tina ihr das Ticket, bevor sie sich wieder umwandte und Ausschau hielt. Hunderte von Gesichtern, doch nicht das eine, nach dem sie sich so sehnte. Ihr Herz zog sich zusammen, je mehr Zeit verstrich.

Beth legte ihr mitfühlend die Hand auf den Arm.

»Vielleicht ist Billy im Verkehr steckengeblieben.«

»Ja...«

»Vielleicht ist er krank geworden«, überlegte Beth. »Vielleicht ist er zum falschen Terminal gegangen. Vielleicht hat er sich mit der Abflugzeit vertan. Es gibt so viele mögliche Gründe dafür, daß er noch nicht da ist.«

Tina dachte an einen ganz bestimmten, und der machte ihr Angst. Vielleicht wollte Billy nicht kommen.

Der Gedanke krallte sich in ihren Verstand, bohrte sich fest wie ein rotglühender Korkenzieher. Billy bedeutete ihr alles. In den sechs Monaten, die sie sich kannten, hatte sie sich von einem linkischen Teenager in eine aufgeklärte junge Frau verwandelt. Sie liebte ihn so sehr, daß sie sich ein Leben ohne ihn einfach nicht vorstellen konnte.

Billy war wundervoll. Er war vier Jahre älter als sie, hatte sein Zuhause verlassen und sich eine eigene Wohnung genommen. Seine Reife und seine Unabhängigkeit hatte sie für ihn eingenommen. Er war ein Erwachsener und hatte sie zur Frau erwählt. Tina genoß die Tatsache, daß ihre Beziehung die anderen Mädchen eifersüchtig machte. Es hatte sie zur Nummer eins gemacht, vermittelte ihr das Gefühl von Stärke und Einfluß.

Und es war keine vorübergehende Liebelei. Billy hatte es ihr versprochen. Sie hatten sich vorgenommen, zusammenzuziehen, sobald sie alt genug war, ihre Familie zu verlassen. Alles, was sie wollten, war, für immer miteinander zu leben.

Er hatte geschworen, zum Flughafen zu kommen.

Laß mich nicht allein, Billy, schrie sie innerlich.

Während Tina sich mit wachsender Besorgnis in der Halle umschaute, richtete Sandy, eine dralle, frühreife Vierzehnjährige, die alle Aussichten hatte, eine *femme fatale* zu werden, begehrliche Augen auf eines der Mitglieder von Martys Band.

»Meine Güte!« rief sie aus. »Sieh dir nur diesen süßen kleinen Davey an. Den will ich haben!« Statt dessen bekam sie von Daisy einen heftigen Knuff in die Rippen. »Na ja, er ist halt Klasse«, verkündete sie.

Beth nahm Tinas Kamera.

»Stellt euch alle zusammen«, befahl sie.

Tina schüttelte ihren Kopf. »Nein, Beth...«

»Ach, komm schon... Alle – bitte!«

Die anderen Mädchen stellten sich rasch mit Tina in der Mitte in Reihe auf, aber sie war nicht in der Stimmung, sich fotografieren zu lassen. Sie zog eine Schnute und senkte den Kopf. Beth spähte durch den Sucher und gab das Zeichen.

»Jetzt!« rief sie. »Tut so, als ob ihr fröhlich seid!«

Ein Lächeln tauchte wie hingezaubert in den meisten

Gesichtern auf, aber Tina verbarg ihres prompt hinter dem Magazin, das sie dabei hatte. Die Kamera klickte und alles war vorbei. Ihr letzter gemeinsamer Schnappschuß.

Sandy fiel etwas ein und sie stieß einen wilden Schrei aus.

»Ich hab' meine Zahnspange vergessen!« jammerte sie. »Warum hab' ich bloß gelächelt! O nein! Ich werd' aussehen, als gehörte ich zur *Rocky Horror Picture Show!*«

»Tust du ja sowieso«, höhnte Daisy.

Beth reichte Tina rasch deren Kamera zurück und nahm ihre Hand.

»Sei nicht böse auf mich«, bat sie.

»Das bin ich nicht, Beth.«

»Und ich bin noch deine beste Freundin?«

»Immer.«

Tina umarmte sie mit einem Gefühl der Verzweiflung.

Hoch über ihren Köpfen knisterte plötzlich die Lautsprecheranlage. Eine Frauenstimme schallte durch die Abflughalle und das fortwährende Geplapper verstummte.

»Aufruf des Qantas-Fluges Zwölf Nonstop nach Sidney. Die Maschine ist jetzt an Ausgang 127 einsteigebereit... Reisende des Qantas-Fluges Zwölf werden gebeten, sich zum Ausgang 127 zu begeben...«

Die Zeit war abgelaufen. Noch immer kein Billy. Tina zitterte.

Ihr Lebensblut schien aus ihr zu rinnen.

»Gut«, schloß Kate. »Ich denke, das war's.«

»Leb wohl, Schatz«, sagte Judy, die als erste ihren Kuß bekam. »Und mach dir um nichts Sorgen. Er ist ein toller Bursche. Es wird alles gut.«

Kate nickte tapfer und ließ dann die zahllosen Lebewohls über sich ergehen, während die anderen sie umarmten. Marty und Tina winkten ihren Freunden traurig das letzte Mal zu und drängten sich dann mit ihrer Mutter durch die Paßkontrolle.

Jetzt gab es kein Zurück mehr.

Sie würden Los Angeles für lange Zeit nicht wiedersehen. Während sie neben den anderen Passagieren hergingen, dachte Kate Hannon über das ganze Ausmaß des Risikos nach, das sie auf sich genommen hatte. Mit der Gewalt eines Wirbelsturms hatte man um sie geworben, deshalb hatte sie einen ihr eigentlich Fremden geheiratet und sich einverstanden erklärt, ihm mit ihren Kindern nach Australien zu folgen.

Kate hatte nicht nur einen neuen Mann genommen. Sie wagte den Schritt in ein völlig neues Leben. Zuerst hatte sie das Gefühl des Abenteuers begeistert. Jetzt gewannen ihre Ängste die Oberhand.

Das schlechte Gewissen veranlaßte sie, sich einige schwerwiegende Fragen zu stellen.

Tue ich das Richtige? Gut, ich habe das Recht, eine so wichtige Entscheidung für mich zu treffen – aber darf ich das Leben der Kinder so völlig ändern? Warum muß ich sie so unglücklich machen? Los Angeles ist das einzige Zuhause, das sie je gekannt haben, und sie lieben es. Vernachlässige ich sie als Mutter, indem ich sie einfach daraus fortreiße? Bin ich grausam gewesen? Gefühllos? Einfach eigensüchtig?

Warum stelle ich mein Glück vor das ihre?

Kate versuchte sich davon zu überzeugen, daß es ebenso zum Wohle der Kinder war wie zu ihrem. Sie würden von jetzt an zu einer richtigen Familie gehören und in einer aufregenden Gegend leben. Die Zwillinge würden sich darauf einstellen müssen. Sie würden sich bald anpassen.

Heimlich warf sie Marty und Tina einen Blick zu. Beide wirkten ernst und schicksalsergeben, während sie neben ihr hertrotteten. Jetzt haßten ihre Kinder Kate für das, was sie ihnen antat. Australien *mußte* ein Erfolg werden. Nur dann würden sie ihr jemals verzeihen.

Kate merkte, wie inständig sie hoffte, daß alles gut werden würde. Zuviel stand jetzt auf dem Spiel. Sie hatten alles hingegeben,was sie besaßen, nur um diese Reise zu machen. Eine Rückkehr konnten sie sich nicht leisten. Ihr Weg war eine Einbahnstraße.

Los Angeles schien plötzlich ein so warmer, sicherer, angenehmer Ort zu sein. Gewissensbisse nagten an ihr. Sie hatte all dem den Rücken zugewandt für etwas, das sie erst jetzt im richtigen Licht sah.

Es war reine Zukunftsmusik. Eine Mischung aus Hoffnung, Traum und Ehrgeiz.

Ihre Reise führte ins Unbekannte.

2

Die Qantas 747 rollte langsam die Startbahn entlang in die Dunkelheit. Lichter blitzten, und die Räder donnerten über den nassen Asphalt. Im Innern des Flugzeuges waren die Sicherheitsgurte angelegt worden, und die Passagiere schauten den Stewardessen zu, die sie mit den obligatorischen Sicherheitsmaßnahmen vertraut machten. Ein Baby schrie. Eine alte Dame stellte ihr Hörgerät so ein, daß sie verstehen konnte, was gesagt wurde. Weiter hinten stritten sich zwei Kinder darum, welches von ihnen am Fenster sitzen durfte.

Nachdem das Flugzeug in einen Halbkreis eingeschwenkt war, kam es langsam zum Stehen und wartete auf die Starterlaubnis durch den Kontrollturm. Die Mitglieder der Mannschaft nahmen jetzt ihre Plätze ein und schnallten sich an. Sie brauchten nicht lange zu warten. Plötzlich brach der Lärm los, mit dem die Maschinen aufbrüllten, dann bekamen sie volle Fahrt. Der Jumbojet schoß sekundenlang mit halsbrecherischer Geschwindigkeit vorwärts und hob dann mit unwiderstehlicher Kraft ab, stieg in den schwarzen Himmel, wurde gedrosselt, korrigierte daraufhin seine Flugbahn und gewann weiter an Höhe.

Als die Signallichter erloschen waren, lösten die Passagiere ihre Sicherheitsgurte und machten es sich bequem. Das Baby hatte aufgehört zu schreien. Die alte Dame schaltete ihr Hörgerät aus. Ein zweifacher Klaps löste das Problem, welches Kind am Fenster sitzen durfte.

Die Maschine nach Australien war unterwegs.

Kate Hannon staunte über den Lärm und die Unruhe. Man unterhielt sich laut und lief in den Gängen auf und ab. Sie hoffte, daß es nicht während des ganzen Fluges nach Sidney so sein würde. Die Kinder waren mürrisch und in Gedanken versunken. Marty hatte sein Geschenk ausgewickelt und sah sich die Cassetten an. Tina starrte durch das Fenster auf die Milliarden Lichter von Los Angeles. Sie überlegte, warum Billy nicht zum Flughafen gekommen war und wäre am liebsten gestorben.

Unter anderen Umständen hätten die Zwillinge nur so gesprudelt vor Unternehmungslust. Wenn sie in Australien Ferien gemacht hätten, dann wären sie aufgeregt und fiebernd vor Erwartung gewesen und hätten jede Sekunde des Flugs genossen. Jetzt aber zeigten sie sich verdrossen und niedergeschlagen. Beide schauten drein, als habe man sie einfach verraten und verkauft.

Kate gab sich Mühe, sie mit einem hilflosen Lächeln aufzumuntern. »Okay?«

Eine lange Pause entstand. Sie beugte sich zu ihnen. »Marty?«

»Denk' schon«, grunzte er.

»Was ist mit dir, Tina?«

Aber ihre Tochter weigerte sich zu sprechen. Das Gesicht gegen das Glas gepreßt, schaute sie weiter aus dem Fenster, obwohl Los Angeles und ihre Romanze mit Billy bereits weit, weit weg waren.

In einiger Zeit, sagte Kate sich, würden sie alle glücklich sein und sich in ihr neues Leben einfügen. Opfer waren unvermeidlich – sie selbst hatte mehrere gebracht – doch am Ende würden sie sich auszahlen.

Würden sie's tatsächlich? Nur einmal angenommen, daß sie einen schrecklichen Irrtum begangen hatte? Nur einmal angenommen, ihr Instinkt hatte sie getrogen und eine schreckliche Enttäuschung wartete auf sie? Angenommen, daß weder sie noch ihre Kinder das Leben in der Wildnis ertragen konnten? Für einen Augenblick war Kate wie betäubt. Die Vorstellung schmerzte zu sehr, um darüber nachzudenken.

Nachdem ihr Kopf wieder klar war, sah sie eine der Stewardessen den Gang entlang auf sich zukommen. Die junge Frau trug ein Tablett mit Getränken und bot sie den Passagieren im Vorbeigehen an. Kate setzte sich ruckartig auf. Im Nu wurde sie an den Tag erinnert, an dem Tom Hannon in ihr Leben trat.

Unglaublich, daß das weniger als einen Monat her war ...

☆

Es war später Abend in einem Restaurant im Zentrum von Los Angeles. Das Lokal war übervoll, die Gäste laut und das Personal ständig auf den Beinen. Es war ein anspruchsloses Restaurant, mit Formica-Tischen und Plastikstühlen bescheiden ausgestattet, aber das Essen war gut, die Preise angemessen und die Bedienung sehr aufmerksam. Um Mitternacht machte es zu, doch eine Stunde zuvor platzte es regelmäßig aus den Nähten.

Eine der Kellnerinnen drängte sich zu ihrer Kollegin am Schalter.

»Tisch acht.«

»Was?«

»Ein Ausländer. Anfang bis Mitte vierzig. Etwa 180 Pfund. Allein. Guckt dich dauernd an.«

»Judy«, sagte ihre Freundin. »Gibst du eigentlich nie auf?«

»Ich nicht, meine Süße«, erwiderte Judy so zart wie ein Nebelhorn. »Wenn er mir soviel Aufmerksamkeit schenken würde wie dir, dann wäre ich wie der Blitz drüben.«

»Und was ist mit deinem Mann?«

»Was soll schon sein?!«

Kate grinste. Judy war der Mensch, der die Arbeit im Restaurant erträglich machte. Sie war eine große, mollige, muntere Frau mit einem schier unerschöpflichen Interesse am anderen Geschlecht und seinen zahllosen Möglichkeiten. Selbst wenn sie in Eile war, entging Judy nichts.

»Er ist wirklich süß«, meinte sie.

»Konzentrier dich auf deine Arbeit.«

»Von außerhalb, würd' ich sagen. Was meinst du?«

»Ich hab' noch keine Zeit gehabt, ihn mir anzusehen.«

»Schön, aber dich hat er sicherlich bemerkt, Schwester.«

Kate konnte sich nicht verkneifen, sich auf einen Blick umzudrehen. Sie stellte fest, daß sie von warmen, freundlichen, abschätzenden Augen betrachtet wurde, welche direkt in die ihren blickten. Judys Einschätzung seines Alters und Gewichts schien den Tatsachen zu entsprechen. Es war ein schlanker Mann. Wettergegerbt und stattlich, wie er war, verbrachte er vermutlich sein Leben überwiegend draußen unter einer heißen Sonne. Sein Jackett war ganz ansehnlich, aber schon ziemlich aus der Mode. Er war kein Amerikaner.

Der Gast an Tisch acht fiel unter den anderen auf wie ein Nichtschauspieler, der sich auf die Bühne verirrt hat und das Stück nicht kennt. Doch das irritierte ihn überhaupt nicht. Im Gegenteil, er wirkte sehr entspannt und völlig beherrscht. Er strahlte eine ruhige Überlegenheit aus, die sich auf Anhieb bemerkbar machte.

»Wieder mal hab' ich Pech!« stöhnte Judy.

»Was?«

»Er sitzt doch in deinem Bereich.«

Kate wandte ihren Blick von dem Fremden ab und schaute auf ihre Armbanduhr. Andere Pflichten riefen. Sie legte eine Hand auf Judys Arm.

»Ich muß zu Hause anrufen. Bedien für mich weiter.«

»Das werde ich, wenn du Dr. Peterson dazu bringst, Danny diese Woche zu behandeln, bevor er seine zweiten Zähne ganz verliert. So wie der Süßigkeiten ißt, wird er der einzige zwölfjährige Junge im Viertel sein, der ein Gebiß bekommt.«

»Ich werd's versuchen, Judy.«

»Ich will mehr als ein ›Versuchen‹. Ich spreche immerhin von meinem Sohn.« Judy lächelte wollüstig und starrte zu dem Gast hinüber. »Oh, Mann! Laß mich an den ran!«

Sie segelte davon, um die Bestellung des Mannes entgegenzunehmen und dabei mit ihm zu flirten. Er war leicht amüsiert, wurde vom Hauptgegenstand seines Interesses aber nicht abgelenkt. Während er mit Judy sprach, beobachtete er aufmerksam Kate, die ein Tablett mit Speisen vom Schalter nahm, es zu einem Tisch brachte, zwei Teller dazu servierte und dann zu der Tür im hinteren Bereich des Restaurants eilte.

Ein breites, sonniges Lächeln erschien auf dem Gesicht des Mannes.

»Wie ist ihr Name?«

»Judy«, verkündete die Kellnerin. »Und ich bin nicht verheiratet.«

Inzwischen hastete Kate zu dem öffentlichen Telefon

im Korridor. Die Zelle bestand lediglich aus einer Markise, die an der Wand befestigt war und keinerlei Abgeschiedenheit bot. Die ganze Zeit bewegten sich Leute hin und her und der Lärm aus dem Restaurant war ohrenbetäubend.

Kate nahm den Hörer ab, steckte Münzen in den Schlitz und wählte eine Nummer. Sie wartete ungeduldig, während es am anderen Ende klingelte. Schließlich meldete sich dort eine Stimme. Sie klang verschlafen.

»Ja?«

»Marty? Hab' ich dich aufgeweckt?«

Er gähnte. »Irgendwie schon. Ich bin über *Miami Vice* eingeschlafen.«

»Was hab' ich dir zu dem Thema so spät fernzusehen gesagt?« schalt sie. »Du hast morgen Schule.«

»Ich weiß, Mami.«

»Du solltest im Bett sein. Und das sofort.«

»Ich wollte ja gerade gehen.«

»Dann tu's jetzt«, beharrte sie. »Wo ist Tina?«

»Oh, äh ...«, Marty räusperte sich. »Im Badezimmer.«

»Schön, ich möchte mit ihr sprechen.«

»Kann ich ihr nicht eine Nachricht übermitteln?«

»Nein. Bitte geh und hol sie.«

»Aber ich glaube, sie ist in der Wanne.«

»Lüg mich nicht an, Marty«, schrie Kate, die sehr wohl verstand, daß er seine Schwester schützen wollte. »Tina ist doch gar nicht da, nicht wahr?«

»Doch. Das hab' ich doch gesagt.«

»Dann hol sie her. Sofort.«

Verlegenes Schweigen. »Das kann ich nicht, Mami.«

»Nein – und wir beide wissen auch, warum, oder? Du kannst bei Billy anrufen und ihr sagen, daß ich will, daß sie sofort nach Hause kommt! Verstanden?«

»Ich hab' verstanden.«

»Ich bin sehr böse, Marty. Sag ihr das. Ich werde bald

zu Hauses sein und erwarte, daß ihr beide im Bett liegt und schlaft, wenn ich komme.«

»Werden wir, Mami«, versprach er.

»Wir werden darüber morgen früh noch einmal reden.«

Kate hängte ein und wurde wieder einmal von all den alten Ängsten geplagt. Sie wußte, daß sie dort sein sollte, um sich um ihre Kinder zu kümmern, aber sie mußte diese Nachtarbeit einfach verrichten, um das Einkommen der Familie zu sichern. Wie so viele andere Frauen in der gleichen Situation, steckte sie in einer Zwickmühle. Es war zum Verzweifeln.

Als sie zurück an den Schalter kam, machte sie sich innerlich den Vorwurf, die Zwillinge zu vernachlässigen. Krank vor Sorge nahm sie ihr Bestellbuch und blätterte es durch, versuchte, sich wieder auf ihre Arbeit zu konzentrieren. Judy tauchte mit einem Tablett in den Händen neben ihr auf. Sie spürte Ärger.

»Schlimm?«

»Das Übliche.«

»Aber du mußtest ja Zwillinge haben!«

»Doppelte Sorge.«

»Mach ihnen Angst. Das ist das, was ich mit Danny tue.«

»Das ist keine Lösung«, seufzte Kate. »Wie kann man erwarten, daß Kinder tun, was man verlangt, wenn man nie bei ihnen ist? Sie brauchen Geborgenheit.«

»Brauchen wir die nicht alle?«

»Es ist hoffnungslos! Wenn ich wenigstens nachts arbeiten müßte.«

»Es gibt einen Ausweg, Süße. Such dir einen reichen Mann, der deine Rechnungen bezahlt«, plapperte Judy. »Natürlich müßtest du dann und wann immer noch nachts arbeiten, aber du würdest deine Kinder viel öfter sehen.« Sie reichte Kate das Tablett. »Komm schon – zurück in die Tretmühle. Tisch acht.«

»Okay.«

Noch immer beunruhigt bahnte sich Kate ihren Weg zwischen den Tischen, bis sie den Gast erreicht hatte. Er musterte sie und bemerkte ihren Stimmungswandel, seit sie wieder in den Speisesaal gekommen war.

Kate nahm einen Teller und zeigte ihn.

»Roastbeef Sandwich?«

»Danke«, sagte er mit einem Lächeln. »Das ging ja schnell.«

Sie setzte den Teller vor ihm ab und machte sich daran , Kaffee einzuschenken. Er hielt sie an, indem er eine Hand hob.

»Ich hatte weißen Tee bestellt.«

Diesmal hörte sie das Näseln in seiner Stimme und erkannte, daß er Australier war. Kate versuchte sich zu konzentrieren.

»Tee mit Milch?«

»Ja.«

»Australisch?«

»Wie bitte?«

»Vielleicht neuseeländisch?«

»Was immer Sie haben, ist recht.«

Kate lachte und ihre Spannung legte sich sofort. Er war verwirrt.

»Ich hatte nicht nach dem Tee gefragt«, erklärte sie. »Ich meine den Akzent. Sind Sie Australier?«

Er grinste verlegen und glücklich darüber, daß es endlich einen Ansatzpunkt gab. Er nahm sich vor, das Beste aus dieser Gelegenheit zu machen.

»O ja«, sagte er. »Ich bin hier, um meine Schwester zu besuchen. Sie lebt in San Diego. Sie ist mit einem Amerikaner verheiratet.«

»Stört Sie das?«

»Nein, ich mag sie eher.«

Sie räumte sein leeres Wasserglas ab und stellte es auf

ihr Tablett. Seine Augen folgten ihrer Hand, und sein Grinsen wurde breiter.

»Ich sehe, daß Sie keinen Ehering tragen.«

»Jetzt geht die Tour wieder los!« murmelte sie.

»Heißt das …?«

Höflich aber bestimmt gab ihm Kate ihre Standard-Antwort.

»Die Bedienung ist schnell. Los Angeles ist schnell. Ich bin's nicht.«

Seine Stirn legte sich vor Verlegenheit in Falten; er ärgerte sich über sich selbst.

»Ich muß mich entschuldigen«, sagte er ernst. »Das war sehr ungeschickt. Ich bin etwas aus der Übung.«

»Beim Anmachen von Kellnerinnen?«

»Nein. Natürlich nicht, Es ist nur …«

Ihre Augen begegneten sich. Seine waren völlig ehrlich. Kate wandte den Blick ab.

»Ich bringe Ihnen den Tee.«

Tom Hannon beobachtete sie, als sie zurück zur Theke ging. Alles an ihr faszinierte ihn. Er liebte ihre Erscheinung, ihre Stimme, ihr Verhalten und ihre anmutigen Bewegungen. Er bewunderte sogar die Art, wie sie ihn zurechtgewiesen hatte, als er so unbedacht gesprochen hatte. Er verspürte das Bedürfnis, seine Gedanken mit jemandem zu teilen und wandte sich an den Mann am Nebentisch.

»Das ist eine hübsche Frau«, teilte er ihm mit.

»Hm?« Der Mann schaute ihn ausdruckslos an.

»Das ist doch wirklich was, oder?«

Tom war froh, gerade in dieses Restaurant gegangen zu sein.

Nachdem die letzten späten Gäste vor die Tür gesetzt worden waren, wurden die Tische gereinigt, die Lichter ausgeschaltet und das Restaurant für die Nacht geschlossen.

Gemeinsam mit den anderen Kellnerinnen ging Kate ins Hinterzimmer und legte rasch ihre Dienstuniform ab. In Gedanken war sie noch immer bei ihren Kindern und wollte so schnell wie möglich zu ihnen nach Hause kommen.

Sie eilte zur Tür und rief einen Abschiedsgruß.

»Gute Nacht, Judy!«

»Bis morgen, Süße! Oh, und sei nicht zu streng zu ihnen.«

»Zu wem?«

»Zu deinen Kindern. Denk daran, daß du auch mal vierzehn warst.«

»Das ist hundert Jahre her.«

Kate trat auf die Straße hinaus und spürte, wie die warme Nachtluft sie umfing. Als sich vor ihr eine Gestalt aus den Schatten löste, wußte sie sofort, daß es der gutaussehende Australier war. Sie war nicht überrascht, ihn dort zu sehen. Was sie erstaunte, war die Tatsache, daß es ihr nicht auf die Nerven ging.

Ihr ungewöhnlich gutes Aussehen war eine zweischneidige Sache. Es machte ihre Freundinnen neidisch, aber es führte vor allem dazu, daß sie sich im Restaurant reichlich unerwünschtem Interesse ausgesetzt sah. Einige Männer schienen zu glauben, daß Kellnerinnen nur da waren, um angemacht zu werden, und Kate erlebte nur allzuoft, daß überfreundliche Gäste draußen auf sie warteten. Sie hatte gelernt, solche Geier mit ein paar kurz angebundenen Sprüchen abzuwimmeln.

Doch keiner dieser Sprüche fiel ihr jetzt ein. Was war an diesem Mann, das ihn so anders machte?

Er trat ihr mit einem scheuen Lächeln entgegen und stellte sich vor.

»Ich bin Tom Hannon.«

»Hallo.«

»Und Sie sind Kate Adamson.«

»Woher wissen sie das?«
»Ich habe ihre Freundin gefragt.«
»Oh.«
»Judy war sehr hilfsbereit.«
»Es war nett, Sie kennengelernt zu haben, Mr. Hannon«, sagte sie abweisend. »Ich hoffe, Sie haben eine angenehme Rückreise nach Australien. Leben Sie wohl.«
Sie versuchte, an ihm vorbeizugehen, aber er trat ihr in den Weg.
»Es gibt eine Menge seltsamer Typen hier«, bemerkte er. »Ich dachte, ich sollte warten und – und Sie zu Ihrem Wagen begleiten ...«
Er trat zurück und sie drückte sich an ihm vorbei. Tom lief neben ihr und sie gingen schweigend den Bürgersteig entlang. Als Kate schließlich sprach, war ihre Stimme zurückhaltend.
»Er steht beim Gebrauchtwagenhändler. Jedermann in dieser Stadt hat sein Autoschicksal.«
Er blieb einige Blocks lang neben ihr, bis sie die Bushaltestelle erreichten. Tom wollte etwas sagen, das er sich sorgfältig zurechtgelegt hatte, als der Bus kam. Sie stiegen ein und sahen, daß fast alle Plätze besetzt waren.
Der Bus schien einen Mikrokosmos der ganzen Stadt zu befördern. Gesichter allen Alters und aller Nationen waren dort zusammengezwängt. Nachtschwärmer mit dem übernächtigten Ausdruck von Langeweile, Müdigkeit, Teilnahmslosigkeit oder reiner Verzweiflung. Ein alter Mann stank nach Alkohol. Zwei junge Schwarze kauten Kaugummi. Eine mexikanische Frau biß in eine Art Sandwich. Ein Koreaner sang leise vor sich hin, während er mit glasigen Augen in die Welt stierte. Viele Fahrgäste schliefen.
Kate nahm neben einer Frau mittleren Alters Platz, die ein geblümtes Kleid trug. Es gelang Tom, direkt hinter ihr Platz zu nehmen, und er mußte sich damit begnügen, eine

Weile lang nur ihren Hinterkopf zu sehen. Dann bemerkte er ihr Spiegelbild im Fenster und studierte es aufmerksam.

Sie war froh über seine Begleitung und doch seltsam nervös. Während der Bus über die Downtown-Straßen rumpelte, überlegte Kate fieberhaft, was in ihr solch zwiespältige Gefühle auslöste. Sie hatte wirklich nicht gewollt, daß der Mann sie nach Hause brachte, und doch hatte sie nicht einmal versucht, ihn daran zu hindern. Ein Teil von ihr wollte ihn ignorieren, doch ein anderer Teil in ihr platzte vor Neugierde.

Wer war er, und warum hatte er sie ausgewählt?

Viel ruhiger wirkend, als sie sich tatsächlich fühlte, wandte Kate ihren Kopf langsam dem Fenster zu. Sie sah jetzt sein Spiegelbild und beobachtete, wie er sie beobachtete. Ihre Blicke begegeneten sich wieder und dann lächelte er. Abrupt drehte Kate ihren Kopf beiseite.

Tom Hannon konnte nicht länger warten. Sich so vorbeugend, daß er fast ihr Haar berührte, erzählte er ihr, was er ihr den ganzen Abend hatte sagen wollen. Er stieß die Worte zögernd hervor und ließ sich durch die Tatsache, daß andere Leute ihn hören konnten, überhaupt nicht stören.

»Ich bin 43 Jahre alt. Meine Frau ist vor fünf Jahren gestorben. Ich habe zwei Töchter. Ich züchte Vieh auf meiner eigenen Farm, 500 Kilometer südwestlich von Alice Springs ... in Zentralaustralien.«

Er schöpfte Atem. Kate war innerlich etwas angespannt.

»Ich fahre in wenigen Tagen nach Hause«, fuhr er fort. »Bis dahin würde ich mich sehr über Ihre Gesellschaft freuen. Ich gehöre nicht zu der Art Mann, die bei einer Frau gleich beim ersten Mal, wenn er sie ausführt, aufs Ganze gehen. In dem Punkt haben Sie also nichts zu befürchten.«

Er hielt wieder inne. Sie blieb unbewegt.

»Es ist nur so, daß ich nicht viel von Kalifornien gesehen habe«, fügte er dann erklärend hinzu. »Wo ich diese weite Reise gemacht habe, möchte ich auch etwas dafür sehen. Mich ein wenig umschauen. Die Sehenswürdigkeiten genießen.« Es entstand eine Pause, während der er die Lippen befeuchtete. »Na, vielleicht können Sie mal darüber nachdenken.«

Kates Augen wanderten wieder zu dem Fenster, und sie sah seinen Blick. Er schien keine Hintergedanken zu haben. Seine Worte kamen von Herzen. Tom Hannon wollte ihr offensichtlich nichts vormachen.

Die Frau neben ihr hatte all dem mit lauerndem Interesse zugehört und zuckte leicht die Schultern. Kate versuchte, sich das Lächeln zu verkneifen, obwohl die Unterhaltung im Augenblick beruhigend für sie war.

Danach fiel kein Wort mehr. Als der Bus zum vierten Mal hielt, erhob sich Kate von ihrem Sitz und trat zum Ausgang. Tom folgte ihr. Später gingen sie gemeinsam eine verlassene Straße entlang. Ihre Schritte hallten auf dem harten Pflaster und die Schatten schritten ihnen unter dem grellen Licht der Straßenbeleuchtung voraus.

Schließlich brach Kate das Schweigen.

»Bedeutet ›bei jemandem aufs Ganze gehen‹ das, was ich glaube, was es bedeutet?« fragte leise.

Tom war überrumpelt und brauchte einige Zeit, um sich zu erholen.

»Wahrscheinlich.«

Überraschenderweise lachte sie lauthals auf, und seine Hoffnungen stiegen. Er grinste fröhlich. Schließlich hatte er doch etwas erreicht.«

»Ich wohne hier«, sagte sie.

»Ich verstehe.«

»Zeit, gute Nacht zu sagen.«

»Oh.«

»Danke, daß Sie mich nach Hause gebracht haben.«

»Das Vergnügen ist auf meiner Seite.«

Sie waren vor einem Apartmenthaus stehengeblieben. Kate suchte in ihrer Handtasche nach ihrem Schlüssel und sagte sich, daß er gleich aus ihrem Leben verschwinden sollte, bevor es irgendwelche Komplikationen gab. Sie hatte schon genug andere Sorgen und brauchte nicht auch noch einen fremden Australier. Ihr Verstand sagte ihr, daß ihre Bekanntschaft nicht weitergehen durfte.

Doch schließlich sprach ihr Instinkt.

»Ich muß verrückt sein«, befand sie. »Ich bin geschieden – auch ich habe zwei Kinder – Zwillinge – einen Jungen und ein Mädchen, vierzehn Jahre alt. Tagsüber arbeite ich im Empfang bei einem Zahnarzt und bediene dreimal wöchentlich abends, wie Sie gesehen haben. Ich habe nicht viel Zeit, Bekanntschaften zu machen.«

Sie wandte ihm ihr Gesicht zu. Sie waren einander sehr nah.

»Wenn ich mit Ihnen ausgehe, was erwarten Sie dann eigentlich von mir?«

Toms Blick war ebenso aufrecht und ruhig wie zuvor.

»Das liegt bei Ihnen, Kate.«

Etwas an ihm strahlte Vertrauen aus. Ihr Verstand beharrte darauf, daß für ihn in ihrer Welt kein Platz sei, aber sie ignorierte diesen Vorbehalt. Tom Hannon besaß eine gelassene Aufrichtigkeit, die erfrischend und beruhigend für sie war. Er hatte nichts von dem unechten Charme jener Männer, die gewöhnlich versuchten, sich mit ihr zu verabreden.

»Sie müssen mir noch ein paar australische Ausdrücke beibringen.«

»Das werde ich gern tun. Morgen?«

»Warum nicht?«

»Ich werde Sie hier abholen. Sagen Sie mir einfach, wann.«

Kate errötete beinahe. Sie fühlte sich geradezu töricht, daß sie ihn über ihre Adresse irregeführt hatte und hoffte, daß er es als natürliche Vorsichtsmaßnahme ihrerseits verstehen würde. Jetzt, da sie sich einverstanden erklärt hatte, ihn wiederzusehen, schämte sie sich, weil sie nicht die Wahrheit gesagt hatte.

Sie deutet auf das Apartmenthaus auf der anderen Straßenseite.

»In Wirklichkeit wohne ich dort drüben. Apartment zwölf. Ich werde um halb zehn fertig sein. Wir sehen uns dann morgen.«

Bevor er antworten konnte, eilte Kate rasch über die Straße und verschwand durch die Tür ins Haus. Tom Hannon stand da und strahlte. Als eine Katze auf einem nahen Zaun miaute, ging er zu ihr, um sie zu streicheln und bald gelang es ihm, dem Tier ein Schnurren zu entlocken.

»Pussy«, flüsterte er, »ich werde dieses Mädchen heiraten.«

Noch nie in seinem Leben war er sich einer Sache so sicher gewesen.

3

Hoch über dem pazifischen Ozean sauste die Qantas 747 wie ein jagender Stern durch die Finsternis. Unaufhörlich brummten ihre Motoren durch die tiefe Schwärze des Nachthimmels. Wenn das Flugzeug in eine leichte Turbulenz geriet, ruckte es für wenige Augenblicke sanft, fing sich dann wieder und flog weiter.

Die Passagiere in der Touristenklasse bemerkten diese kurzen Störungen nicht einmal. Viele von ihnen schliefen bereits, hatten ihre Beine in Decken gewickelt, welche die Stewardessen verteilt hatten. Andere sahen sich den

Film an, der gleichzeitig in den verschiedenen Sektionen der Maschine gezeigt wurde. Die Kabinenlichter waren gedämpft und die flimmernden Leinwände strahlten eine hypnotische Kraft aus.

Marty ärgerte sich, weil ihm der Film so gut gefiel. Da er die Absicht hatte, die Reise furchtbar zu finden, war er irritiert, daß ihn das Geschehen auf der Leinwand davon abgelenkt hatte. Der Film half, die Zeit totzuschlagen und seinen Widerstand gegen das ganze australische Unternehmen zu mildern. Das verdroß ihn noch mehr.

Tina hatte kein solches Problem. Ihr Widerstand war stärker denn je. Wenn sie auf die Leinwand blickte, sah sie nur Billy. Die erste Liebe ist immer etwas Besonderes, aber bei ihr hatte sie sich zu einer Besessenheit entwikkelt. Ihre ganze Hoffnung auf die Zukunft gründete sich in ihrer Beziehung zu Billy, und er hatte geschworen, daß sie für den Rest ihres Lebens zusammenbleiben würden. Mit einem Schlag waren alle ihre Pläne vereitelt. Nichts war ihr geblieben. Nicht einmal die Erinnerung an eine Abschiedsszene auf dem Flughafen. Tina schloß ihre Augen, als ihre Tränen wieder zu fließen begannen.

Kate war sich der Gefühle ihrer Kinder nur allzu gut bewußt. Sie strahlten Enttäuschung und Empörung aus. Es war Teil des Preises, den sie für ihre Entscheidung, Los Angeles zu verlassen, zahlen mußte. Die Zwillinge mochten jetzt verbittert sein, doch im Lauf der Zeit würde Australien sie in seinen Bann ziehen. Sie würden erkennen, daß dies eine bessere Zukunft für sie bedeutete. Marty würde bald seine Tage mit der Band vergessen, und Tina würde lernen, daß sie in Wirklichkeit auch ohne Billy leben konnte.

Dann würden sie alle glücklich sein.

So zumindest sah es theoretisch aus. Kate war realistisch genug, um zu wissen, daß die Praxis ganz anders aussehen konnte. Es gab einen ungeheuren Halt. Sie würde nicht allein sein. Ihr neuer Ehemann würde ihr stets zur Seite stehen.

Tom Hannon machte alles möglich.

Eine Tanzszene lief über die Leinwand und löste eine andere Erinnerung aus. Kate nahm ihren Kopfhörer ab, so daß sie die Filmmusik nicht hören konnte.

Ihre Ohren waren plötzlich mit anderen Rhythmen erfüllt ...

Trommelschläge erregten das Blut. Glänzend gefärbte Federn zitterten und schimmerten im blendenden Sonnenlicht. Stampfende Füße. Klatschende Hände. Pulsierende Musik, die direkt in die Seele zu dringen schien. Die mexikanischen Tänzer drehten sich zitternd auf dem Kopfsteinpflaster, wobei ihr großartiger Kopfschmuck fortschwang, ihre prächtigen Kostüme wirbelten und ihr üppiger Schmuck laut rasselte. Der wilde Rhythmus ihrer Darbietung wirkte ansteckend.

Als sie den Höhepunkt ihrer Vorführung erreicht hatten, gab es lauten und lang anhaltenden Beifall. Die Zuschauer waren völlig hingerissen.

»Das war phantastisch!« verkündete Tom Hannon.

»Ich dachte, daß es dir gefallen würde«, sagte Kate.

»Das ist mindestens so gut wie in Mexiko selbst.«

»Und doch liegt es direkt vor meiner Haustür.«

Olvera Street ließ die übliche Farbenpracht sehen. Im Herzen der geschäftigen Downtown von Los Angeles gelegen, war es dasjenige Stadtviertel, das seinen spanischen Ursprung am wenigsten leugnet. Die Straße war als mexikanischer Marktplatz restauriert worden und – trotz einiger Beispiele grotesker kommerzieller Verschandelung – wirklich sehenswert.

Verkäufer boten alles feil, von winzigen Sombreros bis zu Samtbildern, die im Dunkel leuchteten. Marktbudenbesitzer wetteiferten mit heiserem Geschrei. Frischgebackene Tortillas wurden verkauft. Touristen feilschten um Souveniers. Überall klickten Kameras, dröhnte Musik, wirbelten Tänzer herum. Beifall brandete auf.

Olvera Street pulsierte vor Leben.

Tom und Kate spazierten Hand in Hand durch diese Pracht.

»Danke!« erklärte er.

»Wofür?«

»Daß du mich hierher gebracht hast.«

»Du wolltest alle Sehenswürdigkeiten sehen.«

Er schaute sie direkt an, und seine Augen blinzelten zärtlich. »In diesem Augenblick betrachte ich die schönste aller Sehenswürdigkeiten.«

»Darüber werden die anderen aber nicht erfreut sein.«

»Du würdest auch die Hafenbrücke von Sydney in den Schatten stellen.«

Sie lächelte anerkennend über das Kompliment.

Kate genoß seine Gesellschaft ungeheuer. Tom war bei allem, was er tat, natürlich und ungezwungen. Nie war ihr jemand begegnet, der mit solcher Freude auf jedes neue Erlebnis reagierte. Der Spaziergang um den Marktplatz hatte ihn mit fast kindlicher Freude erfüllt. Er war in seinem Element.

»Wohin möchtest du jetzt gehen?« fragte sie.

»Das überlasse ich dir, Kate.«

»Magst du Schiffe?«

»Warum?«

Die *Queen Mary* liegt fest verankert im Dock bei Long Beach. Einst ein schwimmender Palast, welcher der *Cunard Steamship Line* gehört, ist sie jetzt ein Luxushotel und Haupttouristenattraktion.

Tom Hannon lief mit offenem Mund herum.

»Dafür müssen die ein riesiges Vermögen ausgegeben haben!«

»So leben die oberen Zehntausend«, sinnierte Kate. »Sie ist ja riesig. Wann genau wurde sie gebaut?«

»1936.«

»Ich hoffe nur, daß ich auch so gut aussehen werde, wenn ich fünfzig bin.«

Toms Neugierde war geradezu unstillbar. Er ließ sich von ihr über das ganze Schiff führen, deutete auf Details, die seine Aufmerksamkeit fesselten und stellte Hunderte von Fragen. Kate ließ sich von seiner Begeisterung anstecken. Als sie den prächtig ausgestatteten Ballsaal mit seiner Aura verblichener Pracht betraten, weiteten sich Toms Augen voller Erstaunen.

Bevor er es verhindern konnte, kam ihm ein Jubelschrei über seine Lippen. »Da werden doch die Echsen verrückt! Jetzt hab' ich das Größte gesehen!«

Es war überall das gleiche, wohin sie auch kamen. Toms Interesse ließ nicht einen Augenblick nach. Er war die ideale Person, die man in Los Angeles herumführen konnte. Alles war eine Quelle umkomplizierter Freude für ihn.

»He! Das sind die von Charlie Chaplin!«

»Ich weiß.«

»Ist mir nie aufgefallen, daß seine Füße so klein waren.«

»Man lernt nie aus«, spöttelte sie.

Sie befanden sich auf dem Vorplatz von Grauman's Chinese Theatre und betrachteten die Reihe der Fußabdrükke, die von berühmten Hollywoodstars im Zement verewigt waren. Tom war überwältigt, so viele große Namen zu sehen.

»Hier sind die von Clark Gable«, sagte er ehrerbietig.

»Früher oder später kommen sie alle.«

»Und dort die von Robert Mitchum.«

Er bewegte sich zu einem anderen und senkte seinen

rechten Fuß in den Abdruck. Er paßte perfekt und das ließ ihn vor Freude kichern.

»Schnell, Kate. Komm hierher.«

»Das geht jetzt nicht.«

»Aber ich habe die gleiche Schuhgröße wie James Steward. Sieh doch!«

»Tut mir leid. Aber mein Absatz hängt in Ginger Roger's Fußspur fest.«

Tom ging hin, um ihr zu helfen und befreite sie behutsam. Sie gab ihm unwillkürlich einen Kuß auf die Wange, um ihm zu danken. Darauf strahlte er übers ganze Gesicht. Er winkte mit einer Hand überschwenglich über den Vorplatz.

»Probier doch mal, ob du noch sonstwo mit dem Absatz hängenbleiben könntest.«

Jedesmal wenn sie gemeinsam ausgingen, kamen sie sich näher. Sie lernten, was der andere mochte und nicht mochte, seine Stimmungen und seine individuellen Einfälle. Sie waren sich der wachsenden Vertrautheit zueinander bewußt und taten nichts, um diesen Vorgang zu beeinträchtigen. Für sie beide war es eine Zeit wundervoller Entdeckungen.

Der Nachmittag, den sie in Anaheim verbrachten, war typisch.

»Was möchtest du gerne sehen, Tom?«

»Alles!«

»Aber das würde eine ganze Woche dauern.«

»Wirklich? Dann bleiben wir eine Woche hier.«

»Und was wird aus meiner Arbeit?« fragte sie lachend.

»Ich weiß nur, daß dies die schönsten Ferien sind, die ich je verbracht habe, und ich möchte sie voll und ganz genießen!« Er legte einen Arm um ihre Hüfte. »Und dir bringt's doch auch etwas, oder?«

»O ja!«

In Disneyland wurden sie wieder zu Kindern.

Kate war einmal mit den Zwillingen dort gewesen, aber sie hatte sich nie entspannen können. Die Verantwortung für sie, das ständige Beaufsichtigen hatte ihr selbst das Vergnügen genommen. Jetzt war es anders. Sie gab sich einfach allem hin und erfreute sich daran.

Obwohl sie so viele Jahre in Los Angeles verbracht hatte, war sie eigentlich nie wirklich dazu gekommen, all das wahrzunehmen, was es zu bieten hatte. Als berufstätige Mutter mußte sie auf vieles verzichten. In den Tagen, die sie mit Tom Hannon verbrachte, sah sie die Stadt mit völlig anderen Augen. Sie fühlte sich irgendwie gelöst.

Und auch für ihn war es ein Spaß, der kein Ende nehmen wollte. Er war ein Mann, der sich jahrelang auf seiner Ranch unermüdlich abgerackert und trotz vieler Rückschläge durchgehalten hatte. Plötzlich hatte er nichts zu tun. Jetzt konnte er sich einmal gehenlassen. Und das tat Tom Hannon ganz gewaltig.

»Juhuuuu!«

»Tom!« schrie sie. »Wir stürzen ab!«

»Nicht, solange ich dich festhalte.«

Die Abfahrt in einem Matterhorn Bobschlitten war ein sekundenlanges, spannendes Erlebnis.

»Wir haben's geschafft!« sagte sie erleichtert, als sie den Boden erreicht hatten. »Ich hätte nie geglaubt, daß wir heil unten ankommen.«

»Laß uns noch mal fahren.«

»Aber ich hatte eine Heidenangst, Tom.«

»Ich auch – darum will ich's ja noch mal machen.«

»Dann mußt du mich aber ganz fest halten.«

»So hatte ich mir das auch gedacht.«

Kate lächelte, aber ein Warnglöckchen begann in ihrem Kopf zu klingeln. Sie verhielt sich Tom Hannon gegenüber zu entgegenkommend und gestattete ihm zu viele Freiheiten. Je näher sie sich kamen, desto schmerzhafter würde es sein, wenn er wieder aus ihrem Leben trat und nach Australien zurückfuhr. Es wurde Zeit, alles abkühlen zu lassen, beschloß sie. Sie durften sich nicht wiedersehen.

Der Empfangsbereich in der Zahnarztpraxis befand sich im Vorraum des großen, gut und modern möblierten Wartezimmers. In ihrer weißen Uniform, das Haar hübsch im Nacken zusammengesteckt, saß Kate hinter dem Schreibtisch und erledigte Büroarbeiten. Ein paar Patienten saßen auf den Sesseln, blätterten müßig in Zeitschriften, die auf den niedrigen Rauchglastischen ausgelegt waren. Hygienisches Schweigen herrschte. Es wurde durch das Telefon gestört. Kate nahm automatisch den Hörer auf und meldete sich.

»Praxis Dr. Peterson ...«

»Ich möchte einen Termin machen«, sagte eine Männerstimme.

»Sicher, Sir. Wann würde es Ihnen am besten passen?«

»Wie wär's mit heute abend?«

Kate erkannte Toms Stimme und schalt ihn freundlich.

»Tom Hannon, du solltest mich nicht während meiner Arbeitszeit anrufen.«

»Warum?«

»Weil ich meine Stelle verlieren werde, darum.« Sie warf den Patienten, die eifrig vermieden, sie anzusehen, einen Blick zu und fuhr dann flüsternd fort. »Mach das bitte nicht wieder. Es ist ... peinlich.«

»Wie hat's dir gestern gefallen?« wollte er wissen.

»Tom ...«

»Wir sind dreimal das Matterhorn runtergefahren«, erinnerte er sie.

»Ich weiß. Und es war wunderschön für mich.«

»Bisher mein schönster Tag.«

»Das freut mich.«

»Wann also sehe ich dich wieder? Heute abend?«

Kate riß sich zusammen. Es war Zeit, daß sich ihre Wege trennten. »Nein, ich kann nicht«, sagte sie entschlossen.

»Ich habe es dir erklärt.«

»Wie ist's mit morgen?«

Aus den Augenwinkeln sah sie, daß Dr. Peterson mit einer Patientin aus dem Behandlungszimmer kam. Es war höchste Zeit, das Gespräch zu beenden. Und die Beziehung. Ihr Flüstern wurde heiser.

»Tom, ich muß auflegen.«

»Nicht bevor du mir eine Antwort gegeben hast«, beharrte er.

»Es tut mir leid. Ich arbeite morgen abend.«

»Dann nimm dir den Abend frei.«

»Das kann ich mir nicht leisten.«

»In diesem Fall«, warnte er schelmisch, »werde ich ins Restaurant kommen und dich von Tisch acht verfolgen.«

»Das wirst du nicht wagen!«

Kate legte eine Hand auf das Telefon, als Dr. Peterson die Patientin am Schreibtisch vorbeiführte. Sie wollte diese Unterhaltung beenden.

»Leb wohl, Tom.«

»Wo kann ich dich morgen abholen?«

»Hör zu«, sagte sie kurz, »wir hatten viel Spaß miteinander, aber damit muß jetzt Schluß sein. Du hast ein Leben, in das du zurückkehrst, und ich habe meines hier. Warum sehen wir die ganze Geschichte nicht ganz locker und bleiben einfach gute Freunde.« Ihr fiel noch etwas anderes ein. »Und bei dieser Gelegenheit – danke!«

»Um wieviel Uhr morgen?« fragte Tom, als ob er ihr gar nicht zugehört hätte.

Kate beschloß, ihm Lebewohl zu sagen, und legte das Telefon ab, aber ihre Stimme sagte etwas anderes. Statt ihm klarzumachen, daß alles vorbei sei, hörte sie sich selbst kapitulieren.

»Um acht.«

»Ich werde da sein.« Er legte auf, und sie tat das gleiche.

Kate saß da und ließ das Gespräch in einer Mischung aus Irritation und Vergnügen noch einmal Revue passieren. Sie war verärgert, daß sie nicht standhaft geblieben war und doch froh darüber, daß sie ihn wiedersehen würde. Tom Hannon hatte einen Hauch von Farbe und Romantik in ihr im Grunde eintöniges Leben gebracht. An diese Zeit würde sie sich noch lange zurückerinnern.

Er mußte bald wieder nach Hause fliegen und würde für immer aus ihrer Welt verschwinden. Sie fand, daß sie ebensogut das Schönste aus dieser flüchtigen Affäre machen könnte, solange sie andauerte. Die Sache hatte ihr Selbstgefühl gewaltig gehoben, und Judy war grün vor Neid.

Warum nicht? fragte sie sich achselzuckend. Ich mag ihn. Er ist ein netter Kerl. Verglichen mit diesen blöden Burschen, die ich vor ihm kennengelernt habe, ist er fast perfekt. Warum etwas wegwerfen, solange ich's nicht muß? Ich bleib' dabei.

Ihr Chef kam zum Schreibtisch.

»Alles im Griff, Kate?«

»Ja, Dr. Peterson.«

»Gut«, erwiderte er mit verstehendem Lächeln. »Schicken Sie bitte den nächsten Patienten herein.«

Kate fügte sich wieder in ihre Rolle als Empfangsdame.

»Mr. Lucas. Wenn Sie jetzt bitte ins Behandlungszimmer gehen würden ...«

Die Sushi-Bar war Opfer ihrer eigenen Popularität. Nicht nur, daß sie rappelvoll war. Dazu gab es eine lange Schlange von Menschen, die darauf warteten, daß ein Platz frei wurde. Das Restaurant war exotisch, schwach beleuchtet und voller Leben. Hinter der Bar schnitten japanische Köche mit geübten Händen rohen Fisch und bereiteten ihn mit einer Vielzahl von Saucen zu. Japanische Kellnerinnen riefen in ihrer Muttersprache Bestellungen in die Küche, und das unsichtbare Küchenpersonal rief zurück. Der Lärm schien ganz natürlich und war wichtiger Teil dieser einzigartigen Atmosphäre.

Tom Hannon saß mit Kate an der Bar. Im Gegensatz zu ihr empfand er das Getöse und das Gedränge eher als störend. Er war an weite, offene Räume gewöhnt und fühlte sich in einer Menschenmenge nie wohl. Außerdem wollte er mit Kate ungestört sitzen. Die Sushi-Bar war zu belebt.

Es war Kates Wahl gewesen, und sie fühlte sich ganz wie zu Hause. Sie empfand Mitgefühl, als sie beobachtete, wie das Personal umhereilte, um den Bestellungen der Gäste nachzukommen. Es war ein Hochgenuß für sie, zum Essen ausgeführt zu werden, statt selbst im Restaurant arbeiten zu müssen. Sie hatte sich für diese Bar wegen des hervorragenden Essens und der exotischen Atmosphäre entschieden. Der ungeheure Lärm störte sie nicht im mindesten. Es war ihre normale Umgebung.

Vor sie beide wurde jeweils ein Teller gestellt. Ihr Mahl wurde auf einem Reisbett serviert und war mit einer aromatisch duftenden Soße übergossen.

Tom runzelte skeptisch die Stirn, während er es untersuchte.

»Willst du's nicht mal probieren?« forderte sie ihn auf.

»Oh, ja.«

Er nahm ein kleines Stück auf die Gabelspitze und probierte es.

»Nun?«

»Roher Fisch, uh?« grunzte er.

»Hmm... Magst du's?«

»Also es schmeckt ... sonderbar.«

Sie lachte über seinen gequälten Gesichtsausdruck.

»Tom, gibt es in Australien keine Sushi-Bars?«

»Nicht, wo ich lebe.«

»Natürlich«, sagte sie. »Du bist ja Hunderte von Meilen von der Küste entfernt.«

»Wir haben einen Fisch-und-Chips-Laden in Glenwarra«, fügte er hinzu.

»Einen was?«

»Fisch und Chips. Chips sind Pommes frites. Sie werden in Zeitungen eingewickelt serviert.«

Jetzt verzog sie das Gesicht. Die Vorstellung war ekelhaft.

»Du machst Witze.«

»Keineswegs, Kate. Schmeckt besonders gut mit viel Salz und Remoulade.«

»Äh!«

»Es wäre eine wichtige kulturelle Erfahrung für dich.«

»Ich denke, darauf werde ich verzichten.«

Kate war hungrig. Sie begann, ihr Mahl mit Behagen zu verzehren und nahm einen Schluck Wein dazu. Tom spielte nur mit seinem Essen. Er wartete auf einen Augenblick, in dem der Lärmpegel etwas nachließ.

»Kate, ich genieße das.«

»Aber du hast doch noch gar nichts gegessen.«

»Nicht das Essen«, erklärte er. »Ich sprach von dir. Ich bin dir sehr dankbar. Dafür, daß du dir freigenommen hast. Ich weiß, was das bedeutet, wo du Kinder hast, an die du denken mußt.«

Kate zuckte die Schultern. »Nun, das mach' ich ja nicht jeden Tag. Aber ab und zu darf ich schon mal ausbrechen. Außerdem ist es richtig schön.« Sie zauberte ein Grinsen auf ihr Gesicht und benutzte einen Slangausdruck. »Echt stark!«

»Ripper!«

Sie lachten fröhlich. Kate wollte das neue Wort lernen.

»Was ist das? Sag's noch einmal.«

»Ripper?«

»Ja. Also wie – in *Jack the Ripper!«*

»Nein, nicht so. Das bedeutet ›erstklasssig‹, mehr nicht. Das ist ein Ripper-Sushi.«

Ihr Gelächter wurde noch lauter und er spürte in seinem Herzen, wie seine Liebe immer größer wurde. Ihre Gesichter waren dicht beieinander und seine Augen lächelten.

»Kate«, sagte er beiläufig. »Gibt's 'ne Möglichkeit, deine Kinder kennenzulernen?«

Völlig überrascht saß Kate recht verlegen da und vertraute auf ihren Instinkt, als sie ihm antwortete.

»Ja, Tom. Die gibt es. Ich bin einverstanden.«

4

Wenn's darum ging, Fotos zu machen, war Tina eine richtige Perfektionistin. Sie bewegte sich im Zimmer umher, probierte verschiedene Blickwinkel aus und nahm dann eine Reihe von Einstellungen an ihrer Kamera vor, bis alles genau so war, wie sie es haben wollte. Die drei saßen dicht zusammengerückt am Eßtisch und versuchten ihr starres Grinsen beizubehalten. Das Warten schien unerträglich.

Marty spürte die Überanstrengung als erster.

»Nun mach schon, Tina.«

»Man darf einen Fotografen nicht drängen«, wehrte sie sich.

»Du brauchst ja *Stunden.«*

»Sorgfalt und Aufmerksamkeit machen sich immer bezahlt, Marty Adamson.«

»Gute Güte!«

»Alles bereit?«

»Hurra!« schrie er.

»Bleibt genau so!«

Tina drückte auf den Auslöser und das Blitzlicht flammte auf.

Während die Fotografin den Film weiterdrehte, entspannten sich die anderen. Es war Samstagabend, und Tom Hannon war zum ersten Mal im Apartment zu Besuch. Die Wohnung war klein, aber makellos sauber und sehr behaglich. Kates ordnende Hand war überall zu spüren.

Er bewunderte auch die Art, wie sie ihre Kinder erzogen hatte. Sie waren freundlich, lebhaft und hatten gute Manieren. Aber noch wichtiger war, daß sie ihn offensichtlich mochten. Tina hätte sicher nicht angeboten, Fotos zu machen, wenn sie es nicht wirklich gewollt hätte, und Marty gehörte zu jenen Jungen, die bei Erwachsenen, mit denen er sich unterhielt, sehr wählerisch waren.

Tom Hannon hatte den Test irgendwie bestanden. Sie erkannten ihn an.

Kate saß am Kopfende des Tisches. Sie gab Tina ein Zeichen.

»Nun komm und iß auf, bevor's kalt wird.«

»Okay«, sagte das Mädchen und nahm ihren Platz wieder ein.

»Ich hätte gern einen Abzug von dem Bild, wenn's entwickelt ist«, bat Tom.

»Wir werden dir einen schicken«, versprach Kate.

Jetzt, nachdem die Fotositzung beendet war, brachte Marty seinen Stolz auf das Talent seiner Schwester zum Ausdruck. Er wandte sich an Tom.

»Tina ist fotobesessen. Sie hat schon zwei Wettbewerbe gewonnen.«

»Marty!« protestierte sie.

»Das ist ja wundervoll!« gratulierte Tom.

»Nur auf der Schule«, erklärte sie.

»Dennoch«, erwiderte er, »ist das eine Auszeichnung. Gut gemacht!«

»Danke.«

Kate bot dem Ehrengast die Schüssel an.

»Tom? Noch etwas?«

Er schüttelte seinen Kopf und klopfte zufrieden auf seinen Bauch.

»Ich glaube, ich bekomme keinen Bissen mehr runter, Kate. Das war das beste Essen, seit ich in Kalifornien bin.«

»Das ist das beste Essen, das *wir* seit Jahren hatten«, stellte Marty fest. »Du mußt wiederkommen, Tom.«

»Deine Mutter ist eine ausgezeichnete Köchin.«

»Wenn ich die Zeit dafür habe.«

Kate und die Kinder aßen weiter, während Tom sie beobachtete. Es war gut, wieder einmal Teil einer richtigen Familie zu sein. Er fühlte sich so entspannt wie schon seit langer Zeit nicht mehr.

»Tom«, fragte Marty, »bist du in Larapinta geboren?«

»Ja. Und mein Vater, und davor seiner. Und jetzt meine beiden Mädchen. Das sind vier Generationen von uns.«

Tom griff in seine Jacke nach seiner Brieftasche.

»Ich sah im Fernsehen einen Film, der in der Wüste gedreht worden ist«, erinnerte sich Marty. »Sie nennen es Outback, ›die letzte Grenze‹. Stimmt das?«

»Manche nennen es so.« Tom nahm einige Fotografien heraus und reichte sie Kate. »Dies sind meine Mädchen.«

Kate blickte mit Interesse auf ein Bild, das zwei Teenager zu Pferd zeigte. Die eine grinste in die Kamera, während die andere eine Grimasse schnitt. Beide hielten ihre Augen gegen die blendende Sonne zusammengekniffen. Eine Ebene streckte sich hinter ihnen aus.

Tom stellte seine Töchter vor, wobei er mit dem Finger auf das Foto zeigte.

»Das ist Zoe – sie ist fünfzehn.«

»Sie sind beide sehr hübsch«, sagte Kate.

»Die, die eine Fratze schneidet, ist Emmie – sie ist gerade dreizehn geworden.«

Kate betrachtet das erste Foto aufmerksam, bevor sie es ihren eigenen Kindern weiterreichte. Sie konnte bei beiden Mädchen die Ähnlichkeit mit Tom feststellen, und das freute sie. Er beobachtete aufmerksam, wie sie hinschaute und versuchte, ihre Reaktion zu beurteilen.

»Ich nehme an, die sind schon geritten, als sie noch Babies waren«, sagte Kate.

»Ja!«

»Du mußt sehr stolz auf sie sein, Tom.«

Er strahlte. »Das kann man wohl sagen.«

»Gibt es da, wo du lebst, Koala-Bären?« wollte Tina wissen.

»Leider nicht.«

»Und wie steht's mit Krokodilen?« fragte Marty.

»Da draußen ist fast nur Wüste.«

»Das sind gute Fotos«, befand Tina, womit sie ihre Expertenmeinung von sich gab.

»Aber lange nicht so gut wie deine«, erwiderte Tom.

Marty schaute auf das ältere Mädchen. Er versuchte, seine Stimme uninteressiert klingen zu lassen.

»Zoe sieht sehr nett aus ...«

»Die Stimme der Erfahrung!« höhnte Tina.

In ihrer Stichelei steckte mehr als ein Körnchen Wahrheit, und das ließ seine Pose sofort zerbrechen. Er errötete und wechselte rasch das Thema, um seine Verlegenheit zu überspielen.

»Kennst du IN-X-S, Tom?«

»Klingt wie 'ne Art Rinderbrandzeichen.«

»Und wie ist es mit Midnight Oil?«

»Da muß ich passen, Marty.«

»Das sind Rockbands«, erklärte Kate.

»Davon versteh' ich leider nichts«, sagte Tom.

Tina verdrehte ihre Augen und sah Marty mitfühlend an, und ihr Bruder lächelte. Tom bemerkte den Blickwechsel zwischen den beiden und war amüsiert.

»Ich fürchte, ich bin ein bißchen altmodisch.«

»Dann sind wir schon zu zweit«, gab Kate zu. »Gib mir die Hand darauf.«

Sie reichte ihm die Hand und Tom schüttelte sie herzlich.

»Mamis Musikgeschmack ist hinterm Mond«, verkündete Marty.

»Sie steht doch tatsächlich noch auf Elvis.«

»Und was ist daran so schlecht?« forderte Kate ihn heraus.

»Ja«, unterstützte Tom sie. »Sogar ich habe von Elvis Presley gehört.«

»Er ist altmodisch!« behauptete Marty im Brustton der Überzeugung.

Kate und Tom konnten ein Lachen ob dieser arroganten Verurteilung des Popstars nicht unterdrücken. Tina erhob sich und griff nach ihrer Kamera.

»Machen wir noch eins, um die amerikanisch-australischen Beziehungen zu festigen!«

»Ich denke, das reicht jetzt«, fand Kate. »Meinst du nicht, Tina?«

»Nur ein letztes noch, Mami. Ich versprech's.«

»Es wird auch nur eine halbe Stunde dauern«, neckte Marty.

»Näher«, ordnete die Fotografin an. «Rückt näher zusammen.«

Sie schob Tom auf ihre Mutter zu, so daß sich ihre Schultern berührten. Ohne zu ahnen, was das für ihre Zukunft bedeutete, drückte Tina den Auslöser.

»Klasse!«

»Das ist ein schöner Abschluß für den Abend, den ich hier verbringen durfte.«

»Es war schön, dich da zu haben, Tom«, sagte Kate.

»Ja. Du bist in Ordnung«, erklärte Marty. »Für einen altmodischen Typen ...«

Tina stöhnte. »Elvis Presley! Mein Gott!«

Kate war glücklich. Sie hatte gehofft, daß das Essen ein Erfolg sein würde, und genau das war eingetreten. Ihre Kinder hatten ihren Gast gemocht und sagten es ihm auch. Aufgrund ihrer Reaktion verstand Kate etwas deutlicher, warum sie so vernarrt in Tom Hannon war.

Er war ein richtiger Mann.

Nachdem das Essen beendet war, machten sich die Kinder aus dem Staub, bevor sie aufgefordert werden konnten, den Abwasch zu machen. Kate hatte nichts dagegen, daß sie sich verzogen, um ihren üblichen Samstagabend-Verabredungen nachzugehen. Das bedeutete, daß sie etwas Zeit allein mit Tom hatte. Sie hatte ihn gern bei sich zu Hause.

In der Küche machten sie sich an die Arbeit. Sie spülte, er trocknete ab. Sie bildeten ein gutes Team.

»Das sind nette Kinder, Kate«, begann er.

»Danke.«

»Du hast da verdammt gute Arbeit geleistet.«

Kate wollte das Kompliment schweigend hinnehmen, doch irgend etwas an ihm ließ sie aus sich herausgehen. Sie holte tief Luft und erzählte ihm die Wahrheit.

»Ich habe manchmal solche Angst um sie.«

»Warum?«

»Los Angeles ist eine furchtbare Stadt zum Aufwachsen, und ich bin nicht immer da, um sie zu beschützen.« Sie breitete ihre Hände in einer hilflosen Geste aus. »Wenn sie ihre Mutter brauchen, arbeite ich gewöhnlich irgendwo. Es ist so schwer, sich um alles zu kümmern.«

»Mach dir doch keine Vorwürfe.«

»Ich bin alles, was sie haben, Tom. Das ist es, was mir

am meisten Sorge bereitet. Ich bin ihre einzige Stütze.« Sie tauchte den letzten Teller in das heiße Spülwasser und reinigte ihn abwesend. »Was, wenn mir etwas zustößt? Es ist ein entsetzlicher Gedanke.«

»Dir wird nichts zustoßen«, versicherte er ihr. »Und außerdem scheint es, als könnten diese Kinder ganz gut auf sich selbst achtgeben. Dafür verdienst du doch wohl etwas Anerkennung, oder?«

Sie nickte. »Ich denke schon.«

Tom stellte die Frage, die er seit Tagen stellen wollte.

»Wie alt waren sie, als dein Mann dich verließ?«

Augenblicklich fiel ein Schatten auf Kates Gesicht. Es dauerte, bis sie antwortete.

»Zwei Jahre«, sagte sie. »Ich hatte kein Geld, keine Arbeit, keine Aussichten. Und drei Mäuler waren zu stopfen. Ich weiß nicht, wie wir die ersten Jahre überstanden haben. Es war ein Alptraum.«

»Du hast es gut geschafft, Kate«, bemerkte er. »Du bist jemand, der überlebt.«

Sie lächelte, reichte ihm den Teller, trocknete dann ihre feuchten Hände ab.

»Tom …«

»Ja?«

»Erzähl mir von deiner Frau«, sagte sie plötzlich.

Er war überrascht. »Meiner Frau?«

»Wie war sie?«

Tom Hannon rieb mit einem Finger über sein Kinn, während er nach Worten suchte. Rührung schwang in seiner Stimme mit.

»Nun, sie gehörte sicher nicht zu diesen Emanzen. Sie war eher eine von der alten Sorte. Ich denke, es ist ein trauriges Haus, wo die Henne lauter schreit als der Hahn.«

Kate sagte nichts dazu. Sie wartete darauf, daß er weitersprach.

Er zuckte die Schultern. »Ich nehm' an, das macht mich ein bißchen zum Chauvinisten, aber ich mag eine Frau, die mich braucht. Das hat schon seine Richtigkeit.«

Für einen langen Augenblick trafen sich ihre Blicke.

Tom stellte den Teller ab und nahm sie in seine Arme. Er küßte sie direkt auf den Mund und sie nahm es freudig hin, drückte sich fest gegen seinen starken, kräftigen Körper und streichelte seinen Rücken. Nachdem er sich losgemacht hatte, faßte er sie bei den Schultern und ließ seine Gedanken mit rauher Zärtlichkeit herausplatzen.

»Ich liebe dich, Kate. Willst du mich heiraten?«

Sie starrte ihn völlig verwirrt an, war von seinem Vorschlag wie betäubt und völlig sprachlos. Die Plötzlichkeit all dessen hatte ihr den Atem geraubt. Es war etwas, das ihr einfach noch nie widerfahren war. Kate hatte es als selbstverständlich vorausgesetzt, daß ihre Affäre beendet sein würde, sobald er nach Australien zurückgekehrt war. Sie hatte große Schwierigkeiten, sich an den Gedanken einer neuen Ehe zu gewöhnen.

»Ich will dich ja nicht drängen«, fuhr er fort, »aber zum Ende des Monats muß ich wieder zu Hause sein. Also denk darüber nach, ja?«

»Tom ...«

»Gib mir jetzt keine Antwort. Denk darüber nach. In Ordnung?«

Völlig sprachlos nickte sie ihre Zustimmung.

Er küßte sie wieder, und sie fiel in seine Arme, fühlte sich sicher und begehrt, als er sie fest an sich drückte. Tom nahm ihr Kinn und hob es und lächelte zu ihr hinab.

»Kate Hannon ... irgendwie klingt das gut.«

»Tom«, wandte sie ein, »wir kennen uns doch kaum.«

»Ich weiß genug von dir.«

Die Empfingungen, die sie tagelang unter Kontrolle gehabt hatte, drängten jetzt heftig an die Oberfläche. Tränen stiegen ihr in die Augen und ihr Herz schlug wie ein

Hammer gegen ihre Rippen. Impulsiv heftete sie ihre Lippen auf die seinen und erforschte seinen Mund mit ihrer Zunge, genoß seinen Geschmack und seinen Duft, war erregt unter der Berührung seiner Hände, die über ihren ganzen Körper glitten.

Er nahm seinen Kopf gerade solange zurück, um eine Frage zu stellen.

»Wann werden die Kinder zurück sein?«

Dann küßte er sie wieder überall, eine Hand spielte mit ihrem weichen flaumigen Haar und die andere streichelte ihre Brust. Er küßte ihre Lippen, ihr Kinn, ihre Wangen, ihre Stirn, ihre Ohren und ihren Nacken in wachsender Begierde. Dann drückte Kate sein Gesicht behutsam fort und nahm ihn bei der Hand, um ihn ins Schlafzimmer zu führen.

Es war in Dunkelheit getaucht, doch ein Lichtschimmer aus dem Korridor warf einen Willkommensschein auf das Doppelbett. Sie bewegten sich in die Mitte des Raumes und er umarmte sie wieder, bevor er begann, seine Jacke auszuziehen. Sie hinderte ihn daran, indem sie die Hand hob.

»Nein, Tom. Laß mich ...«

Kate hatte einen überwältigenden Drang, ihm Freude zu bereiten, ihm all jene Dinge zu gewähren, die sie den anderen Männern, die durch ihr Leben gegangen waren, verweigert hatte. Diese Affären waren kurz und mechanisch gewesen, eine Flucht aus der Langeweile, ein Weg sich daran zu erinnern, daß sie eine Frau war. Doch sie hatte nur ihren Trieben nachgegeben.

Als ihr Mann sie verlassen hatte, war Kate völlig niedergeschlagen, und das Trauma war ihr seitdem geblieben. Es bedeutete, daß sie nie fähig gewesen war, einem Mann wirklich zu vertrauen oder ihm sich ganz hinzugeben. Bei Tom Hannon war das anders. Dieses Mal war es echt.

Hinter ihm stehend, streifte sie langsam seine Jacke ab,

zog sie zentimeterweise über seine Arme, so daß jede gezupfte Bewegung ein Lustversprechen war, und dabei biß sie zärtlich in seine Ohrläppchen. Dann wandte sie sich seinem Hemd zu, das sie behutsam aufknöpfte und mit ungeheurer Sanftheit abstreifte, wobei ein schlanker, muskulöser Oberkörper mit feingelocktem braunem Haar auf der Brust zum Vorschein kam.

Jetzt wandte Kate ihre Aufmerksamkeit den Schuhen zu. Sie hieß ihn, sich auf die Bettkante zu setzen und strich mit einer Hand an seinem Bein auf und ab, während sie seine Füße von den Schuhen befreite. Nachdem sie ihm seine Socken ausgezogen hatte, streifte sie seine bloßen Füße mit ihren Lippen, was ihn vor Lust aufstöhnen und nach ihr greifen ließ. Doch sie wehrte seine Arme ab.

»Nein, Tom.«

»Ich will dich, Kate!«

»Es hat keine Eile.«

Ihre Hände streiften an seinen Beinen empor und sie löste auf dieselbe behutsame Art seinen Gürtel. Sie konnte sehen, daß er für sie bereit war, und sie ließ ihre Hand über seine ganze Länge streichen, während sie seinen Reißverschluß öffnete. Minuten nach diesem liebevollen Vorspiel streifte sie seine Hose herunter.

Kate faßte nach seinem Slip, einem weißen Slip, der sich gegen den gebräunten Körper, der vor ihr lag, abzeichnete. Sie streichelte ihn zuerst durch den Stoff, beugte sich dann über ihn, um für Sekunden an ihm zu knabbern, war von Befriedigung erfüllt, als sie seine Härte wachsen und pochen fühlte. Mit peinigender Langsamkeit streifte sie schließlich seinen Slip ab und warf ihn auf den Teppich.

Tom Hannon lag nun nackt ausgestreckt vor ihr.

Er war ganz Mann. Erregt, liebend, voller Lust. Er war schön.

Sie trat ihre Schuhe beiseite und stand vor ihm. Sie öffnete den Reißverschluß ihres Kleides, schlüpfte aus den Ärmeln und ließ es dann mit weichem Geknister zu Boden fallen. Kate trug nichts weiter als einen roten Slip. Sie lächelte verheißungsvoll, als Toms Augen hungrig über ihren Körper glitten.

Schultern von glänzender Weiche. Lange, schlanke Arme. Feste, volle Brüste mit starren Brustwarzen, die von dunkelrosa Höfen umgeben waren. Eine schmale Taille über breiter Hüfte. Schenkel, deren Anblick ihn veranlaßte, sich bewundernd auf die Bettkante zu setzen.

Als Kate sich umwandte und ihren Slip auszog, hielt er es nicht mehr aus. Er sprang auf und griff mit wildem Verlangen nach ihr. Es war vier Jahre her, seit er mit einer Frau geschlafen hatte, und vierzehn, seit Kate jemandem genug vertraut hatte, um ihn zu begehren.

Sie fielen aufs Bett und küßten ihre Enttäuschungen in einer Woge von Leidenschaft fort. Er war feurig, aber rücksichtsvoll, achtete darauf, ihr nicht wehzutun oder sie zu erschrecken. Als seine Lippen auf den ihren brannten, streichelte seine Hand ihre Brust, und seine Finger malten Kreise um ihre Brustwarze, bis sie zu ihrer vollen Größe anschwoll. Als er sie schließlich berührte, durchrann sie ein Zittern von Lust und sie grub ihre Fingernägel in seinen Rücken.

Tom küßte jeden Zentimeter mit zarten Lippen vom Nacken abwärts, bis er schließlich die Brustwarze in den Mund nahm. Kate spürte seine Lust anschwellen, bis sie fast unerträglich war.

Sie stieß ihn auf den Rücken und zeichnete eine sich windende Spur hauchzarter Küsse auf seiner Brust und seinem Bauch. Tom stöhnte vor schierer Lust auf, als sie sich über ihn beugte und mit lockender Langsamkeit an ihm leckte. Als er es nicht länger ertragen konnte, hob er sie von sich, drehte sie herum und spreizte ihre Schenkel, drang mit der Wucht eines Ladestocks in sie, bis sie fast ohnmächtig wurde. Sein Rücken beugte und streckte sich mit zunehmender Geschwindigkeit und Kraft, und sein Mund fand den ihren zu einem Kuß, der jedes Quentchen ihrer Liebe und Zuneigung enthielt.

Seine Lust steigerte sich zu einem Crescendo und löste sich in einer Explosion von unwiderstehlicher Gewalt, die ihren eigenen Höhepunkt auslöste, so daß sie gemeinsam auf einem magischen Teppich reiner Ekstase dahintrieben. Sie schienen immer weiter zu fliegen, während neue Wogen der Lust sie emporhoben und schneller werden ließen.

Es dauerte Minuten, bis sie wieder atmen und sprechen konnten.

»Danke ...« sagte er.

»Ich danke dir.«

»Kate ...«

»Halt mich einfach nur fest«, hauchte sie.

Sie lagen verschlungen in den Armen des anderen, ausgebreitet auf dem Doppelbett, schwiegen gemeinsam. Beide waren von all dem köstlich überrascht. Keiner von ihnen hatte erwartet, daß es kommen würde, doch sie bedauerten es nicht. Damit, daß sie sich so frei und ausdrucksvoll geliebt hatten, hatten sie sich gezeigt, wie sie füreinander fühlten, und sie waren sehr zufrieden.

»Wir müssen viel häufiger gemeinsam abwaschen«, sagte er.

»Psst!«

Sie bettete ihren Kopf auf seiner Brust und legte ihr Bein zwischen die seinen, so daß sie auf ihm zu liegen kam. Er streichelte ihr Haar und küßte es, sog ihren Duft wieder ein und seufzte leise.

Kate durchforschte ihre Erinnerungen. Ihr Liebesspiel hatte all die Erregung des Neuen mit all der Geborgenheit des Vertrautseins. Sie begehrte Tom auf eine Art, von der sie geglaubt hatte, daß sie niemals wieder möglich sein würde. Er hatte sie erweckt, und umgekehrt hatte sie ihn aus einem erzwungenen Schlummer geholt.

Sie stützte sich auf einen Ellenbogen, um ihn wieder anzusehen, genoß den Anblick seines Körpers, streichelte seinen Schenkel, erwiderte sein Lächeln.

Er nutzte den Augenblick, um auf den Antrag zurückzukommen.

»Ja oder nein?«

»Das ist unfair.«

»Warum?«

»Weil ich jetzt im Nachteil bin.«

»Das war auch meine Absicht.« Er lachte und zog sie an sich.

»Deine Kinder brauchen ein ausgeglichenes Familienleben. Sie vermissen einen Vater. Das hast du selbst gesagt.«

»Ich weiß.« Sie hob fragend eine Augenbraue. »Tom ... das ist eine schwere Entscheidung, die ich treffen muß.«

»Ich habe sie getroffen, als ich dich an diesem ersten Abend im Restaurant sah.«

»Bei mir ist das anders«, sagte sie weich. »Ich brauche mehr Zeit. Bitte, Tom. Hab noch ein klein wenig Geduld.«

In seinem Gesichtsausdruck lag eine jungenhafte Aufrichtigkeit.

»Solange ich lebe, werde ich nie zulassen, daß dir auch nur das kleinste Leid geschieht, Kate.«

Sie konnte in seinem Herzen lesen und wußte, daß er die Wahrheit sprach.

Die Wirklichkeit überkam sie wie eine kalte Dusche. »Gott!« rief sie aus. »Wie spät ist es?«

Sie drehte sein Handgelenk so, daß sie auf seine Armbanduhr schauen konnte. Es war bereits nach elf Uhr. Kate erwachte plötzlich zum Leben.

»Die Kinder kommen bald heim, Tom.«

Er seufzte und machte eine Bewegung, um aufzustehen. Kate hielt ihn noch einen Augenblick lang fest. Noch einmal küßte sie ihn auf die Lippen, um ihre zärtliche Dankbarkeit zu zeigen.

»Es ist seltsam ... ich fühle mich so wohl mit dir.«

»Ist das gut oder schlecht?«

»Gut.«

»In dem Fall ...« Er versuchte, sie zurück aufs Bett zu drücken.

»Aufstehen!« befahl sie, und leistete Widerstand.

»Ja, Mrs. Hannon.«

Tom hatte recht. Es klang wirklich gut.

Marty und Tina saßen Seite an Seite mit perplexen Gesichtern auf der Couch. Er war von einer Übungsstunde mit seiner Band zurückgekehrt, wogegen sie den Abend mit Billy verbracht hatte. Keiner von beiden hatte damit gerechnet, daß ihre Mutter mit etwas auf sie warten würde, was sie als wichtige Neuigkeiten bezeichnete.

Kate trug ihren Morgenmantel und stand vor ihnen und blickte von einem zum anderen. Ihr Gesicht strahlte glücklich.

»Nun?« sagte Marty. »Was gibt's?«

»Ahnt ihr es nicht?«

»Nein.«

»Tom hat mich gebeten, ihn zu heiraten.«

Die Zwillinge waren sprachlos. Kate versuchte, den Schock abzumildern, indem sie ihnen die Einzelheiten erklärte.

»Wir haben uns sehr häufig gesehen, seit Tom in Kalifornien ist, und irgendwie hat's zwischen uns gefunkt. Ich weiß, daß es sehr plötzlich kommt.« Sie lachte. »Für mich auch. Aber ich glaube, irgendwo tief drinnen wollte ich, daß es geschieht. Tom ist ein wundervoller Mann. Und er mag euch beide sehr. Das hat er mir gesagt.«

Sie kniete sich so hin, daß ihr Gesicht auf gleicher Höhe mit den ihren war. Sie streckte ihre Hände aus, damit sie beide berühren konnte.

»Es wird schön werden, das verspreche ich«, fuhr sie fröhlich fort. »Es ist die Gelegenheit für ein ganz neues Leben – für uns drei.«

Die Kinder wechselten einen besorgten Blick.

»Wie meinst du das?« fragte Tina.

»Nun ... also, wir werden in Australien leben. Auf Toms Ranch.«

Es war, als sei eine Bombe explodiert. Sie saßen völlig bewegungslos da.

»In den nächsten Jahren zumindest«, fügte Kate hinzu. »Wenn ihr älter seid, könnt ihr in die Staaten zurückkehren, wenn ihr wollt.«

Panik ergriff sie beide. Sie artikulierte sich in einer Flut von Fragen und Argumenten. Kate wurde attackiert.

»Warum kann er nicht kommen und hier leben?«

»Warum kann er nicht eine Ranch in Kalifornien kaufen?«

»Haben wir dabei denn nichts zu sagen?«

»Ja – warum hast du uns denn nicht gesagt, daß *das* hinter all dem steckte?«

»Wie kannst du einen Kerl lieben, den du kaum kennst?«

»Willst du tatsächlich in einem Loch wie Australien leben?«

Kate schwenkte ihre Arme in der Luft, um sie zu beruhigen.

»Hört auf, hört auf«, sagte sie. »Eins nach dem anderen.«

»Bitte Tom, herzukommen und hier in den Staaten zu arbeiten«, drängte Marty.

»Ja!« pflichtete seine Schwester ihm bei.

»Oh, das könnte ich nicht. Das erwarte ich auch nicht.«

»Aber warum mußt du ihn denn gleich *heiraten*?« forschte Tina. »Könnt ihr euch nicht einfach mal treffen? Du könntest doch losfahren und ihn besuchen.«

»Genau«, stimmte ihr Bruder zu. »Du mußtest Alan ja auch nicht gleich heiraten.«

»Das ist nicht dasselbe«, argumentierte Kate.

Tina hakte nach. »Heißt das, mit Alan war's nur Sex?«

Ihre Mutter zuckte etwas zusammen, doch sie gab ihr eine indirekte Antwort. »Es war ein wenig mehr als das. Wenn du älter bist, wirst du das verstehen.«

»Darauf möchte ich nicht wetten«, murmelte sie.

»Australien!« Marty war angewidert.

Kate versuchte sie zu ermuntern, indem sie mehr Begeisterung in ihre Stimme brachte. Sie schlug mit einer Hand auf ihren Schenkel, um das zu betonen.

»He, nun hört aber auf! Das ist doch wohl nicht schlimm, oder? Ihr wißt doch, daß die Leute sogar sagen, daß Australien Amerika sehr ähnlich ist. Aber weil es dort weniger Einwohner gibt, ist mehr Platz für Wachstum. Hier aber nicht. Wie hast du's doch gleich genannt, Marty? ›Die letzte Grenze‹. Stellt euch vor, wir wären Pioniere, brechen auf zu einem großen Abenteuer in ein unerforschtes Territorium. Ist das denn nicht aufregend?«

Sie suchte in ihren Gesichtern nach einer Spur von Zustimmung, entdeckte aber nur Furcht. Marty und Tina waren von der ganzen Idee entsetzt.

»So oder so«, murmelte Kate, »Ihr werdet euch daran gewöhnen. Ich weiß, daß es so ist. Ihr braucht ein wenig Zeit.« Ihr fiel nur noch eines ein, was sie sagen konnte. »Ich liebe euch.«

Alles, was blieb, war ein langes, leeres Schweigen.

Der San Diego Freeway war so dicht befahren wie immer, als sie nach Süden fuhren. Kate saß am Steuer ihres Wagens, den sie an diesem Morgen vom Gebrauchtwagenhändler geholt hatte. Sie und Tom scherzten leicht über das Treffen, das ihnen bevorstand. Beide versuchten, ihre Nervosität zu verbergen.

Sie waren unterwegs, um die Neuigkeit Toms Schwester zu überbringen, und sie waren sich nicht ganz sicher, wie sie darauf reagieren würde.

Zu heiraten war nicht ganz so einfach, wie es schien.

»Hast du's den Kindern gestern abend gesagt?« fragte Tom.

»Ja.«

»Und wie haben sie's aufgenommen?«

»Nicht ganz so schlecht«, log sie. »Sie werden schon noch damit fertig.«

Sie bog in die Ausfahrt und gab Gas. Das Haus stand auf einem Felsen am Ozean und bot einen herrlichen Blick auf die See. Der Garten erstreckte sich fast bis zum Rand der Klippe. Als sie neben einer Gruppe von Palmen standen, sah sie schaumgekrönte Wellen auf die sandige Küste zurollen. Es war ein friedliches Bild, obwohl es eine Spur von Gefahr und Bedrohung barg.

Molly Winters war eine wohlhabende Matrone der Mittelklasse von San Diego, verheiratet mit einem erfolgreichen Immobilienmakler. Vierzehn Jahre war sie schon von ihrer Heimat fort, und diese Zeit hatte sie rein äußerlich in eine typische Amerikanerin verwandelt. Doch immer noch schwang ein leichter australischer Akzent in ihrer Stimme, und sie war sowohl unfähig als auch nicht willens, sich dieses Zeichen ihrer Herkunft abzugewöhnen. Wenn sie neben ihrem Bruder stand, war die Familienähnlichkeit unverkennbar. Beide hatten das gleiche harte, ausgetrocknete, unbezwingliche Aussehen.

Kate gab sich wirklich Mühe, mit ihr warm zu werden. Während Tom mit seinem Schwager Frank ein Bier trank, spazierten die beiden Frauen zum Ende des Gartens hinunter. Kate hatte das ungute Gefühl, verhört und für unerwünscht befunden zu werden.

Mollys Stimme kam wie die See unter ihnen in schleppenden Wellen. Sie sprach frei und offen.

»Ich bin jetzt Amerikanerin, aber ich wurde wie Tom in Larapinta geboren, also weiß ich, worüber ich rede. Es ist eine weite Wildnis und nur die Stärksten überleben dort.« Sie warf Kate einen stählernen Blick zu. »Und für Frauen ist es besonders hart.«

»Ich verstehe.«

»Das glaube ich nicht – jetzt noch nicht.«

»Was denn genau ist an dieser Gegend so schlimm?«

»Alles«, betonte Molly. »Die Abgeschiedenheit und die Einsamkeit können einen wirklich fertigmachen. Dann gibt es da Schlangen, Dingos, Insekten und all die anderen natürlichen Gefahren der Gegend.« Sie begeisterte sich für dieses Thema. »Gerade jetzt herrscht dort die furchtbarste Dürre, die es seit Menschengedanken in Zentralaustralien gab. Seit vier Jahren hat es nicht mehr geregnet. Jeden Tag stirbt Vieh. Tom ist hierher geflogen, um sich von mir und Frank 200 000 Dollar zu leihen, damit er einen Brunnen bohren kann.« Sie betonte es der anderen Frau gegenüber. »Weil er ohne Wasser nicht überleben kann.«

Kate brauchte einen Augenblick, um all dies zu verarbeiten. Molly merkte, daß sie durch diese Enthüllungen wie gelähmt war und empfand eine fast perverse Freude darüber.

»Ich nehme an, daß Tom nichts davon erwähnt hat.«

»Nein. Noch nicht. Aber ich bin sicher, daß er's tun wird, sobald es sich ergibt.«

»Tom hat Angst, dich damit abzuschrecken.«

»So leicht lasse ich mich nicht einschüchtern.«

»Warte, bis du Larapinta siehst.«

»Ich freue mich darauf«, sagte Kate mutig.

»Das ist kein Platz für Kinder. Sie werden dich dafür hassen, daß du sie dort hinausgebracht hast.«

»Das ist meine Entscheidung.«

»Die Hitze dort macht es zur Hölle auf Erden.«

Molly wollte sich weiter über die schrecklichen Einzelheiten der Gefahren der Wüste auslassen, doch Kate hatte schon genug gehört. Sie unterbrach die ältere Frau, bevor sie mit ihren Ausführungen beginnen konnte.

»Du willst nicht, daß ich ihn heirate, nicht wahr?«

»Nach meinem Geschmack ging das alles viel zu schnell«, erklärte Molly kalt.

»Danke dafür, daß du so offen bist.«

»Eine Heirat wäre ein schrecklicher Fehler für euch beide.«

Kate unterdrückte eine verärgerte Antwort und sprach mit gemessener Ruhe.

»Molly, ich verstehe deine Gefühle«, sagte sie. »Aber zufällig liebe ich Tom, und nichts von dem, was du sagst, wird meine Meinung ändern.«

Die beiden schauten sich einander mehrere Sekunden lang an.

Es war eine kurze und formlose Zeremonie, die in einer kleinen Hochzeitskapelle abgehalten wurde. Tom Hannon und Kate Adamson standen vor dem Friedensrichter, der mit ausdruckloser, nasaler Stimme den Text verlas. Der Bräutigam trug einen leichten Anzug, der ihm nicht ganz paßte und er lächelte dennoch stolz, als sei ihm damit eine besondere Ehre zuteil geworden. Er fühlte sich, als schwebe er in der Luft.

Die Braut sah in einem pfirsichfarbenen Anzug mit passenden Accessoires wunderbar aus. Eine einzelne Rose war an das Revers in einem Hauch von Schleierkraut geheftet, deren cremefarbene Blütenblätter in zartem Rosa leuchteten. Unter den Leuchtstofflampen schimmerte ihr

Haar wie Seide, und ihr Gesicht zeigte den Ausdruck reiner Seligkeit.

Dr. Peterson freute sich sehr für seine Empfangsdame. Er wußte von den zahllosen Schwierigkeiten, die Kate durchgestanden hatte. Obwohl er es bedauerte, sie aus der Praxis zu verlieren, war er froh darüber, daß sie endlich jemanden gefunden hatte, der ihr alles geben konnte, was sie so lange in ihrem Leben entbehrt hatte.

Judy war mit ihrem Mann da, ebenso Fran und Mary. Die drei Frauen teilten Kates unbekümmerten Optimismus. Sie alle waren tief bewegt. Wie Kate selbst, waren die Freundinnen von der Romantik hingerissen, die diese Liebe umgab.

Was konnte wundervoller sein, als einem Mann zu begegnen, sich in ihn zu verlieben und ihn zu heiraten – und in so kurzer Zeit? Daß das Paar in eine idyllische Existenz in einem fernen Kontinent fliegen würde, verstärkte den Zauber nur. Es war der Stoff, aus dem die Träume sind.

Judys lautes Flüstern brachte eine realistischere Note in das Ganze.

»Und wenn ich daran denke, daß dies alles mit einem Roastbeef-Sandwich an Tisch acht begann!«

Die anderen Zeugen waren mit der Zeremonie weniger zufrieden.

Frank und Molly schauten mit basiliskenhafter Mißbilligung in den kalten Augen zu und sahen nichts weiter als das Schlimmste für ihre Zukunft voraus. Marty und Tina durchlitten Qualen, weil sie sich in Gedanken die Auswirkungen dieser Heirat vergegenwärtigten.

Der Friedensrichter kam bald zum Höhepunkt des Zeremoniells.

»Und so erkläre ich euch für Mann und Frau ...«

Mr. und Mrs. Tom Hannon weinten vor Freude.

Von Judy angeführt, drängten die Anwesenden vorwärts und umringten sie, um sie mit den besten Wünschen zu überschütten. Selbst Frank und Molly gratulierten zurückhaltend. Marty und Tina hielten sich fern und hingen ihren düsteren Ahnungen nach.

Kate sah sie kurz, und für einen Augenblick verdunkelte ein Schatten ihr Glück. Doch dann küßte Tom sie, und die Sonnenstrahlen kehrten zurück. Sie lag in den Armen ihres Mannes, und alles war wieder in Ordnung.

Verzückung trug sie zärtlich davon.

5

Die Stimme des Kapitäns klang heiter und freundlich aus den Kabinenlautsprechern.

»Meine Damen und Herren, in wenigen Minuten beginnen wir mit unserem Landeanflug auf Sydney. In ungefähr zwanzig Minuten sollten Sie dann bereits außerhalb des Terminals sein. Die Besatzung hofft, daß Sie einen angenehmen Flug hatten, und wir würden uns freuen, wenn Sie bald wieder mit Qantas fliegen würden. Vielen Dank und viel Glück.«

Plötzlich brach ein angeregtes Stimmengewirr aus. Da ihr Ziel jetzt so nah war, begannen die Passagiere sich fertig zu machen und alles in ihrem Handgepäck zu verstauen. Einige von ihnen wachten nach langem Schlaf gerade erst auf. Als sie die Sonnenblenden an den Fenstern hochschoben, wichen sie vor dem Glanz der fühen Morgenstunden zurück.

Australien hieß sie mit einem herrlichen Tag willkommen.

»Wach auf, Marty.«

»Was?«

»Und du auch, Tina. Wir sind fast da!«

»Oh ...«

Die Zwillinge waren im Verlauf des Fluges schließlich eingenickt, doch die Ruhe hatte ihre Feindseligkeit nicht im mindesten verringert. Sie rieben sich die Augen und versuchten, ihre schmerzenden Gliedmaßen in dem engen Raum zu strecken. Obwohl selber müde, versuchte Kate um ihretwillen frisch und zuversichtlich zu klingen.

»So lang war der Flug eigentlich doch gar nicht.«

»Doch, das war er«, stöhnte Marty.

»Ich fühl' mich schrecklich«, sagte Tina.

»Wir werden bald in Sydney landen«, erzählte Kate ihnen. »Die frische Luft wird uns allen sehr guttun.«

Stewardessen kamen durch die Gänge und trugen Tabletts mit Getränken. Selbst nach so vielen Stunden im Dienst blieben sie freundlich und höflich. Ihre Uniformen schienen ebenso adrett zu sein wie beim Abflug in Los Angeles.

»Orangensaft?«

»Danke«, sagte Kate, die den Plastikbecher gerne nahm.

»Ich wette, ihr zwei nehmt auch welchen.«

»Ja.«

»Vielen Dank.«

Die Stewardeß reichte Marty und Tina jeweils einen Becher und ging dann weiter.

Kate wandte sich den Kindern zu und schenkte ihnen ein herzliches Lächeln. In dem Versuch, sie aufzuheitern, hob sie ihren Plastikbecher zum Toast.

»Fröhliche Landung!«

Die Zwillinge reagierten mit verletztem Schweigen und nippten an ihrem Getränk.

Kate führte den Becher an die Lippen und begann wieder zu träumen. Sie erinnerte sich an etwas ungeheuer Kostbares und Schönes ...

Es war früh am Morgen. Das Schlafzimmer war mit gepackten Koffern übersäht, die darauf warteten, geschlossen zu werden. Champagner wurde in ein Glas geschenkt, das zur Hälfte bereits mit Orangensaft gefüllt war. Darauf wurde ein zweites Glas vollgeschenkt.

Tom Hannon trug seinen Morgenmantel. Kate schlief noch in ihrem Bett. Er blickte begehrend auf sie hinunter und dankte seinem Glücksstern für den Entschluß, nach Kalifornien geflogen zu sein. Die Begegnung mit ihr hatte einen erschöpften Witwer in einen entzückten Ehemann verwandelt.

Er setzte sich auf den Bettrand und beugte sich über sie, um sie zärtlich auf die Stirn zu küssen. Sie erwachte schläfrig und griff nach seiner Hand, die sie zärtlich mit ihren Lippen streifte.

»Ich schlafe gern neben dir, Tom Hannon.«

»Gut – das wirst du reichlich üben können.«

»Mir soll's recht sein.«

»Mir auch.« Er schaute sie verliebt an und berührte ihre Wange mit seinem Handrücken. »Wie haben dir die Flitterwochen gefallen?«

»Viel zu kurz.«

»Und die Zeit sonst?«

»Ripper!«

Sie lachten. Er küßte sie und reichte ihr eines der Gläser.

»Zeit, auf die Beine zu kommen. Mrs. Hannon. Dies ist der große Tag.«

»Ich weiß«, sagte sie und unterdrückte ein Gähnen. »Ich war stundenlang wach, und habe überlegt, ob ich alles eingepackt habe.«

»Angst?«

»Eigentlich nicht.«

»So gefällst du mir!«

Er stieß ihr Glas zum Toast an.

»Auf die Zukunft!«

»Darauf will ich trinken, Tom.«

Sie tranken gemeinsam, dann lehnte sie ihren Kopf an seine Brust. Während er sprach, streichelte er zärtlich ihr Haar und schmiegte sich darein.

»Ich möchte, daß du den Outback ebenso liebst wie ich, Kate. Er strahlt einen Zauber aus. Das Land ist etwas Lebendiges. Man kann sein Herz schlagen hören. Nachts magst du gar nicht glauben, daß es so viele Sterne am Himmel geben kann ... Die Zeit existiert dort nicht mehr.«

»Ich will es lieben, Tom, das will ich wirklich.«

So nah wie in diesem Augeblick hatte sie sich ihm noch nie gefühlt.

Durch den Drink ganz wach und von einer raschen Dusche erfrischt eilte Kate Hannon mit fröhlichem Morgengruß ins Schlafzimmer ihrer Tochter.

»Hallo! Aufgewacht! Aufgewacht!«

Die Wort erstarben ihr auf den Lippen. Sie war wie vom Donner gerührt.

Tina war nicht da.

Das Bett war abgezogen und die Bezüge lagen sauber gefaltet am Fußende. Schubladen waren herausgezogen und geleert. Die Kleidung war durchwühlt. Make-up und Crèmes waren von der Kommode verschwunden. An den Wänden hingen keine Poster mehr. Auf dem Boden lagen einige Kleidungsstücke, die während des plötzlichen Aufbruchs offensichtlich vergessen worden waren.

Kate stand in der Tür und krümmte sich. In ihrer Magengrube spürte sie einen stechenden Schmerz. Ihre Glückseligkeit war mit einem Mal verflogen. Tinas Flucht war ein Racheakt gegen sie. Kate wußte, daß sie ihre Tochter dazu getrieben hatte, und dieser Gedanke erfüllte sie mit tiefer Traurigkeit. Das leere Zimmer war wie eine Anklage.

Ein Zettel lag auf dem Nachttisch.

Kate eilte dorthin und nahm ihn auf.

Der Wagen kam kreischend vor einem fast zerfallenen Apartmenthaus in Venice zum Stehen. Während Tom drinnen sitzen blieb, stieg Kate aus, schlug krachend die Tür zu und eilte auf das Gebäude zu. Sie betrat es durch den Haupteingang und erklomm die teppichlosen Treppen, wobei ihre Absätze auf dem bloßen Holz klapperten. Überall blätterte die Farbe ab und das ganze Haus strahlte Verwahrlosung aus. Nackte Glühbirnen baumelten von der Decke. Ein modriger Geruch erfüllte alles. Kate ging über einen Korridor bis sie das gesuchte Apartment fand. Sie klopfte heftig. Sie hörte Stimmen aus dem Inneren des Zimmers, dann wurde die Tür einen Spalt weit geöffnet. Das ängstliche Gesicht eines Achtzehnjährigen tauchte in der Lücke auf.

»Hallo, Billy«, sagte sie sehr beherrscht.

»Oh – hallo ...«

»Ich komme wegen Tina.«

»Sie ist nicht hier.«

»Bitte lüg mich nicht an.«

»Tina ist vor einiger Zeit gegangen. Sie haben sie verpaßt.«

»Wenn du nichts dagegen hast«, beharrte Kate, »dann komme ich doch einfach rein und überzeuge mich selbst davon ...«

Sie stieß die Tür auf, doch Billy versperrte ihr den Weg. Er war ein großer, recht stattlicher junger Mann mit dem ungepflegten Äußeren eines Menschen, der sein Zuhause zu früh verlassen hat und sich mit nur wenig Erfolg selbst durchschlägt.

»Entschuldige, Billy ...«

Ihre scharfe Höflichkeit veranlaßte ihn, beiseite zu treten. Kate ging ins Zimmer und blieb stehen. Tina kauerte in einer Ecke.

»Nimm deine Sachen!« befahl ihre Mutter.

»Nein!«

»Tina!«

»Ich will bei Billy bleiben.«

Kate war nicht in der Stimmung, darüber zu diskutieren. Sie marschierte ins Schlafzimmer, ergriff zwei Koffer und kam wieder heraus. Sie klemmte den einen Koffer unter dem Arm, faßte den anderen mit der Hand. So hatte sie die andere Hand frei, um das Handgelenk ihrer Tochter zu packen und sie zur Türe zu ziehen. Tina wehrte sich verzweifelt, doch Kate war viel zu stark.

»Tu doch was, Billy!« schrie das Mädchen.

»Lassen Sie sie in Ruhe. Mrs. Adamson«, sagte er und versperrte wieder die Tür. »Tinas Platz ist hier bei mir. Sie wird nirgendwo hingehen.«

Seine Haltung zeigte eine Mischung aus Mut und Vorsicht.

»Aus dem Weg, Billy«, warnte ihn Kate.

»Nein, Mrs. Adamson.«

»Ich heiße jetzt Hannon«, korrigierte sie mit eisiger Stimme.

»Mein Mann wartet unten im Wagen auf mich. Möchtest du die Angelegenheit vielleicht mit ihm diskutieren?«

Es war ein langer Kampf mit Blicken, dann schluckte Billy und gab nach. Er ärgerte sich über Kate, weil sie ihn vor Tina so demütigte, und brüllte ihr seine Entschuldigungen nach, während sie hinausgezerrt wurde.

»Billy!« schrie sie.

»Keine Angst, Tina!« rief er ihr hinterher. »Ich werde schon irgendeinen Weg finden. Wir werden zusammen bleiben.«

Er sah zu, wie sie die rohen Bretterstufen hinunterstapften und das Haus verließen, dann schlug er mit der geballten Faust in die Handfläche.

Die frische Luft verringerte Tinas Widerstand nicht. Sie

tat, was sie konnte, um sich loszureißen, und Kate mußte ihren Griff verstärken. Sie gingen an einer Mauer mit einem in grellen Farben gemalten Graffitti entlang, das einen geradezu ironischen Gegensatz zu ihrem Wutausbruch bot.

»Junge Frau, das war nicht schön!«

»Ich *mußte* zu ihm!«

»Wie konntest du so etwas nur tun?« zischte Kate.

»Für dich ist es ja ganz anders. Du verstehst das nicht.«

»Wieso?«

»Ich verlasse alle meine Freunde«, plärrte Tina. »Ich werde sie nie wiedersehen.«

»Du wirst in Australien neue Freunde finden.«

»Ich *will* aber keine neuen Freunde finden!«

»Das ist nicht die richtige Einstellung.«

»Du verstehst mich nicht«, jammerte sie.

Kate schwang sie herum und drückte sie gegen die Mauer.

»Natürlich verstehe ich das«, sagte Kate erst.

»Glaubst du etwa, ich weiß nicht, was ihr beiden durchmacht? Ich tu's doch nicht allein für mich, Tina. Es ist ebenso für dich und Marty. Ich will, daß es uns bessergeht. Ich will, daß wir zum ersten Mal in unserem Leben eine richtige Familie sind und alles, worum ich bitte, ist, daß ihr ihm eine Chance gebt. *Bitte!*«

Tina reagierte darauf, indem sie versuchte davonzulaufen, aber Kate hielt sie fest. Ihre Tochter zum Wagen zerrend, ließ sie die Koffer fallen, öffnete die Hecktür, schob Tina hinein, warf das Gepäck hinterher, setzte sich dann neben sie und schloß die Tür.

»Fahr uns zurück, Tom«, sagte sie. »Ich werde hier gebraucht.«

Menschenmengen drängten sich in der Abflughalle des Internationalen Flughafens von Los Angeles undmachten jede Hoffnung auf einen ruhigen gemeinsamen Augenblick zunichte.

Tom Hannon nahm die Hände seiner Frau in die seinen und drückte sie.

»Sei nicht zu streng mit Tina«, riet er. »Sie werden aus allem herausgerissen, und sie empfinden den Schock.«

»Ich fühle ja mit ihnen, Tom«, erwiderte sie. »Schließlich werde ich ja auch herausgerissen. Ich werde ihnen das sagen.«

»Im Lauf der Zeit kommen sie darüber hinweg.«

Einem plötzlichen Impuls folgend legte sie ihre Arme um ihn.

»Oh, ich wünschte, daß wir jetzt mit dir heimfliegen könnten.«

»Das wünschte ich auch, Kate.«

»Das würde alles ein wenig leichter machen.«

»Sieh's doch mal so«, erklärte er. »Daß ich vorausfliege, bedeutet, daß ich die Neuigkeiten meinen Mädchen von Angesicht zu Angesicht überbringen kann und sie mit dem Gedanken vertraut mache, bevor du mit den Zwillingen nachkommst.« Er grinste freundlich. »Was würden Zoe und Emmie denken, wenn ich mit euch dreien im Schlepptau auftauchte?«

»Das wäre wohl die Überraschung ihres Lebens.«

»Genau. So haben wir beide ein wenig mehr Zeit, die Dinge mit unseren Kindern zu regeln. Okay?«

Kate nickte. Sie erkannte die Richtigkeit dessen, was er sagte, aber sie empfand Widerwillen, ihn gehen zu lassen. Es schmerzte sie, von Tom so kurz nach der Hochzeit getrennt zu sein. Es schien unnatürlich.

»Mach dir keine Sorgen«, besänftigte er sie.

»Wirst du da sein und uns abholen, Tom?«

»Heute in einer Woche werde ich am Flughafen von Sydney mit dem größten Blumenstrauß sein, den ich finden kann. Ist das in Ordnung. Mrs. Hannon?«

»Ist das ein Versprechen?«

»Das ist ein Versprechen.«

Und er besiegelte es mit einem langen, innigen Abschiedskuß.

Kate Hannon konnte noch seine Lippen auf den ihren spüren, als die Qantas 747 auf der Landebahn von Sydney aufsetzte. Der Ruck riß sie aus ihrem Tagtraum und sie sah, daß sie sicher gelandet waren. Eine Woche getrennt von Tom – ihr war es wie ein Jahr vorgekommen, aber jetzt war es endlich vorbei. Ihre Müdigkeit fiel von ihr ab, als sie an das dachte, was vor ihr lag.

»Wir bitten die Passagiere, zunächst sitzen zu bleiben, bis ...«

Es entstand eine kurze Verzögerung, als eine Gruppe von Beamten mit großen Sprühbehältern das Flugzeug betrat. Sie gingen in den Gängen auf und ab und versprühten überall ihr Desinfektionsmittel.

»Wofür, hatten die gesagt, ist das gut?« fragte Marty.

»Schädlingsbekämpfung«, sagte seine Mutter.

»Sei vorsichtig, Tina«, scherzte er.

Es war das erste Mal, daß er gelacht hatte, seit sie abgeflogen waren. Kate betrachtete das als ermutigendes Zeichen. Martys jugendlicher Sinn für Humor mochte schließlich doch von Nutzen sein.

Als sie das Flugzeug schließlich verlassen hatten, machten sie sich auf den Weg zur Paßkontrolle und erledigten alle Formalitäten. Die Kinder waren von der Mitteilung, daß sie australische Staatsbürger werden würden, wie erschlagen. Tina war außer sich.

»Aber ich bin *Amerikanerin*!«

»Deine Heimat ist jetzt hier«, argumentierte Kate.

»Ich will aber keine Australierin sein.«

»Wir haben keine andere Wahl, Tina.«

»Warum hast du uns nichts gesagt?« protestierte Marty.

»Ich hasse dieses Land schon jetzt«, fügte seine Schwester hinzu.

»Wir werden später darüber sprechen«, sagte Kate.

Es war ein neuer Reibungspunkt zwischen ihnen.

Sie gingen in die Gepäckhalle und warteten darauf, daß ihr Gepäck auf dem Karussell auftauchte. Marty wurde jetzt aktiv; er sprang zu ihren Taschen, die rasch vorbeifegten, und hob sie geschickt herunter. Kate war dankbar für seine Hilfe. Sie legte alles auf einen Gepäckwagen und rollte damit zum Zoll.

Nachdem ihre Koffer kontrolliert und sie ausgefragt worden waren, wurde ihnen schließlich der Durchgang freigegeben. Sie gelangten mit einem Gefühl der Erleichterung in die Ankunftshalle und sahen sich mit einer metallenen Barriere konfrontiert. Eine riesige Menschenmenge hatte sich dahinter versammelt, wartete auf ankommende Freunde oder Verwandte und musterte jedes Gesicht, das durch die Tür kam.

Kate und die Zwillinge suchten die Barriere der Länge nach ab, und musterten die Menschemenge. Als sie Tom nicht entdecken konnten, befanden sie, daß er irgendwo weiter hinten sein müsse und begaben sich in die Halle. Jetzt suchten sie systematischer.

Aber sie konnten Tom Hannon noch immer nicht entdecken.

Sie standen isoliert inmitten dieser Menge und warteten, während überall ringsum fröhlich Wiedersehen gefeiert wurde. Der Jet-lag hatte ihre Kräfte und Nerven geschwächt. Jetzt lungerten sie in einem fremden Land herum. Selbst die Kinder sehnten sich nach dem Anblick von Tom Hannons freundlichem Gesicht. Doch es tauchte nicht auf.

Kate fühlte sich plötzlich sehr hilflos.

»Was mag bloß mit ihm los sein?« fragte Tina.

»Er wird hier sein.«

»Wann, Mami?«

»Gib ihm Zeit.«

»Mann!« seufzte Marty. »Ist das ein Willkommen!«

»Dort ist er!« rief Kate.

»Wo?«

Aber sie war bereits losgelaufen und rannte auf einen Mann zu, der nahe der Barriere stand. Tom hatte ihr den Rücken zugewandt und sie konnte sehen, daß er einen Blumenstrauß trug. Er hatte sein Versprechen gehalten.

Ihre Freude erstarb. Es war nicht ihr Mann.

Eine junge Frau kam durch die Tür, und der Mann winkte ihr zu. Sie umarmten sich herzlich, und dann reichte er ihr die Blumen. Kate erkannte jetzt, daß er Tom wirklich nicht ähnlich sah.

Eine Vorahnung beunruhigte sie. Irgend etwas war schiefgegangen. Traurig trottete sie wieder zu den Kindern zurück.

»Was jetzt?« grunzte Marty.

»Wir warten«, sagte seine Mutter.

»Wie lange noch?«

»Bis Tom kommt.«

»Angenommen, er kommt nicht?« wollte Tina wissen.

»Er wird uns nicht im Stich lassen«, versicherte Kate ihr.

Ihre Stimme war ruhig, doch ihre Gedanken überschlugen sich. Eine ganze einsame Woche lang hatte sie sich darauf gefreut, daß ihr Mann am Flughafen sein würde, um ihnen ein Willkommen zu bereiten, das jeden noch so kleinen Zweifel wegwischen würde. Kate hatte auf ihn gezählt. Sie brauchte das Gefühl seiner Umarmung und die beseelende Kraft seiner Liebe.

Aber Tom Hannon war nicht da.

Ihre Stimme begann nun wie ein Pendel zwischen Ärger und Angst zu schwingen. Tom kam zu spät. Absichtlich. Er wollte, daß sie begriff, daß er nicht gelaufen kam, wenn sie pfiff. Im Grunde war er so, wie man Australier einschätzte: gleichgültig gegenüber ihren Frauen, die sie zudem verächtlich behandelten, herablassend und unhöflich. Wahrscheinlich würde Tom nicht einmal selbst kommen. Er würde jemand anders schicken und die Blumen vergessen.

Das ist nicht wahr, sagte sich Kate Hannon. Tom ist nicht so. Er ist freundlich und aufmerksam. Er weiß, wie wichtig es für mich ist, daß er hier ist, um es mir und den Kindern leichter zu machen, um dafür zu sorgen, daß unsere erste Begegnung mit Australien einfach schön ist.

Vielleicht war er zu Hause anders. In Los Angeles konnte er es sich leisten, gefälliger und romantischer zu sein. Auf eine andere Art des Umwerbens hätte Kate gar nicht reagiert. Jetzt, wo er in seiner eigenen Umgebung war, zeigte er sein wahres Ich: Ein Mann, dessen Hauptaufgabe darin bestand, eine Ranch zu betreiben und der wenig Zeit für die Annehmlichkeiten des Ehestandes hatte.

Doch ihr wachsender Ärger wandelte sich gleich wieder in Besorgnis. Kate erinnerte sich an seinen Antrag und an die spontane Liebe, die diesem gefolgt war. Sein Versprechen ihr gegenüber war absolut.

Tom Hannon war der aufrichtigste und zuverlässigste Mann, dem sie je begegnet war. Nur ein ganz ungewöhnlicher Grund konnte ihn daran gehindert haben, sie wie verabredet abzuholen. Ihr drehte sich der Magen um, als sie darüber nachzudenken begann, was für ein Grund das sein könnte.

Er war unterwegs aufgehalten worden. Er war krank geworden oder hatte einen Unfall gehabt. Irgend etwas Schlimmes war in Larapinta geschehen, und er war dort festgehalten worden. Seine Kinder hatten derartig heftige Einwände gegen seine Heirat vorgetragen, daß er bei ihnen bleiben mußte, um sie zu beruhigen. Die Angst grub tiefe Falten in Kates Stirn.

Der Mann von der Putzkolonne schob den Elektropolierer durch die Halle und versuchte, wieder Glanz auf die Oberfläche zubringen, die durch die Spuren so vieler Füße stumpf geworden war. Es war Nachmittag und die Halle war, abgesehen von den drei Gestalten weit hinten, leer. Der Lärm der Maschine dröhnte zu ihnen hinüber, dann schaltete der Mann sie ab und brachte sie fort.

Kate saß mit den Zwillingen mitten in dem Gepäck. Sie hatten Stunden dort verbracht. Während sie zerstreut in einem Magazin blätterte, kauten die Kinder an einem Sandwich. Nachdem der Lärm verebbt war, traf sie eine Entscheidung.

»Ich werde auf Toms Ranch anrufen!«

»Was, wenn er nicht da ist, Mami?« fragte Tina.

»Dann werden seine Töchter da sein. Sie werden wissen, was passiert ist.«

Kate ging zur Telefonzelle und holte ein Paar Münzen heraus. Sie fand die Nummer in ihrem Adreßbuch, wählte das Amt an und bat um die Verbindung nach Larapinta im Nordterritorium. Sie lauschte dem abwechselnden Klikken und Piepen, während die Verbindung hergestellt wurde, und hörte, wie die Nummer gewählt wurde.

Es läutete lange Zeit.

»Tut mir leid«, sagte dann die Stimme des Fräulein vom Amt. »In Larapinta nimmt niemand ab. Wollen Sie es später noch einmal versuchen?«

Vor Bestürzung legte sich Kates Gesicht in Falten.

»Aber es *muß* jemand dort sein. Zoe und Emmie ...«

»Mami«, unterbrach Marty. »Warum bleiben wir nicht einfach hier? Er wird schon kommen.«

»Das können wir nicht«, erklärte ihre Mutter. »Unsere Tickets gelten bis Glenwarra.«

»Sind Sie noch dran?« fragte das Fräulein vom Amt.

»Ja.« Kate sprach wieder ins Telefon. »Entschuldigen Sie. Ich höre Sie.«

»Unter dieser Nummer meldet sich niemand.«
»Ist der Anschluß vielleicht defekt?«
»Das habe ich überprüft. Er ist in Ordnung.«
»Oh. Danke sehr.«
Ermüdet, betroffen und niedergeschlagen hängte Kate ein und kam aus der Zelle.
»Vielleicht hat er sich im Datum vertan«, meinte Marty.
»Nein.«
»Vielleicht sollten wir gleich zurück in die Staaten fliegen«, drängte Tina.
»Wenn Tom nicht hier ist«, beschloß Kate, »dann müssen wir weiter.«
Marty war besorgt. »Ganz allein?«
»Bis hierher sind wir auch ganz allein gekommen«, erinnerte seine Mutter ihn. »Ein wenig weiter wird uns schon nicht umbringen. Also los. Zeit, daß endlich was geschieht.«
Sie versuchte, sie aufzuheitern, aber in ihrem Kopf drehte sich alles.
Wo war Tom? Was war schiefgegangen?

Der Flughafen von Glenwarra war ein abgelegener und gottverlassener Flecken im Outback. Das Abfertigungsgebäude war wirklich nichts weiter als ein häßlicher, flacher, blechgedeckter Schuppen und die Start- und Landebahnen nur Spuren im Staub. Es erinnerte nicht im entferntesten an die Kultiviertheit von Sydney.
Nachdem die kleine zweimotorige Maschine gelandet war, rollte sie döhnend auf das Abfertigungsgebäude zu und blieb dann ruckend stehen. Zwei Männer rollten draußen Treppen in Position an den Türen des Flugzeugs.
Eine Handvoll Passagiere stieg aus. Kate und die Kinder verließen als letzte die Maschine. Sie traten hinaus in die Glut des Nachmittags und mußten vor der grellen Sonne ihre Augen bedecken. Als seien sie auf einem frem-

den Planeten gelandet, so kam es ihnen fast vor.

Alles, was sie ringsum durch das wabernde Hitzeflimmern erkennen konnten, war eine ausgedörrte braune Ebene, die in der Ferne durch eine Reihe zuklüfteter Hügel unterbrochen wurde.

»*Das* ist Glenwarra!« beklagte sich Tina.

»Nein«, erwiderte ihr Bruder. »Das ist das Ende der Welt.«

Kate hörte gar nicht zu. Sie war viel zu sehr damit beschäftigt, das Abfertigungsgebäude nach einem Zeichen ihres Mannes abzusuchen, aber sie hatte wieder kein Glück. Er war einfach nicht da.

Ihre Furcht vergrößerte sich, und ihr Mund wurde trokken.

Das Stenning Arms Hotel war eine für den Outback typische Kneipe mit breiten Veranden und Geländer zum Anbinden der Pferde. Eine Gruppe von Männern, einige schwarz, einige weiß, hatte sich draußen versammelt, um Bier zu trinken und die Zeit totzuschlagen. Ein Hund schlief auf der lehmigen Straße. Fliegen summten unaufhörlich.

Die Gäste blickten mit trägem Interesse auf, als eine Frau und zwei Kinder vor der Kneipe auftauchten. Alle drei Neuankömmlinge schwitzten unter der Last ihres schweren Gepäcks. Sie waren offensichtlich durch den Anblick eingeschüchtert, der sich ihnen auf der Veranda bot.

Kate stellte ihre Koffer ab und sagte den Zwillingen, was zu tun sei.

»Ihr bleibt hier. Paßt gut auf das Gepäck auf.«

»Du willst dort *allein* hineingehen?« schluckte Marty.

»Keiner von euch ist alt genug, um in eine Bar zu gehen.«

«Glaubst du, daß das ungefährlich ist, Mami?«

»Es gibt nur einen Weg, das herauszufinden, Marty.«

Von einer Traube unbeteiligter Gesichter beobachtet, stieg Kate die Stufe empor und trat durch den Eingang. Drinnen war es dunkler und kühler, dafür aber auch erheblich lauter. Die Bar war ein Hafen für die Ortseinwohner, ein flüssiger Kühlschrank für eine bizarre Ansammlung von Männern. Einige standen am Tresen und diskutierten, andere saßen an Tischen und spielten Karten, einer schlief auf dem Treppenaufgang, zwei andere waren mit Armdrücken beschäftigt.

Durch die Arbeit im Restaurant war Kate an alle möglichen menschlichen Verhaltensweisen gewöhnt, aber eine derartige Atmosphäre hatte sie noch nie erlebt. Dies alles hatte etwas Gleichgültiges und Unheimliches an sich.

Sie beugte sich über die Bar und schrie, um den Lärm zu übertönen.

»Ich möchte vor Einbruch der Dunkelheit nach Larapinta!«

Der Wirt war ein stämmiger Mann und grinste matt. Er watschelte zu ihr hinüber und legte beide Hände auf den Tresen. Kate schaute auf einen Namen auf einem Stück Papier, während er sie unverhohlen musterte.

»Der Busfahrer sagte mir, ich würde hier einen Mann treffen«, fuhr sie fort. »Einen Charter-Hubschrauberpiloten namens Nick.«

»Soll wohl 'n Witz sein, was?« erwiderte er.

»Wie bitte?«

»Sie wer'n kein' Stenning dazu beweg'n, Sie nach Larapinta zu bring'n.«

»Warum nicht?«

»Zwisch'n den Hannons und den Stennings ist 'ne Fehde – seit Menschengedenken.«

Kate starrte ihn völlig ungläubig an. Die Neuigket traf sie wie ein Schlag.

»Eine Fehde?« widerholte sie und buchstabierte das

Wort dann. »F-E-H-D-E?«

»Tja.«

»Oh, Gott!« seufzte sie. »Gibt es sonst jemanden?«

»Nicht vor morgen.«

»Morgen?«

»Oder vielleicht übermorgen.«

»Was machen wir denn bis dahin?«

»Hierblei'm«, lud er sie ein. »Wir bringense schon irgendwo unter.«

Ein paar Männer waren herangetreten und standen jetzt neben ihr.

»Sie kann mein Zimmer haben«, sagte einer von ihnen anzüglich. »Solang' sie nich' schnarcht und 's Bett mit mir teilt.«

Dreckiges Gelächter brandete auf und noch eindeutigere anzügliche Angebote wurden gemacht. Die unanständigen Männerscherze halfen Kate, eine rasche Entscheidung zu treffen.

»Wo finde ich Mr. Stenning?« fragte sie.

»Draußen«, erwiderte der Wirt, wobei er einen Daumen auf die Tür richtete.

»Draußen? Auf der Veranda?«

Er kicherte heftig. »Nee, Draußen un' dann nach rechts. Se find'n ihn oben auf'm Hügel, den Se da seh'n. Er is' oft da oben. Weiß der Teufel, warum ... aber die Stennings mach'n was se woll'n, Ihnen gehört die Kneipe und fast die ganze Stadt.«

»Ich werde gehen und mit ihm sprechen«, verkündete Kate.

Der Wirt zapfte einen Krug Bier und setzte ihn dann krachend auf der Theke vor einem Gast ab. Er grinste Kate höhnisch an.

»Ich wett' fünf Dollar, dasser nee sagt.«

Sie brachte ein süßsaures Lächeln zustande und ging dann zurück zur Tür. Der Wirt rief ihr etwas hinterher, und ein Kichern schwang in der Stimme mit.

»Wenn Se wirklich zu ihm woll'n, würd' ich 'n bißchen warten, bisses kühler is'.«

Kate ignorierte den Ratschlag und ging geradewegs durch die Tür hinaus. Eine eingeschüchterte Tina wartete auf sie. Marty plauderte etwas entfernt mit einer Gruppe von Männern auf der Veranda.

»Mami«, flüsterte sie ängstlich. »Das sind Aborigines!«

»Sie werden uns nichts tun.«

»Aber sie sehen so schrecklich aus.«

Marty trennte sich von den Männern und kam zurück. Er hatte die Unterhaltung offensichtlich genossen und war jetzt ganz aufgeregt.

»Toll, diese Burschen sind Büffeljäger! Ich hab' gar nicht gewußt, daß es hier Büffel gibt. Im Norden soll's Tausende geben.

Kate war froh, daß ihr Sohn endlich etwas echtes Interesse an Australien gezeigt hatte, aber darüber wollte sie nicht auf der Veranda sprechen. Mittelpunkt der Aufmerksamkeit zu sein, war sehr beunruhigend. Und einige der frechen Blicke, die auf sie gerichtet waren, waren alles andere als nur neugierig.

»Ich bin hungrig «, erklärte Tina.

»Du bist immer hungrig«, scherzte ihre Mutter.

»Hast du rauskriegen können, wo der Pilot ist?« fragte Marty.

»Ja – dort oben.«

»Wo?«

Kate deutete auf den Hügel zu ihrer Rechten.

»Er sitzt da oben auf dem Gipfel und wartet nur darauf, daß wir ihn rufen.«

»Warum ist er da oben?« fragte Marty. »Mann! Das ist vielleicht ein verrücktes Land.«

Sie nahmen ihre Sachen und trotteten erschöpft los.

Ein verbeulter offener Lastwagen rumpelte über den steinigen Weg und kam in einer roten Staubwolke quietschend zum Stillstand. Kate und die Kinder stiegen aus und luden ihr Gepäck ab. Nachdem sie den Fahrer, der ein Aborigine war, bezahlt hatte, winkte er ihnen mit runzliger Hand zu und fuhr davon. Plötzlich waren sie allein in der Wildnis, am Fuße eines Felsenhügels mitten im Flinders-Gebiet. Es war ein unheimliches Gefühl.

Kate blickte zu der schroffen Wand auf, die über ihnen ragte. Sie war sehr abschreckend. Sie schüttelte ihren Kopf und murmelte, »Mr. Stenning muß verrückt sein. Wahrscheinlich liegt das in der Familie.«

»Was?« fragte Marty.

»Nichts.«

»Kann ich mit dir kommen?«

»Nein, Liebling. Bleib bei deiner Schwester.«

»Warum darf ich bei dem Spaß nicht dabei sein?«

»Diesen Hügel zu besteigen wird bestimmt kein Spaß sein, Marty.«

Tina schaute auf die flache rote Wüste, die sie rings umgab. »So muß die Hölle sein«, erklärte sie.

»Nur nicht ganz so heiß«, ergänzte Marty, der jetzt reichlich schwitzte.

»Entfernt euch nicht zu weit«, warnte Kate.

»Werden wir nicht, Mami«, sagte Tina.

»Viel Glück!« rief Marty.

»Das werd' ich brauchen.«

Kate Hannon knirschte mit den Zähnen und begann den langen Aufstieg zum Gipfel, machte sich auf den Weg zu ihrer ersten Begegnung mit Nick Stenning.

6

Bei den Kindern gewann die Neugierde rasch die Oberhand und drängte ihre anderen Sorgen in den Hintergrund. Die sandige Ebene, die sie umgab, war nicht so leer und abstoßend, wie es zuerst den Anschein gehabt hatte. Als sie das Gelände am Fuße des Hügels erforschten, wurden sie bald mit einigen faszinierenden Sehenswürdigkeiten belohnt.

»Schnell, Marty! Dort ist ein Strauß.«

»Ich denke, das ist ein Emu.«

»Ist doch egal, wie er heißt. Ich will ein Foto davon machen.«

Tina holte ihre Kamera heraus und drückte auf den Auslöser, während der Vogel nicht weit von ihnen entfernt vorbeistolzierte. Bald erregten andere Lebewesen ihre Aufmerksamkeit.

»Mensch! Känguruhs!«

»Sieh nur, wie sie hüpfen!«

»Da sind ja Dutzende von ihnen!«

Marty versetzte ihr einen Rippenstoß und deutete auf etwas in mittlerer Entfernung.

»Siehst du, was ich sehe?«

»Sind das *Kamele*?« wunderte sie sich.

»Ja. Die streifen wild herum. Willst du, daß ich zwei fange, damit wir sie satteln können?«

Tina lachte und machte ein Foto von ihnen. Australien erwies sich doch als Vergnügen. Billy war vorübergehend vergessen, als sie nach neuen Filmen suchte.

»Dieses Gras kratzt an meinen Beinen«, beklagte sie sich.

»Spinifex.«

»Was?«

»So wird es genannt. Spinifex – oder Stachelgras.«

»Woher weißt du das?« fragte sie, sichtlich beeindruckt.

»Tom hat's mir erzählt«, sagte er munter.

Sie spazierten über einen Sandhügel und sahen die große, tödliche Braunschlange nicht, die sich dort sonnte. Tina hatte wieder einen Emu entdeckt und war entschlossen, für das nächste Foto näher heranzukommen. Sie eilte vorwärts und Marty folgte ihr auf den Fersen.

Plötzlich blieben sie wie erstarrt im Laufen stehen.

»Aaaaah!«

Ihr Schrei war eine Mischung aus Überraschung und Entsetzen.

Urplötzlich war eine vorzeitlich anmutende Echse aus der Senke direkt vor ihnen aufgetaucht. Sie war fast zwei Meter lang, von großen Schuppen bedeckt und ließ eine lange, gespaltene Zunge herausschnellen. Tina stürzte sich in die Sicherheit der Arme ihres Bruders, aber es bestand keine Gefahr. Die Kreatur war ebenso verblüfft wie sie und huschte blitzschnell davon.

Marty fand sein Selbstbewußtsein wieder und sagte großsprurig, »Ich denke, dem haben wir gezeigt, wer hier der Herr ist!«

Die Kinder setzten ihren Weg nun vorsichtiger fort.

Kate Hannon kämpfte sich in der sengenden Hitze an der geschwungenen Seite des Hügels nach oben. Sie benutzte die Sperrkette, um sich hochzuziehen, obwohl sie ihre Hände verbrannte. Die Steilheit des Hügels forderte bald ihren Tribut. Ihre Muskeln schmerzten, ihr Atem ging keuchend, und sie schwitzte am ganzen Leib.

Aber sie gab nicht auf. Sie war entschlossen, den Mann zu finden, der sie nach Larapinta fliegen konnte und nahm die körperlichen Unannehmlichkeiten einfach hin.

Sie erreichte die Markierung, die verkündete, daß sie die Hälfte des Weges hinter sich gebracht hatte und rastete für wenige Minuten. Die Sonne tauchte den ganzen Bergzug in lebhafte Farben und verwandelte die Ebene darunter in einen roten Teppich. Das ganze Bild war von einer wilden Schönheit, die Kate beeindruckte.

Zuerst aber mußte sie auf den Gipfel des Hügels gelangen. Sie nahm all ihre Kräfte zusammen und setzte ihren Weg fort. Fliegen umschwirrten sie, und die sengende Hitze bereitete ihr Probleme, aber sie achtete nicht darauf und schleppte sich weiter. Ihr Mann steckte irgendwo in ernsten Schwierigkeiten. Sie spürte es. Kate mußte einfach zu der Ranch gelangen, um welchen Preis auch immer.

Die zweite Hälfte des Aufstiegs war noch anstrengener als die erste. Stechender Schmerz durchzuckte jede Faser ihres Körpers und verlangsamte ihren Schritt zu einem mühsamen Kriechen. Ihre Hände waren mit Blasen übersät. Ihre Augen brannten. Die Trockenheit in ihrer Kehle schmeckte schneidend wie Metall.

Als sie in der Nähe des Gipfels war, hatte die Erschöpfung sie fast übermannt. Mit reiner Willenskraft brachte sie die letzten qualvollen Meter hinter sich. Kate troff von Schweiß, war staubverklebt, und ihr Puls schlug vor Erschöpfung heftig. Aber sie hatte es geschafft.

Nach Luft japsend stand sie da und schaute sich um. Weit und breit war keine Menschenseele zu sehen. Der Hügel war verlassen. Sie spürte die Angst in sich hochsteigen.

»Mr. Stenning?« rief sie.

Ihre Stimme echote in der Leere. War dies alles ein grotesker Schabernack? Hatte der Wirt sie nur zum Scherz auf diesen Hügel geschickt? Enttäuschung begann in ihr zu fressen. Waren all ihre Anstrengungen vergebens?

Kate legte ihr letztes Quentchen Kraft in ihre Bitte.

»Mr. Stenning!« schrie sie. »Hallo! Ist dort jemand?«

Ihre Stimme trug weit über die Ebene. Schweigen folgte.

Dann schien sich eine Gestalt aus dem Felsen selbst zu erheben. Nick Stenning, der sich gegen die Sonne sihouettenhaft abzeichnete, war über die Störung verärgert.

»Was wollen Sie?« knurrte er.

»Sind Sie Nick Stenning?«

»Warum?«

Sie beschattetet ihre Augen, konnte ihn aber nicht deutlich sehen.

»Ich muß vor Einbruch der Dunkelheit nach Larapinta kommen – meine Kinder und ich. Man hat mir gesagt, daß man Ihren Hubschrauber chartern könnte.«

Eine lange Pause entstand, während er über ihre Bitte nachdachte.

»Tut mir leid«, sagte er dann. »Suchen Sie sich jemand anders.«

Er wandte sich abrupt ab und setzte sich wieder auf den Felsen, tauchte so in ihn ein, daß er fast unsichtbar war. Während er sich in den Schatten hockte, stand sie noch immer in der prall brennenden Sonne.

Die angesammelte Sorge, die Anspannung, Furcht und Ärger verschmolzen jetzt in ihr, und sie begann zu kochen. Kate explodierte, und sie schleuderte die Worte wie schmelzende Lava heraus.

»Hören Sie, Ihre blöde Fehde ist mir völlig egal!« schrie sie. »Die geht mich nichts an. Ich bin mit meinen Kindern um die habe Welt gereist ... bis ans Ende der Welt. Und ich bin müde, zu müde, um mir Ihr Nein anzuhören, nachdem ich auf diesen – diesen Felsen geklettert bin, in dieser verdammten Hitze , nur um Sie zu finden ... Ich will verdammt sein, wenn ich mir das einfach so gefallen lasse!«

Die Anstrengung hatte sie erschöpft, und sie schwankte jetzt hin und her. Doch eine neue Welle des Zorns bestärkte jetzt ihren Entschluß und ließ sie noch trotziger werden.

»Meine Kinder und ich müssen nach Larapinta kommen. Nicht morgen. heute abend. Hören Sie mich? Heute abend, Mr. Stenning! Und womöglich noch vor Einbruch der Dunkelheit. Würden Sie mir also bitte sagen, was zum Teufel Sie zu tun beabsichtigen? Und wagen Sie mir bloß nicht, wieder Nein zu sagen. wagen Sie das bloß nicht, verdammt noch mal!«

Kate kämpfte, um ihre Beherrschung wiederzuerlangen. Mit ihrem Handrücken wischte sie sich ein Gemisch aus Schweiß und Tränen aus ihrem Gesicht und konzentrierte sich dann darauf, ihr Gleichgewicht zu halten. Ihre Beine waren butterweich und ihr Körper fühlte sich tonnenschwer an.

Nick Stenning erhob sich langsam wieder von dem Felsen und näherte sich ihr gemächlich. Er kam aus der Dunkelheit ins Licht und stand direkt vor ihr. Kate kam gegen ihre unwillkürliche Reaktion angesichts seiner mächtigen körperlichen Präsenz nicht an. Etwas nahezu Überwältigendes war an seiner Mannhaftigkeit. das verwirrte sie.

Er war etwa in ihrem Alter, schlank, drahtig und nußbraun, da er sich ständig in der Sonne aufhielt. Hart und unnachgiebig wie die Wildnis um ihn herum, in die er zu gehören schien, deren Teil er war.

Seine klaren blauen Augen glitten dreist über ihr Gesicht und ihren Körper, während er sie musterte. Belustigung steckte in seinem Blick.

»Ich war ein paar Wochen fort«, sagte er kurz. »In welcher Verbindung stehen Sie zu Tom Hannon?«

Kate neigte ihren Kopf und erwiderte seinen dreisten Blick fest.

»Ich bin seine Frau.«

Das Licht verschwand aus seinen Augen, als sei es

durch einen kalten Wind gelöscht worden. Trotz der Hitze erschauerte Kate.

»Halten Sie sich in einer Stunde am Flugplatz zum Abflug bereit«, befahl er. »Und kommen Sie nicht zu spät.«

Über seine Arroganz verärgert, erwiderte sie betont höflich: »Danke sehr.«

Kate drehte sich auf dem Absatz um und begann den schwierigen Abstieg nach unten. Nick Stenning blieb bewegungslos stehen. Mit ausdruckslosem Gesicht beobachtete er, wie sie sich mühsam davonschleppte.

Die Bar im Stenning Hotel war voller und lauter denn je. Der Wirt schenkte Bier aus, so schnell er nur zapfen konnte. Der Lärm ließ etwas nach, als eine Gestalt durch die Türe trat. Alle drehten sich um, um zu sehen, wer das sei.

Kate bahnte sich ihren Weg durch die Menge. Schmutzig, erschöpft und mit Kleidern, die naß an ihrem Körper klebten, erreichte sie den Bartresen und pflanzte sich vor dem muskulösen Wirt auf.

»Sie schulden mir fünf Dollar«, sagte sie herausfordernd.

Er schaute sie in komischer Überraschung an. Andere Stimmen fielen ein.

»Na los, Kumpel. Zahl aus.«

»Du hast die Wette verloren.«

»Gib der Dame ihr Geld.«

Der Wirt öffnete die Kasse und reichte ihr einen Fünf-Dollar-Schein.

»Danke«, sagte sie.

Kate wollte gehen, als sie den gefüllten Bierkrug bemerkte, der vor dem Mann neben ihr stand. Die Versuchung war zu groß. Ihr Durst war jetzt übermächtig. Sie ergriff das Glas, führte es an ihre Lippen und schluckte fast die Hälfte des Inhalts hinunter. Krachend setzte sie es vor dem verblüfften Besitzer wieder ab.

»Beim nächsten Mal geb' ich einen aus. Bis dann ...« Ihre Stimme klang reumütig.

Sie bahnte sich ihren Weg zurück zur Tür durch die verblüfften Gäste.

Der Wirt sprach für sie alles: »Das hältst du doch im Kopf nicht aus!«

Mit schwirrenden Rotorblättern flog der Hubschrauber über das weite Wüstengebiet. Nick Stenning saß am Steuer, lenkte das Luftfahrzeug in verbissenem Schweigen. Marty saß neben ihm, beobachtete die Steppe, die sich unter ihnen entfaltete und fragte sich, wie weit sie noch fliegen mußten. Kate saß direkt hinter ihnen, hatte Tinas Kopf in ihren Schoß gebettet und versuchte selbst verzweifelt, gegen den Schlaf anzukämpfen.

Nick blieb abweisend, in sich gekehrt, unkommunikativ. Marty löste seinen Sicherheitsgurt, um sich vorzubeugen und so besser sehen zu können. er mußte schreien, um den geballten Lärm von Maschine und Rotor zu übertönen.

»Warum sieht das alles so tot aus?«

»Dürre«, erwiderte Nick.

»Wie können da die Tiere leben?»

»Die meisten leben nicht mehr. Sind eingegangen.«

»Gibt es denn überhaupt kein Wasser?«

»Tief im Boden. Man muß Brunnen bohren.«

»Und was ist mit Larapinta?«

»Was soll sein?«

»Können wir da duschen?«

Nick drehte seinen Kopf zur Seite und blickte den Jungen düster an. »Leg deinen Sicherheitsgurt an!« befahl er.

»Sicher, sicher ...«

»Stör Mr. Stenning nicht, Marty«, redete seine Mutter ihm zu.

»Alles, was wir wissen müssen, werden wir schon bald genug herausfinden.«

Ärgerlich schaute sie auf Nicks Hinterkopf, verkniff sich aber, was sie eigentlich hatte sagen wollen. Jetzt war nicht die Zeit, ihrem Verdruß freien Lauf zu lassen. Schweigen war die klügere Alternative.

Es war später Nachmittag, als der Hubschrauber endlich an Höhe zu verlieren begann. Die untergehende Sonne tuschte neue Farben in den Himmel, die Schatten wurden länger und die Töne tiefer, und eine herbe Lieblichkeit schien über der Landschaft zu liegen.

Nick Stenning richtete einen schmutzigen Zeigefinger auf das Fenster.

»Dort ist Larapinta ...«

Marty und Kate spähten eifrig nach unten, und Tina erwachte, um den ersten Blick auf ihr neues Zuhause zu werfen. Als der Hubschrauber rasch vorbeischoß , sahen sie ein langes Blechdach, auf das weiße Buchstaben vor dunkelrotem Hintergrund gemalt waren.

Larapinta.

Die Sonne senkte sich jetzt hinter den Horizonr. Nick landete den Hubschrauber auf einem Lehmstreifen und wirbelte eine rote Staubwolke auf. Er schaltete die Maschine ab, und die Rotorblätter wurden langsamer, bis sie still standen, Der Staub senkte sich.

Nick öffnete die Tür und sprang hinaus. Er begann, das Gepäck auszuladen. Ganz vorsichtig stiegen Kate und die Kinder aus. Sie schauten zu dem langgestreckten, holzverschalten Farmhaus hinüber, das einige hundert Meter entfernt da lag. Es wirkte düster, still und dunkel.

Selbst Nick fühlte sich angesichts der Totenstille unwohl. Er runzelte die Stirn. »Das ist Larapinta?« fragte Kate.

«Das ist Hannons Ranch«, grunzte er. »Sieht ein bißchen ruhig aus. Ich helfe Ihnen besser, Ihre Sachen rüberzutragen.«

Ihr Temperament ging mit ihr durch. Sie hatte sich viel

zuviel von ihm gefallen lassen müssen, und sie hatte nicht die Absicht, mit ihm auch nur eine Sekunde länger zu verbringen.

»Das wird nicht nötig sein«, verkündete sie entschlossen.

»Ist doch kein Problem.«

»Wir schaffen das schon.«

»Wie Sie wollen.«

Sie hielt das Geld bereit und reichte ihm die Banknoten.

»Vielleicht möchten Sie's nachzählen?«

»Sie haben ein ehrliches Gesicht «, spottete er.

»Ich mag Sie nicht Mr. Stenning«, sagte sie ruhig. »Ich hoffe, wir begegnen uns nicht wieder.«

Ein knappes Lächeln blitzte bei ihm auf, und seine Augen wurden wieder lebendig.

»Man kann nie wissen.«

Er stieg wieder in den Hubschrauber, während Kate und die Kinder ihr Gepäck aufnahmen. Marty umklammerte seine geliebte Gitarre, Tina schleppte einen großen Koffer und Kate selbst schien unter der Last fast zusammenzubrechen.

Sie stapften durch die dichter werdende Dunkelheit. Nick musterte ernstlich besorgt das offensichtlich leere Haus. Er hatte kein gutes Gefühl dabei, sie hier allein zu lassen, aber dann fiel ihm ein, daß es nicht sein Problem war. Er konnte überhaupt nichts tun, um die Situation zu ändern. Er schloß die Tür und schnallte sich in seinem Sitz an.

Kate und die Kinder taumelten über das offene Gelände, wobei ihre Koffer immer schwerer und ihre Arme immer schwächer wurden. Das klagende Heulen eines Dingos hallte über die Ebene und verwirrte sie. Sie bekamen einen Schreck, als der Hubschrauber hinter ihnen plötzlich rasselnd ansprang. Kate blickte gerade rechtzeitig über ihre Schulter zurück um zu sehen, wie er in den purpurroten Himmel emporstieg.

Nick Stenning flog rasch davon. Er blickte nicht zurück.

Die drei einsamen Gestalten bewegten sich auf das dunkle Haus zu, und jeder von ihnen fragte sich, was sie dort erwarten würde. Alles schien leblos; es wirkte gerade so, als ob die Bewohner das Haus ganz plötzlich verlassen und einem ungewissen Schicksal ausgeliefert hätten.

Das Haus war im Kolonialstil erbaut, alt und stabil, mit einem Blechdach. Vergitterte Veranden hielten die Fliegenschwärme fern, die in dieser Gegend das ganze Jahr über eine Plage waren. Eine Reihe von Nebengebäuden fügte sich an das Haus und führte zu Ställen und einer Scheune.

Da gab es mehrere große Wassertanks und in der Ferne zeichnete sich der Umriß eines riesigen Schafstalls gegen den dunkler werdenden Himmel. Ringsum erstreckte sich das Land, Meile um Meile, mit langweiligem Gestrüpp überzogen.

Hier herrschte wirklich Einsamkeit und ein tiefes, undurchdringliches Schweigen.

Marty und Tina wandten sich ihrer Mutter zu, um sich zu trösten. Sie setzte ihr Gepäck ab und legte ihnen die Hände auf die Schultern und wollte ein aufmunterndes Lächeln aufsetzen, was aber einfach nicht gelingen wollte.

»Wußtest du, daß es so sein würde, Mami?« fragte Tina.

»Nein, das wußte ich nicht.«

»Die Fenster sind alle mit Brettern vernagelt.«

»Das sind Fensterläden. Vielleicht werden die über Nacht geschlossen.«

»Jesus«, sagte Marty, »ist das ein unheimlicher Ort!«

Nervös erstiegen sie die Stufen, die auf die offene Veranda führten. Kate schlug mit der Faust gegen die Tür.

Der Ton schallte über die ganze Landschaft, und wie zur Antwort heulte der einsame Dingo.

Sie klopfte wieder, aber wieder erfolgte keine Reaktion. Als sie an der Tür rüttelte, schwang sie mit einem Knarren nach innen auf. Kate ging als erste hinein. Sie gelangten in ein großes Zimmer, das in Dunkelheit getaucht war.

»Tom!« rief sie. »Tom Hannon!«

Noch immer keine Antwort. Sie unterhielten sich halblaut. »Marty«, ordnete seine Mutter an, »such einen Lichtschalter.«

»Okay.«

»Ich wußte, wir hätten nicht hierher kommen sollen!« jammerte Tina.

»Fang nicht wieder *damit* an, junge Frau«, warnte Kate.

Marty ertastete sich den Weg zur Wand und fand einen Lichtschalter. Als er ihn betätigte, tat sich nichts. Er schaltete ihn ein und aus.

»Es geht nicht, Mami.«

»Oh, natürlich«, erinnerte sie sich. »Tom sagte, daß sie einen Stromgenerator haben. Den müssen wir erst mal finden.«

Marty stieß gegen einen Tisch und entdeckte eine Kontur darauf.

»Hier ist eine Lampe!« sagte er triumphierend. »Jetzt brauchen wir nur Streichhölzer.«

»Ich habe keine«, antwortete Kate.

Ganz beiläufig zog Tina einige Streichholzhefte aus ihrer Tasche und warf sie ihrem Bruder hinüber. Das schokkierte ihre Mutter, aber sie sagte nichts dazu. Es war wohl kaum der ideale Augenblick, dem Mädchen einen Vortrag über die Gefahren des Rauchens zu halten.

»Hier ist niemand«, zischte Tina.

»Ich bin sicher, daß es dafür eine ganz einleuchtende

Erklärung gibt«, sagte Kate optimistisch. »Es muß eine geben«.

Marty entzündete die Petroleumlampe und drehte den Docht höher, wodurch das ganze Zimmer in ein warmes Licht getaucht wurde. Sie konnten erkennen, daß sie sich im Wohnzimmer befanden.

Große bequeme Lehnsessel standen einem mächtigen Sofa gegenüber, doch der Rest des Mobiliars war nirgends zu entdecken. Vorhänge und Bilder waren abgenommen worden. Die Dekorationen fehlten. Eine ganze Wand war mit hölzernen Regalen bedeckt, in denen ungeheure Mengen von Büchern standen, einige in Leder gebunden, andere Taschenbuchausgaben, keines von ihnen war sehr neu.

Eine Privatbibliothek dieser Größe mitten im Outback schien unangemessen.

»Was geht hier vor?« fragte Marty.

»Ich weiß es nicht«, gab Kate zu, deren Furcht nun Befremden wich. »Gib mir die Lampe. Wir werden uns mal umschauen.«

Die Lampe leuchtete ihnen den Weg, und sie gingen hinaus in einen schmalen Korridor. Kate öffnete eine Tür und blickte in etwas, das offensichtlich das große Schlafzimmer war. Sie reagierten völlig überrascht. Das geräumige und einst bewohnte Zimmer war tatsächlich völlig leer, bis auf ein riesiges Eisenbett, das in der Mitte stand.

Als sie in die Küche gelangten, entzündeten sie zwei weitere Petroleumlampen und stellten sie dorthin, wo sie am meisten Licht spendeten. Der große, rustikal eingerichtete Raum vermittelte dasselbe Gefühl von Verlassenheit – von Leben, das auf dramatische Weise unterbrochen worden war.

Ein moderner Elektroherd beherrschte eine Wand, wogegen vor einer anderen ein alter Brennofen stand. Kate beschäftigte sich damit, die Schränke nach Lebensmitteln zu durchsuchen und konzentrierte sich auf naheliegende, praktische Dinge. Sie entdeckte Dosenfleisch, Fisch und Bohnen. In einer Schublade unter der Spüle fand sie einen altmodischen Dosenöffner.

»Was ist denn das?« Tina studierte den Ofen mit deutlichem Abscheu.

»Wie sieht's denn aus?« entgegenete Marty.

»Es ist ein alter Herd«, erklärte Kate.

»Ja, aber wie funktioniert er?«

»Man verbrennt Holz darin, Tina.«

»Mein Gott!« rief sie aus. »Und die Leute benutzen tatsächlich noch so'n Zeug?«

»Hier draußen tun sie's«, erklärte Marty.

»Keine Zentralheizung?«

»Nur tagsüber.« Er fügte hinzu: »Sie wird Sonne genannt.«

Kate stellte die Dosen auf den Tisch und wurde munter. »Ich bin nicht in der Stimmung, mich mit dem Generator zu beschäftigen, bevor Tom zurückkommt«, entschied sie. »Das bedeutet, wir werden diese Dicke Berta hier zum Kochen benutzen. Ich möchte, daß ihr beide hinausgeht und nach Holz sucht.«

»Wo?« protestierte Tina.

»Es muß einen Holzhaufen oder so was dicht beim Haus geben.«

»Sicher, Mami«, stimmte Marty zu. »Komm schon, Tina ...«

»Es ist dunkel da draußen«, sagte sie.

»Nehmt eine Laterne«, schlug Kate vor. »Aber laßt die Streichhölzer hier.«

Die Augen des Mädchens begegneten denen ihrer Mutter. Sie spürte, daß es noch eine Unterhaltung über den Besitz ihrer Streichholzheftchen geben würde und errötete leicht.

»Gehen wir«, sagte Marty.

»Seid vorsichtig«, drängte Kate. »Paßt auf, wo ihr hingeht.

»Machen wir, Mami ...«

Sie verließen das Haus durch die Hintertür.

Kaum war sie allein, wurde sich Kate bewußt, wie erschöpft sie eigentlich war. Sie mußte sich am Tisch festhalten, um nicht umzufallen. Verzweiflung überkam sie, und in ihrem Kopf drehte sich alles.

Wo zum Teufel bist du, Tom Hannon?

Um ihrer Kinder willen hatte sie die ganze Zeit Gelassenheit zur Schau getragen, jetzt aber gewann ihre innerliche Panik die Oberhand. Hatte Tom sie belogen? Hielt er sie einfach aus Spaß hin? Existierte er überhaupt wirklich? War sie tatsächlich mit jemandem namens Tom Hannon verheiratet oder war der Mann, den sie in Los Angeles kennengelernt hatte, ein Heiratsschwindler?

Gedanken, die eine Woche zuvor einfach unvorstellbar gewesen wären, rückten jetzt in den Bereich des Möglichen. Um sich ihrer Zweifel zu erwehren, erinnerte sie sich daran, daß sie seiner Schwester begegnet war, die ihr alle Einzelheiten über Larapinta bestätigt hatte. Aber Molly hatte sich der Heirat heftig widersetzt und hatte das Kate ins Gesicht gesagt.

Warum? Was hatte die Frau gewußt, das sie veranlaßt hatte, einen Keil zwischen Kate und Tom zu treiben? Stimmte etwas mit ihrem Bruder nicht? Irgendwelche psychischen Probleme? Eine verborgene Krankheit? Was verheimlichten die beiden vor ihr?

Kate ließ sich auf einen Stuhl sacken und ballte voller Ärger die Fäuste.

Hör auf, mich zu demütigen Tom Hannon! Ich habe genug durchgemacht!

Ein anderer Gedanke durchzuckte sie. Warum war er so erpicht darauf gewesen, nach Australien vorauszufahren? Welcher andere Ehemann hätte seine Frau so kurz nach der Hochzeit alleine gelassen? Tom hätte sie mit sich nehmen und dann allein nach Larapinta fahren können, um seine Töchter vorzubereiten. Irgend etwas Schlimmes steckte hinter dieser ganzen Verzögerung. Was mochte er nur vorhaben?

Bitte, Tom. Sag etwas, bevor ich noch wahnsinnig werde!

Kate war von Schmerz und Besorgnis völlig betäubt. Sie machte einen Versuch, sich zusammenzureißen. Die Dosen mußten geöffnet werden. Ihren Kopf schüttelnd, um die Qual loszuwerden, griff sie nach der ersten Dose und schlug die Spitze des Öffners in den Deckel. Als sie versuchte, der Blechkante zu folgen, entglitt der Öffner ihren Fingern und fiel klappernd zu Boden.

Sie verlor ihre Beherrschung und warf die Dose hinterher. Dann brach sie über dem Tisch zusammen und trommelte mit ihren Fäusten darauf, hämmerte ihren Schmerz heraus und weinte wie ein verlorenes Kind, das nicht verstehen kann, was geschehen ist.

Rette mich, Tom Hannon! Wo bist du!?

Wie alle anderen Zimmer des Hauses war auch das Kinderzimmer fast völlig leergeräumt. Sie schleppten zwei Matratzen hinein und richteten sie auf dem Boden mit Laken und Decken her. Es war nicht gerade die würdevollste Art, ihre erste Nacht in Australien zu verbringen, aber das war ihnen jetzt auch völlig egal.

Tina schlief ein, noch während ihre Mutter sie zudeckte.

»Gute Nacht, Mami ...«

»Morgen früh sieht alles ganz anders aus. Du wirst schon sehen ...«

»Falls nicht«, murmelte Marty, »können wir dann heimfahren?«

»*Dies* ist jetzt unser Heim, Liebling.«

Kate beugte sich hinüber, um Tina einen Kuß zu geben und ging dann zu Marty. Mutter wie Sohn wußten um die Bedeutung dessen, was sie tat. Daheim hatte sie sie normalerweise nicht geküßt. Die Krise hatte sie in der Zeit zurückgeworfen und sie wieder zu Babies gemacht, zu kleinen Kindern, die mütterliche Zuneigung und Trost brauchten.

»Wird Tom morgen früh hier sein?« flüsterte Marty.

»Ich hoffe es«, seufzte sie. »Geh und schlaf jetzt.«

»Es wird schon gut werden, Mami«, sagte er, wobei er sich unter den Decken zusammenkauerte. »Ich weiß, es wird gut.«

Sie schenkte ihm ein müdes Lächeln, war dankbar für seinen Versuch, sie aufzumuntern. Nachdem sie die Lampe heruntergedreht hatte, schlich sie aus dem Zimmer und begab sich in ihr Zimmer. Das große Eisenbett sah verlassener aus als zuvor.

Es war ein Omen.

Kate hatte einen kleinen Tisch entdeckt, den sie neben das Bett gestellt hatte. Darauf brannte tapfer ihre Lampe. Sie griff nach ihrem Koffer und hob ihn aufs Bett. Als sie ihn öffnete, wühlte sie einige Augenblicke darin herum, bevor sie ein Foto vom Tom hervorholte.

Es war erst eine Woche zuvor in der Olvera Street aufgenommen worden und zeigte einen sehr glücklichen Mann, der in die Welt strahlte. Erinnerungen erwachten wieder, und sofort fühlte Kate sich beruhigt. Sie stellte das Foto so auf den Tisch, daß sie es gut sehen konnte, stellte dann den Koffer zurück auf den Boden. Auch dieser Tag war schließlich zu Ende gegangen.

Noch völlig bekleidet, legte sich Kate erschöpft auf das Bett. Ihre Augen blieben auf das Foto gerichtet, wobei sie sich an den Mann erinnerte, an seine Güte, seine Schwüre, seine Liebe.

»Ich vertraue dir, Tom Hannon«, sagte sie leise.

Sie schaute noch immer auf sein ihr schon so vertrautes Gesicht, als sie einschlief.

7

Die Scheinwerfer mehrerer Fahrzeuge durchschnitten die Dunkelheit, um den schmalen Lehmflugplatz von Cutta Cutta zu beleuchten. Sie dienten als Landelichter für den Hubschrauber, der langsam aus dem schwarzen Himmel herabsank, wobei seine wirbelnden Rotorblätter im Licht blitzten und die Stille mit brutalem Lärm zerschnitten.

Etwas Bizzares und Unwirkliches haftete der ganzen Szene an. Es war irgendwie größer als das Leben. So waren die meisten Dinge in Cutta Cutta.

In Licht getaucht wartete Meg Stenning am Rande der Piste, wobei Schatten auf ihrem ausdruckslosen Gesicht tanzten. Sie war eine stattliche, gut gebaute Frau, die Make-up verachtete und deren normale Bekleidung Breeches und ein Männerhemd waren. Sie strahlte Vitalität aus, aber das war nur Fassade für die Härte, die sich darunter verbarg.

Sie war ein Vollweib, doch an ihr war nichts Weiches oder Feminines. Meg schien auf ihre Härte stolz zu sein. Wie alle Stennings.

Ärger schwelte in ihren Augen, während sie alles beobachtete. Sie war nicht glücklich über den Besuch ihres Bruders und machte keinen Hehl daraus.

Nachdem der Hubschrauber gelandet war, wurde der Motor abgestellt, aber die Rotorblätter drehten sich noch kurze Zeit wie verrückt. Bevor sie zum Stillstand gekommen waren, sprang Nick Stenning aus der Maschine und gesellte sich zu seiner Schwester. Die Fahrzeuge, welche die Landebahn beleuchtet hatten, wurden jetzt gestartet und fuhren davon. Nur der Mond spendete Licht.

Nick und Meg trafen in der alles umhüllenden Dunkelheit aufeinander.

»N'abend, Meg«, begann er.

»Du kommst spät.«

»Aber ich bin gekommen, oder?«

»Na so was!«

»Du heißt mich immer herzlich willkommen«, höhnte er. »Ich wurde herzitiert. Warum?«

»Dad wird's dir sagen.« Haß spiegelte sich in ihrem Gesicht und ihrer Stimme. »Das geht nur ihn und dich an!«

Nick Stenning wandte sich von seiner Schwester ab und näherte sich den Lichtern in einiger Entfernung. Er ließ sich Zeit, denn er war wider seinen Willen nach Hause gekommen.

Eine Gestalt trat aus dem massiven Haus und stand auf der Veranda, als Nick näherkam. Vom Eingangslicht angestrahlt, warf der Mann einen riesigen Schatten auf den Hof.

Das war bezeichnend.

Ed Stenning war ein König in seinem Reich, eine Legende in diesem Land. Als sein Sohn sich dem großen Haus näherte, in dem er geboren und aufgewachsen war, wandte sich Ed um und ging ohne einen Wink oder Gruß wieder hinein. Die Tür schlug knallend hinter ihm zu.

Nick blieb im dunklen Hof stehen und schaute zum Himmel empor. Eine Wolke trieb am Mond vorbei und verdeckte seinen Schein. Er holte tief Atem, um sich auf die bevorstehende Begegnung vorzubereiten.

Dann betrat er das Haus.

Das Arbeitszimmer war ein großer, beeindruckender und kostbar möblierter Raum, in dem der König Hof hielt. Ed Stenning stand vor einem gewaltigen Kamin und wartete. Über dem Sims hing sein Portrait in Lebensgröße:

eine imposante Gestalt, die breitbeinig in einer weiten, rostbraunen Ebene stand.

Ed Stenning war von Gestalt kleiner, als das Portrait vermuten ließ. Er war stark und kräftig, hatte kobaltblaue Augen, die aus dem gebräunten, lederfarbenen Gesicht stachen. Er war es gewohnt zu befehlen, und das hatte deutliche Spuren hinterlassen.

Nick betrat das Zimmer ganz formlos. Die Spannung stieg augenblicklich. Er war lange nicht hiergewesen.

Eds knorrige Gesichtszüge verzogen sich zur Andeutung eines Lächelns.

»Willkommen daheim, Nick.«

Sein Sohn erwiderte nichts. Er ging direkt auf die Bar zu und schenkte sich einen großen Whiskey ein. Dann sah er sich mit einem sarkastischen Lächeln im Arbeitszimmer um. Es hatte sich nicht verändert.

Sein Vater beobachtete ihn und verzog keine Miene.

»Wie ist es dir ergangen?«

»Haben dich deine Spione nicht informiert?«

Ed riß sich zusammen. »Entweder änderst du dein Verhalten, oder wir lassen's.«

»Prost, Dad!« Nick prostete ihm mit dem Glas zu, nippte dann daran. Er erwiderte den gleichmütigen Blick seines Vaters in einem langen stummen Zweikampf.

Ed beschloß, gleich auf den Punkt zu kommen. »Ich werde ein weiteres Anwesen kaufen.«

»Warum? Ich dachte, du hättest inzwischen genug Besitz.«

»Diesmal ist es was anderes.«

»Ach, ja? Wer ist das Opfer?«

Ed wurde rot, aber er wollte sich von seinem Plan nicht ablenken lassen. Zuviel stand auf dem Spiel, als daß es durch einen Wutausbruch vereitelt werden durfte. Er zügelte sein Temperament und machte ein Angebot.

»Ich möchte, daß du wieder herkommst und hier arbeitest.«

All die Bitterkeit, die Vater und Sohn trennte, brach in diesem Augenblick wieder aus. Ed kämpfte dagegen an, und der Klang seiner Stimme wurde entspannter und fast zärtlich.

»Hier liegt deine Zukunft, Nick. Hier war sie immer. Sich in einem Hubschrauber im Outback herumzutreiben, ist doch kein Leben für meinen Sohn.«

»Das mußt du mir schon überlassen.«

»Du könntest es viel besser haben. Stennings gehören an die Spitze, und eben dahin möchte ich dich bringen.«

Nick nippte an seinem Wiskey und blieb sehr skeptisch.

»Diese plötzliche väterliche Sorge ist doch ein bißchen ungewöhnlich, oder?«

»Was meinst du damit?«

»Du hast mich doch fortgetrieben, Dad.«

»Oh, nein!« protestierte Ed nachdrücklich. »Mach mir keinen Vorwurf für die Jahre, die du vergeudet hast. Es war deine Entscheidung, nicht meine.«

»Und du hattest wohl überhaupt nichts damit zu tun?«

Das Kinn seines Vaters reckte sich jetzt vor. Er würde jetzt keinen Schritt mehr in dem Kampf zurückweichen, der ihr Leben lang gewährt hatte. Nick stand ebenso da und blieb bei seiner Haltung.

»Ich hoffte, du hättest dich gebessert«, grollte Ed.

»Und du?«

Wieder eine Sackgasse. Keiner wagte etwas zu sagen.

Der ältere Mann wandte sich hastig der Hausbar zu und schenkte sich einen Brandy ein. Er nahm einen Schluck und schritt dann im Zimmer auf und ab, bevor er sich wieder seinem Sohn zuwandte. Wieder ein Lächeln zustande bringend, kam er ohne weitere Einleitung zur Sache.

»Ich hab' dich nicht herkommen lassen, um alte Wunden wieder aufzureißen. Damit ist es jetzt genug. Die Vergangenheit ist tot. Ich mache mir Sorgen um die Zukunft.«

Ed ging zu einer riesigen Wandkarte hinüber, die das ganze Ausmaß des Rinderimperiums der Stennings zeigte. Mit Cutta Cutta und all den anderen Besitztümern nahm es ein großes Stück von Zentralaustralien ein. Daran grenzte ein sehr viel kleineres Gebiet – Larapinta.

Der runzlige Zeigefinger des alten Mannes tippte darauf.

»Dort«, verkündete er. »Der Traum eines Lebens steht vor der Verwirklichung.«

Nick war bestürtzt. *»Larapinta?«*

Ed fuhr mit seiner Hand eindrucksvoll über den markierten Teil der Landkarte, und er brüstete sich stolz.

»Alles Stenning-Land. Ein Königreich, das ich geschaffen habe. Und jetzt, endlich, wird Larapinta dazugehören.«

Nick wandte sich angewidert ab und leerte sein Glas. Mit überraschender Schnelligkeit eilte sein Vater zum Schreibtisch hinüber und ergriff etwas. Er kam und schwenkte es vor seinem Sohn hin und her.

»Sieh dir das an«, forderte er ihn auf. »Ich habe selbst Wassergutachten auf Larapinta erstellen lassen ... Unter dem Hannon-Land liegt ein ganzer See. Alles Wasser, das wir brauchen! Diese Dürre bringt mich um. Aber das Wasser von Larapinta bedeutet neues Leben.« Sein Gesicht strahlte jetzt. »Nun?«

Die Männer standen sich von Angesicht zu Angesicht gegenüber. Keiner der beiden bemerkte, daß Meg sich im Schatten direkt hinter der offenen Tür verborgen hielt und jedem Wort lauschte, das gesagt wurde.

»Nun?« wiederholte Ed.

»Kein Interesse.«

»Begreifst du überhaupt, welche Chance du einfach ausschlägst? Du verdammter Narr!« zichte Ed.

»Landraub ist nicht mein Stil. Gib's Meg.«

»Die Ranch ist dein!«

»Meg ist der Sohn, den du dir immer gewünscht hast.«

Nick setzte sein Glas ab und wandte sich zum Gehen. Seine Schwester hatte sich jetzt zurückgezogen und er sah sie nicht, als er das Zimmer verließ. Ed folgte ihm und wollte ihn zurückhalten.

»Du weißt nicht, was geschehen ist. Hör mich doch wenigstens an.« Doch sein Sohn war taub für seine Bitte und ging weiter.

Als Nick die Eingangstür erreicht hatte, war Meg bereits dort und hatte sie geöffnet. Sie sprach mit beherrschter, gehässiger, eisiger Stimme.

»Komm nicht wieder, Nick. Wir brauchen dich nicht.«

Er stürmte hinaus, ohne einen Blick hinauszuwerfen.

Meg Stenning knallte die Tür hinter ihm zu und wußte, daß es für immer war.

Alles war genauso gelaufen, wie sie gehofft hatte.

Der Sonnenaufgang auf Larapinta war eine Bejahung des Lebens. Vögel sangen, Hühner gluckten, und ein Pferd wieherte in den Ställen. Die graue Landschaft ringsum wandelte sich zu Gold. Ein neuer Tag war angebrochen.

Ein alter, staubbedeckter Lastwagen rumpelte über die Ebene und blieb mit quietschenden Bremsen vor dem Haus stehen. Hinter dem Lenkrad saß Deirdre Shackleton, eine fröhliche Rancherin mit eckigem Gesicht, die Mitte fünfzig sein mochte. Ihre Gesichtsfarbe war rötlich und ihre Gestalt drahtig. Mit ihr fuhren zwei junge Mädchen, die sehr betrübt wirkten.

Sie stiegen aus dem Lastwagen, bemerkten dann, daß die Eingangstür des Hauses offenstand. Die Mädchen schreckten zurück, und die Frau ergriff die Initiative.

»Überlaßt das mir.«

Sie griff in die Führerkabine des Lastwagens und zog

unter dem Sitz ein Gewehr hervor. Nachdem sie sich vergewissert hatte, daß es richtig geladen war, bewegte sie sich vorsichtig auf die Veranda zu. Die Mädchen hielten sich hinter ihr.

Sie war bereit, sofort zu schießen, falls das nötig war.

Ein sechster Sinn weckte Kate Hannon im großen Schlafzimmer. Die Laterne war erloschen, doch jetzt fiel genug Sonnenlicht durch die Spalten in den Fensterläden, um Dämmerlicht zu verbreiten. Als ihre Augen klar sahen, erschrak sie.

Drei völlig Fremde starrten auf sie herab.

Eine von ihnen hielt ein Gewehr auf Kate gerichtet.

Nachdem sie sich vom ersten Schreck erholt hatte, lächelte sie und richtete sich auf. Erleichterung durchflutete sie, als sie die beiden Mädchen anblickte.

»Ihr müßt Zoe und Emmie sein...«

Sie starrten sie in völliger Verwirrung an. Es war erschütternd.

»Wo ist Tom?« fragte Kate. »Ist euer Vater nicht bei euch? Wir haben uns am Flughafen verpaßt.«

»Wer bist du?« fragte Zoe anklagend.«

»Ich bin Kate.«

Diese Frage brachte sie ganz durcheinander. Doch die Reaktion auf ihre Antwort verletzte sie geradezu. Offensichtlich hatten die Mädchen noch nie von ihr gehört. Kate schwang ihre Beine über den Bettrand und stand auf.

Die ältere Frau senkte das Gewehr und trat näher.

»Irgendwie herrscht hier wohl etwas Verwirrung«, sagte sie. »Wir sind hergekommen, um nach den Pferden zu sehen – hatten nicht erwartet, jemanden hier anzutreffen. Ich bin Toms Nachbarin – Deirdre Shackleton. Die Mädchen wohnen bei mir.« Eine unheimliche Pause entstand. »Es ist ganz klar, daß Sie es nicht wissen... Tom ist tot.«

Die Nachricht traf Kate wie einen Hammerschlag, und

sie mußter sich am Bett festhalten. Sie war völlig betäubt. Das Unvorstellbare war geschehen.

Tom war tot. Ihre ganze Welt brach zusammen.

Die andere Frau sprach leise, doch ihre Worte schienen in Kates Ohr zu dröhnen und ließen ihr Herz vor Qual fast zerspringen.

»Es war für alle ein Schock. Er rief vom Flughafen an, sagte, daß er unterwegs sei. Er hätte eine Überraschung für uns alle. Er flog seine Cessna.« Sie zuckte leicht die Schultern. »Als er bei Einbruch der Nacht nicht eingetroffen war, schickten wir einen Suchtrupp los. Wir fanden das Flugzeug und Tom darin. Vor drei Tagen haben wir ihn begraben.

Tränen glänzten in den Augen der beiden Mädchen, als sie so eindringlich an den tragischen Tod ihres Vaters erinnert wurden. Sie starrten wie gebannt auf die Frau, die gerade eine Nacht in seinem Bett verbracht hatte.

Kate hatte das Gefühl, als sei das alles ein Alptraum. Nichts war mehr wirklich. Alles, was sie berührte, zerbrach unter ihren Händen in Scherben. Sie verkehrte mit Dämonen, die immer neue und heimtückischere Wege fanden, sie zu peinigen. Wo sie sich auch hinwandte war Schmerz.

All ihre Kraft schien zu schwinden, und sie fühlte eine große Leere in sich. Sie zitterte am ganzen Körper.

»Wer sind Sie?« fragte die ältere Frau.

Kate hörte die Frage nicht einmal. Ihr Verstand war wie betäubt.

Kate mußte mit sich kämpfen, um antworten zu können. »Ich bin seine Frau.«

Ungläubigkeit spiegelte sich auf den drei Gesichtern. Jetzt war es an ihnen, entgeistert zu sein. Deirdre Shackleton legte schützend ihre Arme um die Mädchen.

Kate schaute auf das Doppelbett hinab, das sie jetzt mit seiner Leere zu verhöhnen schien. Das verlassene Haus war eine nur allzu passende Metapher für ihre Situation. Sie konnte es nicht länger ertragen.

Sie rannte aus dem Zimmer und stürmte durch die Tür auf den Hof. Bis die anderen die Veranda erreicht hatten, marschierte Kate schon blindlings von dem Anwesen fort und hinaus in das dürre Land, das es umgab.

Ihre Schritte waren ziellos. Sie schleppte sich durch den roten Staub, wobei die Sonne ihr Haar streifte. Ihr Schmerz war wie ein innerlicher reißender Strom, der sie weiter und weiter trieb.

Ihr Gefühl des Verlorenseins und der Trostlosigkeit war unerträglich. Es war, als ob ihr ein bösartiger Streich gespielt worden sei. Sie hatte alles aufgegeben, um in ein anderes Land zu kommen, um mit ihrem Mann einen neuen Anfang zu machen. Sie hatte alles auf eine Karte gesetzt, und sie war gescheitert.

Australien war vom Augenblick ihrer Ankunft an eine Belastungsprobe gewesen, aber sie hatte sie um Toms willen ertragen, geglaubt, daß er bald kommen und alles in Ordnung bringen würde. Er war ihr Licht am Ende des Tunnels gewesen, und jetzt war es erloschen.

Kate war verloren, allein, wehrlos. Alle Hoffnung war vergangen.

»Solange ich lebe, werde ich nie zulassen, daß dir auch nur das kleinste Leid geschieht, Kate.« Seine Stimme hallte mit grausamer Ironie durch ihr Hirn.

»Solange ich lebe…«

Ihre Verzweiflung wandelte sich zu Hysterie. Sie begann zu laufen, stürmte über den Sand, so schnell sie konnte, versuchte die Dämonen abzuschütteln, die sie quälten, schlug mit ihren Armen um sich, als wolle sie sie abwehren, und schloß ihre Augen, um den Anblick der Wildnis ringsum nicht ertragen zu müssen.

Sie rannte, bis ihre Lungen zu platzen drohten und ihre Beine Feuersäulen waren, dann strauchelte sie, taumelte und stürzte der Länge nach auf den harten Boden. Dies war Larapinta. Die Ranch, deretwegen sie nach Australien gekommen war. Das Land, das sie betrogen und ihr alles genommen hatte.

Kate krallte ihre Finger zornig in den Boden und ihre Wut gebar einen Urschrei, der die Stille wie ein Messer durchschnitt.

»Tom!«

Ihre Hände scharrten wütend weiter, bis das Blut aus ihren Fingern rann und die Kraft sie verließ. Sie lag wie zerschmettert auf dem Boden und flüsterte ihre letzten Worte dem Geist ihres toten Mannes zu.

»Ich kann nicht mehr... ich kann nicht mehr ...«

Der Familienfriedhof befand sich in einiger Entfernung vom Haus in Cutta Cutta. Es war nicht mehr als eine kleine Ansammlung von Grabsteinen, die von einem niedrigen Eisenzaun umgeben waren, von einem großen Gummibaum vor der Sonne beschirmt. Unkraut wucherte zwischen den Grabsteinen, und alles wirkte vernachlässigt.

Nick Stenning trat durch das Tor und schritt schläfrig zu einem Grab. Er blickte auf den verwitterten Grabstein hinab und las den Namen, der dort eingemeißelt war.

OLIVIA STENNING
geboren 1929
gestorben am 4. April 1962
Die geliebte Frau von Edward Stenning
Mutter von Nicholas und Margaret

Ärger und Sorge stiegen gleichzeitig in ihm hoch, und er wandte sich ab, um damit fertig zu werden. Als er wieder auf das Grab blickte, kniete er nieder und begann mit seinen kräftigen Händen das Unkraut zu rupfen.

Ed Stenning beobachtete ihn von der Veranda des Hauses aus mit wachsender Erregung. Obwohl er ein Mann und so hart wie Granit war, füllten sich seine Augen unerwartet mit Tränen des Schmerzes, als alte Erinnerungen wieder wach wurden, die ihn quälten.

Er hatte eine Frau verloren – und einen Sohn. Beide waren jetzt für ihn tot.

Nick hörte auf, Unkraut zu zupfen und erhob sich wieder.

Ein anderer kam auf den Friedhof und blieb hinter ihm stehen.

»Du kannst wohl nicht davon lassen, was? ... Von einer Frau die seit zwanzig Jahre tot ist.«

Er drehte sich um und sah Meg an. Ihre Augen waren kalt.

»Schön«, sagte sie höhnisch, »von mir aus kannst du mit deinem Gespenst reden!« Nick ging an ihr vorbei und zurück zu seinem Hubschrauber.

Das große Eisenbett stand noch immer in der Mitte des Schlafzimmers. Das Zimmer war leer, ausgeräumt, leblos. Kate Hannon lag völlig angezogen auf dem Bett und starrte an die Decke. Das Foto ihres Mannes stand immer noch auf dem Tisch neben ihr, aber es hatte sich in der Hitze stark gewellt.

Sie rührte sich nicht, und ihre Augen waren unbewegt. Kate konnte nicht mehr weinen. Ihre ganze Zukunft war mit einem Flugzeugabsturz in der Wüste zertrümmert worden. Sie war eine Frau in der Leere. Sie wartete darauf, daß das Leben zurückkehrte.

Wieder breitete die Nacht ihren dunklen Mantel über die Steppe. Die Larapinta-Ranch war ein einsamer Außenposten unter einem Dom von Sternen. Ein Licht brannte im Wohnzimmer; ein anderes, im Schlafzimmer der Kinder, wurde bald gelöscht. Nur ein Zeichen von Leben blieb.

Angezogen vom Licht stießen Insekten gegen die mit Fliegendraht verkleidete Tür. Hinten, in den Ställen, schnauften die Pferde und schoben sich unruhig hin und her. Ein gelegentliches Heulen hallte über die Steppe.

Kate hörte nichts davon. Sie saß unbewegt in einem Lehnsessel im Wohnzimmer, direkt unter der elektrischen Lampe. Ihre blicklosen Augen waren auf den Boden gerichtet. Gram fraß hungrig an ihrer Seele. Ihr Verstand schwieg. Ihr Körper war taub. Sie trauerte.

Eine Stunde verging, und dann erhob sie sich. Gleichgültig bewegte sie sich zum Telefontisch, nahm das Telefonbuch und blickte auf die Anweisungen auf der Innenseite des Umschlages. Dann griff sie nach dem Hörer und wählte langsam eine Nummer.

Die Stimme war freundlich, weiblich, aber weit entfernt. »Welche Nummer wollen Sie haben?«

»Ja «, murmelte Kate, »ich möchte ein Gespräch nach Kalifornien anmelden ... eine Direktverbindung ...mit Mrs. Molly Winters ...«

Die Glühbirne an der Decke begann zu flackern und dunkler zu werden.

»Haben Sie eine Nummer?« fragte das Fräulein vom Amt.

Kate blickte erschreckt auf und keuchte dann, als das Licht plötzlich ganz ausging. Unvermittelt war sie in völlige Finsternis getaucht. Vor Angst ließ sie den Hörer fallen, der wie verrückt an der Schnur hin und her schwang.

»Hallo! Sind Sie noch da? Welche Nummer haben Sie ...?«

Vor lauter Panik hörte Kate nichts, ertastete sich ihren Weg durch das Zimmer und stieß gegen verschiedene Gegenstände. Als sie den Tisch fühlte, umschloß ihre Hand dankbar die Streichhölzer. Das Streichholz brannte rasch ab, und sie blies es aus, als die Flamme an ihrer Hand leckte.

Ein zweites Streichholz führte sie in die Küche und ein drittes half ihr, die Petroleumlaterne zu finden. Es gelang ihr, sie zu entzünden, bevor das Streichholz erlosch. Die Laterne stank teuflisch, aber ihr Schimmer gab ihr Mut. Sie ging rasch ins Schlafzimmer der Kinder.

Verängstigt und aufgeregt begab sie sich zu ihrem Sohn.

»Marty ...?«

Doch der schlief fest. Im Licht der Laterne konnte sie sein blasses, erschöpftes Gesicht erkennen, das jetzt wieder das eines Kindes war. Kate brauchte seine Hilfe für den Generator, aber sie brachte es nicht übers Herz, ihn zu wecken. Das wäre unfair gewesen. Marty brauchte seinen Schlaf.

Kate richtete sich auf und beruhigte sich. Sie war der Erwachsene. Es wurde Zeit, sich als solcher zu verhalten. Rasch zog sie sich aus dem Zimmer zurück, entschlossen, mit dem Problem allein fertig zu werden.

Sie trat hinaus auf die Veranda, zögerte einen Augenblick und ging dann hinaus auf den Hof. Sie hielt die Laterne vor sich und bewegte sich in ihrem schwachen, gedämpften Schein. Die gewaltige Unendlichkeit des sternenübersäten schwarzen Himmels über ihr war wie eine Drohung. Sie fühlte sich geängstigt. Wehrlos. Erniedrigt.

Aber sie hatte etwas zu tun und riß sich zusammen.

Die Pferde hinten in den Ställen waren noch immer unruhig, und ihr Schnaufen und Wiehern beunruhigte sie. Sie erreichte den Schuppen, in dem der Generator stand und stieß die Tür auf, die an quietschenden Angeln hing. Im Schein der Laterne sah sie sich zwei düster funkelnden Ungeheuern gegenüber – dem Dieselmotor und dem Stromgenerator.

Sie verhöhnten sie mit ihrem stummen Gleichmut. Sie richtete das Licht hin und her über ihren staubigen, öligen Harnisch, ohne einen Hinweis darauf zu finden, was sie zu tun hatte. Die Verärgerung in ihr wuchs.

»Verdammt!«

Der Ärger ließ ihr Selbstbewußtsein wieder aufflakkern, aber nicht für lange. Während sie um die Maschinen herumging, verfing sich Kate in einem dicken Spinnennetz und verlor die Nerven. Sie schlug mit einem Arm, um sich zu befreien und verließ dann rasch den Schuppen.

Tom Hannon hätte gewußt, was zu tun sei.

Sie vermißte ihn mehr, als sie es je für möglich gehalten hätte. Sein Tod hatte eine schmerzende Leere in ihr hinterlassen. Er war für immer gegangen. Die Trauer um ihn stieg mit solcher Gewalt in ihr hoch, daß sie ohnmächtig zu werden drohte. Sie brauchte eine Minute, um sich zusammenzureißen.

Die Pferde waren aufgeregter denn je, und Insekten umschwärmten jetzt das Licht. Sie war vom Generator besiegt worden, und die tiefe Schwärze der Nacht brachte neue Gefahren. Das Haus wirkte plötzlich wie ein schützender Hafen, und Kate eilte dorthin zurück.

Sie stieg auf die Veranda, riß die Tür auf und erstarrte dann.

Der untere Teil des Fliegendrahts war zerrissen.

Kate war sicher, daß er vorher in Ordnung gewesen war. Anderenfalls hätte er nicht die Insekten abgehalten. Nun klaffe ein großes Loch darin, als ob etwas oder jemand sich gewaltsam Zugang verschafft hätte.

Entsetzen packte sie und ließ sie erzittern. Dann fielen ihr die Kinder ein. Wenn sie in Gefahr waren, mußte sie sie retten. Vorsichtig schleichend öffnete sie die Tür, ging hinein und fand den Weg zur Küche.

Kaum hatte sie die betreten, wußte sie, daß sie nicht allein war.

Rasch suchte Kate nach einer Waffe. Sie zog eine Schublade auf, ergriff ein Messer und hielt es ausgestreckt vor sich. Schweiß rann jetzt über ihr Gesicht. Ihr

Herz hämmerte und ihr Atem ging stoßweise.

Ein bedrohliches Knurren zerschnitt die Luft.

Sie schwenkte die Laterne herum, um die Speisekammertür zu beleuchten. Sie war weit offen.

Kate konnte es nicht länger ertragen.

»Marty!« schrie sie.

Plötzlich klappten die Speisekammertüren auf und zwei Dingos kamen heraus. Ihre Augen funkelten im Licht, und ihre Fänge waren entblößt. Als Kate einen Entsetzensschrei ausstieß, jagten sie nach draußen.

Kate erschauerte. Sie fühlte sich völlig gedemütigt. Martys verängstigte Stimme schallte aus dem Schlafzimmer.

»Mami! Alles in Ordnung?«

»Ich bin hier!« schrie sie. »Alles in Ordnung!«

Dann brach sie in ängstliches und wütendes Schluchzen aus.

Die Gefahr war noch nicht vorüber. Sie waren noch immer schutzlos. Sie eilte hinaus zu der Fliegendrahttür und sah, daß sich die Öffnung durch die plötzliche Flucht der Dingos noch vergrößert hatte. Kate schlug die Innentür zu, um die Eindringlinge abzuhalten. Verrückt vor Angst schob sie die Riegel vor.

Noch halb schlafend stolperte Marty im Schlafanzug über den Korridor. Er war besorgt und verwirrt. Tina kam im Nachthemd hinter ihm. Ihr Gesicht war vor Angst kalkweiß.

Kate setzte die Laterne ab und fiel beinahe auf den Stuhl.

»Mami?« flüsterte Marty.

»Was ist passiert?« fragte Tina.

Kate nahm sie in ihre Arme und umklammerte sie ganz fest.

»O Gott!« schluchzte sie.

8

Die Morgensonne flammte aus einem strahlend blauen Himmel und verbreitete ihre Hitze über das verdorrte Land, das sich bis zum Horizont wie ein ockerfarbener Teppich erstreckte.

Ein einsamer Adler schwebte müßig darüber, während er auf sein nächstes Opfer wartete. Unten auf dem Boden baute ein Zaunkönig sein Kugelnest in der Spitze eines Spinifex-Büschels. Känguruhs grasten auf den spärlichen Flecken von Mulga und Gesträuch, welche die weiten Steppen durchsetzten.

In der Ferne kündigte eine kleine Staubspirale das Nahen eines Flugzeuges an. Sein krächzender Lärm durchbrach die Stille. Die Känguruhs hoben ihre Köpfe und erstarrten zu Statuen. Als das Vehikel auf sie zufuhr, erwachten sie plötzlich wieder zum Leben und hüpften davon, um den Eindringlingen zu entkommen.

Deirdre Shackleton saß lässig hinter dem Lenkrad ihres Pritschenwagens, der über den unebenen, ausgedörrten Boden holperte. Kate war neben ihr, hielt sich verbissen fest und bewunderte das Geschick ihrer Begleiterin, die gekonnt den Bodenwellen auswich.

Marty undTina saßen hinter ihnen, klammerten sich an die Seitenwände, um Halt zu finden und waren von der Fremdartigkeit dieser unirdisch wirkenden Landschaft eingeschüchtert. Als das Vorderrad in ein Loch sackte, wurden die Kinder ein paar Zentimeter in die Luft geschleudert.

Die Fahrerin kicherte fröhlich. »Haltet eure Hüte fest!«

Der Lastwagen fuhr schneller und ließ eine noch größere Staubwolke hinter sich. Kate hob ihre Stimme, um den Motorenlärm zu übertönen.

»Ich hatte noch gar keine Gelegenheit, mich richtig bei ihnen zu bedanken, Mrs. Shackleton.«

»Wofür?«

»Dafür, daß Sie den Fliegendraht an unserer Tür repariert haben.«

»Oh, das war doch 'ne Kleinigkeit«, sagte die ältere Frau wegwerfend. »Dazu braucht man nur einen Hammer und ein paar Haken. Sie werden bald lernen, so was selbst zu machen.«

»Ja«, stimmte Kate zu.»Das muß ich wohl, nicht wahr?«

»Muß ja ein ziemlicher Schock für Sie gewesen sein.«

»Es war entsetzlich. Ich hatte nie gedacht, daß sie in das Haus reinkommen.«

»Dingos. Wilde Hunde. Waren schon lange vor den Weißen hier.« Die Fahrerin schüttelte philosophisch ihren Kopf.

Die Eintönigkeit der Steppe wurde nun von wellenförmigen Dünen durchbrochen, die mit kleinen Grashügeln bedeckt waren. Das Larapinta-Territorium wirkte so öde und ungastlich, daß Kate nur schwer glauben konnte, daß darauf Vieh zu halten war.

Deirdre Shackleton schien ihre Gedanken zu lesen. »Es ist ziemlich hart. Vor zwei Jahren noch waren auf der Larapinta über zehntausend Stück Vieh. Jetzt sind's vielleicht die Hälfte. Die Wasserlöcher trocknen aus ... und es gibt nur noch einen Brunnen, aus dem Wasser kommt.« Sie warf Kate einen Blick zu. »Hier draußen ist Wasser kostbarer als Gold.«

Sie drückte ihren Fuß fest auf das Gaspedal, und der Lastwagen schoß mit voller Geschwindigkeit über die Steppe, wobei sich die drei Fahrgäste verzweifelt festhielten.

Eine Windmühle markierte den Standort des artesischen Brunnens. Mit dem Schatten, den sie auf den Boden warf, schuf die Konstruktion den Schauplatz für einen Kampf auf Leben und Tod zwischen einer großen Python und einer Beutelratte. Unausweichlich blieb die Schlange der Sieger. Mit gemächlicher Ruhe begann sie, ihr Mahl hinunterzuwürgen.

Der Lastwagen fuhr nur wenige Meter entfernt daran vorbei.

Seine Insassen mekten nichts von dem Drama, das sich soeben abgespielt hatte. Sie starrten schweigend zu der Windmühle auf, die unbewegt, wie tot, in der reglosen Luft stand.

In kurzer Entfernung davon befand sich ein großes trockenes Loch, das einmal ein kleiner See gewesen war. Im Umkreis von fünfzig Metern lagen die verwesenden Kadaver mehrerer Stiere verstreut.

Kate und die Kinder waren über diesen Anblick entsetzt. Noch nie waren sie einer Szene von so erschreckender Vernichtung derart nahe gewesen. Deirdre Shackleton sah ihre Bestürzung und empfand Mitleid mit ihnen – hilflose Fremde, in eine Welt geworfen, die sie weder kannten noch verstanden.

Kates Stimme barg ein flüsterndes Echo der Vergangenheit.

»Tom sagte, das Land sei ein lebendes Wesen«, erinnerte sie sich. »Er sagte, man könne sein Herz manchmal schlagen hören.«

»Das ist wahr«, bestätigte die ältere Frau, deren Augen mit widerwilliger Zuneigung über die Landschaft glitten. »Das Land gehört uns nicht. Wir gehören ihm.« Sie rief den Kindern hinten zu, »Warum vertretet ihr euch nicht die Beine, Kinder?«

»Toll!« sagte Tina.

»Komm!« drängte Marty.

Dankbar dafür, vom Lastwagen zu kommen, sprangen sie auf den Boden und streckten ihre schmerzenden Glieder. Tina hielt ihre Kamera und schaute sich furchtsam um. Marty war unternehmungslustiger.

»Wir schauen uns hier mal um.«

»Wenn ich wieder eine von diesen Echsen sehe, sterbe ich.«

»Bleib dicht bei mir. Ich hab' keine Angst.«

»Okay, Marty.«

Sie wanderten über den geborstenen Boden davon.

Kate stieg ebenfalls aus dem Lastwagen und entfernte sich ein paar Meter davon. Als sie über die öde Landschaft blickte, fühlte sie sich so einsam wie noch nie in ihrem Leben. Sie war ihres Glücks auf brutalste Weise beraubt worden, und nichts war ihr geblieben.

Deirdre kam zu ihr und stellte sich neben sie. Sie fühlte, was in ihr vorging und wollte ihr etwas Hilfe geben.

»Sie denken an Tom?«

»Ja.«

»Haben Sie ihn geliebt?«

Die Direktheit der Frage traf Kate. Sie schaute der anderen Frau tief in die Augen. Ein Funke schien zwischen ihnen überzuspringen. Deirdres Gesichtszüge entspannten sich und sie nickte befriedigt.

»Tom war ein feiner Mann.«

»Ich verstehe.«

»Das glaube ich ihnen«, erwiderte die andere Frau mit einem schiefen Lächeln. »Aber es wäre Ihr gutes Recht, wenn Sie sagen würden, daß ich mich um meine eigenen Angelegenheiten kümmern soll.«

Der Hauch eines Lächelns umspielte Kates Lippen. »Ich vermute, daß mein Auftauchen ein Schock für Sie war.«

»Ja. Tom flog nach Amerika, um Geld aufzutreiben – nicht, um sich eine neue Frau einzukaufen.«

»Einkaufen gegangen ist er ja auch nicht, Mrs. Shackleton.«

»Da bin ich sicher. Es passierte einfach. Eine dieser Geschichten.«

»Soviel dazu.« Kates Gesicht verdunkelte sich. «Zoe und Emmie tun mir leid. Es ist schlimm genug, wie sie ihren Vater verloren haben, auch ohne daß ich ihnen noch aufgehalst werde.«

»Das war unzweifelhaft hart für sie. Aber sie können solange bei Ralphie und mir bleiben, bis wir mit Toms Schwester Verbindung aufgenommen haben ... sie und ihr Mann leben irgendwo in Amerika.«

»San Diego. Ich habe sie kennengelernt.«

»Gut. Dann können Sie dabei helfen, sie zu finden.«

»Ich hab' schon einmal versucht, Molly anzurufen.«

»Wir müssen für die Mädchen etwas Dauerhaftes finden.«

»Ich weiß.«

»Sie können nicht einfach hier herumhängen.«

»Wir auch nicht.« Ein Seufzer kam über ihre Lippen. »Ich habe das Gefühl, daß wir nichts weiter als Eindringlinge sind.«

»Unsinn.«

»Dieses ganze Land wirkt so fremd auf uns.«

»Das ist nur der Outback.« Sie wehrte mit einer Hand eine lästig werdende Fliege ab. »Ich vermute, Sie hatten noch keine Zeit, darüber nachzudenken, was Sie nun tun werden?«

»Eigentlich nicht.«

»Was sagt Ihnen Ihr Instinkt?«

»Nach Hause fahren.«

»Wenn ich in Ihrer Haut steckte, täte ich dasselbe.«

»Das ist nur ein Problem, Mrs. Shackleton. Wir haben kein Geld.«

Kate wandte sich ab und ging traurig zu dem leeren

Wasserloch. Die andere Frau war nachdenklich. Es dauerte einige Minuten, bis sie ihrer Begleiterrin folgte.

Sie schauten gemeinsam in das große Loch, in dem sich einst Wasser befunden hatte.

»Wie viele Brunnen hat Larapinta?« fragte Kate.

»Einst waren's ein Dutzend. Und jeder kostete zwischen 25.000 und 50.000 Dollar ... hängt davon ab, wie tief man bohren muß.«

»Das ist ein Vermögen!«

»Vieh braucht Wasser.«

»Gibt es keine andere Quelle?«

»Nicht, wenn die Flüsse und Stauseen austrocknen. Man hängt völlig vom unterirdischen Wasser ab.« Sie ließ die Schultern hängen. »Das ist alles, was bleibt. Bis es regnet.«

»Und wann wird das sein?«

»Vielleicht können Sie's mir verraten. Wir warten schon seit vier Jahren. Auf der anderen Seite dieser Weiden« – Deirdre deutet mit ihrem Zeigefinger in die Richtung – »liegt die Stenning–Ranch. Ihnen gehört Cutta Cutta. Der alte Stenning herrscht über 3000 Quadratmeilen besten Weidelands im Territorium. Hier draußen ist er der König.«

»Was für eine Art Mann ist er?«

»Ein ganz schöner Bastard, aber wir alle zollen ihm Ehrerbietung.«

»Der Pilot, der uns hergeflogen hat ...«, erinnerte sich Kate. »Sein Name war Stenning.«

»Das ist Nick. Nicht sehr umgänglich.«

»Er war geradezu unhöflich.«

»Der Outback hat noch nie jemanden zu einem Gentlemen gemacht«, bemerkte Deirdre Shackleton. »Nick war mal der Kronprinz. Dann hat er sich mit dem Alten überworfen.«

»Warum?«

»Ich weiß es nicht. Aber damit wurde Nick Stenning zum schwarzen Schaf der Familie.«

Kate Hannon erinnerte sich ihrer ersten Begegnung mit ihm auf dem Gipfel des Hügels. Es war ein zermürbender Augenblick gewesen, und sie hatte sein Verhalten widerlich gefunden. Aber jetzt dachte sie über ihn nach und überlegte, warum er sein Zuhause verlassen haben mochte, um ein Außenseiter zu werden.

Sie haßte alles an diesem Mann, aber sie mußte lange an ihn denken.

Kate konnte nicht verstehen, warum.

Jenseits des Grenzdrahtes, der das Larapinta–Territorium von der Cutta Cutta–Ranch trennte, stand ein funkelnagelneuer Landrover auf einer Anhöhe. Das Stenning–Zeichen war auffällig auf beide Türen gemalt.

Braun und wettergegerbt saß Ed Stenning auf dem Beifahrersitz und hielt sein Fernglas auf die vier winzigen Gestalten gerichtet, die sich in der Ferne um ein ausgetrocknetes Wasserloch bewegten. Er grunzte vor Zufriedenheit und senkte das Glas. Dahinter wurden Augen sichtbar, die hundert Meilen weit sehen konnten.

Ein grimmiges Lächeln spielte um seinen Mund, als er zu Meg hinübersah, die hinter dem Lenkrad saß. Da ihr der weibliche Einfluß ihrer Mutter fast das ganze Leben lang versagt geblieben war, hatte seine Erziehung sie stark geprägt. Ihr mußte nicht erst gesagt werden, was ihr Vater dachte. Es fand ganz ihre Billigung.

Etwas erregte ihre Aufmerksamkeit und sie deutete darauf. Am Horizont hatten sich dunkle Wolken gebildet. Ed ließ sich davon nicht beeindrucken. Er hob sein Fernglas wieder und setzte seine Beobachtung fort.

Tina war es bald müde, die öde Landschaft zu fotografieren und die Hitze war jetzt wirklich qualvoll. Ziellos trat sie etwas von dem Sand beiseite und schüttelte sich.

»Hier stinkts. Man kann nichts machen .«

»Ja, ich weiß. Ziemlich unheimlich.«

»Nichts, was man sich anschauen könnte. Nicht einmal das Geräusch eines vorbeifahrenden Autos. Das ist die Hölle. Und es ist, als wär man in einem Ofen.«

»Wir werden bald wieder nach Hause fahren.«

»Ich bin froh darüber!«

»Zurück zu den Jungs.«

»Daheim bei Billy.«

Marty steckte seine Hände in die Hosentaschen und wurde nachdenklich.

»Mami tut mir unheimlich leid.«

»Mir auch«, stimmte seine Schwester zu, deren Stimme wieder sanft wurde.

»Wir dürfen sie nicht drängen, Tina.«

»Was meinst du damit?«

»Sie wird einige Zeit brauchen, um mit all dem fertig zu werden«, erklärte er. »Mami hat alles darangesetzt, hierher zu Tom zu kommen. Er war ein netter Kerl. Sie muß ihn sehr geliebt haben, daß sie eine solche Entscheidung getroffen hat.« Er zog seine Hände aus den Taschen und verschränkte seine Arme. »Alles, was ich sagen will, ist ... Also, erinnerst du dich daran, was du gefühlt hast, als du Billy verlassen mußtest?«

»Es war entsetzlich! Ich dachte, es sei das Ende der Welt.«

»Aber Billy lebt noch und wartet in LA auf dich.« Er biß sich auf die Lippe und wandte sich ab. »Tom ist tot. Mami wird ihn nie wiedersehen.«

Tina nickte. »Wir werden ihr Zeit geben. Alle Zeit, die sie haben will.«

Deirdre Shackelton schaute zum verfinsterten Himmel empor und spürte die ersten kleinen Windböen. Ein Runzeln furchte ihre Stirn.

»Wir sollten besser rasch zurückfahren.«

»Warum?« fragte Kate.

»Sieht aus, als käme ein Staubsturm auf.« Sie schrie den Kindern zu: »Kinder! Kommt schnell! Ein Staubsturm ist im Anmarsch!«

Tina und Marty starrten auf die seltsamen Wolken und wichen nervös zurück, wandten sich dann um und rannten rasch auf den Lastwagen zu.

»Was ist denn eigentlich ein Staubsturm, Mrs. Shackleton?« wollte Kate wissen.

»Das werden Sie schon sehen. Steigen Sie ein!«

Sie kletterten auf den Lastwagen, und die ältere Frau startete den Motor. Er erwachte augenblicklich zum Leben.

»Übrigens», fügte sie hinzu. »Meine Freunde nennen mich Tante Deir.«

Sie wechselten ein Lächeln, und Kate war erfreut. Sie war akzeptiert worden. Tante Deir war das Beste, was ihr seit der Ankunft in Australien begegnet war. Sie wußte instinktiv, daß sie gute Freunde sein würden.

»Dann wollen wir mal los!« schrie die Fahrerin.

Der Lastwagen sprang vorwärts. Kate schaute ängstlich durch das Rückfenster und sah erleichtert, das Marty und Tina es gerade noch geschafft hatten, aufzusteigen, bevor das Fahrzeug schneller wurde. Während sie versuchte, vor dem Sturm herzufahren, wirbelte Tante Deir eine eigene Staubwolke auf und fuhr mit wahnsinniger Geschwindigkeit in Richtung Ranch.

Hinter ihnen lag, unberührt von all der Aufregung, nahe der Windmühle die Python in der Sonne. Die Beutelratte war jetzt nichts weiter als eine obszöne Schwellung in ihrem sonst glatten Leib.

Der Wind traf mit großer Wucht die Larapinta-Ranch, rüttelte an allen Türen, an Fenstern und Dächern. Die Hühner schienen aufgeregt in ihrem Gehege, und die Pferde in den Ställen wurden unruhig. Staub fegte in dicken Wirbeln hoch und wurde gegen die Gebäude geschleudert.

Mit derart monströsen Stürmen wohl vertraut, rannten Zoe und Emmie auf die Veranda, um die Fensterläden zu schließen und zu verriegeln. Die wilde Hysterie des Sturmes nahm zu, und überall wirbelte roter Staub auf.

Zoe stand am Rand der Veranda und spähte an der Scheune vorbei, die jetzt nur noch ein undeutlicher Umriß in der sich ballenden Finsternis war. Sie versuchte, die Staubdecke zu durchdringen und irgendwo den Lastwagen zu entdecken.

»Komm ins Haus«, sagte Emmie.

»Sie sollten längst hier sein.«

»Tante Deir wird schon wissen, was sie tut.«

»Sie weiß es «, kommentierte Zoe leicht spöttisch. »Die anderen wissen's nicht.«

Die Mädchen kehrten ins Haus zurück und verriegelten die Tür hinter sich, bevor sie sich an die wichtige Aufgabe machten, jede Spalte und jede Öffnung, die sie finden konnten, zu verschließen.

Emmie stand neben ihrer Schwester und half eifrig mit, »Du magst sie nicht besonders, nicht wahr?« sagte sie.

»Ich mag sie überhaupt nicht.«

»Warum nicht?«

»Sie gehören nicht hierher, Emmi.«

»Ich weiß.« Sie überlegte. »Die Dame ist aber gar nicht so übel.«

Zoe äußerte ihre Meinung deutlicher.

»Als meine Mutter will ich sie nicht haben!«

Unsichtbar in den Schwaden roten Staubs verborgen, kämpfte sich der Pritschenwagen so ungestüm holpernd und rappelnd über den harten Boden, daß er beinahe von den Achsen zu fallen schien.

Für Kate war es äußerst unbequem, aber zumindest war sie im Fahrerhaus gut geschützt. In eine Plane gewikkelt lagen Marty und Tina auf der Ladefläsche des Fahrzeugs und wurden wie Strohsäcke hin- und hergeworfen. Die Fahrt war eine reine Qual.

Über ihnen verdunkelte eine monströse Staubwolke die Sonne und warf einen dunklen Schatten auf das Land. Der Wind verdoppelte seine Wut und drückte wie eine Riesenhand auf das Gefährt.

Bevor sie wußten, was geschah, setzte die Maschine aus und der Lastwagen blieb einfach stehen. Laut fluchend versuchte Tante Deir den Wagen wieder zu starten, doch ergebnislos. Völlig verstört schlug sie mit ihrer Faust auf das Lenkrad und traf dabei die Hupe. Ihr klagendes Jaulen wurde vom Heulen des Windes erstickt.

»Verflucht und zugenäht!« bellte sie. »Das hat uns gerade noch gefehlt!«

»Kann ich etwas tun?«

»Beten!«

Tante Deir sprang aus dem Lastwagen und ging nach vorn, um die Motorhaube zu öffnen. Kate begleitete sie, um sie moralisch zu unterstützen, und bald gesellten sich die Zwillinge zu ihnen, um zu sehen, was los war. In Sekundenbruchteilen waren sie alle vier in einen heulenden roten Vorhang gehüllt, der um sich selbst kreiste und sie völlig verschwinden ließ.

Der Staubsturm tobte mit unwiderstehlicher Gewalt.

Auf der Larapinta–Ranch setzte der Wind seinen heimtückischen Angriff fort. Obwohl die Mädchen ihr Bestes taten, um ihn abzuwehren, gelang es ihm doch, durch winzige Spalten einzudringen, an den verschlossenen Fenstern zu rütteln, in den Kamin hineinzufegen und durch die Bodenbretter hochzusteigen.

Vom Luftzug geschüttelt, zitterte Emmie.

»So schlimm war es noch nie!«

»Bald ist es vorüber«, versuchte Zoe sie zu trösten.

»Ich wünschte, Paps wäre hier.«

»Tu einfach, was er uns beigebracht hat.«

»Wie sollen wir es nur ohne ihn schaffen?«

»Mach weiter, Emmie. Es ist noch viel zu tun.«

Sie knüllten Stücke von Zeitunspapier zusammen, um die Ritzen in den Brettern zu verstopfen. In die größeren Öffnungen steckten sie alte Kleidungsstücke, aber irgendwie gelang es dem Wind dennoch hineinzukommen.

»Hör doch nur das Geheule!« sagte Emmi.

Aber Zoe konnte außerdem noch ein anderes Geräusch hören. Ein leises, mechanisches, klapperndes Geräusch, das ständig näherzukommen schien. Als auch ihre Schwester es hörte, rückten sie instinktiv zusammen. Angst spiegelte sich auf ihren Gesichtern als das Geräusch, vom Wind abgelenkt, das ganze Haus zu umgeben schien.

Ein deutlicher Schatten schob sich langsam wie ein außerirdisches Monster über den Hof. Von Staub bedeckt, glühten seine Augen wütend, und es stieß ein tiefes Heulen aus, bevor es direkt vor der Veranda zum Stillstand kam.

Marty und Tina sprangen sofort von der Ladefläche des Lastwagens herunter und suchten Schutz, wobei sie die Plane über ihre Köpfe hielten. Kate und Tante Deir waren von Kopf bis Fuß mit rotem Staub verklebt. Die ältere Frau kurbelte das Fenster herunter, spuckte kräftig aus und schloß das Fenster rasch wieder.

»Ich fühl' mich, als hätte ich die halbe Simpson–Wüste verschluckt.«

»Alles in Ordnung?«

Tante Deir wischte den Mund an ihrem Ärmel ab und grinste. »Um mich umzubringen, braucht es mehr als einen Staubsturm.«

»Du hast ja mit der Maschine ein wahres Wunder vollbracht.«

»Ich hab' sie zum Laufen gebracht, das allein zählt.«

»So was könnte ich nie.«

»Du wirst es lernen, Kate. Ich mußte es auch.« Sie deutete auf das Haus. »Geh jetzt besser hinein.«

»Kommst du nicht mit?«

»Ich werd' mich auf den Weg machen.«

»Mit dem Wagen?«

»Ich riskier's.«

»Warum wartest du nicht, bis es aufgehört hat?«

»Das kann Stunden dauern. Ich hab' einen kranken Mann zu Hause, und ich lasse ihn ungern so lange allein.«

Kate deutete hilflos in Richtung Haus. »Was wird aus ...Zoe und Emmi?«

Die Antwort kam gelassen und fast ein wenig zu schnell.

»Ich überlege, ob du sie nicht über Nacht hier behalten kannst? »Sie werden keine Schwierigkeiten machen. Ich hole sie morgen ab.«

»Ich habe nichts dagegen – aber ob sie's wollen?»

»Bestimmt.«

Kate brauchte ein paar Sekunden, um ihre Entscheidung zu treffen. »Okay.«

Sie winkte ihr Lebewohl zu, stieg aus dem Lastwagen und schloß die Türe hinter sich fest. Tante Deir löste die Bremse und ließ den Pritschenwagen anrollen, wobei ihre Scheinwerfer in den undurchdringlichen Staubvorhang stießen. Als sie in den Rückspiegel schaute, konnte sie eben noch die Gestalt Kates ausmachen, die vom Wind umbraust nahe der Veranda stand.

Tante Deir lächelte. Sie hoffte, daß ihr Plan funktionieren würde.

Allein geblieben, eilte Kate zur Eingangstür und ging hinein. Die Zwillinge warteten drinnen mit Zoe und Emmie. Die beiden Schwestern schauten Kate fragend an.

»Sie kommt morgen, um euch zu holen.«

Einen Augenblick lang herrschte Spannung, als ihnen bewußt wurde, daß sie zumindest für die nächsten vierundzwanzig Stunden alle zusammen unter einem Dach sein würden. Keines der Kinder schien erfreut darüber.

Doch es gab noch viel zu tun. Wie fremd sie sich auch sein mochten, sie mußten sich gegen den gemeinsamen Feind vereinen, der gegen ihre Tür hämmerte.

Emmie war die erste, die sprach. »Alles muß abgedichtet werden, damit der Staub nicht hereinkommen kann.«

»Wir können helfen«, meldete sich Marty. »Zeig uns, was zu tun ist.«

Emmie lief an eins der Fenster und sammelte einige Lumpen, die sie in einen schmalen Spalt an einer Seite des Rahmens steckte. Marty ging mit ihr, blickte dann zurück zu seiner Schwester.

»Komm schon, Tina.«

»Oh, sicher ...«

So schnell sie konnte, gesellte sie sich dazu. Zoe erinnerte sich an etwas und stieß einen Schrei aus.

»Die Pferde!«

»Ich komme mit dir», bot ihre Schwester ihr an.

»Nein – du bleibst hier.«

Zoe eilte an Kate vorbei zur Tür. Bevor seine Mutter ihn aufhalten konnte, rannte Marty hinter Zoe her und hinaus in den Sturm. Kate rief hinter ihnen her.

»Marty!«

Ihre Stimme wurde durch das Geheul des Windes erstickt, der jetzt neue Staubhaufen durch die Öffnung warf. Kate schlug die Tür wieder zu und lehnte sich dagegen. Ihr Blick fiel auf den Kamin. Eine weitere Wolke von rotem Staub ergoß sich daraus wie ein Rußschauer.

Der Sturm eroberte das Haus.

Draußen hatte das Unwetter inzwischen eine derart wütende Gewalt erreicht, daß es Zoe und Marty fast umwarf. Die meisten Pferde waren bereits im Stall, doch einige wenige liefen noch in der Koppel, von der Wucht des peitschenden Sturmes fast zum Wahnsinn getrieben, bockend und wiehernd. Es würde nicht leicht sein, sie in Sicherheit zu bringen.

Zoe schob sich durch das Gitter, nahm den Zügel des ersten Pferdes und versuchte es zu beruhigen, indem sie ihm über den Nacken strich.

«Ruhig, Sha. Ruhig, Junge. Gaaanz ruhig ...«

Doch das Tier scheute und ließ sich kaum halten.

»Kann ich helfen?« fragte Marty.

»Nein.«

»Alleine kriegst du das Pferd nie fort.«

»Geh weg!« schrie Zoe. »Hau ab!«

Marty entschloß sich, zu helfen, wollte es ihr und sich irgendwie beweisen. Er kletterte ebenfalls durch das Gatter, stellte sich hinter Zoe und versuchte, über ihren Kopf hinweg nach dem Pferd zu greifen. Das Tier bäumte sich plötzlich mit großer Wucht auf, riß dem Mädchen die Zügel aus der Hand und warf es wuchtig zu Boden.

Über ihr schlegelte das Pferd mit den Hufen. Marty schoß nach vorn und zog sie genau in dem Augenblick beiseite, als das ausschlagende Pferd donnernd den Boden berührte. Es verfehlte sie nur um Zentimeter.

Mit funkelnden Augen rappelte Zoe sich auf.

»Geh mir endlich aus dem Weg«, sagte sie. »Du erschreckst sie ja nur noch mehr!«

»Tut mir leid!«

Verletzt und eingeschüchtert wich Marty an den Zaun zurück.

Das Blickfeld kam und schwand wieder, beherrscht

von den Schwaden des roten Staubs, der an ihrer Gesichtshaut riß, sie blendete, ihnen den Atem nahm und alles Sichtbare immer wieder verhüllte.

In zwanzig Meter Entfernung riß eine starke Böe das Blechdach von einem der Anbauten und schleuderte es wirbelnd durch die Luft. Noch mehr Verwüstung wurde in der Scheune angerichtet.

Zoe näherte sich dem Pferd wieder, wobei sie beruhigend murmelte.

»Ruhig, Shah. Gaaanz ruhig, Junge. Ich tu' dir doch nichts. Jetzt gaaanz ruhig …«

Sie griff nach dem Zügel und führte dann das Tier im Lauf in den Stall, brachte es in den vorläufigen Schutz der offenen Box.

Die anderen Pferde jagten weiter wild durch die Koppel, vom Sturm gepeitscht und völlig verstört.

Marty konnte dieser Herausforderung nicht wiederstehen.

Er streifte einen anderen Zügel vom Pfosten, begab sich mitten zwischen die laufenden Pferde und suchte sich eines aus. In den Wind gebeugt versuchte er, das Leder über den Kopf des Tieres zu streifen, aber ohne Erfolg.

Ein heftiger Windstoß jagte durch den Corral und erschreckte das Pferd noch mehr. Laut wiehernd richtete es sich auf und warf ihn zu Boden. Marty lag dort und das Pferd war über ihm.

Zoe reagierte blitzschnell. Als sie sah, was geschah, riskierte sie Leib und Leben, indem sie direkt auf das Pferd zurannte und wild ihre Arme schwenkte. Obwohl es wieder hochging, wich es zurück, und Marty war in Sicherheit.

Sie half ihm auf die Beine. Irgendwie schien sie seinen Impuls, sich selbst zu beweisen, zu verstehen. Zoe war nicht länger böse auf ihn.

Mit dem einzigen Blick, den sie wechselten, war die erste Barriere zwischen zweien der Kinder angeknackst.

9

Das Haus blieb im Belagerungszustand, bis der Sturm draußen seinen Krieg ausgetobt hatte. Obwohl es erst Nachmittag war, mußten die Lichter eingeschaltet werden, um die Dunkelheit drinnen zu bezwingen. Getöse, Luftzug und Staub griffen mit unveränderter Wucht an. Sie waren hartnäckig.

Die vier Kinder saßen um den Küchentisch herum, kauerten in der gemeinsamen Zufluchtsstätte. Kate hatte ihr Gesicht gewaschen, ihr Haar aber war noch immer verklebt. Sie stand an der Arbeitsplatte und bereitete eine Mahlzeit für sie zu, spürte Ablehnung, die zwischen Tom Hannons Kindern und ihren eigenen herrschte.

Tina rang darum, äußerlich Haltung zu bewahren, obwohl sie durch die Wildheit des Sturms veränstigt war. Auch Marty fürchtete sich vor dem ständigen Klagen und dem Knarren der Bohlen. Sogar die beiden Schwestern strahlten eine leichte Nervösität aus.

Zoe riß sich zusammen und versuchte, Marty zu beruhigen.

»Staubstürme dauern nicht lange. Es gibt nichts, wovor man Angst haben müßte.«

Er nickte ihr schweigend Dank zu.

»Wir haben keine Angst,« behauptete Tina mit einem Anflug von Trotz.

Sie schaute Zoe einen Augenblick lang an, als ein heftiger Windstoß das Haus traf und einen Schauer feinen Staubes von der Decke auf ihre Köpfe und den Tisch rieseln ließ. Tinas Mut schwand.

Zoe blickte zu Kate hinüber und stellte offen ihre Frage.

»Wann verlaßt ihr uns?«

»Das habe ich wirklich noch nicht entschieden«, erwiderte Kate ruhig. »Und es hängt sehr davon ab, was eure Tante tun will.«

»Ich nehme an, ihr beide werdet mit in die Staaten kommen«, stellte Marty fest. »Es wird euch gefallen.«

Emmie schluckte. »Nach Amerika?«

»Lebt eure Tante nicht in San Diego?« sagte er.

Die Ausweglosigkeit ihrer Situation traf die beiden Mädchen wie ein plötzlicher Schlag. Sie hatten offensichtlich nie darüber nachgedacht, daß sie vielleicht ihr Heimatland verlassen müßten. Sie saßen in entsetztem Schweigen da. Kate beobachtete sie mit wachsendem Mitleid. Sie waren niedergeschlagen.

Eine lange, verlegene Pause entstand. Marty wünschte, daß er Amerika nicht erwähnt hätte und er ärgert sich darüber, daß er Zoe solchen Kummer bereitet hatte. Er suchte nach tröstenden Worten, aber er hatte keine Zeit, sie zum Ausdruck zu bringen. Die Glühbirne begann wieder zu flackern und erlosch dann.

»Nicht schon wieder!« seufzte Kate.

»Ich gehe, Mami!« verkündete Marty.

»Wir behelfen uns mit Laternen«, beschloß sie. »Wir kümmern uns um den Generator, wenn der Sturm vorüber ist.«

Petroleumlampen wurden entzündet und auf den Tisch gestellt. Staub rieselte vom Dach herunter. Das Klagelied des Windes währte fort. Das Haus ächzte in allen Fugen.

Kate schenkte ein paar Tassen Tee ein und reichte sie herum. Tina musterte ihn mißtrauisch.

»Was ist das?«

»Tee.«

»Bäh!«

»Probier ihn, Tina.«

»Haben wir keinen Kaffee?«

»Probier ihn«, drängte Kate. »Ich hatte einen guten Lehrer.«

Zoe verstand den versteckten Hinweis auf Tom Hannon.

»Du hast meinen Vater nicht geliebt«, behauptete sie. »Wie solltest du das auch können?«

»Zoe – «

»Du kanntest ihn nur zwei Wochen, und dann habt ihr geheiratet. Ich wette, du hast geglaubt, er sei reich. Darum bist du ihm hierher gefolgt!«

Kate war von der Anschuldigung wie betäubt. Sie wich zurück.

Marty eilte ihr zur Hilfe. »So war es nicht, Zoe! Dein alter Herr und Mami haben sich wirklich sehr geliebt.« Er warf seiner Schwester einen Blick zu. »Wir haben ihn auch gern gehabt.«

In dem folgenden knisternden Schweigen ging Tina zu ihrer Mutter und legte schützend einen Arm um deren Schulter. Zoe starrte sie an und Emmie begann leise zu schluchzen. Marty fühlte sich sehr unbehaglich.

Kate trat vor und sprach zu den beiden Schwestern.

»Ich wußte, daß euer Vater finanzielle Probleme hatte, bevor wir heirateten«, erklärte sie ruhig, »und ich habe nicht die Absicht, auch nur einen einzigen Cent seines Besitzes anzurühren. Ich werde mich mit Freunden in der Heimat in Verbindung setzen ... Wir werden uns Geld für den Rückflug leihen. Bis das geschieht und bis über eure Zukunft entschieden ist, werden wir hier auf Larapinta bleiben. Wir haben keine andere Wahl.«

Sie setzte sich ihnen gegenüber und beugte sich vor. Aufrichtigkeit leuchtete in ihrem Blick, und die Mädchen konnten sehen, daß es ihr ernst war mit dem, was sie sagte.

»Ich würde mich wirklich sehr freuen, wenn auch ihr bliebt und uns helfen würdet, die Ranch solange zu bewirtschaften, bis für uns die Zeit zum Gehen kommt. Es scheint, als seien die Männer, die hier gearbeitet haben, nach der Beerdigung fortgegangen.« Sie zuckte die Schultern. »Wir sind Stadtmenschen, leider. Wir wissen nicht, wie man Tiere versorgt und Generatoren wartet und alles andere, was dazu gehört.«

Kate lächelte wehmütig, als sie an Tom Hannon dachte und was er für sie alle geplant hatte. Ihr Herz öffnete sich seinen beiden Töchtern, die er so sehr geliebt hatte.

»Ich weiß, daß es für euch beide eine sehr schwere Zeit ist. Das ist es für uns alle. Aber euer Vater wollte, daß wir eine Familie sind. Um seinetwillen könnten wir doch zumindest versuchen für die Zeit, die uns bleibt, Freunde zu sein. Meint ihr nicht?«

Zoe und Emmie schauten sie mit ausdruckslosen Augen an. Sie wogen sorgfältig ab, was sie gesagt hatte.

Der Sturm endete so plötzlich, wie er begonnen hatte. Eine unnatürliche Ruhe folgte. Staub bedeckte alles wie roter Schnee, überzog den ganzen Outback wie eine unheimliche Hülle. Kein Wind, kein Lufthauch, kein Geräusch. Die Sonne übernahm wieder das Kommando und ließ die ganze Szene glänzen.

Kate Hannon konnte sich an dem Anblick nicht sattsehen. Dankbar dafür, daß die Krise endlich vorüber war, ging sie direkt ins Badezimmer und legte ihre beschmutzte Kleidung ab. Der Staub war bis auf ihre Haut gedrungen und hatte überall Flecken hinterlassen. Kates feines Haar war jetzt eine flammend rote klebrige Masse.

Sie trat in die altmodische Gußeisenwanne, um zu duschen. Als sie die Hähne aufdrehte, gab es ein protestierendes Gurgeln; dann begann kaltes braunes Wasser aus der Brause zu tröpfeln. Selbst das war ihr willkommen.

Sie stand unter dem Wasser und ließ es über Kopf und Gesicht laufen.

Langsam belebte es sie wieder. Sie mußte mit der schweren Arbeit, die ihr bevorstand, fertig werden.

Nick Stenning zog die Segeltuchplane von seinem Hubschrauber herunter und ein Schauer roten Staubs rieselte zu Boden. Der Sturm hatte ihn überrascht, bevor er seine Maschine in Sicherheit bringen konnte, und er hatte improvisieren müssen. Die Rotorblätter waren mit Staub überzogen, doch ansonsten war der Hubschrauber verschont geblieben. Er glänzte jetzt im Sonnenschein, und seine Metallverkleidung begann sich zu erwärmen.

So freundschaftlich auf die Maschine klopfend, wie's ein Reiter bei seinem Pferd tut, öffnete er die Tür und kletterte hinein. Während er den Sicherheitsgurt umlegte, erinnerte er sich an den letzten Flug und dachte über seine drei Passagiere nach. Wieder stieg Sorge in ihm auf. Ein Staubsturm war selbst für erfahrene Buschleute eine schwere Kraftprobe. Er fragte sich, wie Kate und die Kinder damit fertiggeworden sein mochten.

Eine andere Erinnerung drang dabei in seine Gedanken. Er saß im Schatten eines dunklen Felsens auf dem Gipfel, als eine Frau kam, die nach ihm suchte. Die Anstrengung, ihn aufzuspüren, hatte sie sichtlich erschöpft. Sie bat um Hilfe. Als er ihr gesagt hatte, sie solle sich jemand anderen suchen, hatte sie sich geweigert, seine Ablehnung hinzunehmen und ihn heftig beschimpft.

Nicks Lippen verzogen sich zu einem Grinsen.

Dann startete er die Maschine und hob ab. Der Hubschrauber stieg in einer Wolke aus rotem Staub in die Höhe, bis er klare Umluftschichten erreicht hatte.

Er grinste noch immer, als sich die Maschine fort durch den Himmel schwang.

Mit noch vom Duschen feuchten Haaren traf Kate die Vorbereitungen für das Abendessen. Ein Kleiderwechsel hatte sie sofort erfrischt, aber jetzt spürte sie die Hitze bereits wieder. Als sie den Kühlschrank öffnete, genoß sie den kalten Lufthauch, der herauskam. Sie fand ein paar Lebensmittel und klappte die Tür zu.

Tina kam in die Küche gerannt, hielt sich die Hand vor den Mund und hustete. Sie eilte zum Ausguß und spuckte hinein.

»Bah!«

»Alles in Ordnung, Tina?«

»Ich muß Dutzende verschluckt haben!«

»Was?«

»Fliegen!« Sie schnitt eine Grimasse. »Entsetzliche Viecher!«

Kate war amüsiert. »In diesem Fall brauchst du wahrscheinlich kein Abendessen.«

»Mami!«

»Ich habe nur gescherzt.«

»Das ist überhaupt nicht komisch!« protestierte das Mädchen. »Fliegen tragen alle Arten von Krankheiten mit sich herum. Ich könnte sterben!«

Kate lächelte nachsichtig, ging dann zu ihr hinüber, um ihrer Tochter einen schmatzenden Kuß auf die Wange zu geben. Sie trat zurück und musterte sie von oben bis unten.

»Gut siehst du aus.«

»Ich fühl' mich aber nicht gut.«

»Liebling, ich sage das wirklich ungern, aber – um einen Aussie-Ausdruck zu benutzen –: du wirst ein bißchen zum Whinger.«

Sie legte tröstend die Arme um Tina und zog sie dicht an sich.

»Es ist für uns alle eine schwere Zeit«, sagte sie ruhig, »und die einzige Möglichkeit, sie durchzustehen, ist, sich zusammenzureißen. Hör auf, ständig zu grübeln, Tina. Ich weiß, daß du nicht in dieses Land wolltest und daß du alles daran verabscheust.«

»Nicht alles ...«

»Versuch doch mal, an andere zu denken. Wie, glaubst du, müssen Zoe und Emmie sich jetzt fühlen?«

»Verdammt mies, denke ich.«

»Sie haben ihre Mutter verloren, sie haben ihren Vater verloren, jetzt haben sie ihr Zuhause verloren.« Kate blickte auf sie hinab. »Stell dir einmal vor, wie das für sie sein muß. Die armen Dinger sind völlig verwirrt.«

»Ja. Und dann überfallen wir sie auch noch.«

»Genau. Denk mal daran, wie gut du es hast, junge Dame.«

Tina strahlte. »Wenn ich allein an Billy denke!«

Kate wich einen Schritt zurück und nickte. Ihr Ton änderte sich. »Du und ich müssen irgendwann mal über Billy plaudern«, sagte sie.

»Warum?«

»Weil ich mir überhaupt nicht sicher bin, ob er einen guten Einfluß auf dich ausübt.«

»Ich *liebe* ihn, Mami!«

»Du bist erst vierzehn«, erinnerte Kate sie. »Ich möchte nicht, daß du so schnell erwachsen wirst.«

»Worauf willst du hinaus?«

»Dieses Streichholzheftchen zum Beispiel.«

»Oh ... ja ...« Tina scharrte mit den Füßen und schaute verlegen drein.

»Wir reden ausführlich darüber, wenn wir Gelegenheit dazu haben«, versprach ihre Mutter. »Laß in der Zwischenzeit den Kopf nicht sinken. Es sind ja nur noch ein paar Wochen.«

»Ein paar *Wochen*?«

»Es ist noch eine Menge zu regeln.«

»Aber was soll ich die ganze Zeit tun?«

»Mach das Beste draus«, schlug Kate vor. »Mach Fotos für die Kinder zu Hause. Nicht viele Amerikaner haben Gelegenheit, nach Australien zu kommen. In diesen Teil ohnehin nicht. Es ist das Herz dieses Kontinents. Tom hat es mir erzählt ...«

»Alles wird ganz toll sein, wenn wir wieder in Kalifornien sind.«

Zweifel überkamen ihre Mutter. Ihr Gesicht verdüsterte sich. »Ich hoffe es«, sagte sie.

»Ich hol' meine Kamera.«

Tina küßte sie leicht auf die Wange und ging dann ins Wohnzimmer. Irgend etwas veranlaßte sie, stehenzubleiben, und sie verharrte an der Tür.

»Übrigens, was ist ein Whinger?«

»Jemand, der ständig rumjammert.«

Sie zeigte sich überrascht. »Tu' ich das denn?«

»Hin und wieder.«

»Tut mir leid, Mami. Ich versuch's ja.«

»Streng dich ein bißchen mehr an.«

Tina dachte einen Augenblick darüber nach, dann fragte sie, »Mami, wie können die Menschen bloß ohne Fernsehen auskommen?«

»Ich weiß es nicht, mein Schatz«, erwiderte Kate belustigt. »Es muß die Hölle für sie sein.«

Tina ging hinaus. Das Lächeln ihrer Mutter erstarb. Tom Hannon war in Gedanken bei ihr, als sie das Essen zubereitete.

Zoe saß vor einem kleinen Harmonium und spielte einige alte Melodien. Emmie begleitete sie mit mäßigem Erfolg auf der Blockflöte. Es war, als ob sie sich durch eine Übungsstunde quälten. Keine der beiden schien wirklich Freude an der Musik zu haben.

Kate und die Zwillinge saßen im Wohnzimmer und hörten zu. Es war jetzt Abend, und sie entspannten sich nach dem Essen. Das improvisierte Konzert hatte etwas Unwirkliches an sich und schien die Spannung zwischen den beiden Gruppen noch zu verstärken – gerade so, als seien die Amerikaner ungebetene Gäste, die nur stillschweigend geduldet wurden, ohne Teil des normalen, alltäglichen Lebens auf Larapinta zu sein.

Die Konzentration ließ bald nach. Kate war in Gedanken wieder bei Tom, wünschte sich, daß sie alle harmonisch zu einer Familie vereint hier säßen. Tina nahm sich ein Buch und vergrub sich auffällig dahinter.

Marty litt am meisten. Als Musikprofi von eigenen Gnaden fand er die Darbietung kaum erträglich. Die Musik an sich fand er völlig *out* und krümmte sich bei jedem falschen Ton. Am Ende konnte er es nicht mehr ertragen und drückte sich still auf die Veranda.

Die Musik verfolgte ihn bis dorthin, doch er wehrte sie bald ab. Er holte seinen Sony Walkman heraus, streifte die winzigen Kopfhörer über, drückte einen Knopf und lauschte stattdessen einer Rockgruppe. Donnernde Trommeln und durchdringende Elektrogitarren beanspruchten bald sein Gehör. Er erinnerte sich an seine eigene Band. Los Angeles schien jetzt ungeheuer weit weg.

Marty hatte großes Heimweh. Er setzte sich auf die oberste Stufe und sammelte eine Handvoll Steine, die er ziellos über den dunklen Hof warf. Ein neugieriges Bellen ertönte, als der Ranchhund in den Schatten zurückwich, doch der Junge hörte nur die Rockmusik. Er wurde sich der Anwesenheit des Hundes erstmals bewußt, als dieser über die Veranda tappte und an ihm schnüffelte.

Er legte einen Arm um den Hund. Er fühlte sich plötzlich einsam und niedergeschlagen: ein Junge, der noch keine wirkliche Persönlichkeit und nur eine unsichere Zukunft hatte.

»Hallo, Bluey!« sagte er, wobei er den Hund klopfte. »Guter alter Kerl!«

In diesem Moment der Trostlosigkeit drückte er den Hund, um Trost zu finden.

Der lange und anstrengende Tag hatte sich schließlich bei Kate bemerkbar gemacht, und sie war in einem Lehnsessel im Wohnzimmer eingedöst. Sie hatte den Kindern gute Nacht gesagt, sich hingesetzt, um für einen Augenblick zu ruhen und war sofort eingeschlafen. Das Zimmer war jetzt still und verlassen. Die Nacht brach kühl herein.

»Oje ...«

Sie öffnete verwundert ihre Augen und blickte sich um. Verärgert darüber, daß sie im Sessel eingeschlafen war, erhob sie sich und streckte sich. Plötzlich ging das Licht mit einem Klacken aus.

»Verdammt!«

Kate tastete sich durch das Zimmer zum Schalter und bewegte ihn hin und her. Nichts geschah. Es war, als ob der Generator eine Art Rache an ihr üben wollte. Ihr Körper erschlaffte.

Dann hörte sie, wie sich draußen im Korridor eine Türe öffnete. Ein Lichtschimmer näherte sich dem Wohnzimmer. Eine Gestalt in einem weißen Nachthemd, die eine Petroleumlampe trug, erschien. Es war Zoe. Sie trat ein und blieb vor Kate stehen.

»Der Generator schaltet sich tagsüber zwischen zwei und fünf selbsttätig ab und dann wieder von zehn bis sechs Uhr früh«, erklärte sie höflich flüsternd.

»Ach, jetzt versteh' ich.«

»Weil Diesel so teuer ist.«

Sie wollte schon gehen, zögerte aber an der Tür und kam zurück ins Zimmer. Zoe stellte die Laterne auf den Tisch und blickte zu Kate hinüber. Auf die Weise wollte sich das Mädchen für die harten Worte von vorhin entschuldigen. Kate erkannte es und akzeptiert diese Geste.

»Danke, daß du mir das gesagt hast, Zoe.«

»Schon in Ordnung.«

»Und danke für die Laterne.«

»Gute Nacht ...«

Das Mädchen ging rasch in ihr Zimmer zurück.

Erfreut über dieses kurze Gespräch, dachte Kate einen Augenblick nach. Sie hoffte, daß es ein Zeichen dafür war, daß sich die Beziehungen zwischen den beiden Hälften der Hannon–Familie verbessern würden.

Sie freute sich über Zoes Hilfe. Das war etwas, auf das man bauen konnte.

Tante Deir warf ihren Hühnern noch eine Handvoll Körner hin und trat dann zurück, als sie sich zu ihren Füßen scharten. Sie schimpfte gut gelaunt mit ihnen und verließ dann den Stall. Das Füttern der Hühner war vorerst die letzte ihrer vielen Alltagspflichten. Da ihr Mann so krank war, lastete die ganze Farmarbeit auf ihren Schultern, und das bedeutete, daß sie neben diesen kleinen Aufgaben auch noch große Entscheidungen zu treffen hatte.

Sie wischte die Hände am Rock ab und stapfte zurück ins Haus.

In der Küche war ein Telefon. Sie nahm den Hörer ab und wählte die Nummer, die sie auswendig wußte, trommelte ungeduldig mit den Fingern auf dem Tisch, während sie auf das Freizeichen lauschte.

Schließlich meldete sich jemand.

»Hallo«, sagte eine müde Stimme. »Wer ist da?«

»Kate?«

»Bist du's, Tante Deir?«

»Guten Morgen«, sagte die ältere Frau fröhlich. »Hab' ich dich geweckt?«

»Ja.« Ein Gähnen bestätigte diese Tatsache. »Wie geht es dir?«

»Ich bin putzmunter.«

»Dann bist du sicher zurückgekommen?«

»Natürlich, ich fahre schon dreißig Jahre und länger durch Staubstürme. Bin noch nie einem begegnet, der mich darin übertrifft.«

Sie setzte sich auf einen Holzstuhl mit breiter Lehne.

»Und wie geht's dir?«

»Soweit gut, denke ich.«

»Du scheinst dir aber nicht ganz sicher zu sein.«

»Bin ich auch nicht.«

Tante Deir kicherte. »Mir geht's an den meisten Tagen so.«

Sie wechselte den Hörer in die andere Hand. »Was machen die Kinder?«

»Sie schlafen noch.«

»Offenbar habt ihr euch gestern vertragen.«

»Zoe und Emmi waren sehr hilfreich. Sie haben uns genau gezeigt, was zu tun war, und wir haben alle mitgemacht.«

»Ich wußte daß es so sein würde!«

»Wann kommst du sie denn holen?«

»Das ist einer der Gründe warum ich anrufe«, erklärte Tante Deir. »Wäre es sehr lästig, wenn die Mädchen noch ein bißchen länger bei dir blieben? Das wäre eine große Erleichterung für mich ...Ralphie geht es wieder schlechter.«

Sie spürte ihr Zögern, bevor sich Kates Stimme wieder meldete.

»Gut.«

»Bist du sicher?«

»Ja. Kein Problem.«

Kate verbarg ihre Vorbehalte gut. Tante Deir mußte lächeln.

»Gut«, fuhr sie fort. »Jetzt zum Hauptgrund meines Anrufs. Wir machen ein Barbie.«

»Ein was?«

»Ein Barbie. Kennt ihr in Amerika kein Barbecue?«

Kate lachte. »Oh, das ist es, was du meinst?«

»Ja – ein Barbie. Und du bist eingeladen.«

»Ich?«

»Am Sonntag bei uns. Eine Feier für alle. Die Leute kommen von überall her. Toms Freunde.«

»Ich weiß nicht, Tante Deir «, sagte Kate, als sie sich diese Menschenansammlung vorstellte. »Ich bin nicht sicher, ob ich damit fertig werde.«

»Unsinn! Du bist der Ehrengast.«

»Aber warum?« fragte Kate überrascht.

»Sie sind alle gespannt darauf, dich kennenzulernen«, erklärte ihre Freundin. »Hier draußen sieht man nicht alle Tage ein neues Gesicht. Wir lieben Geselligkeit. Und außerdem brennen die Menschen darauf, etwas für dich zu tun.«

»Das verstehe ich nicht.«

»Sie werden etwas zu deinem Rückflug beisteuern.«

»Aber sie kennen mich ja nicht einmal«, wandte Kate ein.

»Sie kannten Tom – das genügt. Ein Barbie ist hier immer ein Anlaß, um Geld zu sammeln. Gib Menschen viel zu essen und zu trinken, und du glaubst gar nicht, wieviel sie dir in den Hut werfen.«

»Soviel Mitleid könnte ich nicht ertragen«, sagte Kate.

»Das ist kein Mitleid!« entgegnete Tante Deir. »Sie tun es für Tom Hannon. Und ich auch. Ich hoffe daß du uns nicht enttäuschst.«

»Tante Deir...«

»Bis Sonntag dann. Adieu.«

Sie legte auf, bevor Kate noch etwas sagen konnte.

Alles war geregelt.

Ed Stenning ritt zu der Spitze eines Hügels, der eine weite, wellige, rostfarbene Ebene überschaute. Er glich wahrlich einem König, der über sein Reich blickt. Unter ihm wurde ein Meer von Rindern von Aborigines-Viehtreibern zu einem riesigen mobilen Wassertankwagen getrieben, dessen Inhalt sich bereits in eine Reihe hölzerner Tröge ergoß.

Die Tiere waren mager und sparrig, bahnten sich geräuschvoll ihren Weg zum Wasser und senkten die Schnauzen hinein. Einige von ihnen schienen zu hinken. Ein Nachzügler konnte sich kaum auf den Beinen halten.

Ed beobachtete all dies mit finsterer Miene.

Ein Reiter galoppierte den Hügel hinauf zu ihm, und er beugte sich vor, um zu sehen, wer es sei. Meg Stenning zügelte ihr Pferd, das neben ihrem Vater zum Stehen kam und berichtete ihm die Neuigkeiten.

»Wir sind zu einem Barbecue eingeladen, Vater.«

»Wo?«

»Bei den Shackletons, am Sonntag. Die Hannon-Witwe wird verabschiedet.«

Ein winziges Lächeln glitt über seine Gesichtszüge und er nickte. »Sie fährt also heim, ja?«

»Sehr bald.«

»Eine sehr kluge Entscheidung dieser Dame.«

»Was sollte sie sonst tun?» höhnte Meg. »Hier draußen ist sie zu nichts nutze. Könnte ja nicht mal einen Stier von einem Känguruh unterscheiden.«

»Was hast du den Shackletons gesagt?«

»Ich sagte, wir hätten zu tun.«

Ed wandte sich um, schaute in Richtung auf Larapinta. »Ruf sie noch mal an. Sag ihnen, wir kommen.«

«Ist das dein Ernst, Vater?«

»Ich stehe kurz davor, der stolze Besitzer von Larapinta zu werden. Zumindest kann ich Tom Hannon so meine letzte Ehre erweisen.« Sein Lächeln verzerrte sich zu einem schiefen Grinsen. »Und außerdem bin ich neugierig darauf, was für eine Frau er geheiratet hat. Du nicht?«

Meg Stennings Augen brannten.

10

Freunde und Nachbarn fanden sich nur zu bereitwillig auf der Shackleton-Ranch zum Barbecue zusammen – nicht allein, weil Tante Deir bei solchen Gelegenheiten immer für ausgezeichnetes Essen sorgte und man beliebig viel trinken konnte. Die Gelegenheit, Kate kennenzulernen, wollte sich niemand entgehen lassen. Die Nachricht von Tom Hannons Heirat hatte sich wie ein Lauffeuer im Territorium verbreitet und einiges Erstaunen ausgelöst. Der Umstand, daß seine Frau aus Los Angeles kam, bedeutete daß sie nach der Vorstellung einiger Anwohner ein strahlender Hollywood-Star sein müßte. Fünfzig oder mehr fanden sich ein.

Das Barbecue fand auf dem Gelände der Ranch an einem heißen, schwülen Nachmittag statt. Ein halbgarer Stier drehte sich langsam an einem Spieß über offenem Feuer. Von einer Schar Frauen unterstützt, bereitete Tante Deir das Essen vor, von dem immer mehr auf einem gewaltigen Tischgestell aufgebaut wurde, obwohl es sich unter der Last bog. Auf einem anderem Tisch standen Bierfäßchen, Weinflaschen und alkoholfreie Getränke.

Männer und Frauen blieben nach australischer Sitte getrennt. Ihre Hüte haltend und nahe beim Bier stehend, erzählten sich die Männer Geschichten, klagten über die Dürre und warfen verstohlene Blicke zu Kate.

»Sieh dir das an, Mann!«

»Ich weiß. Ich hab' sie gesehen. Einfach toll!«

»Tom Hannon muß wirklich ein Glückspilz gewesen sein.«

»Ja, ein bißchen Spaß hat er gehabt, bevor er in die Grube kam.«

»Er muß mit einem Lächeln auf dem Gesicht gestorben sein.«

»Ich hätte nichts dagegen, wenn mir ein solches Klasseweib das Bett wärmte.«

Die Frauen bildeten die andere Gruppe, beklagten sich über ihre Ehemänner, sprachen über die Kinder und tauschten den neuesten Tratsch aus. Auch sie waren neugierig darauf, Kate zu sehen und sie mit Toms erster Frau zu vergleichen. Ihre Figur und ihr Aussehen waren sofort Gegenstand neidischer Kommentare.

Kinder allen Alters waren mitgebracht worden und vergnügten sich bald auf ihre Weise, indem sie miteinander spielten oder zwischen den Grüppchen hin und her rannten. An die erdrückende Hitze gewöhnt, schienen sie nie erschöpft oder müde zu werden.

Allen gefiel es offenbar großartig, und oberflächlich betrachtet war die Stimmung gut. Dahinter aber verbarg sich ein sehr widersprüchliches Verhalten. Kate und die Zwillinge wurden gleichzeitig bewundert und abgelehnt, Willkommen geheißen und abgewiesen, komplimentiert und verspottet. Niemand verhielt sich ihnen gegenüber völlig zwanglos.

Kate spürte das sofort. Obwohl sie noch sehr über Toms Tod betroffen war, bemühte sie sich, offen und freundlich zu sein – auf eine Art, die, wie sie wußte, ihr Mann sich von ihr gewünscht hätte. Schließlich, sagte sie sich, wären diese Menschen auch ihre Freunde gewesen, wenn Tom noch gelebt hätte.

Marty und Tina standen abseits und kamen sich überflüssig vor. Die anderen Kinder starrten sie zwar an, waren aber zu scheu, sie anzusprechen oder in ihre Spiele einzubeziehen. Marty war's leid, im Mittelpunkt so großer Aufmerksamkeit zu stehen, und er schlenderte ruhig in Richtung Scheune davon, holte seinen Sony–Walkman heraus und streifte den Kopfhörer mit der futuristischen

Antenne über. Seine Schwester trottete hinter ihm her.

Bäume spendeten Schatten, und viele Menschen sammelten sich darunter.

Kate stand mit dem Gastgeber, Ralph Shackleton, neben einem knorrigen Stamm. Er war ein einfacher Mann, Ende fünfzig, und seine gebeugte Gestalt wies auf die Krankheit hin, die an ihm zehrte. Seine Stirn war schweißnaß.

»Man sollte meinen, daß man sich an die Hitze gewöhnt«, sagte er schwach, »aber Deir und ich leben seit 35 Jahren im Outback, und sie macht mich noch immer fertig.«
Er lächelte hintergründig. »Ich hoffe, im Himmel ist es kühler.«

»Im Himmel?« wiederholte sie.

»Hat Deir dir nicht gesagt, daß ich Krebs habe?«

»Oh ...«

»Nur keine Verlegenheit«, fuhr er rasch fort. »Ich bin gern unter Menschen. So tuscheln die Leute nicht hinter meinem Rücken. Das wäre für mich das Ende.«

Kate schwieg respektvoll.

Ihre Aufmerksamkeit wurde durch zwei Neuankömmlinge abgelenkt. Die eindrucksvolle Gestalt eines exquisit gekleideten alten Mannes löste ringsum ehrerbietige Reaktionen aus. Seine Gesichtszüge spiegelten sich so exakt in der Frau an seiner Seite, daß sie seine Tochter sein mußte.

Kate beobachtete, daß die Neuankömmlinge niemanden grüßten. Sie ließen die Menschen auf sich zukommen und sich von ihnen begrüßen.

»Wer ist das, Ralph?«

»Ed Stenning und seine Tochter Meg .«

Ihre Interesse vergrößerte sich, und sie erkannte, warum ihr der alte Mann so bekannt vorkam. Kate hatte ein jüngeres Ebenbild von ihm bereits kennengelernt.

»Es gibt da doch auch noch einen Sohn, nicht wahr?«

»Nick. Ist ein Einzelgänger.«

»Mir wurde erzählt, daß er und der alte Mann sich ständig in den Haaren haben. Weißt du, warum?«

»Sieh dir doch Ed an, dann weißt du's. Der Tyrann steht ihm ins Gesicht geschrieben. Nick läßt sich nicht herumkommandieren.«

Kate nippte an ihrem Drink und wurde nachdenklich. »Ralph – «

»Ja?«

»Was hat es eigentlich mit dieser Fehde zwischen den Hannons und den Stennings auf sich? Wie lange währt sie schon?«

»Zu lange, Kate«, erwiderte er. »Ich persönlich halte die ganze Angelegenheit für verdammt töricht. Ist ein großer Unsinn.«

»Warum?«

Bevor er es ihr sagen konnte, wurden sie durch die Ankunft eines großen, freundlichen Mannes unterbrochen, der lächelnd vor Kate stehenblieb.

Ralph stellte sie einander mit einer Handbewegung vor.

»Kate – das ist Henry Dingwell.«

»Hallo«, sagte sie und schüttelte dem Neuankömmling die Hand.

»Toms Anwalt«, erklärte er. »Tag. Nett, Sie kennenzulernen.« Er zwinkerte dem anderen Mann zu. »Wie ich schon immer sagte, Tom hatte guten Geschmack bei Vieh und Frauen.«

Ralph kicherte und Kate nahm das Kompliment mit einem süßsauren Lächeln hin.

Henry Dingwell wirkte irgendwie originell. Mit seiner legeren, nachlässigen Kleidung und seinem sehr lockeren Verhalten erinnerte er mehr an einen Hippie der sechziger Jahre als an einen gewieften und erfolgreichen Anwalt aus Alice Springs. Kate mochte ihn sofort. Ihm konnte sie vertrauen.

Dingwell musterte Ralph Shackleton aufmerksam. »Mann, für einen Sterbenden siehst du aber noch verdammt gesund aus.«

Kate war schockiert über seine Direktheit, aber Ralph schien es nichts auszumachen.

»Ich möchte alle möglichst lange hinhalten«, sagte er.

»Das scheint dir zu glücken.« Er wandte sich an Kate. »Ich dachte mir, ich komm' einfach mal zu Ihnen gefahren, wenn's Ihnen paßt, damit wir den ganzen Papierkram erledigen können.«

Bei seinen Worten wurde sie traurig, nickte aber.

»Das wäre schön.«

«Tom war ein guter Mann. Es tut mir sehr leid.«

Tante Deir platzte jetzt dazwischen, mit einem Klappstuhl unter dem Arm. Sie raunte Kate eine leise Warnung zu.

»Da kommen die Stennings. Nimm dich vor Meg in acht.«

»Warum vor ihr?«

»Wenn sie will, kann sie eine richtige Hexe sein. Ich habe sie nur eingeladen, weil ich dachte, daß es ganz nützlich wäre.«

»Ja«, stimmte Dingwell zu. »Die Stennings könnten's sich leisten, uns alle nach Amerika zu schicken.«

»Vor denen brauchst du keinen Knicks zu machen, Kate«, scherzte Tante Deir. Dann klappte sie den Stuhl auf, stellte ihn fest auf den Boden und befahl dann ihrem Mann, »Du kannst dich ebensogut setzen, bevor du mir hier zusammenbrichst.«

»Mach nicht soviel Gedöns, Frau.«

»Keine Widerrede!« entgegnete sie liebevoll.

Ralph nahm auf dem Stuhl Platz, während sich Ed und Meg Stenning zu ihnen gesellten. Kate wurde ihnen vorgestellt und man begrüßte sich reihum. Die Stennings konzentrieren sich sofort auf den Ehrengast.

Eds Augen musterten sie. Er verhielt sich mürrisch besorgt. »Das mit ihrem Gatten tut mir leid, Mrs. Hannon. Muß ein richtiger Schock gewesen sein.«

»Das war es, Mr. Stenning.«

»Na, jedenfalls machen Sie das Richtige – fahren zurück nach Amerika. Der Outback ist nichts für eine Frau wie Sie.«

Sie empfand seinen starren Blick als unangenehm, ohne zu wissen, warum.

Meg hatte die andere Frau sorgfältig beobachtet. Kate trug ihr bestes Sommerkleid, ein kurzgeschnittenes, blaßblaues Baumwollkleid. Es war nicht sehr teuer gewesen, doch so schick, daß sich alle anderen anwesenden Frauen nachlässig gekleidet und provinziell vorkamen. Meg mochte das Gefühl nicht, unterlegen zu sein.

»Das Leben hier ist so ganz anders als in Kalifornien«, spottete sie.

»Sind Sie schon einmal in Kalifornien gewesen, Mrs. Stenning?«

»Sicher, aber ich kann nicht behaupten, daß ich sonderlich beeindruckt gewesen wäre.«

»Warum nicht?«

»Ich fand es ein bißchen oberflächlich.«

»Es ist normal und bieder.«

»Darin kenne ich mich nicht aus.«

Ihr gönnerhafter Ton ärgerte Kate. Sie konterte.

»Worin? In der Normalität? Oder der Biederkeit?«

Es war eine Herausforderung, und alle hatten es gehört.

Meg fuhr auf.

Eine Spur von Belustigung zeichnete sich in Eds Gesicht.

»Komm weiter, Meg«, sagte er, wobei er ihren Arm faßte. »Wir können Mrs. Hannon nicht für uns allein in Anspruch nehmen.«

Er wandte sich an Dingwell. »Henry – haben Sie eine Minute Zeit für mich?«

»Sicher«, erwiderte der Anwalt.

»Leben Sie wohl«, sagte Ed überfreundlich. »Und gute Heimreise.»

»Danke«, antwortete Kate.

«Ich freue mich, daß Sie gekommen sind«, fügte Meg frostig hinzu.

Die Gruppe löste sich auf, und Ed ging mit Meg und Dingwell fort.

»Nun?« sagte Tante Deir. »Was hältst du von denen?«

»'n bißchen schwer zu ertragen, was?« kommentierte Ralph.

»Ja», stimmte Kate zu. »Ich freue mich direkt, wieder heim nach Kalifornien zu kommen...«

Ed Stenning nahm Dingwell beiseite und überreichte ihm einen versiegelten Umschlag.

»Hier ist mein formelles Angebot für Larapinta.«

»Sind Sie da nicht ein bißchen voreilig?« fragte der Anwalt.

»Darin ist ein Scheck. Barzahlung. Sorgen Sie dafür, daß die Dame ihn bekommt.«

»Ed, Kate Hannon hat mir noch nicht offiziell mitgeteilt, daß sie verkauft.«

»Natürlich wird sie verkaufen«, gab der alte Mann unwirsch zurück.

»Was soll sie denn sonst tun, Henry?«

Dingwell hatte nicht mehr die Gelegenheit zu einer Antwort. Bevor er den Mund aufmachen konnte, wurden sie von einem lauten, schwirrenden Geräusch am Himmel abgelenkt. Die Menge geriet in heftige Bewegung, und die Kinder wurden ganz aufgeregt. Ein Hubschrauber setzte zur Landung an.

Nick Stenning kam auch zum Barbecue.

»Sieht aus, als sei der Verlorene Sohn eingetroffen«, bemerkte Dingwell ironisch. »Und ein fettes Kalb haben wir ja parat.«

Ed warf ihm einen bitterbösen Blick zu und schrie seine Tochter an: »Meg! Wir gehen!«

»Warum zum Teufel sollten wir? Der wird *mich* wegekeln.«

Eds Gesicht war wie Granit und sein Ton gebieterisch. »Wir treffen uns am Wagen, Meg.«

Er stolzierte durch die Menge davon.

Der Haubschrauber glitt über einen Zaun und sank langsam tiefer, wobei er einen willkommenen kühlen Luftwirbel verursachte und für Gelächter sorgte, als die Kleider einiger Frauen hochgepustet wurden. Nachdem sich die Maschine wie ein Korkenzieher gedreht hatte, landete sie unter aufbrausendem Beifall ganz in der Nähe.

Tante Deir beobachtete, wie Nick Stenning ausstieg.

»Schön!« rief sie aus. »Das Blatt hat sich gewendet!«

Kate Hannon stand neben dem Grillfeuer und schnitt Portionen aus dem gebratenen Fleisch. Die Hitze war ungeheuer, und der Rauch ließ sie husten, doch sie ließ sich nicht beirren.

Ein junger Bursche nahm sich ein Stück.

»Sie können aber wirklich gut Fleisch schneiden.«

»Danke.«

»Ich werd' mir nachher noch mehr holen.«

»Ist doch reichlich da.«

Der Bursche schlenderte mit vollbeladenem Teller davon.

Kates Augen tränten jetzt, aber sie wich nicht vom Feuer. Entschlossen, Nick aus dem Wege zu gehen, beschäftigte sie sich damit, noch mehr Fleisch von dem Stier zu schneiden, bevor sie es auf eine große Metallplatte legte.

Ein anderer Gast näherte sich, und sie blickte auf. Durch den wallenden Rauch erkannte sie Nick Stenning.

»Ich hatte nicht damit gerechnet, Ihnen hier zu begegnen«, stellte sie kühl fest.

»Wie ich sagte, man kann nie wissen ... « Sein Lächeln schwand und sein Gesicht wurde ernst. »Ich wollte Ihnen sagen, wie leid mir das mit Tom tut.«

»Danke«, entgegnete sie höflich.

»Ein mutiger Mann. Ich ziehe meinen Hut vor jedem, der sich meinem Vater widersetzt. Und das ist es, was Tom Hannon getan hat.«

Sie fuhr fort, Fleisch zu schneiden, obwohl ihre Augen mehr denn je brannten. Für einige Augenblicke musterte er sie mit Interesse.

»Wie fühlen Sie sich?«

»Als sei ich der Mildtätigkeit von jedermann hier ausgeliefert.«

»Ärgert Sie das?«

»Wenn man die letzten zwölf Jahre für sich und zwei Kinder allein gesorgt hat ... ja.«

Er schaute sich um und betrachtete die Menge.

»Sie meinen es gut.«

»Das weiß ich«, gab sie zu. »Und ich will auch nicht undankbar sein. Ich weiß wohl zu schätzen, was alle für mich tun.«

»Aber Sie haben Ihren Stolz.«

»Ja, Mr. Stenning. Den habe ich.«

Er nahm das Schneidemesser und die Gabel aus ihren Händen.

»Sie erlauben«, meinte er.

»Danke.«

Er begann mit geübter Hand zu schneiden.

»Sie laufen also davon, ja?« sagte er.

»Was?«

»Ergreifen die Flucht, weil Sie nicht den Mumm haben, zu bleiben.«

Sie wurde zornig und fuhr ihn fast bissig an. »Ich weiß nicht, was man in Australien sagt, wenn man ›Scheren Sie sich zum Teufel!‹ sagen will, Mr. Stenning – aber ich wünschte, das würden Sie! Und jetzt entschuldigen Sie mich.«

Sie versuchte, an ihm vorbeizugehen, doch er griff gerade so fest nach ihrem Arm, daß sie nicht weiter konnte.

»Tom Hannon liebte Larapinta.« Er sprach mit deutlicher Leidenschaft. »Früher war das ein stolzer Besitz. Das könnte es eines Tages wieder sein. Diese Dürre kann nicht ewig währen.« Er zog ihr Gesicht dicht an das seine. »Wenn Sie zurück in die Staaten flüchten, wird mein Vater alles übernehmen, genauso, wie er immer alles in seinem Leben bekommen hat.«

Sie versuchte, sich aus seinem Griff zu befreien, doch er hielt sie fest.

»Würden Sie mich bitte loslassen!« drängte sie. »Ich weiß überhaupt nicht, was Sie das alles angeht, Mr. Stenning. Ich weiß nicht einmal, was Sie hier überhaupt wollen!«

Er ließ ihren Arm los. Er steckte eine Hand in die Tasche, holte ein Bündel Geldscheine heraus und drückte es ihr in die Hand, bevor sie Zeit hatte, dagegen zu protestieren.

»Mein Beitrag für die Stiftung. Viel Glück, Mrs. Hannon.«

Sie blickte ihn in stummer Wut an, wollte ihm das Geld ins Gesicht schleudern. Doch dann wurden sie plötzlich unterbrochen.

Tina kam atemlos hergerannt und war kurz davor, hysterisch zu werden.

»Mami, komm schnell! Sie bringen Marty um.«

»Wo?«

»Hinter der Scheune.«

Kate rannte mit ihrer Tochter davon, und die Geldscheine schwebten zu Boden, fallengelassen und vergessen. Nick blickte auf sie hinab.

Dann hob er den Blick und schaute nachdenklich hinter Kate her.

Zu der Kinderschar hatten sich einige Erwachsen gesellt. Sie bildeten einen Kreis um die Streithähne und feuerten sie an, schrien, höhnten und jubelten. Niemand versuchte einzugreifen.

Zoe und Emmie standen von den anderen Zuschauern entfernt und beobachteten das alles mit ausdrucksloser Miene. Weitere Leute kamen herbeigeeilt und drängten sich zu der Menge, und der Lärm wurde lauter.

Marty rollte mit Johnno auf dem Boden herum, einem Jungen, der größer und stärker war als er. Schweiß- und schmutzverklebt traten und schlugen sie sich, um Oberhand zu gewinnen. Der Kampf war jetzt außer Kontrolle geraten. Beide wollten aufhören, waren aber dazu nicht imstande, sondern wurden durch die johlenden Zuschauer zu weiteren Anstrengungen angeregt.

Kate kam herbeigeeilt und bahnte sich den Weg durch die Menge.

»Da muß doch jemand etwas unternehmen!« schrie sie. »Hört auf damit! Bitte! Was seid ihr bloß für Menschen?«

Doch ihre Stimme blieb in dem allgemeinen Gebrüll ungehört.

Johnno hielt Marty jetzt am Boden fest und schlug mit seiner Handkante heftig in sein Gesicht, wobei er ihn fast erstickte. Blut rann aus einer Wunde an Martys Stirn, und eine dunkle Schwellung bildete sich unter dem einen Auge des Jungen.

Das wilde Gebrüll der Menge hallte in ihren Ohren.

»Mach ihn alle, Johnno!«

»Bring diesen Yankee-Bastard um!«

»Schlag ihm den Schädel ein!«

»Mach schon, Junge!«

In Sekundenschnelle war alles vorüber.

Nick Stenning bahnte sich seinen Weg zu den Kämpfenden und brachte sie auseinander. Er zerrte sie auf die Füße und stand zwischen ihnen. Marty und Johnno waren jetzt völlig verdreckt und atmeten schwer.

Die Menge verstummte. Einige der Erwachsenen schauten schuldbewußt weg.

»Okay – gebt euch die Hände«, sagte Nick zu den beiden Jungen scharf.

Marty reagierte als erster, doch sein Gegner weigerte sich.

»Johnno ...«, sagte Nick warnend.

Der Junge nahm Martys Hand und schüttelte sie.

»Mein Gott!« rief Kate aus, als sie sah, in welchem Zustand ihr Sohn war.

Inzwischen waren einige Frauen hinzugekommen und keiften ihre Kinder und Ehemänner an. Tante Deir brachte ihre Mißbilligung zum Ausdruck.

»Das wird die australisch-amerikanischen Beziehungen überhaupt nicht verbessern!« Sie winkte alle angewidert fort. »Schluß jetzt! Die Vorstellung ist zu Ende ...«

Die Männer verzogen sich. Johnnos Mutter ließ ihn wissen, was sie von ihm hielt, indem sie ihrem Sohn eine schallende Ohrfeige gab. Emmie kicherte. Zoe hingegen beobachtete noch immer Marty. Sie hatte jetzt fast ein bißchen Respekt vor ihm bekommen.

Nick wandte sich an Kate und versuchte, sie zu beruhigen.

»Ist nichts Ernstes.«

»Das werde ich selbst beurteilen, Mr. Stenning«, erwiderte sie scharf.

»Zumindest einer in der Familie ist ein Kämpfer!«

Er wandte sich abrupt um und ging zum Haus zurück.

Wütend und verletzt wollte Kate ihm folgen, beherrschte sich dann aber. Statt dessen nahm sie ein Taschentuch heraus und reichte es Marty.

»Hier. Mach dich sauber.«

Während er das Taschentuch dazu benutzte, die Blutung an seiner Stirn zu stillen, wurde Marty von einem der anderen Jungen sein Sony Walkman gereicht. Er bemerkte, daß Johnno ihn interessiert begutachtete.

»Willst du mal hören?« bot er ihm an.

»Jaaa!«

Johnno nahm den Walkman und streifte die Kopfhörer über. Jetzt, da der Kampf vorüber war, wollte er ebenso alles wieder in Ordnung bringen wie Marty.

»Willst du mal meinen kleinen Dingo sehen?«

Marty strahlte. »Sicher!«

Die beiden Jungen machten sich gemeinsam auf den Weg.

Tina sah sie weggehen und fühlte sich verlassen und verraten. Tränen schossen ihr in die Augen. Sie wollte allein sein und rannte in entgegengesetzter Richtung davon. Kate seufzte schwer. Zuweilen konnte sie ihre Kinder einfach nicht verstehen.

Dann fiel ihr Nick Stenning ein, und sie ging zielbewußt auf das Haus zu. Ihr Ärger wuchs, und sie wiederholte all die Dinge, die sie ihm sagen wollte. Seine dreiste Unverschämheit hatte ihr den Rest gegeben, und jetzt wollte sie ihm so heftig Kontra geben, daß er sie nie wieder belästigen würde.

Aber sie hatte keine Gelegenheit, auch nur irgend etwas zu sagen.

Als sie zum Grill zurückkehrte und nach ihm suchte, brandete plötzlich Gelächter auf. Nick Stenning trug eine attracktive junge Frau auf den Armen zu seinem Hubschrauber. Sie tat, als ob sie sich wehrte, doch ihr freudiges Grinsen zeigte, daß sie nur zu geneigt war, sich von dem stattlichen Piloten entführen zu lassen.

Kate war schockiert und verblüfft zugleich. Nick machte aus seinen Absichten kaum einen Hehl. Sie sah zu, wie er das Mädchen in den Hubschrauber verfrachtete und dann ebenfalls einstieg. Bald entschwand das Paar in den Lüften.

Irgendwie verwirrte das Kate.

Ihre Wut wandelte sich in einen eigenartigen Anflug von Eifersucht.

Der Pritschenwagen rollte über die Ebene und wich vorsichtig allen Buckeln und Senken aus. Die Zwillinge saßen mit Zoe und Emmie hinten, die offenbar lieber auf der Shackleton-Ranch geblieben wären und sehr niedergeschlagen wirkten. Marty trug die Wunden aus seinem Kampf mit Johnno voller Stolz zur Schau. Zwischen seine Knie hatte er den Plastikeimer geklemmt, der dazu benutzt worden war, die Spenden für ihre Flugtickets zu sammeln.

Tina schaute dauernd auf den Haufen zerknitterter Scheine.

»Wieviel mag das sein , Marty?«

»Genug, um Mami und mich in die Staaten zu befördern.«

»Und was ist mit mir?«

»Du wirst hierbleiben müssen«, neckte er. »Ich werde es Billy erklären.«

Seine Schwester gab ihm einen Knuff mit dem Ellenbogen.

Kate Hannon steuerte den Lastwagen. Ihre Gedanken überschlugen sich, als sie versuchte, mit den gemischten Gefühlen fertig zu werden, die sie bei ihrer Begegnung mit Nick Stenning empfunden hatte. Ärger dominierte noch immer. Der Vorwurf, feige zu sein, hatte sie tief verletzt.

Sie war noch nie in ihrem Leben vor etwas davongelaufen.

Als sie sich der Larapinta-Ranch näherten, stoppte der Lastwagen unvermittelt, und die jungen Fahrgäste wurden durcheinandergeworfen.

»Paß doch auf, Mami!« protestierte Marty.

»Was denkst du dir denn dabei?« jammerte Tina.

Zoe erkannte sofort, daß es Probleme gab. Sie sprang auf und blickte zu dem Anwesen hinüber. Eine unruhige Menge von Rindern drängte sich um die Wassertanks des Hauses, blökte herzzerreißend und versuchte, sie umzustoßen. Mit den Hufen wirbelten sie Staubwolken auf.

Mit funkelnden Augen wandte sich Zoe an Marty. »Jemand hat das Gatter offen gelassen!«

»Ich nicht!« erwiderte er.

»Wer war's dann?«

»Ich war es«, gestand Tina kleinlaut. »Ich hab' nicht gedacht, daß ... Warum sind sie herausgelaufen?«

»Sie wollen zum Wasser«, sagte Zoe.

»Was machen wir jetzt?« fragte Kate.

Zoe handelte. Sie sprang vom Lastwagen ab und rannte auf die Ranch zu. Die anderen jagten dicht hinter ihr her.

Es war keine Zeit zu verlieren. Eine Katastrophe bahnte sich an.

11

Über hundert Rinder befanden sich jetzt innerhalb der Umzäunung, und die Mutigsten von ihnen drängten gegen die Stützen, welche die Wassertanks hielten. Bluey, der Hofhund, sorgte für zusätzliche Verwirrung, indem er die Herde mit ungeheurem Tempo umkreiste und wie wahnsinnig bellte. Die Rinder wurden dadurch noch unruhiger.

«Treibt sie zurück!« rief Zoe. «Bevor sie die Wassertanks umstoßen.«

»Es sind zu viele«, sagte Tina voller Angst.

»Ja!« pflichtete Marty ihr bei. »Sieh dir nur die Hörner an!«

»Geht ins Haus«, drängte Kate.

Sie umging die Masse der Rinder und begab sich zum Haus. Die Kinder folgten ihr, wandten sich dann den Eindringlingen zu. Es war ein angsteinflößender Anblick. Aufgeregte Rinder liefen und stampften überall herum, ihre Augen rollten und ihre Zungen hingen weit heraus, weil sie das Wasser witterten. Bluey schnappte gewandt nach ihren Hufen, aber die Tiere ließen sich nicht vertreiben.

Kate und die Kinder näherten sich der Herde, schrien dabei laut und schwenkten ihre Arme. Aber die Rinder ignorierten sie. Gewaltiger Durst hatte sie zu dem Ranchgebäude geführt, und sie wichen keinen Zoll. Sie drängten weiter den Wassertanks zu.

»Es ist hoffnungslos!« schrie Tina.

»Wir brauchen Pferde und Peitschen«, ergänzte Marty.

»Versucht's weiter!« schrie Emmie.

»Wenn nur das Tor nicht offen gelassen worden wäre!« sagte Zoe bitter.

Kate schaute auf das wogende Gedränge von Rinderleibern und faßte einen schnellen Entschluß. Sie deutete auf die Tröge in der Mitte des Hofes.

»Nehmt den Schlauch und füllt sie!«

»Das ist unser Wasser!« warf Zoe ein, die bei dem Gedanken außer sich vor Wut war, daß es als Viehtränke benutzt werden sollte.

»Es ist genug da.«

«Ein Brunnen kann nicht fünftausend Tiere mit Wasser

versorgen. Das ist Blödsinn!« Zoes Stimme kreischte laut durch den Lärm, als sie Kates Initiative abzuwehren versuchte.

Kate begann zu zweifeln, aber sie war nicht bereit, sich unterkriegen zu lassen.

«Das sind keine fünftausend«, erwiderte sie kurz. »Höchstens hundert. Und uns bleibt nur die Wahl, ihnen entweder Wasser zu geben oder sie durchs Haus rennen zu lassen.«

»Das kann nicht gutgehen!« schrie Zoe.

»Wir werden sehen.«

Ohne sich auf weitere Diskussionen einzulassen, rannte Kate zum Schlauch und befestigte ihn am nächsten Wasserkran, indem sie ihn festschraubte. Der Schlauch war dick und schwer. Ihn hinter sich herschleppend, versuchte Kate sich einen Weg durch die Rinder zu bahnen, wurde von ihren Flanken gestoßen und wich ihren Hörnern aus, die sich mörderich gegen sie senkten. Der Lärm war ohrenbetäubend, und Staub füllte ihr Augen und Nase und Mund.

»Das schafft sie nie«, warnte Zoe. «Sie werden sie zertrampeln.«

»Gibt's denn nichts, was wir tun können?« schrie Marty.

Kate wurde zur Seite geschoben, als sich plötzlich ein Stier gegen sie drängte und sie den Schlauch verlor. Zoe handelte. Sie ergriff einen Stock und schlug damit auf die Rinder ein, versuchte, sie auseinanderzutreiben, um Kate Flankendeckung zu geben. Marty beobachtete das Mädchen und verstand. Er eilte zu ihr, schlug und winkte die unruhigen Tiere zurück.

Tina und Emmie standen verängstigt neben dem Wasserkran.

»Sie werden Mami noch umbringen!«

«Aber sie ist sehr tapfer«, stellte Emmie fest.

»Sie wird noch zertrampelt!«

Kate war sich der Gefahren sehr wohl bewußt. Der Schlauch lag nun eingequetscht unter dem Huf von einem der Stiere, und sie mußte ihn beiseite drängen, um nach ihm greifen zu können. Ein anderer großer schwitzender Leib wuchtete gegen sie. Sie verlor das Gleichgewicht und stürzte zu Boden. Hörner und Hufe schlugen über ihr zusammen. Große, drohende Schatten bewegten sich rings umher. Der Lärm rumorte wie Donner in ihrem Kopf. Der Staub in ihrer Kehle ließ sie husten und keuchen. Ein Bein traf sie, und sie krümmte sich vor Schmerzen. Ein anderes Bein versetzte ihr einen heftigen Tritt auf den Kopf.

»Zurück!« schrie sie. »Laßt mich zufrieden!«

Auf die Knie kommend, streckte sie beide Arme aus, um die Angreifer abzuwehren. Alles an ihr schmerzte, und vor Furcht empfand sie Leere im Magen, aber sie wußte, daß sie durchhalten mußte. Es galt nicht nur das Haus zu schützen. Ihre Autorität stand auf dem Spiel. Wenn sie vor den Augen der Kinder versagte, würde sie ihre Glaubwürdigkeit verlieren.

»Gebt mir diesen Schlauch!« rief sie.

Er war inzwischen noch weiter von ihr weggetreten worden, und sie machte einen neuen Anlauf, schob die Stiere mit bloßen Händen beiseite und ignorierte einen Schwanz, der ihr ins Gesicht schlug. Mit einem plötzlichen Griff packte sie den Schlauch wieder und zog ihn durch das Gewühl.

Marty und Zoe taten, was sie konnten, aber die größte Gruppe von Rindern drängte sich noch immer um Kate. Tina und Emmie bekamen mit jeder Sekunde größere Angst. Sie wußten, daß Kate keine Chance hatte, wenn die Rinder erst einmal in Panik geraten würden.

»Paß auf, Mami!« kreischte Tina.

«Diese Rinder können wirklich ganz gemein sein«, warnte Emmie.

»Oh, nein! Sie liegt wieder auf dem Boden!«

Kate war über den Schlauch gestolpert und schwer gestürzt. Den heftigen Schmerz ignorierend, richtete sie sich sofort wieder auf, als ein Dutzend Hufe gefährlich nah an ihr vorbeiwirbelten. Im ausgerollten Zustand war der Schlauch schwerer als zuvor, und sie brauchte all ihre Kraft, um ihn zu ziehen. Als sie wieder von einer schweren, drängenden Flanke getroffen wurde, ließ sie ihn beinahe fallen.

Was alles auf sie eindrang, war fast erdrückend. Schweißnaß und erschöpft von der Mühsal, wurde sie jetzt von massiven Leibern herumgestoßen, die sich um sie drängten. Lärm, Gestank und Chaos waren eine körperlich spürbare Belastung. Und sie wollte unter allen Umständen die Feindseligkeit von Toms Kindern überwinden.

»Ich gehe nicht unter«, schwor sie. »Ich komme dorthin, wenn ich nur will.«

Sie wickelte den Schlauch um ihre Taille, wand ihn zu einem Knoten, so daß sie ihn weiterziehen konnte und dabei beide Hände frei hatte, um sich zu schützen. Sie schleppte sich vorwärts und kam endlich in Sichtweite der Tröge. Das gab ihr zusätzlichen Antrieb.

»Sie schafft es!« schrie Tina. »Prima, Mami!«

Als Kate bis auf fünf Meter an die Tröge herangekommen war, zurrte sich der Schlauch um ihre Taille fest. Obwohl sie ihn entknotete und mit beiden Händen daran zog, konnte sie ihn nicht von der Stelle bewegen. Irgendwo in diesem Gewühl von Leibern standen Hufe auf dem Schlauch und hielten ihn fest.

»Okay! Versuchen wir's noch einmal!« sagte sie sich.

Kate drängte sich zwischen die Stiere, kämpfte gegen die Lärmwoge an und versuchte sie auseinanderzutreiben, ohne sie in Angst zu versetzen. Durch den dichter werdenden Staub sah sie, daß die beiden Vorderbeine einer knochigen Kuh fest auf dem Schlauch standen. Ihre Hörner funkelten, als sie ihr näherkam und ihre Augen rollten furchtsam. Kate ging um das Tier herum und schlug ihm heftig auf den Hintern. Es sprang vorwärts.

Der Schlauch war jetzt frei und sie konnte zurück zur Schlauchdüse gehen. Der Rückweg dorthin war ebenso anstrengend wie vorhin, aber schließlich hatte sie den Schlauch bis zum ersten Trog gezerrt. Sie konnte kaum atmen und rief:

»Okay! Dreht auf!«

Tina drehte den Wasserhahn auf und das Wasser rauschte. Als es in den Trog lief, drängten die Rinder vorwärts und kämpften darum, ihre Nasen ins Wasser zu stecken. Immer größere Scharen wandten sich von den Wassertanks des Hauses ab.

Als Kate einen weiteren Trog gefüllt hatte, trotteten alle Tiere dorthin. Der Angriff auf die Wassertanks des Hauses war abgewehrt und die Gefahr vorüber. Wenn sie ihren Durst gelöscht hatten, würden die Rinder so friedlich sein, daß sie sich wieder auf die Steppe zurücktreiben ließen und das Tor geschlossen werden konnte.

Kate hatte mit ihrer Initiative alles gerettet.

»Hurra!« schrie Marty.

»Gut gemacht, Mami!« jubelte Tina.

Schmutzig, zerzaust und erschöpft lächelte Kate triumphierend. »Wir haben's geschafft!«

Selbst Zoe bewunderte sie jetzt heimlich.

Die Nacht hüllte die Larapinta-Ranch in Dunkelheit. Die Kinder zogen sich in ihre Zimmer zurück, doch keines von ihnen war wirklich müde. Zoe und Emmie streckten sich auf einem der Betten aus, hielten im Licht einer Petroleumlampe ein Familienalbum und litten jedesmal Qualen, wenn sie eine Seite umblätterten und neue Erinnerungen weckten.

«Das wurde gemacht, als Mama noch lebte«, bemerkte Zoe.

»Ich weiß. Das war bei Tante Deirs Geburtstagsfeier.«

»Und da im Hintergrund steht Papa und spricht mit Onkel Ralph...«

Die beiden waren von einem Schnappschuß gerührt, der sie alle vier zeigte. Jetzt waren nur noch sie beide übrig. Emmie begann leise zu schluchzen, und Zoe spürte einen Kloß in ihrer Kehle.

Ein Klopfen an der Tür schreckte sie hoch, und sie richteten sich auf.

»Wer ist da?« fragte Zoe abweisend.

Die Türe öffnete sich und Tina kam im Nachthemd hereinspaziert.

»Hallo«, sagte sie.

»Hallo«, erwiderte Zoe bedächtig.

»Was willst du?« fragte Emmie.

»Ich kam nur, um zu sagen ... das mit eurem Vater tut mir sehr leid.« Tina hatte Mühe, die Worte herauszubringen.

Zoe starrte sie ausdruckslos an. Emmie schluchzte weiter.

»Wirklich ... «

Sie schwiegen, aber Tinas Entgegenkommen rührte sie. Ihre Empfindung war aufrichtig, das spürten die beiden Schwestern.

Nach einer Weile zog sich die Besucherin still aus dem Zimmer zurück.

Kate hatte die Küche fertig geputzt und räumte die letzten Sachen weg. Es war Zeit für sie, ins Bett zu gehen und diesen Tag noch einmal passieren zu lassen, der ihr reichlich Stoff zum Nachdenken gegeben hatte. Nick Stennings Bemerkungen brannten noch immer in ihren Ohren. Er war überzeugt, daß sie davonlaufen wollte.

Sie ergriff eine Petroleumlampe und ging hinüber zur Hintertür, um sie zu verschließen. Als sie ihre Hand auf den Riegel legte, schaute sie durch den Fliegendraht nach draußen und bekam einen furchtbaren Schreck.

Durch den Draht starrten zwei Gesichter sie an.

Sie waren häßlich, lauernd und bedrohlich. Gesichter, die ins Dunkel zu gehören schienen. Beide waren zu einem hinterhältigen Grinsen verzogen. Kate trat ängstlich zurück.

»Tag«, sagte der jüngere der beiden Männer.

»Was wünschen Sie?« schluckte sie.

»Ich bin Bert Simpson«, knurrte er mit rauher Stimme. »Das is' mein Paps. Ihr gestorbener Mann schuldete uns noch Geld.«

»Oh. Das tut mir leid ...«

»Wissense, mein Paps is' Wasserbohrer.«

»Stimmt!« bestätigte sein Vater.

»Der beste im Geschäft. Von Simmo kann Ihnen jeder was erzählen.«

»Ihr Mann hatte mich unter Vertrag«, erklärte der alte Mann. »Hab' 'n paar Wochen gebohrt.« Er zog einen schmutzigen Taschenkalender heraus und drückte ihn gegen den Draht.

»Sehen 'se? Ich hab' alles aufgeschrieben.«

»Paps führt immer genau Buch, Mrs. Hannon.«

»Ich bin hier, um die Rechnung zu kassieren.«

Kate fühlte sich erschreckt und wehrlos. Die Fremden hatten ihr Angst gemacht. Durch das Geflecht des Fliegendrahts gesehen, wirkten sie wie wilde Bestien, die aus der Nacht gekommen waren, um sie auszuspionieren. Ihre Augen glitzerten im Laternenlicht, und sie erinnerte sich nur allzu deutlich an die Dingos, mit denen sie in der Küche konfrontiert gewesen war.

Damals hatte sie Gefahr gespürt, und jetzt ging es ihr genauso.

»Mein Mann ist tot«, sagte sie.

»Ja«, sagte Bert gleichmütig. »Verdammtes Pech.«

»n' guter Mann«, fügte Simmo hinzu. »Hat immer seine Schulden bezahlt.«

»Sie müssen mit seinem Anwalt sprechen«, entgegnete sie.

»Anwalt?« Simmo schien der Gedanke nicht zu gefallen.

»Ich kann Ihnen nicht helfen.«

»He«, warnte Bert. »Nun aber langsam...«

»Wir wollen unser Geld!« beharrte sein Vater. »Jetzt sofort!«

Bert drückte gegen die Vordertür und war verärgert, als er merkte, daß sie verriegelt war. Er rüttelte heftig daran, und sie krachte in den Angeln. Er sah aus, als sei er stark genug, die Türe einzudrücken, wenn er wollte.

»Ich habe das Geld nicht«, sagte Kate.

Simmo stieß seinen Sohn beiseite, so daß er sein Gesicht fest gegen den Draht pressen konnte. Seine wäßrigen Augen glänzten voll Haß.

»Ich will das verdammte Geld! Mich legt niemand rein!«

»Rufen Sie Henry Dingwell an!« erwiderte sie.

»Bezahlen Sie – oder ich komme rein und hol's mir!«

Die Drohung war sehr ernst gemeint. Kate wußte, daß sie mit der Situation entschlossen fertig werden mußte. Sie zwang sich nach außen zur Ruhe und machte einen Schritt auf sie zu.

»Ich habe ein Gewehr hier«, erklärte sie. »Wenn Sie wieder herkommen, werde ich es benutzen. Und jetzt scheren Sie sich fort!«

Sie schlug die Innentür zu und verriegelte sie rasch, lehnte sich mit klopfendem Herzen dagegen und hoffte, daß sie verschwinden würden. Schritte entfernten sich schlurfend vom Haus. Erleichtert seufzte sie auf.

Kate wußte, daß sie nicht zum letzten Mal von ihnen gehört hatte. Sie würden wiederkommen.

Nick Stenning lag auf dem Bett, hatte die Hände hinter dem Kopf verschränkt und dachte über das Barbecue vom Tag zuvor nach. Bei seinem kurzen Aufenthalt auf der Shackleton-Ranch hatte man von seiner Anwesenheit Notiz genommen. Er hatte seinen Vater und seine Schwester vertrieben, eine Schlägerei beendet und Kate Hannon in Wut versetzt. Er grinste, als er sich erinnerte, wie sie ihm gesagt hatte, er solle sich zum Teufel scheren. Die meisten Männer hätten das nicht gewagt.

Das Mädchen neben ihm erwachte, seufzte und drehte sich zu ihm herum.

»Hallo, Liebling«, sagte sie schläfrig. »Schönen guten Morgen!«

Daß seine Gedanken so jählings unterbrochen wurden, irritierte ihn.

»Komm wieder zu mir unter die Decke«, murmelte sie. Sie strich mit einer Hand über seinen nackten Körper, doch er hielt ihr Handgelenk fest.

»Zieh dich an«, knurrte er. »Du gehst jetzt nach Hause.«

Henry Dingwell saß am Kopfende des Tisches, hatte Papiere vor sich ausgebreitet und hielt ein Glas Bier in der Hand. Kate und die Zwillinge saßen auf der einen Seite neben ihm, Zoe und Emmie ihnen gegenüber. Sie befanden sich in der Küche von Larapinta, und die Spannung war deutlich spürbar.

Dingwell tat sein Bestes, um sie alle ins Bild zu setzen.

»Unterm Strich sieht's so aus, daß Tom nicht viel Bargeld hinterlassen hat – mal abgesehen von den 200000, die er sich von seiner Schwester geliehen hat. Das Geld befindet sich auf einem Sperrkonto in Glenwarra.« Er nippte an seinem Bier und blickte dann Kate nachdenklich an. »Larapinta ist sehr hoch verschuldet. Die logische Schlußfolgerung wäre, die Ranch zu verkaufen.«

Zoe sprang mit einem schrillen Protestschrei auf. »Nein! Das ist unser Zuhause!«

»Setz dich wieder hin, Zoe«, sagte er.

»Warum sollten wir nach Amerika gehen?« fragte sie. Wir *kennen* Tante Molly doch nicht einmal. Wir wollen hierbleiben.«

»So ist es«, pflichtete Emmie ihr bei. »Auf Larapinta.«

»Natürlich«, beruhigte Dingwell sie. »Und nichts wird übereilt geschehen, das verspreche ich euch. Das alles wird mit eurer Stiefmutter gründlich durchgesprochen.«

»Sie ist nicht meine Mutter!« warf Zoe ein, wobei sie mit dem Finger auf Kate zeigte. »Ich hab' sie mir nicht ausgesucht, und ich will sie nicht. Warum sollte ich zu ihrer Familie gehören?« Sie zeigte auf die beiden Zwillinge. »Die sollten nach Amerika zurückgehen. Sie gehören nicht hierher und sind zu nichts nütze. Schick sie nach Hause. Laß uns bleiben!«

Eine heftige Unruhe entstand. Marty und Tina sahen sich zur Verteidigung genötigt. Emmie pflichtete ihrer Schwester bei. Dingwell versuchte, mit ihnen allen sachlich zu reden. Als der Tumult immer lauter wurde, schaute er zu Kate hinüber und bat mit Blicken verzweifelt um Hilfe.

»Jetzt seid mal alle ruhig«, sagte sie entschlossen. «Warum laßt ihr Mr. Dingwell nicht ausreden? Wir können anschließend darüber diskutieren.«

»Ich hab' genug gehört«, verkündete Zoe trotzig.

Es war eine direkte Herausforderung an Kate, die sie annahm.

»Du wirst dich jetzt hinsetzen und ruhig zuhören«, befahl sie.

»Nein, das werde ich nicht«, entgegnete das Mädchen bissig. Sie wandte sich an ihre Schwester. »Komm, Emmie. Wir gehen auf unser Zimmer.«

Aber Emmie rührte sich nicht. Obwohl sie mit vielem

von dem, was Zoe sagte, übereinstimmte, war sie sich nicht ganz sicher, ob sie sich Erwachsenen einfach so widersetzen durfte. Alles zusammen gerechnet, würden die Schwestern ohnehin keine wichtigen Entscheidungen zu treffen haben. Sie würden das tun müssen, was Kate bestimmte. Jünger und weniger zuversichtlich als Zoe, hatte sie viel zuviel Angst, sich langfristig gegen die anderen zu stellen. Es war Zeit nachzugeben.

»Komm schon!« drängte Zoe, die an der Tür wartete.

»Ich bleibe hier«, murmelte ihre Schwester.

Zoe verließ sichtlich der Mut. Plötzlich fühlte sie sich verlassen. Sie kämpfte allein gegen alle anderen. Sie hatten einen Keil zwischen sie und Emmie getrieben. Das würde nichts an ihrer Entscheidung ändern . Zoe gab sich so würdevoll, wie sie konnte, trat aus der Tür und schloß sie hinter sich.

»Mann!« murmelte Marty.

Obwohl er wütend über das war, was sie über sie gesagt hatte, bewunderte er sie doch wegen ihrer Haltung. Zu dem, was Zoe gerade getan hatte, gehörte Mut, und das vertiefte seine Zuneigung zu ihr.

Emmie biß sich auf die Lippen, weil sie kurz vor einem Tränenausbruch stand. Kate ging rasch um den Tisch herum, setzte sich neben sie und legte tröstend einen Arm um ihre Schulter. Das Mädchen reagierte mit einem traurigen Lächeln auf diese Geste.

Kate schaute den Anwalt an. »Machen Sie weiter, Henry.«

»Gut«, sagte Dingwell. «Nun hat jemand ein Angebot für die Ranch gemacht und es ist, alles in allem betrachtet, gar nicht mal schlecht.«

»Wer ist es?« fragte sie.

»Ed Stenning.«

»Das habe ich mir fast schon gedacht.«

»Er hat mir einen Scheck, verbunden mit einem formellen Kaufgebot, überreicht.«

»Warum ist er so scharf auf das Anwesen?«

»Weil er es haßt.«

Sie war verblüfft. »Das macht keinen Sinn.«

»Ed Stenning haßte die ganze Hannon-Familie«, erklärte er.

»Larapinta zu besitzen, bedeutet, daß er es ausgelöscht hat.«

Kate war vollends verwirrt. »Sagen Sie, was ist denn das eigentlich für eine Fehde, von der alle sprechen?«

»Es würde viel zu lange dauern, um das zu erklären.«

»Wenn es so ernst ist, warum hat Tom mir gegenüber nichts davon erwähnt?«

»Weil er über dieses spezielle Problem nicht sprechen wollte, Kate. Und ich will's ebensowenig. Nehmen Sie's einfach als Faktum hin und belassen Sie's dabei.«

»Warum haßt er die Hannon-Familie?« beharrte sie.

Dingwell warf einen bedeutungsvollen Blick auf Emmie, deren Gesicht vor Furcht und Verlegenheit ganz angespannt war.

»Sie sollten besser keine schlafenden Hunde wecken«, riet er.

Kate zuckte die Schultern und wandte sich dem eigentlichen Problem wieder zu. Kaum war sie im Besitz von Larapinta, wurde ihr geraten, es zu verkaufen. Ein so wichtiger Schritt wollte sehr sorgfältig überlegt sein.

»Was würden Sie an meiner Stelle tun?« fragte sie ihn.

»Wollen Sie das wirklich wissen?«

»Ja.«

»Nun, zunächst einmal«, scherzte er, »hätte ich nicht Tom Hannon geheiratet. Das hätte meinem Image sicher überhaupt nicht gutgetan.«

Sie alle lachten. Das löste die Spannung ein wenig.

Plötzlich fiel Dingwell etwas ein, und er griff in seinen Aktenkoffer, um einen rechteckigen, in einem großen braunen Umschlag gewickelten Gegenstand hervorzuholen. Er reichte ihn Kate.

»Das hilft Ihnen vielleicht, eine Entscheidung zu treffen.«

»Was ist das?«

»Wir haben es im Flugzeug gefunden. Ich dachte, Sie sollten es haben. Es ist Toms Tagebuch.«

Sie nahm es entgegen, und ihre Gefühle überschlugen sich.

Die Sonne war eine feurige Kugel, die auf dem Horizont balancierte, und warf ihren goldenen Glanz auf das dürre Land. Irgendwo in der Ferne durchschnitt das vertraute Heulen eines Dingo die Stille.

Kate saß allein auf der Veranda mit dem Tagebuch auf dem Schoß. Sie war so darin vertieft, daß sie nicht einmal die herumschwirrenden Fliegen oder den Ranchhund, der auf dem Hof nach seinem eigenen Schwanz schnappte, bemerkte.

Schließlich legte sie das Tagebuch mit einem Seufzer beiseite.

»Oh, Tom ...«

Sie war völlig durcheinander, getroffen von dem Gefühl des Verlustes und gepeinigt bei dem Gedanken an das, was für immer dahin war. Das Tagebuch war voller Hoffnung und Liebe und Verheißung. Nichts davon war geblieben. Statt mit einem hingebungsvollen Ehemann in ein neues Heim zu kommen, war sie ohne Geld und ohne Freunde in einer Wildnis gestrandet. Ihre Seelenqual ergoß sich in heißen Tränen.

Dem Sonnenuntergang folgte die Nacht, und sie saß noch immer auf ihrem Stuhl. Als sie sich schließlich erhob und ins Haus ging, spürte sie, daß sie Tom viel besser als zuvor kannte und hatte noch klarer verstanden, warum sie sich so rasch bereit gefühlt hatte, ihr Leben mit ihm zu teilen. Im Licht seines schrecklichen Todes war das Tagebuch ein weiterer schmerzhafter Stich, der pausenlos in ihr Herz drang.

»Warum hast du mich verlassen, Tom? Ich *brauche* dich!«

Als sie im Bett lag, vertiefte sich der Schmerz der Trennung zu einem dumpfen, eindringlichen Weh, das ihren ganzen Körper durchzog. Das Tagebuch war eine Erinnerung, die sich in ihr mattes Hirn brannte.

Sie konnte Tom Hannons Stimme so deutlich hören, als läge er neben ihr, an seinem rechtmäßigen Platz: im Ehebett.

Meine süße Kate ... Ich weiß nicht, ob du dies jemals lesen wirst. Ich kann mich nicht so gut in Worten ausdrükken, also lasse ich mein Herz sprechen. Dir begegnet zu sein, war das Schönste, was mir seit langer Zeit widerfahren ist. Ich fühle mich geehrt, weil du eingewilligt hast, meine Frau zu sein, und bin dankbar dafür, daß die Mädchen eine Mutter haben werden, die sie so lange schon brauchen. Wir werden wieder eine Familie sein. Ich bete zu Gott, daß du mit der Zeit Larapinta als dein wirkliches Zuhause betrachten wirst.

Impulsiv streckte sie die Hand nach ihm aus, doch er war fort.

»Tom ... ohne dich schaffe ich's nicht«, flüsterte sie.

Dann hallten seine Worte wie ein Echo in ihr.

... daß du Larapinta als dein wirkliches Zuhause betrachten wirst ...

Kate durfte seine größten Hoffnungen nicht enttäuschen. Sie durfte die Ranch, die er geliebt hatte, nicht dem Mann ausliefern, den er zeitlebens haßte. Das Tagebuch hatte ihre Seele mitgerissen, aber veranlaßte sie auch, alles noch einmal zu durchdenken. Sie hatte einen Wegweiser. Sie wußte auch, was jetzt zu tun war.

»Was ist denn los?« beklagte sich Marty mit schläfriger Miene.

»Es ist doch mitten in der Nacht!« gähnte Tina.

»Ist was passiert?« fragte Zoe, die noch schlaftrunken war.

Die vier Kinder kamen ins Wohnzimmer und setzten sich hin. Bei Tagesanbruch geweckt, waren sie sofort verwirrt und irritiert. Warum hatte Kate sie so früh aus ihren Betten geholt?

Marty schluckte vor Erstaunen und war dann hellwach. »Mami – was hast du denn mit dir gemacht?«

Tina sagte beiläufig: »He, du siehst ja toll aus!«

Zoe und Emmie erkannten die Frau kaum wieder, die ihnen gegenüber saß.

Zum ersten Mal, seit sie auf die Ranch gekommen war, sah Kate wie eine richtige Rancherin aus. Sie trug Jeans, Hemd und Stiefel. Ohne Make–up wirkte ihr Gesicht irgendwie anders. Sie hatte jetzt etwas Entschlossenes, Standhaftes an sich.

Diese völlige Umwandlung war mehr als nur ein Kleiderwechsel. Es war eine Verpflichtung.

»Ich möchte euch sagen, daß ich eine Entscheidung getroffen habe«, sagte sie.

»Über was?« fragte Marty.

»Über das, was, wie ich glaube, unter diesen Umständen das Beste für uns alle ist.« Sie schwieg, schaute in die vier jungen Gesichter und sagte dann, »Wir bleiben hier – jedenfalls zunächst einmal. Und wir werden die Ranch weiter bewirtschaften.«

Die Kinder saßen ungläubig da. Verzweiflung ließ Tina und Marty erblassen, wogegen ein Schimmer der Hoffnung Zoe und Emmie belebte. Sie alle saßen da und schluckten, als Kate sie ermahnte.

»Ich erwarte, daß ihr euch alle Mühe gebt, daß wir's schaffen. Es wird für alle gleich schwer sein. Denkt daran – wir sitzen alle in einem Boot.«

»Das ist nicht fair!« heulte Tina.

»Wir wollen nach Hause«, unterstützte Marty sie.

Kate antwortete ihnen mit beherrschter Ruhe. »*Ich* treffe hier die Entscheidungen«, verkündete sie. »Wenn ihr achtzehn seid, könnt ihr gehen, wohin ihr wollt und tun, was euch gefällt. Aber bis dahin wird gemacht, was ich sage. Ich hoffe, daß das jeder ganz klar verstanden hat!«

Alle vier Kinder blieben vor Schreck und Staunen stumm.

Der Pritschenwagen von Larapinta rumpelte über die Rinderweiden und dann durch das gewaltige Tor von Cutta Cutta. Er fuhr direkt bis vors Haus, hielt dort und der Motor erstarb.

Kate Hannon sprang heraus und hielt einen Umschlag in der Hand. Sie zeigte sich in keiner Weise von dem imposanten Ranchgebäude beeindruckt und hatte keine Angst vor dem bevorstehenden Zusammentreffen mit dem Mann, der dort wohnte. Ihr Adrenalinspiegel stieg, aber sie trat vor die Eingangstür und schlug heftig mit der Faust dagegen.

Meg Stenning kam um zu öffnen und reagierte mit Verwunderung.

»Ich möchte Ihren Vater sprechen«, verkündete Kate.

»Er hat viel zu tun.«

»Ich denke, er wird mich sprechen wollen.«

»Rufen Sie an und machen sie einen Termin.«

»Es geht um den Verkauf von Larapinta.«

Megs Feindseligkeit schwand ein wenig und sie nickte. »Dann kommen sie rein.«

Kate wurde durch einen breiten Korridor geführt, in dem antike Möbel aufgereiht standen. Der Teppich wirkte elegant, und teure Drucke schmückten die Wände.

Meg klopfte an die Tür des Arbeitszimmers und führte sie dann hinein.

Ed Stenning saß hinter dem Schreibtisch in einem riesigen, ledergepolsterten Sessel, der ringsum mit Gold abgesetzt war. Er blickte von seinen Papieren auf und blinzelte überrascht.

»Es tut mir leid, daß ich Sie störe«, sagte Kate kühn.

Den Gentleman spielend, erhob er sich aus seinem Sessel und lächelte. »Hängt davon ab, warum Sie hier sind, Mrs. Hannon.«

»Ich bringe Ihnen den Scheck zurück.«

Sie reichte ihn ihm, aber er nahm ihn nicht. Sein Lächeln wich einer steinharten Maske der Feindseligkeit. »Was haben Sie gesagt?« knurrte er ruhig.

»Larapinta steht nicht zum Verkauf«, erklärte sie.

Er warf seiner Tochter eine Blick zu und funkelte dann Kate an. »Warum nicht?«

»Weil ich beschlossen habe, zu bleiben.«

»Das macht doch keinen Sinn.« Widerwillig nahm er den Umschlag und fingerte an ihm herum.

»Ich habe die Absicht, Larapinta weiter zu bewirtschaften.«

Er lachte böse. »Sie ganz allein?«

»So gut ich kann«, erwiderte sie.

Er legte den Scheck bedächtig auf seinen Schreibtisch. »Ich kann warten, Mrs. Hannon. In einem Monat oder zwei werden Sie auf den Knien vor mir liegen und mich bitten, zu kaufen.« Seine Stimme klang drohend. »Und diese Verzögerung wird Sie etwas kosten. Viel.«

Kate hielt beiden mit eiserner Entschlossenheit stand. »Wir werden Wasser finden. Irgendwo muß es dort sein. Wir werden solange bohren, bis wir das Wasser haben, das wir brauchen.«

»Sie haben kein Geld für Bohrungen«, höhnte Meg.

»Ich werd's mir beschaffen.«

»Aber bei keiner Bank in dieser Gegend«, warnte Ed sie.

»Haben Sie die auch schon alle in der Hand, Mr. Stenning?«

Er bekam die Wut und schlug donnernd mit der Faust auf den Schreibtisch.

»Sie sind ja nicht bei Sinnen!« tobte er. »Was wissen Sie schon von der Bewirtschaftung einer Ranch und von Rinderzucht? Sie sind ja erst seit fünf Minuten in diesem Land. Tom Hannon ist hier geboren und aufgewachsen, und nicht mal er hat's geschafft, Larapinta auf Vordermann zu bringen. Wie wollen Sie da Erfolg haben, wo er versagt hat?« Verachtung schwang in seinen Worten mit. »Sie haben keine Ahnung.«

»Oh, ich bin sehr lernfähig.«

»Während Sie lernen, sterben und verdursten Ihnen ja die Rinder«, sagte Meg sarkastisch.

»Irgendwie werden wir's schaffen.«

»Das ist Selbstmord«, höhnte Meg.

»Entschuldigen Sie mich jetzt.« Kate drehte sich um und eilte rasch zur Tür.

»Mrs. Hannon… «

Eds krächzender Ruf ließ sie verharren und sich umdrehen.

»Sie haben nicht die geringste Chance!«

Kate nahm die Herausforderung ohne Zögern an. »Wir werden sehen Mrs. Stenning. Wir werden sehen … «

Mit diesen Worten verließ sie das Büro.

Tante Deir gab ihrem Mann seine Medizin und führte ihn dann zu seinem Sessel, damit er sein Nickerchen halten konnte. Es schmerzte sie, zu sehen, wie er vor ihren Augen dahinsiechte, aber sie hatte sich geschworen, ihn bis zum Ende selbst zu pflegen. Ralph und sie hatten eine Ewigkeit zusammengelebt, und jetzt wollte sie ihn nicht in der unpersönlichen Umgebung eines Krankenhauses sterben lassen.

Sie hörte das Geräusch eines näherkommenden Lastwagens und ging hinaus, um nachzuschauen, wer es sei. Es war Kate. Tante Deir zeigte sich erfreut und erstaunt zugleich. Die Frau, die aus dem Fahrerhaus stieg, war nicht mehr dieselbe, die sie kennengelernt hatte.

»Komm doch in die Küche«, lud sie Kate ein.

»Danke ... « Kate griff ins Fahrerhaus und holte etwas heraus, das sie ins Haus trug. Nachdem sie die Küche erreicht hatten, öffnete sie den Plastikeimer und kippte das Geld auf den Tisch.

»Da trifft mich doch glatt der Schlag!« rief Tante Deir aus.

»Wir werden bleiben!«

»Das sind ja wundervolle Neuigkeiten!«

»Ich werde es versuchen, Tante Deir.«

»Wir werden dir helfen, so gut wir können.«

»Tom hätte es sich so gewünscht.«

»Ich weiß. Und ich hatte gehofft, daß du von selbst auf die Idee kommen würdest. Was hat deine Meinung geändert?«

»Er.«

»Tom?«

»Ja«, sagte Kate einfach. »Ich kann sein Lebenswerk jetzt nicht einfach im Stich lassen.«

12

Marty beugte sich über die Stalltür, während er zuschaute, wie Zoe ihr Pferd aufzäumte. Den stechenden Geruch und den Schwarm summender Fliegen nahm er dafür gern in Kauf, mit ihr allein sein zu können. Es war nicht nur ihr hübsches Gesicht, das ihn anzog. Sie strahlte eine ruhige Kraft aus, die ihn ungeheuer beeindruckte.

Ganz offensichtlich war, daß Zoe Pferde liebte und es verstand, mit ihnen umzugehen. Sie sprach fortwährend mit ihrem Pferd, hob dann den schweren Sattel und schwang ihn gekonnt auf den Rücken des Tieres.

»Ist's dir recht, wenn ich dich auf deinem Ritt begleite?«

Marty versuchte so beiläufig wie möglich zu klingen.

»Nein danke.«

»Oh.« Er war bestürzt. »Warum nicht?«

»Weil du mit Pferden nicht umgehen kannst.«

»Ich weiß, wie man oben bleibt, Zoe.«

»Aber du bist kein erfahrener Reiter«, wandte sie ein. »Wenn du mit mir ausreiten würdest, müßte ich mir deinetwegen dauernd Sorgen machen. Dann hätte ich selbst überhaupt keinen Spaß dran. Stell dir nur mal vor, was passieren würde, wenn eine Schlange dein Pferd erschreckt und es scheut!?«

»Ja«, gab er zu. »Vielleicht laß ich's doch besser. Möchte dir den Spaß ja nicht verderben.«

Zoe zog den Bauchgurt stramm und zog dann die Steigbügel herunter. Sie klopfte den Hals des Pferdes und überprüfte noch einmal den Zügel, bevor sie das Tier hinaus auf den Hof führte. Marty folgte ihr und bewunderte die Leichtigkeit, mit der sie aufstieg.

»Du magst uns nicht besonders, was?« fragte er.

»Nee. Nicht, solange ihr Emmie und mich so herablassend behandelt.«

»Das tu' ich doch gar nicht!« protestierte er energisch.

»Na ja, Tina mehr als du«, räumte sie ein. »Aber im Grunde bist du genauso, Marty. Ich denk', das hat damit zu tun, das du Amerikaner bist. Ihr haltet euch immer für besser als andere Menschen.«

»Im Reiten bin ich nicht besser«, korrigierte er.

Zoe lächelte zum ersten Mal, und ihre Traurigkeit verschwand für wenige Sekunden. Sie stellte sich rasch wieder ein, als sie an die Zukunft dachte.

»Du haßt Larapinta, nicht wahr?«

»Nein, natürlich nicht«, sagte er wenig überzeugend. »Es ist nur... ist einfach nicht mein Fall, mehr nicht.«

»Wir lieben es. Es ist unser Zuhause.«

»Warum bist du dann nicht freundlicher? Mami hat entschieden, zu bleiben. Das wolltet ihr doch?«

»So eigentlich auch wieder nicht.«

»Würdest du Laraprinta lieber verlassen?«

»Mir wär's lieber, wir blieben und ihr würdet verschwinden.«

Sie grub ihre Hacken in die Flanken des Pferdes und es trabte davon.

Marty blieb zurück und gab sich seinem verletzten Stolz hin.

Alles schien pötzlich völlig anders. Nachdem Kate Hannon ihre Entscheidung getroffen hatte, erschien ihr die Landschaft insgesamt viel schöner. Als sie mit dem offenen Pritschenwagen zur Larapinta-Ranch zurückfuhr, schaute sie sich in der Gegend um und spürte so etwas wie Begeisterung. Sie wußte sehr wohl um ihre Probleme. Es würde ein ungeheuer schwerer Kampf werden. Doch ihr ganzes Leben war ein Kampf gewesen, und so war sie zur Kämpferin geworden. Tom zuliebe würde sie dafür sorgen, daß die Ranch in den Händen der Hannon-Familie blieb.

Das war die beste Art, ihm für seine Liebe zu danken.

Vor ihr tauchte die Ranch auf, und sie fühlte sich beschwingt. Es war ein Außenposten in der Wildnis, aber von einem herben Zauber umgeben. Sie begann zu verstehen, warum ihr Mann Larapinta so geliebt hatte.

Ihre Fröhlichkeit wandelte sich blitzartig in Ärger.

Sie bremste heftig, und eine Staubwolke stob auf. Direkt vor ihr, nicht weit vom Haus entfernt, stand ein Hubschrauber. Sie wußte sofort, wer der Pilot war.

Mit Höchstgeschwindigkeit fuhr sie weiter und hielt direkt vor der Veranda, sprang aus dem Wagen und rannte in die Küche. Beim Eintreten blieb sie wie erstarrt stehen. Der ganze Boden war mit Kisten, Säcken und Kanistern bedeckt.

Nick Stenning stand in der Mitte.

»Tante Deir hat angerufen«, erklärte er. »Sie meinte daß Sie vielleicht ein paar Sachen brauchten. Ich hab' viel mitgebracht. Hier draußen kauft man immer in großen Mengen.« Er lächelte sie freundlich an. »Und meinen Glückwunsch! Ich hörte, Sie wollen bleiben.«

Kate unterdrückte ihre feindseligen Gefühle und blieb höflich. »Hoffen wir, daß es die richtige Entscheidung war«, sagte sie.

»Ich nehm' an, es ist das erste Mal, daß ein Stenning einen Fuß auf Larapinta setzt, ohne daß ihm der Kopf abgerissen wird.« Seine Augen zwinkerten. »So oder so.«

»Danke für die Lieferung.«

»War mir ein Vergnügen.« Er nickte zum Fenster. »Was ist mit Ihrem Garten passiert? Ist ja völlig zertrampelt.«

»Da waren Rinder drin. Suchten nach Wasser.«

»Offensichtlich hat jemand das Tor nicht geschlossen.«

»Wird nicht wieder vorkommen.«

»Nicht, wo Sie jetzt die Dinge in die Hand nehmen«, sagte er ermutigend.

Sie ignorierte das plumpe Kompliment und blickte sich um.

»Haben Sie meine Kinder gesehen?«

»Draußen. Die scheinen nicht begeistert zu sein.«

»Ich weiß.«

»Ihre Kinder wollen wieder zurück nach Amerika. Ins lockere Leben.«

Kate verkniff sich eine Antwort. Er hatte etwas an sich, das sie einerseits ärgerte, andererseits aber anzog. Es war sehr verwirrend.

Nick fuhr damit fort, die Vorräte in die Speisekammer zu tragen, hob zu diesem Zweck ohne sichtliche Anstrengung einen Mehlsack vom Boden auf. Sie half ihm, und sie arbeiteten schweigend. Plötzlich hielt sie inne.

»Darf ich Sie etwas fragen?«

»Sicher.«

»Es geht um Toms Viehtreiber. Wo kann ich die finden?«

»Die sind zu ihrem Stamm zurückgegangen.«

»Ist das weit?«

»Zu weit, um mit diesem alten Laster hinzufahren.«

»Oh. Irgendwie muß ich dorthin kommen.«

»Na ja, wenn Sie wollen, kann ich Sie morgen dahinfliegen«, bot er an. »Vorausgesetzt, Sie können sich dazu durchringen, mich hier irgendwo für die Nacht unterzubringen.«

Der Blick seiner blauen Augen schien sie zu durchbohren, und sie kämpfte mit sich, um Gleichmut zu bewahren. Etwas wie eine Herausforderung war darin zu lesen. Kate hielt dem Blick stand.

»Gut«, sagte sie. »Abgemacht.«

Die Entscheidung, auf Larapinta zu bleiben, hatte die Spannung zwischen den beiden Geschwisterpaaren mehr gesteigert als gelöst. Beide neigten dazu, sich in ihren Welten zu verschließen. Beim Abendessen saßen die Zwillinge Zoe und Emmie gegenüber, ohne ein Wort zu sagen. Auf ihre ganz eigene Art fühlten sich die Kinder gefangen und hilflos.

Kate war sich der Verstimmung bewußt, versuchte sie mit lockerem Geplauder zu überspielen und sie in ein Gespräch zu verwickeln. Doch sie scheiterte. Sie saß zwischen zwei Stühlen. Ob sie sich nun zum Gehen oder zum Bleiben entschied – zwei Kinder würde sie immer vor den Kopf stoßen. Es gab keine Kompromißlösung. Es war entmutigend.

Nick beobachtete sie mit Interesse. Er bewunderte die Art, mit der Kate diese offensichtlich verfahrene Situation zu bewältigen suchte, und er spürte die feste Entschlossenheit, die sich hinter ihrem freundlichen Verhalten gegenüber den vier Teenagern verbarg. Und es gab noch etwas, das ihn begeisterte. Nick mochte ihre Küche.

Nachdem das Essen beendet war, wurde abgewaschen, und anschließend verzogen sich die Kinder. Tina verschwand im Wohnzimmer. Marty setzte sich auf die Veranda und klimperte auf der Gitarre. Zoe und Emmie gingen in ihr Zimmer, um die Dinge durchzusprechen.

»Ich wünschte, sie würd's nicht tun«, beklagte sich das ältere Mädchen.

»Würde was nicht tun , Zoe?«

»Sich so anstrengen.«

»Ist doch nicht ihre Schuld.«

»Sie ist nicht unsere Mutter, Emmie. Warum tut sie so als ob?«

»So können wir wenigstens auf Larapinta bleiben.«

»Für wie lange?« fragte Zoe realistisch.

»Worauf willst du hinaus?«

»Kate hat doch nicht die geringste Ahnung vom Leben im Outback.«

»Sie hat aber die Wassertanks vor den Rindern gerettet«, erinnerte Emmie sie. »Das beweist, daß sie schon Ideen hat.«

»Mag ja sein. Aber wie will sie denn eine solche Ranch betreiben? Für Papa war das schon Schwerstarbeit, und der ist hier aufgewachsen. Bei Kate muß es schiefgehen.«

»Und dann?«

»Wir werden verkaufen müssen.«

Emmie erblaßte. »Nach Amerika gehen?«

»Wahrscheinlich.«

»Können wir nicht bei Tante Deir bleiben?«

»In Wirklichkeit ist sie doch gar nicht unsere Tante«, erinnerte Zoe sie. »Und außerdem hat sie mit Onkel Ralphie schon genug am Hals. Nein, Em. Sieht aus, als würden wir nach Kalifornien verfrachtet werden. Hier haben wir niemanden.«

»Papa fehlt mir so ... « Das jüngere Mädchen sprach aus, was sie beide fühlten.

Seite an Seite saßen sie auf der Bettkante und hielten einander tröstend die Hände. Von ihrer Stiefmutter abgesehen hatten sie das Gefühl, einander die einzigen Freunde auf der ganzen Welt zu sein. Es war lebenswichtig, zueinander zu halten.

Es klopfte an der Tür und Kate trat ein.

»Hallo, entschuldigt, daß ich so reinplatze ...«

Unter dem strengen Blick der beiden Schwestern ging sie zum Tisch und legte ein kleines schwarzes Buch darauf.

»Henry Dingwell hat mir das gegeben«, erklärte sie. »Es ist das Tagebuch eures Vaters. Ich dachte mir, daß ihr es vielleicht lesen wollt.«

Zoe und Emmie blieben, wo sie waren, ohne zu antworten.

»Bis morgen früh dann. Gute Nacht ... «

Kate ließ sie allein und entfernte sich leise.

Die klare Kälte der Nachtluft war eine willkommene Abwechslung zu der drückenden Hitze des Tages. Geräusche der Nacht durchbrachen gelegentlich die Stille. Über allem wölbte sich ein sternbesetzter Baldachin. Das Gefühl von Einsamkeit war mächtig, aber nicht beängstigend.

Kate saß auf der obersten Stufe der Veranda und schaute zum Himmel empor. Während sie die kalte Luft tief in ihre Lungen sog, fühlte sie sich seltsam wach. Der Outback war eine echte Schicksalsprüfung – und andererseits doch ein Segen.

Eine kräftige Gestalt tauchte mit einer Decke unter dem Arm im Eingang auf und machte sich auf den Weg über den Hof zum Schlafhaus. Kates Ruf ließ sie im Schritt verharren.

»Nick!«

»Ja?«

»Ich ... hab' mich noch gar nicht richtig bedankt.«

»Schon in Ordnung.«

»War nett, daß Sie mir die Lebensmittel gebracht haben.«

»Gut zu hören, daß ich auch mal was richtig mache.«

Er ging zur Veranda zurück, ließ seine Decke fallen und setzte sich dann neben sie. Kate erstarrte für einen Augenblick, doch er wirkte entspannt und ganz locker. Sie begannen, einander mit völlig anderen Augen zu betrachten.

»Hier muß man furchtbar viel lernen, was?« sagte sie.

»Verdammt viel. Bis zum Wochenende werden Sie Thema Nummer eins des ganzen Territoriums sein. Eine Frau, vier Kinder, kein Geld – und nur noch eine Wasserstelle.«

»Vielleicht regnet's.«

»Man kann nie wissen«, murmelte er.

»Ich glaub' nun mal daran, daß es wichtig ist, was zu riskieren.«

»Und wenn Sie verlieren?«

»Eine Niederlage kann ich mir nicht leisten.«

Sie schaute wieder zum Himmel empor und betrachtete die verschlungenen, glitzernden Muster der Sterne. Sie blitzten wie Diamanten auf schwarzem Samt. Der Anblick war friedlich und anregend.

Nick beobachtete sie mit zwiespältigen Gefühlen.

Empfand einerseits Loyalität zu seinem Vater, andererseits Zuneigung zu der Frau, die einmal einen Hügel erklommen hatte, um zu ihm zu gelangen.

Während er ihr Profil betrachtete, gewannen seine Gefühle für sie Oberhand, und drängten ihn, ihr einen Rat zu geben.

»Sie müssen nach Wasser bohren«, sagte er nachdenklich, wobei er aus seiner Sorge um sie keinen Hehl machte. »Mit dieser einen Wasserstelle können Sie einfach nicht überleben. Eines Tages wird sie austrocknen.«

»Ich weiß.«

»Und was werden Sie dagegen tun?«

Kate zögerte, sich ihm anzuvertrauen. Er war ein Stenning, sie eine Hannon. Geschworene Feinde. Dann wischte irgend etwas ihre Zweifel beiseite, und sie hörte sich selbst ihre Pläne offen darlegen.

»Ich hab' daran gedacht, Henry Dingwell darum zu bitten, einen Teil des Geldes freizubekommen, das sich Tom von seiner Schwester geliehen hat.«

»Tun Sie's«, drängte er. »Aber so schnell wie möglich.«

»Glauben Sie, daß es auf Larapinta Wasser gibt?«

»Bestimmt! Sie müssen's nur finden.«

»Tom soll diesen Mann beschäftigt haben ... einen Wassersucher...«

»Wird wohl Simmo sein. Ein verdammtes Schlitzohr. Trauen Sie ihm bloß nicht, Kate.«

»Das werd' ich nicht.«

Ihr Gesicht war jetzt nur noch wenige Zentimeter von dem seinen entfernt und sie konnte seinen Atem spüren. Obwohl sie zunächst über seine Präsenz entsetzt gewesen war, empfand sie jetzt so etwas wie Dankbarkeit ihm gegenüber. Er hieß ihre Enscheidung zu bleiben gut, und es war beruhigend, ein wenig Bestätigung zu finden. Zugleich jedoch war sich Kate des ganzen Ausmaßes ihrer Aufgabe bewußt. Sie war gigantisch.

»Wie denken Sie eigentlich wirklich darüber?«

»Worüber?«

»Über all das. Über eine Frau wie mich, die versucht, Rancherin zu spielen.«

»Ich denk', Sie haben Känguruhs im Dachgeschoß.«

»Känguruhs?« wiederholte sie verwirrt.

»Ist 'n Aussie-Ausdruck. Bedeudet soviel wie ›Ameisen im Schädel‹.«

»Ich versteh' noch immer Bahnhof, Nick.«

»Will sagen, Sie sind'n bißchen verrückt, Kate.«

Sie lachte. »Ist das gut oder schlecht?«

»Es ist nötig. Nur Verrückte riskieren Unmögliches.«

»Ich werd's mir merken.«

Er erhob sich und nahm sein Bettzeug. »Nicht vergessen«, erinnerte er sie. »Bohren Sie nach Wasser.«

»Das werde ich.«

Sie schauten einander an, wollten nicht von einander lassen.

»Danke, daß Sie mich aufgenommen haben«, sagte er.

»Mach' ich doch gern.«

»Ich revanchier' mich.«

Sie lächelten beide. Die gegenseitige Abneigung schien dahinzuschwinden.

»Nick«, fragte sie,»warum tun Sie das?«

»Ich möchte, daß Sie's schaffen.«

»Sind Sie sicher, daß es nicht nur darum geht, Ihrem Vater eins auszuwischen?«

»Das spielt vielleicht auch eine Rolle. Ist aber nicht der Hauptgrund.«

»Was dann?«

Ein anderer Ausdruck war in seinen Augen, machte sie weich, wobei ihre Farbe gleich heller wurde. Plötzlich bestand ein Gefühl der Vertrautheit zwischen ihnen. Ohne sich dessen bewußt zu werden, fühlten sie sich davon überrumpelt.

»Ich tu's für Sie, Kate.«

Ihre Wangen brannten, und ihr Herz klopfte hörbar. *Was geschieht mit mir?* dachte sie. *Warum fühle ich mich zu diesem Mann so hingezogen? Spielt er mit mir – so kurz nach Toms Tod? Für was für eine Frau hält er mich?*

Sie versuchte ihre Augen abzuwenden, war aber wie hypnotisiert. Völlig grundlos fühlte sie sich zu ihm hingezogen, wollte ihn berühren, sich von ihm in die Arme nehmen lassen, begehrte ihn auf eine Art, die sie gleichzeitig erschreckte.

Schritte auf der Veranda ließen beide herumfahren. Tina hatte sie beobachtet. Sie wirkte recht verlegen und winkte knapp, bevor sie sich zurück ins Haus begab. Die Störung durch das Mädchen war genau rechtzeitig gekommen. Sie hatte den Bann gebrochen.

»Nacht, Kate«, sagte er ruhig.

»Gute Nacht«, flüsterte sie.

Er marschierte zur Viehtreiber–Unterkunft hinüber, die etwa zwanzig Meter entfernt lag. Drinnen flammte ein Licht auf.

Kate stand wie gebrannt da, gefangen in einem Strudel wirbelnder Emotionen und unfähig, ihren Blick vom Fenster zu lösen. Alles an Nick Stenning hatte sie bei ihrer ersten Begegnung an völlig verärgert, doch jetzt erzitterte sie, weil er einen ganz einfachen Satz zu ihr gesagt hatte.

»Ich tu's für Sie, Kate.«

Warum? Was hatte sie getan, um seine Zuneigung zu wecken?

Während sie sich bemühte, die gewaltigen Gefühle zu verstehen, deren Anlaß er war, fühlte sie sich schuldig. Immerhin war sie Tom Hannons Frau, wenn er auch tot war. Es schickt sich einfach nicht, so kurz danach an einen anderen Mann auch nur zu denken. Tom hatte ein Recht auf ihre Pietät.

Und doch beschäftigte Nick Stenning sie weiter.

Innerlich machte sich Kate bittere Vorwürfe. Nur eine Hure würde sich in ihrer Situation über die Aufmerksamkeiten eines Mannes freuen. Es war ekelhaft. Sie war eine Witwe, hatte sich um vier Kinder zu kümmern und mußte sich ihrer Verantwortung bewußt sein. Für Gefühle war kein Platz in ihrem Inneren. Das war falsch, äußerst unpassend, völlig unmöglich. Sie hatte ohnehin schon genug Probleme. Kate brauchte all ihre Energie und Konzentration, um allein den nächsten Tag zu überstehen. Das Leben auf Larapinta war sehr anstrengend.

Warum schaue ich noch immer zu diesem Fenster hinüber? fragte sie sich. Was würde Tom von mir denken? Was die Kinder?

Kate schritt ruhelos die Veranda auf und ab, während sie mit ihren Gefühlen rang. Und dann ließ sie etwas abrupt innehalten.

Der Gedanke an die Grillparty auf der Shackleton-Ranch. Ein attraktives Mädchen, das er zu seinem Hubschrauber trug.

Sieht er mich so? Als jemanden, den man einfach so zum Vergnügen abschleppt? Eine einsame Frau, die sich nicht wehren kann? Ein begehrenswertes Objekt? Eine leichte Beute?

Kate war im Innersten ihrer Seele verletzt. Er war ekelhaft. Sie würde sich von ihm nicht anfassen lassen. Es war unvorstellbar.

Sie blickte zu seinem Fenster hinüber, doch jetzt war das Licht erloschen.

Eine sanfte Brise drehte die Flügel der Windmühlenpumpe sehr langsam im Mondlicht. Das Nahen eines Fahrzeuges durchbrach mit häßlichen Geschepper die Stille, zugleich durchforschten zwei Scheinwerfer die Dunkelheit. Ein zerbeulter alter Lastwagen keuchte und rappelte auf die Larapinta-Wasserstelle zu, kam dann quietschend zum Stehen. Die Tür wurde aufgerissen und eine schwankende, seufzende, gebeugte Gestalt stieg aus dem Wagen.

Es war Simmo, der Wassersucher.

Er hatte wohl etwas anderes als Wasser getrunken und war voller Rachsucht. Er räusperte sich, spuckte in den Sand und schaute dann zur Windmühle hoch. Dabei gab er ein bösartiges Kichern von sich.

Simmo nahm etwas Dynamit von der Ladefläsche seines Lastwagens. Die Stangen auf den Armen wiegend, bewegte er sich schwankend auf das Pumpenhaus zu und deponierte einen Teil des Dynamits darunter, worauf er die Zündschnur ein paar Meter oder mehr auszog.

Dann wandte er sich der Windmühle selbst zu. Mit weiteren Dynamitstangen in der Tasche begann er, die Stahlleiter zu erklimmen, die vertikal an der Seite des Gerüsts nach oben führte. Nachdem er den Weg hinauf zur Hälfte geschafft hatte, streckte er ein Bein aus und umklammerte damit einen Träger, um sich so Halt zu verschaffen. Dann legte er das Dynamit auf eine Strebe und befestigte es mit Klebeband.

Inzwischen schmerzten seine Arme und Beine vor Anstrengung, und sein Kopf war völlig benebelt. Er kramte nach einem Streichholz, entzündete es und steckte die herunterbaumelnde Zündschnur an. Als er jedoch die Umklammerung seines Beines löste und es wieder zurück auf die Leiter setzen wollte, verlor er das Gleichgewicht und rutschte ab. Der Abstieg war weit schneller, als er gedacht hatte.

Simmo schlug mit solcher Wucht auf den Boden auf, daß er vorübergehend bewußtlos wurde. Als er wieder einigermaßen beieinander war, sah er, wie weit die Zündschnur hoch über ihm von der Flamme weggefressen war. Nur noch wenige Zentimeter, und sie würde das Dynamit erreicht haben. Seine Tat wurde ihm jetzt selbst zum Verhängnis.

»Ah! Mein Gott ...!«

Als er sich zu bewegen versuchte, durchdrang stechender Schmerz sein Bein und er begriff, daß es gebrochen war. Er versuchte, sich auf dem Boden kriechend in Sicherheit zu bringen, indem er unter Schmerzen wie ein verletztes Insekt vorwärtskroch und dabei über die Schulter nach der zischenden Zündschnur spähte.

Er versuchte mit letzter verzweifelter Anstrengung, sich in Sicherheit zu bringen, aber es war zu spät.

Das Dynamit explodierte mit einer grellen Feuergarbe.

Nick Stenning war schon ausgezogen, als er die Detonation hörte. Er ahnte sofort, was das bedeutete. Er streifte rasch seine Kleider wieder über, rannte aus dem Schlafhaus und direkt hinüber zu dem Schuppen, wo der Lastwagen stand. In Sekundenschnelle war der Motor gestartet und der Wagen fuhr an.

»Nick – warten Sie!«

Kate kam aus dem Haus geeilt und winkte ihm, stehenzubleiben. Er bremste heftig, hielt gerade so lange, daß sie einsteigen konnte, und fuhr dann mit heulendem Vollgas davon.

»Was war das?« fragte sie voller Angst.

»Klang, als käm's von der Wasserstelle.«

»Oh, nein!«

»Halten Sie sich fest. Jetzt wird's holprig.«

Nick fuhr wie der Teufel, holte das letzte Quentchen Geschwindigkeit aus dem Lastwagen heraus und hob dabei zuweilen ab, wenn sie eine hohe Bodenwelle überquerten. Kate klammerte sich krampfhaft fest, ihr Körper war in Erwartung des nächsten heftigen Schlages angespannt. Sie starrte angstvoll durch die Windschutzscheibe.

Als sie die Flammen sah, drehte sich ihr der Magen um. Ein gewaltiges Feuer lohte kilometerhoch in den Himmel und beleuchtete ein Bild völliger Verwüstung.

Die Windmühle war nur noch wirre Masse von Holz und Metall. Die eine Hälfte war zerfetzt und der Rest neigte sich gefährlich zur Seite. Alles war zerstört worden – Turmrost, Bohrgestänge, Wasserleitungen, Pumpgetriebe.

Larapintas einzige Wasserversorgung war jetzt ein Trümmerhaufen.

»Wer kann das nur getan haben?« jammerte sie.

»Da haben Sie die Antwort, Kate.«

»Wo?«

Er brachte den Lastwagen am Rand der Anlage zum Stehen und sie sprangen hinaus. Simmo lag grotesk verrenkt auf dem Boden, überragt von dem lädierten Gerüst der Windmühle, das jeden Augenblick zusammenzubrechen drohte. Nick reagierte blitzschnell. Da er glaubte, der alte Mann könne vielleicht noch leben, stürzte er sich mutig zwischen die Trümmer, wollte Simmos reglosen Körper aus der Gefahrenzone schleifen.

Kate rief ihm die Warnung zu.

»Nick – Vorsicht!«

Als er sich umdrehte, brach die Windmühle mit vernichtender Gewalt über ihm zusammen. Er stürzte, verlor das Bewußtsein und wurde neben der Leiche des alten Mannes eingeklemmt.

»Nick!!!« Kates quallvoller Schrei brachte zugleich den Schock der Erkenntnis ihrer tiefen Gefühle für ihn. Es war der Schrei einer Liebenden, der der Geliebte genommen wird.

Sie kletterte eilends auf ihn zu, stolperte aber über einen Balken und fiel der Länge nach zu Boden. Ihr Gesicht lag nur Zentimeter von dem Simmos entfernt. Es war eine gräßliche Begegnung mit der verzerrten Fratze des Todes.

Vor Entsetzen keuchend, rappelte sie sich wieder auf

und trat über die auf dem Bauch liegende Gestalt, um zu Nick zu gelangen. Ihr Herz setzte aus, als sie das Blut aus Wunden an seinem Kopf und seinem Körper sickern sah. Feuer fraß sich auf ihn zu.

»Halte aus, mein Liebling! Ich hole dich raus!«

Sie stürzte sich auf die wirre Masse, in die er eingeklemmt war, sprang dann voller Schmerzen zurück. Das Metall war so heiß, daß man es nicht anfassen konnte und viel zu schwer, als daß sie es heben konnte.

Panik erfaßte sie. Wenn er dort blieb, würde er bei lebendigem Leib verbrennen.

»Ich kann es nicht glauben«, schluchzte sie, das Gesicht in den Händen bergend. «Soll ich ihn denn auch noch verlieren? Seit ich herkam, habe ich alles andere verloren – warum bleibt *er* mir denn nicht?«

Sie sah sich um, suchte nach etwas, mit dem sie die Teile der Windmühle von ihm wegdrücken konnte. Sie sah eine lange Eisenstange, eilte dorthin, nahm sie und versuchte damit, den größten Stahlträger wegzuhebeln. Es war hoffnungslos. Obwohl sie die Windmühle ein Stück bewegen konnte, gelang es ihr nicht, ihn aus seinem Gefängnis zu befreien.

Es mußte einen anderen Weg geben.

»O Gott! Bitte hilf mir!«

Dann fiel ihr Blick auf Simmos Lastwagen. Auf seiner Pritsche stand eine Winde.

Kate bahnte sich den Weg in hektischer Eile darauf zu, verletzte sich den Arm im Vorbeilaufen an zackigem Metall und ignorierte, daß es blutete. Entsetzen erfaßte sie bei dem Gedanken an seinen nahen Tod.

Sie stieg in das Führerhaus, startete den Motor, zog das Fahrzeug ratternd in einem Halbkreis vor und fuhr dann rückwärts an die Trümmer heran. Eilig kletterte sie auf die Ladefläche und entrollte rasch das Kabel der Winde.

Als sie ihn wieder erreicht hatte, waren die Flammen

nur noch einen halben Meter von seinem Kopf entfernt.

Sie versuchte, sie auszutreten, doch ihre Schuhe wurden bloß angesengt und die Flammen schlugen noch höher. Am Ende des Kabels befand sich ein großer Eisenhaken, den sie unter das verbogene Metall des Trägers zog. Sorgfälltig darauf achtend, ihm dabei nicht weh zu tun, kurbelte sie langsam die dicken Träger von seinem Körper.

»Ich werde dir helfen, Nick. Ich schaff' dich raus.«

Der Groll, den sie gegen ihn hegte, seit sie zum Schlafhaus hinübergeschaut hatte, war jetzt verschwunden, einem aufrichtigeren Gefühl gewichen. Sie liebte ihn und spürte die ungestüme Macht dieser Liebe.

»Gleich ist es soweit, mein Liebling. Ich komme!«

Kate schaffte es im letzten Augenblick. Als sie ihn erreichte und herauszog, züngelten die Flammen schon nach ihm. Sie schleppte ihn zum Wagen, untersuchte rasch seine Verletzungen und rieß einen Fetzen aus ihrem Hemd, um die tiefste Wunde zu verbinden.

Ihn auf die Pritsche des Lastwagens zu hieven, war eine langwierige, anstrengende Arbeit. Ihr Schweiß mischte sich mit seinem Blut, während sie sich abmühte. Schließlich war es geschafft, und er lag hingestreckt auf dem Larapinta-Fahrzeug.

Sie küßte ihn sanft.

Die Fahrt zurück war ein Alptraum. Kate hatte Angst, ihn bei allzu schnellem Tempo noch mehr zu verletzen und fürchtete sich davor, daß er verbluten könne, wenn sie sich zuviel Zeit ließ. Jedesmal wenn die Räder gegen eine Bodenwelle stießen oder in ein Schlagloch sackten, zuckte sie vor Angst um Nick zusammen. Der Larapinta–Lastwagen war ganz und gar nicht für Krankentransporte geeignet.

Ihre Nerven waren bis zum Zerreißen gespannt, als im Scheinwerferlicht schließlich die Ranch auftauchte. Sie bremste den Lastwagen, und die vier Kinder kamen in Nachtanzügen herbeigeeilt. Sie waren entsetzt, als sie sahen, in welchem Zustand ihre Mutter sich befand.

»Was war das für eine Explosion, Mami?«

»Die Wasserpumpe ist gesprengt worden«, sagte sie kurz.

»Ich erzähl' euch später mehr. Jetzt müßt ihr mir erstmal helfen, Nick ins Haus zu schaffen. Er ist schwer verletzt.«

Zu fünft gelang es ihnen, den Bewußtlosen ohne große Mühe hineinzutragen und auf eines der Betten zu legen.

»Marty, lauf rasch in die Küche und hol den Verbandskasten«, ordnete Kate an.

»Sicher!« schnell wie der Blitz eilte er davon.

»Zoe, der Sheriff muß geholt werden.«

»Das ist George Bowman«, sagte sie. »Ich rufe ihn an.«

Nachdem Zoe gegangen war, standen Tina und Emmie wie hypnotisiert vom Anblick des Blutes, das noch immer aus Nick's Wunden sickerte. Eine häßliche Schramme entstellte eine Seite seines Gesichts, und sein Atem ging stoßweise.

»Los, ihr zwei. Holt mir warmes Wasser – aber rasch.«

Sie jagten davon, um Kates Anweisung zu befolgen.

Zehn Minuten später war das Schlimmste ausgestanden. Kate war mit dem Patienten allein, behandelte seine Wunden sorgfältig behutsam. Sie war entschlossen, ihn zu retten. Um die Wunden an seinem Körper verbinden zu können, hatte sie sein Hemd zerschneiden müssen und seinen braungebrannten, muskulösen Leib freigemacht. Während sie den letzten tiefen Schnitt an seinem Arm verband, blickte sie mit dem Ausdruck von Liebe und Sorge zugleich auf ihn herab.

Dann geschah das Wunder. Er öffnete seine Augen.

»Wo bin ich?« krächzte er.

»In Sicherheit.«

»Diese Windmühle ...«

»Du hattest einen Unfall. Ich hab' dich hierher gefahren.«

Während er sein Bewußtsein wiedererlangte, schaute er völlig ungläubig auf seine Wunden. Als er versuchte, sich aufzurichten, krümmte er sich vor Schmerz.

»Bleib ganz ruhig liegen«, sagte sie. »Du hattest Glück. Gebrochen ist nichts. Aber du hast einen heftigen Schlag bekommen und viel Blut verloren. Du mußt jetzt erst einmal ausschlafen.«

Nick sah ihr zerrissenes, blutverschmiertes Hemd und begann zu erahnen, daß Kate ihn aus den Trümmern gerettet haben mußte, und ihn hergebracht hatte, um Erste Hilfe zu leisten.

Sie hatte sein Leben gerettet. Er streckte eine Hand aus und öffnete sie weit. Als er ihre Hand in der seinen spürte, schloß er dankbar seine Finger und drückte sie sanft.

Ihre Blicke trafen sich, und darin spiegelten sich ihre wahren Gefühle. Aus der Krise war ein neues und tieferes Verstehen erwachsen.

Nicks Verletzungen hatten ihn sehr erschöpft, und bald fiel er in tiefen Schlaf. Seine Hand erschlaffte und glitt aus der ihren. Kate verband die letzte Wunde, deckte ihn dann mit einer Decke zu, nachdem sie ihm Stiefel und Hose ausgezogen hatte. Danach beugte sie sich über ihn und küßte ihn zärtlich auf seine Stirn.

Dann richtete sie sich auf, und ihr fiel etwas anderes ein.

Die Pumpanlage war zerstört worden.

Aus Sorge um Nick hatte sie das ganz vergessen, jetzt aber durchschoß der Gedanke wie eine glühendrote Nadel ihr Hirn. Ohne Wasser würde ihr Vieh sterben. Mit diesem Anschlag war Larapinta der Todesstoß versetzt worden. Kate zitterte am ganzen Leib, als sie erkannte, was das bedeutete.

Auf ihrem Land gab es keinen anderen Brunnen, und die Bohrungen nach neuen Quellen hatten noch nicht einmal begonnen. Fünftausend Rinder brauchten dringend Wasser, und es gab keins. Das Unheil war nicht mehr abzuwenden.

Nick Stenning mochte gerettet sein, aber der Lebensquell von Larapinta war versiegt. Für Kate war das eine Katastrophe.

Die geballten Anstrengungen der langen Nacht übermannten sie und sie erbebte. Tränen der Verzweiflung rannen über ihre Wangen, während sie zitternd aufschluchzte. Nun war das Ende gekommen ...

13

Der Hauch des Todes erfüllte die Landschaft. Die Wüstenebene war trocken, verlassen und leer. Verdorrte Bäume reckten ihre kahlen Zweige anklagend dem blauen Himmel zu. Gebleichte Rinderskelette lagen herum. Die frühe Morgensonne tauchte den Staub in ein blutiges Rot.

Die Geschöpfe, die sich in der Wildnis bewegten, waren wie die Besucher eines gigantischen Friedhofs. Tod und Verwesung ringsum.

Ein großes rotes Känguruh und seine blau-graue Gefährtin ruhten zwischen dichtem Gestrüpp und leckten sich die Gelenke, um die Bluttemperatur zu senken und Kühlung zu verschaffen. Das harte, mechanische Geräusch eines Jeep ließ sie voller Angst erstarren, dann sprangen sie über die Ebene davon.

George Bowman saß hinter dem Lenkrad des Jeep und blinzelte in den Glast. Er war ein großer, drahtiger, gradliniger Mann in den Vierzigern und der zuständige Ortssheriff. Ein harter Mann, der in einem harten Land für Gesetz und Ordnung sorgte.

Ein Känguruh schoß plötzlich direkt vor ihm über die schmutzige Straße, und er bremste scharf, um einen Zusammenstoß zu vermeiden, wobei eine dicke rote Staubwolke aufstieg.

Als der Jeep wieder anfuhr, flog ein Schwarm von Kakadus darüber hinweg, der den Himmel mit Lärm und Farbe füllte. Bowman schenkte ihnen einen müden Blick und wischte sich mit knochiger Hand den Schweiß aus der Stirn.

Als er die Larapinta–Ranch erreichte, wartete Kate Hannon auf der Veranda auf ihn. Er pfiff in unverhohlener Bewunderung vor sich hin. Er hatte bereits von ihr gehört, war aber auf diese wohlgeformte Blondine, die ihn begrüßte, nicht vorbereitet.

Sie schüttelten sich die Hände und schlenderten zum Schlafhaus.

»Larapinta steckt wohl ziemlich in Schwierigkeiten«, stellte er fest.

»Stimmt«, sagte sie traurig.

»Was ist denn eigentlich vorgefallen?«

»Wir hörten letzte Nacht einen schrecklichen Knall und fuhren dann so rasch wir konnten hinaus zum Wasserloch. Der Bohrturm war in Stücke zerrissen. Da war dieser alte Mann – Mr. Simpson – der lag auf dem Boden.«

»Simmo? Der Wassersucher?«

»Ja«, sagte sie. »Nick dachte, er sei vielleicht noch am Leben und versuchte, ihn aus den Trümmern zu ziehen. Dann brach die Windmühle über ihnen beiden zusammen. Es gelang mir, Nick auf den Lastwagen zu schaffen und ihn direkt hierher zu bringen.»

»Wie steht's um ihn?«

»Sehen Sie selber.«

»Und was ist mit Simmo?«

»Noch immer am Wasserloch. Er war schon tot.«

»Armer alter Kerl«, sagte Bowman mit einem Seufzer. »Früher war er mal ein guter Wassersucher – so gut wie die meisten Schwarzen, und das will schon was heißen. Simmo hätte noch in der Sahara Wasser gefunden.« Er verzog das Gesicht. »Schade, daß er's nicht mal zur Abwechslung getrunken hat.«

Sie gingen ins Schlafhaus und fanden Nick auf einer der Pritschen liegend. Er hatte seine Jeans wieder angezogen, doch sein Oberkörper war noch nackt und mit den Bandagen umwickelt.

»Tag, George.« Er bewegte sich noch unter Schmerzen.

»Hi, Nick.« Sie schüttelten die Hände und der Sheriff mustertete ihn eingehend. »Mein lieber Mann, du siehst aus, als hättest du zehn Runden mit 'nem Grizzly hinter dich gebracht.«

»In Wirklichkeit waren's zwanzig.«

»Knapp vorbei, was?«

»Sehr knapp. Kate hat mir das Leben gerettet. Mußte die halbe verdammte Windmühle mit 'ner Winde von mir runterhieven.«

Bowman zeigte sich beeindruckt. »Das war reaktionsschnell.«

»Simmo hat den Bohrturm in die Luft gejagt«, fuhr Nick fort. »Wurde getötet als er hochging. Geschieht ihm recht, wenn du mich fragst.«

»Aber warum hat er's getan?« fragte der Polizist. »Sieht Simmo gar nicht ähnlich.«

»Vielleicht gibt's eine Erklärung«, meinte Kate. »Er war vorgestern hier, Constable Bowman.«

»George«, korrigierte er.

»Simmo tauchte an diesem Abend mit seinem Sohn auf. Sie machten mir Angst.«

»Was wollten sie?« fragte Nick.

»Geld. Sie behaupteten, daß Tom ihnen etwas für eine Arbeit schulde, die sie geleistet hätten. Wollten es auf der Stelle haben. Als ich sagte, ich könne nicht bezahlen, drohten sie mir.«

»Ich wünschte, ich wär' dabei gewesen!« murmelte Nick.

Kate war verwirrt. »Aber das ist noch immer kein Grund, etwas derart Verrücktes zu tun.«

»Nein«, stimmte Bowman zu. »Es sei denn, jemand hat ihn dazu angestiftet.«

Seine Loyalität zur Familie ließ Nick sich aufrichten und den Polizisten direkt anschauen.

»Irgendeinen Verdacht, George?« Er forderte Bowman fast dazu heraus, Ed Stennings Namen zu nennen.

Der Konstabler sah Nicks Gesichtsausdruck und wich seinem Blick aus.«

»Im Augenblick nicht«, sagte er, plötzlich kurz angebunden. »Ich werd' 'ne vollständige Aussage von euch beiden brauchen. Hat Zeit. Ich kann einen oder zwei Tage warten.«

»Haben Sie schon gefrühstückt, George?« fragte Kate.

»Ja. Danke, Mrs. Hannon.«

»Kate«, sagte sie zu ihm. »Sie sind herzlich zum zweiten Frühstück eingeladen.«

»Ein anderes Mal.«

Nick war über die Sabotage noch immer erzürnt.

»So was Niederträchtiges und Gemeines zu tun! Larapintas einziger Bohrbrunnen.«

Bowman fiel ein: »Einen Bohrturm zu zerstören ist das schlimmste Verbrechen, das man im Outback mitten in einer Dürreperiode begehen kann. Göttliche Gerechtigkeit, daß Simmo so dafür bezahlt hat.« Er nickte ihnen ein Lebewohl zu. »Wir bleiben in Verbindung.«

»Augenblick, George«, rief Nick. »Ich denk', ich könnte 'ne Mitfahrgelegenheit in die Stadt brauchen.«

»In deinem Zustand?« warf Kate ein.

»Wird schon gehen.«

»Du solltest vorsichtig sein.«

»Ich hab' in Glenwarra einiges zu erledigen«, erklärte er.

»Geht das in Ordnung, wenn ich den Hubschrauber hier lasse?«

»Natürlich.« Sie war noch immer besorgt. »Wirst du zu einem Arzt gehen?«

»Bestimmt.«

»Wir werden unterwegs Simmos Leiche aufladen«, entschied Bowman.

»Was davon übrig geblieben ist«, fügte Nick hinzu.

Als er nach seinem Hemd griff, spürte er stechenden Schmerz.

»Laß mich dir helfen«, schlug Kate vor, wobei sie zu ihm ging.

Er nahm das Angebot an und brachte ein verzerrtes Lächeln zustande. »Wenn alle Stricke reißen, kannst du immer noch als Krankenschwester arbeiten.«

»Alles wird gutgehen«, versprach sie. »Das muß es einfach.«

Nachdem Nick völlig angezogen war, humpelte er mit Sheriff Bowman zum Jeep. Kate stand vor dem Schlafhaus und schaute ihnen nach, bis sie nur noch eine Staubwolke am Horizont waren.

Tief in Gedanken versunken schlenderte sie über den Hof zurück zum Haus. Als sie an der Scheune vorbeikam, riß sie ein Geräusch jählings aus ihrer Abwesenheit. Es war der Schrei eines Tiers, das Schmerzen hatte. Kate ging rasch hinein und betratt das schattige Innere. Das Geräusch führte sie zum anderen Ende der Scheune. Dort sah sie, was die Ursache war.

Eine Kuh war im Begriff zu kalben.

Marty kniete im Stroh, von dem Ereignis fasziniert. »Schau, Mami!« flüsterte er aufgeregt. »Es ist phantastisch!«

Von seinem Staunen gerührt und selbst neugierig, kauerte sie sich neben ihn, um zuzuschauen. Kopf und Vorderbeine des Kalbes hingen jetzt schon heraus, doch der Rest des Körpers schien sich dem Pressen zu wiedersetzen. Voller Qual blökend wand sich die Kuh unter Schmerzen und warf den Kopf hin und her. Sie schob sich über das dicke Stroh, doch ihr Kalb bewegte sich noch immer nicht.

»Es hängt fest«, sagte Kate.

»Was machen wir jetzt?« fragte Marty voller Angst.

»Ich weiß es auch nicht, aber wir können nicht einfach zuschauen.«

»Soll ich einen Tierarzt oder so was anrufen?«

»Hier draußen? Wahrscheinlich müßte er aus fünfzig Meilen mit dem Flugzeug kommen. Soviel Zeit bleibt uns nicht, Marty.« Etwas anderes fiel ihr ein. «Und außerdem haben wir kein Geld für einen Tierarzt.«

»Also was machen wir dann?«

Die Kuh brüllte in diesem Augenblick noch lauter, während sie herumstapfte, und das Kalb rollte voller Furcht seine Augen, warf einen ersten angstvollen Blick in seine neue Welt und war noch immer in der gefangen, die es zu verlassen versuchte. Es öffnete sein Maul, um einen stummen Schrei auszustoßen.

Kate erhob sich und bewegte sich entschlossen vorwärts.

»Wir müssen ihm helfen. Faß mit an.«

»Aber wir werden ihm die Beine brechen!«

»Nicht wenn wir vorsichtig sind«, sagte sie. »Und außerdem sind das ganz schön kräftige kleine Burschen. Der braucht nur etwas Hilfe, das ist alles.«

Beide umfaßten je eines der feuchten Vorderbeine und zogen kräftig, aber behutsam daran. Zuerst passierte nichts, dann glitt das Kalb langsam auf sie zu. Ängstlich, verwirrt und offenbar immer noch unter Schmerzen lief die Kuh herum und blökte laut. Kate und Marty wandten mehr Kraft auf und der Rumpf des Kalbs kam zum Vorschein. Aus unerfindlichen Gründen blieb es dann wieder stecken.

»Zieh kräftiger!« rief Kate.

»Ich will ihm nicht wehtun.«

«Nimm beide Beine!«

Während Marty das andere Bein ergriff, legte Kate ihren Arm um den Hals desTieres und nickte ihm zu. Sie zogen gemeinsam heftig. Nichts geschah.

»Noch kräftiger!« drängte Kate.

»Ich tu, was ich kann, Mami!«

»Nur noch einmal, Marty – zieh?«

Sie legten all ihre Kraft hinein und hatten augenblicklich Erfolg. In einer plötzlichen Explosion von Nachgeburt schoß das Kalb aus dem Leib und fiel ins Stroh, wobei es sie beide zu Boden warf. Kate und Marty überschlugen sich und schauten dann sofort nach der hilflosen Kreatur, die neben ihnen lag. Die Mutter drehte sich um, beschnüffelte das Kalb und leckte es mit großer Zärtlichkeit.

»Wir haben's geschafft!« sagte Marty voller Freude.

»Ja!« sagte Kate, die nach Atem rang.

»Schau nur, es ist wohlauf. Ein kräftiges Baby!«

Kate mußte lachen. »Zuerst Krankenschwester; und jetzt Hebamme.«

»Ist es nicht süß, Mami?«

»Sehr.«

Marty streckte die Hand aus, um das Kalb zu streicheln, strich beinahe ehrfürchtig über den weichen, feuchten Leib. Kate war gerührt. Ihr Sohn hatte eine bedeutsame Erfahrung in seinem jungen Leben gemacht, und sie war dabeigewesen, hatte sie mit ihm teilen können. Er schien begeistert zu sein.

Es war das erste wirklich Gute, was ihm widerfahren war, seit er auf Larapinta war, das erste Mal, daß ihn die

Atmosphäre des Outback nicht abgestoßen hatte. Bei der Geburt des Kalbes geholfen zu haben, bedeutete für Marty ungeheuer viel.

»Ich möchte ihn behalten, Mami!«

»Einverstanden. Hast du einen Namen für ihn?«

»Buddy!« Er traf seine Entscheidung augenblicklich. »Nach Buddy in der Band.«

Der Junge betrachtete das Tier, schaute dann mit wachsendem Interesse zu der Kuh, wandte sich dann in stummer Unbeholfenheit an seine Mutter.

»Mami ... Darf ich dich etwas fragen?«

»Sicher, Süßer.«

»War das auch so, als ... als ... «

»Mehr oder weniger, Marty. Obwohl man dich nicht an den Beinen ziehen mußte, um dich herauszubekommen.« Er kicherte verlegen. »Aber im Grunde war's genauso. Außer, daß es ein bißchen komplizierter war.«

»Warum?«

»Ihr wart zu zweit!«

Er lachte und begann, das Kalb noch einmal zu streicheln.

»Und jetzt komm«, sagte Kate nachdrücklich. »Zeit für die Schule.«

»Ach, nee!« murrte er. »Ist doch eine blöde Art, zu lernen!«

»Mach dich sauber«, befahl sie. »Und dann beginnt für dich die Schule, junger Mann.«

Noch immer murrend, folgte er ihr zur Tür, blieb dort stehen, um noch einen Blick auf das Kalb zu werfen, das jetzt zufrieden und von seiner Mutter überall saubergeleckt im Stroh lag.

»Bis später, Buddy ... «

Das Gästezimmer war als Klassenzimmer eingerichtet worden. Stühle und Tische standen in einem Halbkreis um ein Funkgerät. Ein paar Poster hingen an den Wänden. Sonnenschein flutete durch das Fenster herein.

Emmie Hannon saß allein da, ihr Kinn in ihre Hände gestützt, ihr Blick ausdruckslos. Sie hörte nicht, daß Tina hinter ihr ins Zimmer trat.

»Geht's dir gut?« fragte das amerikanische Mädchen.

»Ja«, murmelte Emmie.

»Siehst aber nicht danach aus.«

»Was geht's dich an?«

Tina unterdrückte die Antwort, die ihr durch den Kopf ging. Sie konnte sehen, wie schlecht es um das andere Mädchen bestellt war und hätte sie gern getröstet. Marty und sie befanden sich schon in einer schlimmen Situation, aber für die Hannon–Schwestern war es viel schlimmer. Beide Eltern waren tot und sie hatten niemanden mehr...

»Aber es interessiert mich *wirklich*, Emmie«, sagte sie, indem sie sich neben sie setzte. »Willst du darüber sprechen?«

»Würdest du doch nicht verstehen.«

»Warum nicht?«

»Du denkst doch nur an dich.«

»Manchmal vielleicht«, gestand sie. »Aber nicht jetzt.«

Emmie musterte sie argwöhnisch. Tina reagierte darauf, indem sie eine Hand auf ihren Arm legte. Das australische Mädchen entspannte sich etwas und schenkte ihr ein winziges Lächeln. Die Kluft zwischen ihnen schien für einen Augenblick überbrückt.

»Es ist die Bohrstelle«, murmelte Emmie. »Gesprengt.«

»Mami sagte, der Mann, der's getan hat, sei dabei getötet worden. Das war wirklich gemein, so was zu tun. Ich hab' überhaupt kein Mitleid mit ihm.«

»Verstehst du denn nicht, was das bedeutet, Tina?«

»Sicher. Wir müssen 'ne Weile unser Wasser rationieren.«

»Das Vieh wird eingehen«, erklärte Emmie einfach. »Wir haben keine andere Wasserstelle. Die Herde wird das nicht überleben. Ohne Rinder kommt kein Geld herein. Larapinta muß verkauft werden.«

Tina hatte zuvor darüber noch gar nicht nachgedacht. Jetzt, da sie's tat, wuchs ihr persönliches Interesse. Der Saboteur hatte ihr eigentlich einen Gefallen getan. Wenn Larapinta unterging, würden sie zurück nach Los Angeles dürfen.

Doch obwohl sie spürte, wie neue Hoffnung sie erfüllte, vergaß sie nicht, daß das für Emmie und Zoe eine neue Tragödie bedeuten würde: Vertreibung aus ihrem Zuhause, Exil in einem fremden Land. Als sie in Emmie Hannons trauriges Gesicht schaute, konnte sie ihren Schmerz nicht übersehen.

Der Augenblick stummer Zwiegespräche währte nicht lang. Marty und Zoe kamen in das Zimmer geeilt.

»Habt ihr noch nicht eingeschaltet?« fragte Zoe.

»Ist noch nicht soweit«, entgegnete Tina.

»Noch zehn Sekunden«, verkündete Marty, wobei er auf seine Armbanduhr schaute. »Eins, zwei, drei, vier ...«

Tina schnupperte. »Marty Adamson, bist du in irgendwas reingeritten?«

Die beiden Schwestern prusteten laut los.

Marty ignorierte sie, während er den Countdown beendete.

»Zehn!«

Er schaltete das Funkgerät ein und die helle, freundliche Stimme einer jungen australischen Frau näselte über die Ätherwellen.

»Guten Morgen, Jungen und Mädchen. Hier ist die Funkschule. Ich bin Dotty Phillips und spreche mit allen Rinderzuchtstationen im Umkreis von vierhundert Meilen um Alice Springs. Ich bringe euch alle in einer riesigen

Schule zusammen.« Sie wandte sich an ihre Zuhörer. »Und was höre ich?«

»Guten Morgen, Miß Phillips«, leierten die vier Kinder.

»Bevor wir mit dem heutigen Unterricht beginnen, rufe ich euch auf«, fuhr die Lehrerin fort. »Beginnen wir bei A...«

»Was ist das für'n Gestank, Marty?« zischelte seine Schwester.

»Ich war in der Scheune.«

»Junge, du stinkst vielleicht.«

»Hört ihr da draußen auch zu?« fragte die Lehrerin. »In diesem Fall werde ich –«

»Miß Phillips«, unterbrach die Stimme eines Jungen, die von atmosphärischen Störungen durchbrochen wurde, »wissen Sie noch, wie ich Ihnen letzte Woche von unserem Schwein Mary erzählt habe? Dienstag Nacht hat sie sechs Ferkel geworfen und wir haben ihnen allen Namen gegeben. Sie heißen – «

»Das ist ja wundervoll, Shane«, erwiderte sie und schnitt ihm das Wort ab. »Warum erzählst du uns nicht davon, wenn ich bei W bin?«

»Ist gut, Miss Phillips«, stimmte er zu.

Kate huschte ins Zimmer und schaute den vier Kindern zu.

»Nun«, sagte die Lehrerin. »Fangen wir mit A... an. Wie üblich rufen wir Marty und Tina Adamson auf der Larapinta-Station.«

Hartnäckig schweigend starrten die Zwillinge auf das Funkgerät.

»Marty«, fuhr Miß Phillips fort, »wenn du mich hören kannst, würdest du dann bitte »Ja« sagen, wenn ich deinen Namen aufrufe ... Ende ...«

Der Junge weigerte sich zu sprechen, und die Lehrerin wurde ungeduldig.

»Los jetzt. Wir haben ja nicht den ganzen Tag ... Ich rufe unsere beiden neuen Australier – Marty und Tina Adamson aus den USA.«

Kate trat dicht zu Marty, und er gab nach. Den Schalter vor sich betätigend, sprach er lustlos ins Mikrofon.

»Hallo.«

»Das ist schön. Hallo, Marty. Und Tina ...?«

Das Mädchen wandte sich den Tränen nah an seine Mutter.

»Ich bin Amerikanerin«, argumentierte sie. »Ich werde immer eine Amerikanerin sein!«

»Und ich auch!« fügte Marty hinzu.

»Also gut denn«, sagte Miss Phillips, »machen wir heute einen fliegenden Start ... «

Die Lehrerin setzte den Anwesenheitaufruf auf der Frage-und-Antwort-Basis fort und verschiedene junge Stimmen drangen über den Äther. Kate konnte erkennen, daß sie eingreifen mußte. Die Funkschule war ein weiterer Zankapfel für die Kinder. Die Zwillinge fanden sie völlig absurd, und die Hannon-Schwestern, die früher ein Internat besucht hatten, sahen es als weiteren Beweis dafür an, wie tief sie heruntergekommen waren.

Kate kam ihren Einwänden zuvor. Sie machte ihre elterliche Autorität in einer Mischung aus Ruhe und Argumentation geltend.

»Wir sind weit von jeder Stadt entfernt und wir haben kein Geld«, sagte sie nachdrücklich. »Ihr vier müßt damit fertig werden, so gut ihr könnt. Außerdem seid ihr nicht allein. Überall in Outback gehen Kinder auf diese Art zur Schule.« Sie spürte die Ablehnung. »Ich sag's noch einmal. Wieviel ihr dabei gewinnt, liegt allein bei euch. Ich hab' nicht die Zeit, ständig euren Unterricht zu überwachen und euch zum Lernen anzuhalten. Wenn ihr wollt, dann setzt euch einfach hin und starrt sechs Stunden täglich die Wände an. Das ist allein eure Entscheidung.«

Kate ging hinaus, aber ihre Worte schwebten in der Luft. Die Kinder waren durch ihre Offenheit ernüchtert und begannen, dem Funkgerät zu lauschen. Tina jedoch war noch immer durch etwas abgelenkt. Ihre Nase krauste sich.

»Du stinkst furchtbar, Marty, weißt du das?«

»Halt's Maul!« zischte er.

»Ich kann nur sagen – Gott sei Dank, daß Miß Phillips dich nicht riechen kann!«

Die vier lachten kurz gemeinsam und öffneten dann ihre Bücher, als der Unterricht begann. Diesmal versuchten sie wirklich, sich zu konzentrieren.

Kate begriff jetzt, daß Kalifornien sie verwöhnt hatte. Obwohl sie in einem bescheidenen Appartement gelebt hatte, hatte sie doch viele Dinge als selbstverständlich hingenommen. Hoch entwickelte Haushaltstechnik machte das Leben so viel einfacher und weniger ermüdend. Wo Kate in Los Angeles einfach einen Knopf gedrückt hatte, da mußte sie jetzt schwer arbeiten. Das Fehlen einer Dusche und der launische Generator waren zusätzliche Erschwernisse.

Doch damit endeten ihre Probleme nicht. Das Schlimmste, mit dem sie je in ihrem Appartement hatte ringen müssen, war eine Spinne in der Badewanne und eine einsame Kakerlake in der Küchenspüle. Überall auf Larapinta schwärmten Insekten und Schädlinge. Selbst die Vögel konnten Ärger verursachen.

»Ähh!«

Auf der Leiter balancierend, die zum Wassertank des Hauses hochführte, fischte Kate mit einem Besenstiel einen Gegestand heraus. Es war ein toter Vogel, steif und schimmernd. Sie warf ihn zu Boden und augenblicklich stürzten sich Fliegen darauf.

Angeekelt von dem, was sie im Wassertank entdeckt

hatte, stieg sie auf der Leiter wieder nach unten. Ein Geräusch lenkte ihre Aufmerksamkeit Richtung Steppe, wo sie einen glitzernden Landrover entdeckte, der sich mit hoher Geschwindigkeit näherte. Bald war er so nah, daß sie Meg Stenning und ihren Vater auf den Vordersitzen erkennen konnte. Die Tochter saß am Steuer.

Nachdem der Landrover gehalten hatte, stiegen sie aus.

»Guten Morgen ...« Kate begrüßte die beiden verhalten.

»Das ist kein Höflichkeitsbesuch«, erklärte Ed schroff.

»Das habe ich auch nicht erwartet.«

»Wir hörten, daß Sie in Schwierigkeiten stecken.«

»Neuigkeiten verbreiten sich hier aber schnell!«

»Simmo hatte Ihren Mann schon immer gehaßt.«

»Da ist er wohl nicht der einzige, was?« sagte sie herausfordernd.

Ed schaute finster drein. »Jeder Mann, der einen Wasserbohrturm sprengt, hat sein Lebensrecht verwirkt. Das war ein Verbrechen.«

»Mr. Stenning, warum kommen Sie nicht zur Sache?«

Ihre Direktheit verwirrte ihn. Er war es nicht gewohnt, so angesprochen zu werden, am wenigsten von einer Frau. Kate Hannon wuchs über sich hinaus. Je eher er sie zurück nach Kalifornien befördern konnte, desto besser.

Mit gespreizten Beinen und die Hände in die Hüften gestemmt, sagte er es ihr klar. »Larapinta stirbt, Mrs. Hannon. Ihre Herde ist schon halb verhungert. Ihr Tal ist ein Staubbecken. Und jetzt haben Sie auch noch ihre einzige Wasserstelle verloren.«

»Es ist nicht zu verkaufen«, versicherte sie ihm.

»Jetzt hören Sie mir mal genau zu«, betonte er, wobei er einen Schritt vorwärts machte. »Seit vier Generationen bewirtschaften die Stennings dieses Land. Wir haben die Wüste in eine der größten Rinderfarmen Australiens verwandelt. Das hat Blut, Schweiß und Tränen gekostet. Aber wir haben es geschafft.«

»Ersparen Sie mir Ihre Familienlegende«, sagte Kate bissig. »Die Hannons sind auch seit vier Generationen auf Larapinta. Irgendwie haben sie's auch geschafft. Und das werde ich ebenfalls.«

»Was zur Hölle verstehen Sie schon davon, wie man eine Rinderfarm bewirtschaftet?« fragte er ärgerlich.

»Ich weiß, daß es schwer ist. Besonders dann, wenn man von einem seiner Nachbarn belästigt wird.«

Ed Stenning verharrte für wenige Augenblicke in stummer Erregung, trat dann noch näher auf sie zu.

»Ich bin ein Mann, der gewohnt ist, zu bekommen, was er will.« Seine Stimme hatte einen eisigen, bedrohlichen Klang bekommen.

»Diesmal haben Sie sich verrechnet.«

»Niemand stellt sich gegen mich und überlebt.«

»Und was ist mit ihrem Sohn?«

Es war wie ein Peitschenschlag in sein Gesicht, und er zuckte zusammen.

Meg mischte sich ein. Sie hatte den Hubschrauber bemerkt, der auf dem Landestreifen stand und höhnte laut.

»Falls Sie sich einbilden, daß mein Bruder Ihnen helfen wird, vergeuden Sie nur Ihre Zeit. Er wird Sie so im Stich lassen, wie jeden, der sich auf ihn verläßt. Nick hat kein Rückgrat.«

»Das ist nicht wahr!« erwiderte Kate hitzig.

»Wir kennen ihn,« warnte Ed mit gemessener Verachtung.

»Macht sich selbst zum Narren. Versuchen Sie ja nicht, meinen Sohn gegen mich aufzuwiegeln. Das dürfte schiefgehen.«

»Mehr haben Sie nicht zu sagen, Mr. Stenning?« Kate kämpfte gegen ihren Ärger an und versuchte, ruhig zu klingen.

»Im Augenblick nicht.« Er verzog das Gesicht. »Wir werden bald wieder miteinander reden.«

»Ich wüßte nicht, worüber wir zu reden hätten.«

»Oh, doch, da gibt's etwas. Den Verkaufspreis. Der sinkt jeden Tag, den Sie hier länger verbringen, ein Stück weiter ab. Verkaufen Sie, solang sich's noch lohnt.«

»Nur ein Stenning kann aus dieser Ranch etwas machen«, sagte Meg betont.«

Ed grinste. »Wir kommen wieder.«

Die ganze Anspannung, die Bitterkeit und der Schmerz der letzten zwölf Stunden hatte sich in Kate wie eine steigende Flut gesammelt. Sie wollte sich nicht einschüchtern lassen, am wenigsten aber von einem Mann, der vielleicht in die Zerstörung ihrer Wasserstelle verwickelt war. Seine Drohungen waren mehr, als sie ertragen konnte. Der Damm brach und ihre ganze Wut ergoß sich.

»Nein, Sie werden *nicht* wiederkommen!« schrie sie. »Was zum Teufel glauben Sie, wer Sie sind – daß Sie wie zwei Geier hier auftauchen! Wir mögen im Augenblick alles gegen uns haben, aber irgendwie kämpfen wir uns schon durch. Eins jedenfalls ist sicher: So lange ich auf Larapinta bin, ist dies Hannon-Land und Stennings sind hier nicht willkommen. Also verschwinden Sie von meinem Land und kommen Sie nie wieder!«

Ed lief braunrot an und sah aus, als würde er explodieren. Statt dessen machte er auf dem Absatz kehrt und ging zurück zum Landrover. Bald dröhnte der in einer roten Staubwolke davon.

Kate zitterte am ganzen Körper, aber sie spürte, daß sie soeben einen winzigen Sieg errungen hatte.

14

Zoe Hannon entdeckte das sich nähernde Flugzeug als erste. »Die Post ist da!« rief sie.

Tina kam in den Raum geschossen und gesellte sich zu ihr ans Fenster.

»Wo?«

»Dort oben. Siehst du's?«

»Mann!«

»Sie werden sie jede Sekunde abwerfen.«

»Dann schnell hin!«

Die beiden eilten hinaus auf die Veranda. Auch Emmie kam bald heraus und tänzelte aufgeregt auf den Zehenspitzen umher.

Marty, ließ seine Arbeit in der Scheune stehen und liegen und kam mit nacktem Oberkörper heraus, um zuzuschauen. Sein Kalb trottelte hinter ihm her.

Das leichte Flugzeug flog jetzt niedriger. Als es dicht bei der Ranch war, glitt es nach unten, und nahe der Landebahn fiel ein mit Vorhängeschloß versehener Postsack heraus. Der Pilot winkte ihnen fröhlich zu, dann gewann die Maschine wieder an Höhe, um zur nächsten Station weiterzufliegen.

»Schnell hin!« schrie Emmie.

Die drei Mädchen rannten mit fröhlichem Geschrei zur Abwurfstelle. Zoe gewann das Rennen, ließ sich aber von den anderen helfen, den Sack ins Haus zu schaffen. Kate wartete mit Marty auf der Veranda auf sie. Sie hielt den Schlüssel in der Hand.

»Bringt ihn herein«, rief sie.

Sie eilten ins Wohnzimmer und versammelten sich um sie.

Während sie das Vorhängeschloß öffnete, spürte Kate, wie ihre eigene Aufregung wuchs. In einer solchen Einsamkeit kam den seltenen Kontakten zur Außenwelt besondere Bedeutung zu. Sie steckte eine Hand hinein und zog ein dickes Briefbündel heraus, das mit einer Schnur zusammengehalten wurde.

»Was für mich dabei?« Tina hüpfte vor Ungeduld.

»Ich sehe nach, Liebling.«

»Mami, bitte – beeil dich!«

»Ein Glück, daß *ich* nicht verliebt bin«, spöttelte Marty.

»Halt den Mund«, kreischte seine Schwester.

»Das macht die Menschen ganz verrückt.«

»Wer sollte sich in dich auch schon verlieben!« meinte sie.

»Jetzt beruhigt euch«, befahl Kate.

Sie löste die Schnur und blätterte die Briefe durch. Die Kinder beobachteten sie ganz angespannt, beteten, daß etwas für sie dabei sein möge.

Kate zog einen Luftpostbrief heraus und hielt ihn hoch. »Volltreffer!«

»Oh, ich wußte es!« rief Tina aus, ergriff den Brief und preßte ihn an ihre Brust. »Ich wußte, daß Billy schreiben würde. Oh, Gott ... danke, danke, danke!«

»Oh, mein armes Herz... !« kicherte Marty und schnitt seiner Schwester dabei eine Grimasse.

»Sei ruhig«, schnappte Zoe, die erstmals für Tina Partei ergriff.

»War doch nur ein Scherz ... «

Marty erhielt ebenfalls einen Brief, und er schlich hinaus, um ihn draußen zu lesen. Tina, die ihren Liebesgruß aufgerissen hatte, verzog sich auf die Veranda, um ihn in aller Ruhe zu genießen.

Kate entdeckte Briefe für Zoe und Emmie.

»Prima!« sagte Emmie. »Aus Adelaide. Von unserer alten Schule.«

»Meiner ist von Sarah«, bemerkte Zoe voller Freude.

Auch sie gingen hinaus, um ihre Post draußen zu öffnen.

Allein geblieben, suchte Kate in der Post nach dem Brief, den sie von Molly aus San Diego zu erhalten hoffte. Er war nicht dabei. Toms Schwester hatte die Fragen noch nicht beantwortet, die Kate ihr gestellt hatte, nachdem es ihr schließlich gelungen war, sie telefonisch über den Flugzeugabsturz zu informieren. Es war eine böse Enttäuschung. Finanziell und auch in anderer Hinsicht. Molly war ein lebenswichtiger Faktor, was ihre Zukunft auf Larapinta anging.

Und es gab anderes Unerfreuliches für Kate.

Einige Briefe, Kataloge und ein Magazin waren an Tom Hannon adressiert, in Unkenntnis seines Todes abgesandt, und verursachten bei seiner Witwe neue Trauer. Kate legte all dies beiseite und ging hinaus auf die Veranda – eine alte Ausgabe der *Los Angeles Times* in der Hand, die Judy ihr mit einer gekritzelten Notiz zugesandt hatte. Sie setzte sich auf die Stufe und begann sie zu lesen. Eine Flut von Erinnerungen schwappte über sie.

Marty kam langsam zu ihr herüber und hockte sich neben sie. Er hatte den geöffneten Brief dabei, der schlechte Neuigkeiten enthielt.

»Die Jungs haben ’nen neuen Gitarristen.«

»Oh, Marty. Das tut mir so leid.«

»Hätten die nicht ein bißchen warten können?« beklagte er sich.

Kate zuckte die Schultern. »Das ist nun mal Showbusineß.«

»Na ja.«

Er saß da und verfiel in Schwermut. Die Band war das Zentrum seines Lebens in Kalifornien gewesen. Seine Verbindung zu ihr war jetzt völlig abgeschnitten. Selbst wenn er jemals zurückkehrte, würde es zu spät sein.

Während sie beide da saßen, kam Tina zu ihnen gelaufen.

Tränen rollten ihr übers Gesicht, und Verzweiflung stand darin geschrieben.

»Ich wünschte, ich wäre tot!« stöhnte sie.

»O Gott …« Kate war im Nu auf den Beinen.

»Es ist *entsetzlich*!«

»Liebling, was ist passiert?«

»Billy schreibt, daß es aus ist. Er hat eine andere!«

Sie stürzte in die Arme ihrer Mutter und weinte sich aus. Kate wiegte sie zärtlich, versuchte, sie mit leisen Worten zu trösten, klopfte ihr beruhigend auf den Rücken und litt mit ihr.

Marty hatte seine Band verloren und Tina ihren Freund. Beide fühlten sich deutlich abgewiesen. Etwas, das ihnen Zuversicht, Mittelpunkt und Identität gegeben hatte, war jetzt weggerissen.

Kate wußte, daß es ihre Schuld war. Gemessen am Seelenleben ihrer Kinder war der Umzug nach Australien eine Katastrophe gewesen. Was konnte Larapinta bieten, um all dies wettzumachen?

Tina weinte weiter, und Marty war tief in Gedanken versunken. Schuld und Traurigkeit senkten sich wie eine schwere Last auf Kate. In diesem Augenblick wünschte sie sich, sie alle wären in Los Angeles geblieben.

Das Lager der Aborigines, mitten in der Wildnis gelegen, bestand aus einer Gruppe von »Humpies«, den Rindenhütten, die als primitive Behausungen dienten. Der Platz war schäbig, einfach und schmutzig, doch irgend etwas lag in dieser Atmosphäre, das ihn bewohnt erscheinen ließ. Der Geist einen Volkes, das am Rande der Zivilisation lebte, das einen Bereich bewohnte, der wirklich die letzte Grenze war.

Die Frauen saßen um ein offenes Feuer herum und kochten. Kinder spielten im Sand. Einige alte Männer hockten im Schatten der Bäume zusammen, rauchten und sprachen miteinander, würdige Stammesältere, die unbewußt ein klassisches Gruppenbild verkörperten.

Kate hielt den Lastwagen an und wandte sich an Zoe.

»Alles in Ordnung?« Das Mädchen nickte. »Du hast seit Larapinta kein Wort gesprochen.«

»Gab nichts zu sagen.«

»Danke jedenfalls, daß du mit mir gekommen bist«, sagte Kate. »Ohne dich hätte ich das Lager nie finden können.« Sie blickte zu den Männern hinüber. »Dein Vater hat von Gillie gesprochen. Er sagte, sie seien ›Stammesbrüder‹. Stimmt das, Zoe?«

»Sie sind zusammen aufgewachsen.«

»Dann mußt du Gillie dein Leben lang gekannt haben.«

»Ja.«

Kate schürzte ihre Lippen. Während der ganzen langen Fahrt von Larapinta hierher hatte sie nicht an das Mädchen herankommen können. Ihr Schweigen konnte als Ausdruck ihres Kummers gedeutet werden, doch es barg auch einen Hinterhalt. Kate spürte, daß Zoe sich an ihr rächen wollte.

»Dann sollten wir jetzt Gillie suchen, ja?« schlug sie vor.

»Er ist dort drüben.«

Sie stiegen aus dem Wagen und spazierten durch das Lager. Die Kinder lächelten die Besucher scheu an und die Frauen blickten mit höflicher Neugierde auf. Kate und Zoe blieben nahe den Bäumen stehen und zwei der Aborigines traten vor, um sie zu begrüßen.

»Hallo, Gillie«, sagte Zoe.

»'n Tag.«

»He, Jamie«, rief sie.

»Hallo.«

Gillie war ein vorzeitig gealterter schwarzer Mann, dessen Züge von natürlicher Freundlichkeit geprägt waren. Jamie war jünger und zurückhaltender. Beide waren klein und drahtig und trugen wenig mehr als alte Hosen.

»Dies ist Kate«, sagte das Mädchen.

»Hallo«, begrüßten sie sie freundlich.

Gillie und Jamie musterten Kate mit großer Zurückhaltung.

»Sie möchte, daß ihr beide zurück nach Larapinta kommt.«

Die beiden Aborigines waren offenkundig überrascht.

»Du verkaufst nicht an Boß Stenning?« fragte Gillie.

»Nein«, erwiderte Kate entschlossen. »Aber alleine schaffen wir's nicht.«

Unsicherheit zeichnete die schwarzen Gesichter. Die Aborigines hatten, wie unschwer zu erkennen war, große Bedenken, nach Larapinta zurückzukehren, vor allem, wenn sie jetzt von einer Amerikanerin geleitet wurde. An die lockere Art Tom Hannons gewöhnt, betrachteten sie Kate mit offenkundigem Mißtrauen.

In diesem kritischen Augenblick meldete sich Zoe zu Wort.

»Wir brauchen euch, Gillie – euch beide.«

»Ja, das stimmt«, sagte Kate. »Sehr sogar.«

»Wir werden kommen«, sagte Jamie. Er streckte Kate seine Hand entgegen.

Während sie darauf warteten, daß sich die Männer abfahrbereit machten, gingen die Besucher zum Lastwagen zurück und stiegen ins Führerhaus. Kate war nicht nur zufrieden, daß die beiden Aborigines für sie arbeiten wollten. Sie war zugleich freudig darüber überrascht, wie Zoe sich verhalten hatte. Nur durch das Eingreifen des Mädchens war dieser Erfolg möglich gewesen. Indem sie die Männer dazu gebracht hatte, zurück nach Larapinta zu kommen, hatte Zoe sich dem ganzen Unternehmen verschrieben. Zum allerersten Mal hatte sie Kate freiwillig unterstützt.

»Danke, Zoe.«

»Sie wären sonst nicht gekommen.«

»Das hab' ich gemerkt.«

»Gillie gehört nach Larapinta. Ich wollte ihn wiedersehen.«

Die Aborigines waren bereit. Nachdem sie sich verabschiedet hatten, rollten sie beide auf alten Motorrädern auf den Lastwagen zu. Gillie hatte jetzt Hemd und Stiefel angezogen. Ihre armselige Habe war in Bündel gestopft, die auf den Beifahrersitzen befestigt war. Über Gillies Schulter hing eine Rifle. Sie starteten die Maschinen und hupten laut. Kate fuhr an, und sie hielten neben ihr.

Die Rückfahrt war völlig anders. Statt neben einem verdrossenen und teilnahmslosen Mädchen zu sitzen, erlebte Kate jetzt einen kichernden Teenager. Gillie und Jamie waren Ursache für den Wandel. Sie zogen eine derartige Motorradshow ab, daß Kate und Zoe laut lachen mußten.

Sie schossen an dem Lastwagen vorbei, fuhren wie verrückt im Zickzack, zogen kunstvolle Muster in den Staub und führten plötzliche Wettfahrten gegeneinander aus. An einem Punkt schienen sie zusammenzustoßen und Zoe bedeckte ihre Augen. Doch die Aborigines wichen im letztmöglichen Augenblick einander aus und feierten ihr Kunststück mit einer Symphonie von Hupen und Gebrüll.

»Es wird was los sein mit den beiden«, stellt Kate fest.

»Sie wissen, wie man Spaß miteinander haben kann.«

»Vielleicht lehren sie uns ja das Geheimnis ... «

Das Mädchen registrierte die Bemerkung mit einem leichten Nicken.

Genau in dem Augenblick, als die wagmutige Fahrerei ihren Höhepunkt erreichte, endete die Vorstellung. Die beiden Aborigines bogen zu einem Dickicht ab, in dem zwei ausgemergelte Stiere wankten. Kate fuhr ihnen nach.

Die Männer hielten ihre Maschinen an und stiegen ab. Gillie nahm seine Rifle und lud sie durch. Zu Kates Entsetzen richtete er dann die Waffe auf eines der Tiere und schoß. Es sprang hoch und brach zusammen. Die Hülse auswerfend zielte er auf den zweiten Stier, der einen vergeblichen Versuch machte, zu entkommen. Die Kugel fällte ihn neben seinem Begleiter.

Kate hielt den Lastwagen an und ihre Augen waren feucht.

Ihren Kummer spürend, rief Gillie ihr zu. »Mußte ich tun, Misses. War'n ohnehin fast tot. Konnten's nur noch abkürzen.«

Er hatte recht, und seine Handlungsweise war human gewesen, doch sie war erschüttert. Kate fragte sich, wie viele Überraschungen der Outback noch für sie bereithalten mochte.

Obwohl sich Henry Dingwells Hauptbüro in Alice Springs befand, unterhielt seine Firma auch ein Büro in Glenwarra, und dort hielt er sich regelmäßig auf. Nick Stenning war erfreut, ihn anzutreffen, als er dort auftauchte. Dingwell hieß ihn herzlich willkommen und bot ihm an, Platz zu nehmen.

»Was kann ich für dich tun, Nick?«

»Bin nur hier, um mit dir zu plauschen.«

»Da kenn' ich dich aber besser«, sagte der Anwalt. »Ich bin sicher, du hast 'nen guten Grund dafür, daß du hier bist.«

»Wenn mir einfällt, war es war, sag' ich Bescheid.«

Nick hatte sich jetzt von seinen Verletzungen an der Bohrstelle erholt, wenngleich sein Gesicht noch immer Spuren der Schnittwunden und Verbrennungen trug. Er hatte keine Eile, den Grund seiner Anwesenheit zu erklären. Sie plauderten, bis das Telefon klingelte.

»Entschuldige«, sagte Dingwell, und nahm den Hörer auf. »Hallo...?«

»Henry?« Er erkannte die Stimme sofort. »Hier spricht Kate Hannon.«

»Tag, Kate... Wie ist's denn so da unten?«

Bei Erwähnung ihres Namens richtete sich Nick auf und hörte zu.

»Heiß«, erwiderte sie. »Sehr heiß. Gestern starben zwanzig Stiere. Weitere zwölf haben wir heute morgen erschossen.«

»Schlimm«, kommentierte er, wohl wissend, was kommen würde.

»Ich brauche einen Teil des Geldes, Henry.«

»Schwierig.«

»Tom hat sich 200.000 von Molly geliehen. Nach dem Gesetz müßte es mir gehören.«

»Oh, das stimmt. Nach dem Gesetz.«

»Wo liegt das Problem?«

»Das Geld ist gesperrt.«

»Dann entsperren Sie's«, beharrte sie. »Ich muß bohren. Mein Mann hat das Geld für diesen Zweck geliehen.«

Dingwell holte tief Luft und kratzte seinen Schädel. Dann schlug er seinen Terminkalender auf und prüfte etwas nach.

«Wann können Sie herkommen, Kate?«

»Morgen wahrscheinlich. Warum?«

»Sie müssen ein paar Papiere unterzeichnen.«

»Kein Problem«, erwiderte sie in der Annahme, daß das Geld ihr mehr oder weniger gehöre. »Wenn ich früh morgens aufbreche, könnte ich zwischen zwölf und eins da sein. Falls der Lastwagen unterwegs nicht zusammenbricht.«

»Ich lad' Sie zum Lunch ein«, bot er an.

»Sehr gerne.«

»Bis dann, Kate...«

»Bis morgen...«

Dingwell legte den Hörer auf und wandte sich Nick zu.

»Eine hartnäckige Dame, diese Kate Hannon.«

»Die einzige Möglichkeit, mit euch Rechtsverdrehern umzugehen. Sonst hängt ihr auf euren Ärschen rum und nichts passiert.« Er grinste locker. »Worum ging's bei diesen finanziellen Problemen?«

»Das war vertraulich.«

»Nun hör aber auf«, spottete Nick. »Ich hatte ’nen Platz in der ersten Reihe. Konnte eure Unterhaltung ja schlecht überhören.«

»Welche Unterhaltung?«

Nick gab’s auf. »Wie du meinst, Henry.«

»Genau ... also: Ist dir eingefallen, warum du reingeschaut hast?«

»Sicher. Hab’ überlegt, ob du Lust auf’n Bier hast.«

»Immer«, gestand der Anwalt, wobei er sich hinter seinem Schreibtisch erhob. »Bring mich hin.«

Nick ging voraus zur Tür und öffnete sie seinem Freund.

»Übrigens«, sagte er beiläufig, »wohin gehst du denn morgen mit ihr zum Lunch?«

Das Vineyard war ein ungewöhnlich populäres Restaurant mit einer offenen, weinberankten Pergola. Es lag ein paar Kilometer von Glenwarra entfernt, doch die Qualität der Speisen und die zuvorkommende Bedienung machten die Fahrt allemal wett. Wie üblich war es zur Lunchzeit übervoll.

Kate Hannon saß mit Henry Dingwell an einem Tisch nahe der Tür. Sie fühlte sich wie eine Gefangene, die nach langer Einzelhaft soeben entlassen wurde. Für sie bedeutete es eine Rückkehr in die Zivilisation. Statt üblicher Jeans und Hemd trug sie jetzt wieder Kleid und Make-up. Ihre weiblichen Reize kamen voll zur Geltung.

Dingwell war eher amüsiert. An ihr machte sich etwas fast Spielerisches bemerkbar, so als sei sie entschlossen, ein wenig ausgelassen zu sein, solange sie ihren Verpflichtungen auf Larapinta fern war. Er beobachtete, wie sie mit Behagen ein gegrilltes Steak aufgabelte.

»Sie haben sich verändert«, stellte er fest.

»Wirklich?«

»Sie sind entspannter. Und selbstsicherer. Das steht Ihnen.«

Kate nahm das Stichwort auf, um auf das Thema zu kommen, weshalb sie von Larapinta hergekommen war. Sie legte Messer und Gabel beiseite und beugte sich zu ihm.

»Ich bin mir nur bei einer Sache sicher, Henry. Daß ich das Geld brauche, um nach Wasser zu bohren. Geben Sie mir ihren Stift.«

»Wozu?«

»Ich will diese Papiere unterzeichnen, bevor irgend etwas geschieht, das meine Meinung ändert. »Sie schnippte mit den Fingern. »Los schon.«

»Der typische, drängelnde Amerikaner!« merkte er lachend an.

»Wenn wir etwas wollen, dann gehen wir und bekommen es.«

»Sie könnten zumindest bis zum Kaffee warten.«

»Bis dahin bin ich vielleicht betrunken«, meinte sie.

»Ich hoff's wirklich für mich.«

Sie lächelten. Dann steckte sie einen Finger ins Glas und spritzte etwas von ihrem Wein auf ihn. Er wich aus und wischte sein Hemd mit der Serviette ab.

Kate hörte auf zu spielen. »Also? Wo sind die Papiere?«

»Ich habe Sie gewarnt, daß es nicht leicht sein würde«, erinnerte er sie.

»Sie haben Sie nicht dabei?« Sie fühlte sich betrogen.

»Doch, aber es gibt einen Haken. Wir brauchen auch Mollys Unterschrift.«

»Oh, nein! Und was passiert jetzt?«

»Diese Dinge brauchen Zeit, Kate.«

»Ich *habe* keine Zeit«, betonte sie. »Das Vieh stirbt mir bei diesem Wassermangel einfach weg. Es handelt sich um eine Notsituation.«

»Wenn wir uns beeilen, kann in wenigen Wochen alles geregelt sein.«

Sie war bestürzt. »Wochen! Ich muß sofort bohren.«

»Dann müssen Sie das Geld ihrer Schwägerin vergessen.«

»Haben Sie eine andere Möglichkeit?« fragte sie hoffnungsvoll.

»Ich werd's bei einigen Banken versuchen«, sagte er entschieden.

»Versuchen Sie's bei *allen*!«

»Überlassen Sie das mir.«

Kate war von diesem Rückschlag sehr enttäuscht, aber sie war entschlossen, sich dadurch das Essen nicht verderben zu lassen. Dreimal am Tag kochte sie auf Larapinta für fünf Personen. Hier in einem guten Restaurant bedient zu werden, war ein richtiges Fest für sie und sie wollte es genießen. Dazu kam das Hochgefühl, sich wieder unter Menschen zu bewegen. Bisher hatte sie gar nicht bemerkt, wie sehr ihr das gefehlt hatte.

Sie schaute sich um und blickte in all die fröhlichen und kauenden Gesichter. Dann erstarrte sie. An einem Ecktisch sah sie zwei Menschen, die sie am wenigsten hier zu sehen erwartet hatte. Vor allem nicht miteinander.

Nick Stenning und seine Schwester.

Kate war erschüttert und schaute mit wachsender Besorgnis zu ihnen hinüber.

War das Teil einer Familienverschwörung gegen die Hannons?

Der Kellner füllte ihre Gläser und entfernte sich dann vom Tisch. Meg nahm einen Schluck Wein, blickte darauf zynisch ihren Bruder an.

»Was willst du, Nick?« fragte sie heftig. »Ich bin sicher, daß du nicht nur fragen willst, wie's mir oder Dad geht.«

»Wie geht's ihm?«

»Als ob dich das interessierte!«

»Zumindest soviel, daß ich auf klare Fragen auch eine

klare Antwort erwarte«, sagte er ernst und beugte sich vor. »Hat der Alte etwas mit der Sprengung von Kate Hannons Bohrstelle zu tun?«

»Nein!« Sie stritt das heftig ab.

»Ist das wahr, Meg?«

»Natürlich ist es das.«

»Trotz der Tatsache, daß er mein Verhalten haßt, möchte ich den alten Halunken ungern im Gefängnis sehen. Und da wird er enden, wenn er in die Geschichte verwikkelt ist. Vorsätzliche Beschädigung von Eigentum ist ein Verbrechen.«

»Er hatte nichts damit zu tun«, sagte Meg mit Nachdruck »Das hab' ich doch gesagt.«

»Irgend'ne Ahnung, wer sonst?«

»Nein, weiß ich nicht.«

»Hat sich für Dad ganz gut ergeben«, überlegte er. «Er will Larapinta, und wir beide wissen, warum.«

»Ja«, knurrte sie. »Und ich wette, du konntest es gar nicht abwarten, ihr von dem Wasser auf ihrem Boden zu erzählen.«

Ein seltsamer Ausdruck zog sich über sein Gesicht, und er wirkte traurig.

»Nein, das habe ich nicht erwähnt«, gab er zu. »Und vielleicht werde ich das für den Rest meines Lebens bedauern.«

Meg blieb bei dieser Enthüllung völlig ungerührt. Trotz seiner geteilten Gefühle hatte ihr Bruder seiner Familie gegenüber Loyalität gewahrt. Sie starrte ihn leicht spöttisch an und machte dann plötzlich Anstalten, aufzustehen.

Nick umfaßte ihr Handgelenk und hielt sie fest.

»Schwör's mir!« beharrte er. »Schwör mir, daß keiner von euch beiden etwas mit dieser Explosion zu tun hat!«

Sie erregten jetzt reichlich Aufmerksamkeit und ein großer, kräftige gebauter Mann verließ die Bar und näherte sich ihnen.

»Du machst dir um die Hannons aber plötzlich reichlich Sorgen«, erwiderte Meg voller Verachtung. Dann nickte sie in Kates Richtung. »Oder geht's nur um *sie*?«

»Schwöre es!« befahl er wobei sein Griff fester wurde.

»Mein Ehrenwort!« gab sie zurück. »Zufrieden?«

Er ließ ihr Handgelenk in dem Augenblick los, als der Mann von der Bar neben ihnen stand.

»Alles in Ordnung, Meg?« fragte er, Nick anstarrend.

»Sicher, Phil. Nur ein Familienstreit.«

»Falls er dich belästigt hat ...«

Nick reagierte auf die Drohung mit gleichmütigem Blick.

»Wir gehen, Phil«, verkündete Meg.

»Ich weiß noch immer nicht, warum wir hergekommen sind«, sagte er.

Meg trank ihren Wein aus und erhob sich dann.

»Sicher hast du Verständnis, wenn ich mich verabschiede, Nick«, sagte sie mit gezwungener Herzlichkeit. »Ich bin mit Dad beim Rennen verabredet.« Ihr Tonfall veränderte sich. »Er ist der Letzte seiner Art. Ein Gigant. Wie schade, daß du nicht bist wie er!«

Sie ergriff Phils Arm und die beiden verließen rasch das Lokal. Hinter ihnen wurde hörbar getuschelt. Nick saß noch einen Augenblick lang da, bevor er sein Glas in einem Zug leerte.

Er stand auf, schlenderte Richtung Tür und blieb neben Kate und Dingwell stehen, wobei er an einen nicht existierenden Hut tippte.

»Tag.«

»Nicholas, mein Guter!« grüßte Dingwell überschwenglich.

»Ist das eine Freude, dich hier zu treffen!«

»Schön, dich zu sehen, Henry!«

Kate sah zu, wie sich beide Männer die Hände schüttelten und über einen vertraulichen Scherz zu lachen schienen. Gegensätzliche Emotionen regten sich in ihr. Obwohl sie verzweifelt versuchte, Nick zu vertrauen, fürchtete sie, betrogen zu werden. Obwohl sie ihn zu lieben glaubte, hatte sie Angst davor, abgewiesen zu werden.

Er wandte sich ihr mit einem rätselhaften Lächeln zu. »Wie geht's dir, Kate?«

»Gut, danke. Und dir?«

»Auf dem Weg der Besserung. Meine Krankenschwester hat gute Arbeit geleistet.«

»Schön.«

»Gehst du nach Alice Springs?« fragte Dingwell.

»Ja, Henry. Und du?«

»Würd ich gern, kann aber nicht, Junge. Zuviel zu tun.«

»'ne Tour nach Alice Springs würd' ich heute um keinen Preis auslassen«, gestand Nick. »Ist 'n toller Anlaß.«

»Warum?« fragte Kate. »Was passiert in Alice Springs? Gibt's da was Besonderes?«

Nick grinste vielsagend.

»Komm mit und sieh selber!«

15

Die Stadt Alice Springs liegt im Herzen von Australiens großem roten Zentrum, mitten in der MacDonnell-Wüste. Die kleine Gemeinde ist der Mittelpunkt eines ganzen Kontinents. Sie hat sich aus einem einfachen und staubigen Marktflecken zu einer modernen Stadt entwickelt, jedoch viel von ihrem dörflichen Charakter erhalten.

Reich an Outback-Geschichten, und verknüpft mit der Kultur der Aborigines, erinnert sie ständig daran, wie unvorstellbar hart und gefährlich das Leben für die ersten Siedler gewesen sein muß.

Alice Springs ist völlig verrückt. An keinem anderen Ort Australiens findet eine Regatta in einem ausgetrocknetem Flußbett statt, in dem Boote ohne Boden von menschlichen Beinen fortbewegt werden. Der River Todd fließt nur nach extrem starken Regenfällen, so daß er immer für die jährliche Flotille zur Verfügung steht, die Teil des sogenannten Henley-on-Todd ist.

Und dann gibt's da denn berühmten Camel Cup.

»Ich hätte nie geglaubt, daß es so sein würde.«

»Darum hab' ich dich ja hergebracht, Kate.«

»Es ist großartig!«

»Warte erst mal ab, bis der Spaß richtig losgeht.«

»Woher kommen all diese Menschen?«

»In einigen Fällen sind sie hundert Meilen und mehr angereist«, erklärte er. »Einige tausend. In manchen Jahren haben wir auch Besucher aus Übersee. Der Camel Cup ist der Grund dafür. Dahin kommen sie alle.«

Sie befanden sich in der Mitte des Sattelhofes auf dem Veranstaltungsgelände, aber das hätte ebensogut ein arabischer Marktplatz sein können. Überall standen Kamele, die prunkvolle Sättel trugen und mit imitiertem arabischem Zaumzeug geschmückt waren. Die Jockeys waren noch grotesker ausgestattet. Sie wirkten in ihren Burnussen grellbunt und bizarr und trugen unter ihrem exotischen Kopfputz Sturzhelme.

Einige von ihnen hatten dicke Schminke aufgelegt, um die australischen Gesichter in groteske Karikaturen von Wüstensöhnen zu verwandeln. Hakennasen, schwarze Bärte und scheußliche rote Narben waren dabei am beliebtesten. Ein Mann, der als Beduinenhäuptling verkleidet war, hatte seinem Kamel sogar falsche Wimpern angeklebt.

Es war das ungewöhnlichste Ereignis der australischen Rennsaison, und Kate Hannon gefiel die Karnevalsatmosphäre. Die Menge stand dicht und war unruhig. Es wurde heftig gewettet, und der Rennleiter verkündete über die Lautsprecheranlage eine wahre Flut von Informationen. Die Kamele steuerten dazu ihren besonderen Geruch bei.

Nick und Kate blieben vor einem Aborigine-Kamelreiter stehen, der ihnen ein zahnloses Grinsen schenkte. Er war offensichtlich erfreut, Nick zu sehen.

»Digger, dies ist Mrs. Hannon ...«

»Hallo«, sagte Kate.

Ihr wurde darauf ein noch breiteres Grinsen zuteil, dann wandte sich der alte schwarze Mann an Nick und klang besorgt. »Wo bist du gewesen? Ich dachte, du kämst nicht .«

»Kannst du dir vorstellen, daß ich heute nicht kommen würde, Digger?«

»Nee, du immer.« Das zahnlose Grinsen kehrte wieder und der Aborigine kicherte.

»An diesem Kamelrennen hab' ich besonderes Interesse, wie du weißt.«

Kate überlegte, was er meinen mochte. Bevor sie ihn fragen konnte, führte er sie zu einem prächtig geschmückten Kamel, das zufrieden auf dem Boden lag und die Welt mit mattem Interesse beäugte.

»Das ist Farouz«, sagte Nick.

»Oh ... er ist – äh ... sehr beeindruckend.«

»Zufällig ist er eine sie.«

Das Kamel schnaufte angewidert und fuhr fort, wiederzukäuen.

»Schon in Ordnung, Farouz«, sagte Nick besänftigend, wobei er den Hals des Tieres klopfte. »Es war nicht beleidigend gemeint.«

Kate war neugierig. »Kamele stammen doch aber nicht aus Australien, oder?«

»Nein, nein«, erklärte er. »Sie wurden um 1880 herum hierher gebracht. Sie waren unkomplizierte Lasttiere für den Outback. Sie transportierten Ausrüstung zu den Goldfeldern in Westaustralien. Da gibt's jetzt Tausende von Kamelen. Wir exportieren sie sogar nach Saudi-Arabien.«

»Tatsächlich?« der Gedanke amüsierte sie.

»Farouz wird nicht exportiert«, sagte Digger strahlend.

»Gehört sie dir?« fragte ihn Kate.

Der Aboriginal begann heftig zu kichern und wandte sich ab.

»Farouz gehört mir«, gab Nick zu. »Hab' sie vor sieben Monaten gekauft. Seitdem trainiere ich sie.«

»Wozu?«

»Ich reite sie.«

Sie war erstaunt. »Im *Rennen*? Aber ist das nicht gefährlich?«

»Sehr. Das macht es ja so reizvoll. Spannung und Stürze.«

»Sei vorsichtig«, warnte sie unwillkürlich.

»Keine Angst, ich hab' gelernt, wie man oben bleibt... Wirst du auf mich wetten?«

Kate schaute sich um. »Wetten?«

»Einen Buchmacher wirst du hier nicht finden«, sagte er verstehend. »Läuft alles auf der Basis eins zu eins. Du setzt deinen Einsatz auf Nick Stenning und wirst keine Provision zahlen müssen, das verspreche ich. Hier gibt's einige Leute, die Riesensummen setzen. Tausend Dollar pro Rennen ist für die nichts.«

»Nun, für mich aber schon«, entgegnete sie.

»Heißt das, du willst nicht auf mich setzen?«

»Mit Geld sicher nicht«, gestand sie. »Aber ich werde dich über jeden Zentimeter der Strecke anfeuern.«

»Abgemacht.«

Er berührte nur leicht ihre Schulter, doch es durchzuckte sie wie ein elektrischer Schlag. Was war an diesem Mann, das sie so fesselte? Warum vermochte er solche Macht über sie auszuüben?

Einige Stunden zuvor hatte Kate voller Sorge im Vineyard gesessen, weil sie geglaubt hatte, daß Nick sich mit seiner Schwester gegen sie verbündet habe. Und jetzt spazierte sie mit ihm ruhig über das Veranstaltungsgelände in Alice Springs.

Was zum Teufel tue ich hier? wunderte sie sich.

Ein Blick auf Nick Stennings Profil gab ihr die Antwort.

Mehrere tausend Zuschauer hatten sich auf dem flachen offenen Gelände versammelt, welches das staubige Oval umgab, auf dem die Rennen ausgetragen wurden. Es gab keine Tribüne und somit auch keine Klassenunterschiede. Alle waren gleich. Deshalb war die Stimmung ungeheuer gut, und es gab keine Reibereien.

Die Kleidung war sehr unterschiedlich – alles wurde getragen, von Burnussen bis zu Shorts und einigen erfinderischen Kompromissen zwischen beiden. Der Lärm war ansteckend. Menschen redeten, lachten, diskutierten, spekulierten, wetteten, aßen, tranken und gaben sich ganz der Stimmung des Ereignisses hin. Beim Camel Cup war für Halbherzigkeit kein Platz.

Ed Stenning saß mit einer Gruppe von Freunden unter einem großen, vielfarbigen Sonnenschirm. Sein alter Rolls-Royce war in der Nähe geparkt, und in dessen Kofferraum befand sich ein wohlgefüllter Picknickkorb. Neben ihm auf dem Boden stand ein transportabler Kühlschrank, in dem er seine Biervorräte aufbewahrte.

Meg befand sich in der Gruppe, unterschied sich aber durch ihr Aussehen. Während viele der anderen Frauen ihre besten Kleider trugen, hatte sie Jeans und Hemd angelegt. Neben ihr saß mit Besitzerstolz Phil, der Vormann von Cutta Cutta, der sein Bier mit Behagen schluckte und das Gefühl genoß, zur Familie zu gehören.

Phil war ausgesprochen glücklich über ihr Aussehen

und ihre Weigerung, Make-up zu tragen. Nach seiner Einstellung benötigte sie die Dinge nicht, die andere Frauen brauchten, um sich attraktiver zu machen; sie hatte Qualitäten, die sie weit über die anderen erhoben.

»Wer wird das große Rennen gewinnen, Ed?« fragte jemand.

»*Mein* Kamel.«

»Sie sind sehr zuversichtlich«, sagte Phil.

»Wenn ich etwas kaufe, dann das Beste«, erwiderte sein Arbeitgeber, wobei er zum Tisch langte, um das Rennprogramm zu nehmen. »Mein Jockey trainiert seit Jahren. Wir können überhaupt nicht verlieren.« Er fand die Seite mit der Teilnehmerliste. »Hier ist niemand, der es mit meinem Kamel aufnehmen könnte. Ich werde den Cup mit nach Cutta Cutta nehmen und ihn auf den Kaminsims in meinem Arbeitszimmer stellen. Ja, ich...«

Er stoppte abrupt, als er den Namen am Ende der Liste las. Seine Wangen röteten sich und sein Mund wurde schmal. Er legte das Programm beiseite. Phil nahm es und blätterte nach der betreffenden Seite. Er sah den Namen und las ihn vor.

»Nick Stenning.«

»Hätt man sich ja denken können!« stöhnte Meg.

»Ich werd's ihm zeigen!« grollte Ed.

»Alter Bulle gegen jungen Bullen«, merkte Phil trokken an.

»Das ist nicht komisch«, sagte der Alte und warf ihm einen bösen Blick zu. Seine Zuversicht kehrte wieder. »Mir soll verdammt noch mal gleich sein, wer im Rennen ist. Wir werden gewinnen. Und jetzt setzt eure Wetten!«

Er biß in ein Sandwich und plauderte leutselig mit seinen Freunden.

Phil nutzte die Gelegenheit, um leise mit Meg zu sprechen.

»Er hat diese Frau hergebracht.«

»Was?«

»Dein Bruder. Er ist mit der Hannon-Witwe hier.«

Sie erstarrte. »Bist du sicher, Phil?«

»Hab' sie drüben am Zelt gesehen«, berichtete er.

»Schienen sich wirklich sehr gut zu verstehen.«

»Worauf will er hinaus?« zischte sie. »Warum ausgerechnet sie?«

»Dein alter Herr wird nicht sehr erfreut sein. Stenning und eine Hannon zusammen. Das ist ihm nicht recht.«

»Diese Frau hat, seit sie hier ist, nichts als Ärger gebracht«, sagte Meg rachsüchtig. »Was will sie hier überhaupt? Sie gehört nicht in den Outback. Es wird sie den Kopf kosten. Gott weiß, warum Tom Hannon ausgerechnet sie geheiratet hat!«

»Sie ist eine gutaussehende Frau«, bemerkte Phil.

»Tom brauchte mehr als das.«

Ihre Stimme war scharf und abweisend, doch ein sehnsüchtiger Gedanke huschte durch ihren Kopf.

»Du hast mir noch immer nicht erzählt, woher es seinen Namen hat.«

»Alice Springs?«

»Ja. Wer war Alice?«

»Ein riesiges Känguruh.«

»Ein Känguruh?«

»Ja. Sie fingen es ständig ein und sperrten es hinter diesen hohen Zaun, aber es nützte nichts. Jedesmal das gleiche: Alice springt einfach wieder raus!«

»Hör auf, mich zu veralbern!« sagte sie und knuffte ihn.

»Willst du's wirklich wissen?«

»Ja. Und mach jetzt bitte keine Witze mehr, Nick Stenning.«

»Alice Springs hieß früher Stuart«, erzählte er ihr. »In der Pionierzeit war es ein idealer Ausgangsort für Unternehmungen, und deshalb war es sehr bedeutend. Darum wurde hier 1871 eine Telegrafenstation errichtet. Direkt neben der Quelle, dem 'Spring'.«

»Und wer war dann Alice?«

»Die Frau des südaustralischen Generalpostmeisters.« Er grinste. »Zum Glück hat sie nicht Bessie oder Oggie oder so geheißen.«

Sie standen am Rand der Bahn und warteten darauf, daß das erste Rennen begann. Kate war von dem Erlebnis fasziniert und froh, daß sie mitgekommen war. Nach der Zeit, die sie pausenlos auf Larapinta verbracht hatte, fühlte sie sich frei. Nick war ein angenehmer Begleiter und erwies sich als überraschend aufmerksam.

Er sah, daß sie mit der Hand vor ihrem Gesicht wedelte.

»Stören dich die Fliegen?«

»Ein wenig.«

»Nimm meinen Hut«, bot er ihr an und nahm ihn ab.

»Und du?«

»Ich bin an Fliegen gewöhnt.« Er setzte den Hut auf ihren Kopf und rückte ihn sorgfälltig zurecht. »So, Kate. Sitzt perfekt.«

»Danke.«

Es war ein zerknautschter alter Hut, doch seine breite Krempe schützte sie vor Sonne und Fliegen. Und zudem fühlte sie sich australischer damit. Kate gefiel das.

Das erste Rennen sollte nun beginnen und sie schauten zu. Die Kamele wurden von ihren Jockeys zur Startlinie geführt und ließen sich dort in einer Reihe nieder. Die Jockeys stiegen auf ihre Tiere, die Startpistole wurde abgefeuert und dann brach die Hölle los. Als die Kamele auf die Beine kamen und ihre Reiter durchschüttelten, begann die Menge zu toben. Wüstes Geschrei wurde auf allen Seiten laut, und es gab geballten Jubel, als das erste glücklose Opfer in den Staub stürzte.

Mit fliegenden Hufen und vorgereckten Hälsen rannten die Kamele um die Bahn und wirbelten hinter sich Wolken von rotem Staub auf. Die kostümierten Araber trieben ihre Tiere an und ließen die Zuschauer durch ihre Grimassen vor Lachen brüllen. Wieder wurde ein Reiter zu Boden geworfen, und er rappelte sich sofort auf, raffte seinen Burnus wie einen Rock, wobei er haarige Beine entblößte, und rannte hinter der Meute mit Schreien komischer Verzweiflung her.

Kate konnte sich nicht erinnern, wann sie zum letzten Mal soviel Spaß gehabt hatte. Sie war von der Begeisterung völlig mitgerissen, schrie, gestikulierte, schüttelte sich vor Freude. Ihre Probleme, ihre ganze Anspannung war auf einmal vergessen, während sie sich dem Erlebnis hingab und sich dieses ungeteilte Vergnügen leistete.

Als der dritte Jockey stürzte, wandte sie sich an Nick. »Ich hoffe, daß dir da nichts passiert.«

»Und wenn schon?« neckte er. »Meine Krankenschwester steht ja bereit!«

Er legte seinen Arm um ihre Schulter, um sie zu einer Stelle zu führen, von wo aus sie besser sehen konnten. Wieder durchzuckte es sie wie ein Schlag, der dann aber einem Gefühl tiefer Zufriedenheit wich. Nick hatte in ihr etwas bewirkt, was sie nicht für möglich gehalten hatte.

Sie konnte wieder unbeschwert fröhlich sein.

Der Sattelhof war ein Durcheinander von Spannung und Vorfreude, während sich die Reiter auf das nächste Rennen vorbereiten, sich ermutigten, mit ihren Kamelen sprachen, ein letztes Glas Bier leerten, um ihre Nerven zu beruhigen. Ralph Shackleton und seine Frau bewegten sich langsam durch die Menge und entdeckten dann überrascht Kate. Sie begrüßten sich herzlich.

»Ralpie bestand darauf, daß wir herkämen«, sagte Tante Deir. »Ich meinte, es sei keine gute Idee und ich denke noch immer so.«

»Pssst!« befahl er.

»Der Doktor sagte, du solltest im Bett bleiben.«

»Ich bleibe nicht im Bett«, erwiderte er, wobei er sich vergnügt umschaute. »Ich will unter Menschen sein. Solange ich noch lebe, will ich da sein, wo's ein wenig Leben gibt.«

»Siehst du, womit ich mich rumschlagen muß?« klagte seine Frau.

Kate lächelte über die gutgemeinte Reiberei. Eine innige Zuneigung verbarg sich dahinter. Nur eine starke Ehe konnte im Outback bestehen, und ihre war besonders glücklich gewesen. Kate spürte Trauer, als ihr einfiel, daß es bald vorbei sein würde.

»Woher hast du denn diesen Hut?« Tante Deir warf dem Hut einen bewundernden Blick zu und zupfte daran.

»Nick Stenning hat ihn mir geliehen.«

»Wie?«

»Ich bin mit ihm hergekommen.«

Die ältere Frau war gelinde überrascht, doch sie überspielte ihre Reaktion und tat, als nähme sie's hin.

»Warum nicht? Steht dir gut, wenn du das Haar lang trägst.«

»Wußtest du, daß er ein Kamel im Rennen reitet?« sagte Ralph.

»Ja«, erwiderte Kate. »Farouz.«

Sie zeigte auf das Tier, das jetzt ein Paar langer falscher Wimpern trug, die Digger an die Lider geklebt hatte. Farouz ertrug diese Schmach mit weltmüder Verachtung.

»Hat Nick erwähnt, daß sein alter Herr auch am Kamelrennen teilnimmt?« fragte Tante Deir.

»Nein, das hat er nicht«, gab Kate zu, die recht überrascht war.

»Vater gegen Sohn. Das wird die Menge hochbringen. Nicht jeden Tag tritt ein Stenning gegen einen Stenning an.«

Kate erkannte augenblicklich, was das bedeutete. Sie überlegte, warum Nick ihr nicht erzählt hatte, welche Rolle sein Vater im Camel Cup spielte. So erschien das ganze Rennen in völlig anderem Licht.

»Tag, Mrs. Hannon!«

»Oh... Tag.«

Es war der junge Bursche, den sie beim Barbecue bei den Shackletons bedient hatte. Erfreut darüber, daß jemand sie kannte, winkte sie, als er seinen Hut zog. Der Bursche rief Tante Deir und Ralph einen Gruß zu, bevor er in der Menge verschwand.

Dann kam Nick aus dem Umkleideschuppen.

»Mein Gott!« murmelte Kate. »Ist *er* das?«

Er war wie Valentino in *Der Scheich* kostümiert. Die Wirkung war seltsam malerisch, vor allem deshalb, weil er sich in diesem seltsamen Aufzug so zwanglos und selbstverständlich bewegte. Es berührte eine Saite in Kates Seele, und sie starrte ihn mit offenem Mund an.

Tante Deir entschloß sich zu einem takvollen Rückzug. »Ich brauche jetzt ein Bier...«

»Ich brauche zwei«, erklärte Ralph.

Sie entfernten sich, bevor Kate es auch nur bemerkt hatte. Sie riß sich zusammen und näherte sich Nick, doch jemand kam ihr zuvor. Eine attraktive junge Frau in einem weißen Sommerkleid eilte auf ihn zu und warf sich in seine Arme.

»Nicky!« kreischte sie. »Du siehst irre aus!«

Sie küßte ihn enthusiastisch, und er wich verlegen etwas zurück. Das Mädchen strich über den Stoff seines Burnus'.

»Wenn du mich nach dem Rennen mit in dein Zelt nehmen willst«, bot sie ihm an, »bin ich bereit, willig und verfügbar.«

»Ein anderes Mal, Sal«, sagte er, wobei er sich abwandte.

»Es könnte genauso sein wie in jener Nacht nach dem Barbecue.«

Er ließ sie mit einem freundlichen Klaps stehen und ging hinüber zu Kate.

»Muß am Kostüm liegen«, sagte er mit einem jungenhaften Grinsen.

»Du siehst sehr elegant aus.« Ihr Verhalten war jetzt merklich kühler, und er spürte es.

»Ja, ist nicht schlecht, was?« fuhr er fort. »Ich hatte schon Angst, ich würde wie ein Clown aussehen. Aber ist recht gut geworden.«

»Ich hoffe, Farouz findet das auch.«

»Hoffe ich ebenfalls. Ich kann manchmal sehr dickköpfig sein.«

Ein Geräusch lenkte seine Aufmerksamkeit ab, und er blickte über die Umzäunung, wo er seinen Vater und Meg sah, die sich laut stritten. Phil stand im Hintergrund und Eds Jockey stand ebenfalls dabei. Der Lärm wurde lauter und viele Köpfe begannen sich zu drehen.

»Was geht da vor?« fragte Kate.

»Weiß nicht.«

Er beobachtete besorgt, wie sein Vater die Hosenbeine aufkrempelte, bevor er seinem Jockey die Kappe vom Kopf nahm. Nick war entsetzt. Er mochte seinen Vater hassen, aber er sorgte sich dennoch um seine Sicherheit. Es war Zeit, einzuschreiten.

»Bin gleich zurück, Kate.« Nick bahnte sich den Weg durch die Menge und stand dann vor seinem Vater.

»Bist du verrückt? Du wirst dich umbringen!«

»Geht dich nichts an!« schnarrte Ed.

»Es ist gefährlich da draußen, Paps.«

»Halte mir keine Predigten, Junge«, fauchte der. «Ich hab' schon Kamele geritten, bevor du ein Bein auf das Schaukelpferd heben konntest.«

»Halt ihn zurück, Meg«, drängte Nick, und wandte sich an seine Schwester.

»Ich bin nicht sicher, ob ich das will«, sagte sie beherrscht. »Ist wahrscheinlich höchste Zeit, daß dich jemand in deine Schranken weist.«

»Was will er denn damit beweisen?«

»Paps braucht niemandem etwas zu beweisen. Er reitet Napoleon, und ich setze jeden Penny auf ihn gegen dich!«

Nick drehte sich um und ging zurück zu Kate. Seine Schwester folgte ihm.

»Ich hoffe, du brichst dir dein verdammtes Genick!« schrie sie.

Kate war schockiert, und Nick wandte sich ihr mit süßsaurem Lächeln zu.

»Wie du siehst, ist man in unserer Familie sehr aufrichtig.«

Eine erwartungsvolle Stille entstand, als das Rennen um den Camel Cup angekündigt wurde. Die Tiere waren aufgereiht, hockten auf ihren Schenkeln, während ihre gespannten und unruhigen Jockeys neben ihnen warteten. Nick stand mit klopfenden Herzen da und wußte, daß es jetzt weit mehr war als nur ein Rennen zwischen zwei Kamelen. Es war eine Auseinandersetzung zwischen Vater und Sohn, in der es darum ging, wer überlegen war: ein öffentliches Duell, bei dem einer von beiden eine Niederlage erleiden würde.

Er warf Ed einen verstohlenen Blick zu, der da mit hochgerollten Hosenbeinen und einer Jockeymütze stand, ein stolzer alter Mann, der entschlossen war, um jeden Preis zu gewinnen.

Ed Stenning war sich bewußt, daß er im Mittelpunkt der Aufmerksamkeit stand, und stellte den typischen Herausforderer dar. Niemand wagte, ihn zu belächeln. Weit mehr als seine Mannhaftigkeit stand auf dem Spiel. Er war der anerkannte König des Territoriums, und er beabsichtigte, seinen widerspenstigen Prinzen zu zermalmen. Er schwor, daß er sein Gesicht dabei wahren würde.

Die Zuschauer ahnten das Drama, das sich in Kürze vor ihren Augen abspielen würde, und das gab dem Rennen noch größere Bedeutung. Sie drängten sich vor, um dieses einzigartige Ereignis gut verfolgen zu können.

Eine Lautsprecherstimme dröhnte über das Gelände-:»Die Teilnehmer sind in Startposition...auf die Plätze-...fertig...« Ein Pistolenschuß zerbrach die lastende Stille. »Los!«

Explosionsartig dröhnte Gebrüll auf, als die Reiter auf ihre Kamele sprangen und sie sich in Bewegung setzten. Die Tiere kamen hoch und rannten mit ohrenbetäubendem Lärm los, drängten wild, um eine gute Position zu bekommen und wirbelten eine dicke Staubwolke auf. In einem wahnsinnigen Getrommel von Hufen hatte der Camel Cup begonnen.

Zwölf Reiter kämpften darum, doch nur zwei zählten – und sie drängten sofort an die Spitze. Sich grimmig festklammernd und sein Reittier mit den Hacken antreibend, setzte sich Ed Stenning entschlossen nach vorn. Nick folgte dicht hinter ihm, führte Farouz mit starker Hand, versuchte, sich an die heftigen, wellengleichen Bewegungen zu gewöhnen.

Keiner der Männer konnte sich eine Niederlage leisten.

Die Sympathien der Menge waren zwischen Vater und Sohn geteilt. Man jubelte einem vornehmen Patriarchen zu oder spornte seinen Erben an, erfüllte das Gelände mit donnerndem Lärm und übertönte den Kommentar, der über Lautsprecher gegeben wurde. Als Nick sich an die Spitze setzte, nahm das Gebrüll zu. Als Ed ihn wieder einholte, war es ohrenbetäubend.

Kate Hannon sah mit wachsender Begeisterung zu, von der Spannung zwar mitgerissen, aber doch voller Furcht, daß Nick etwas zustoßen könnte. Sie ritten mit solcher Tollkühnheit, daß man meinen mochte, sie würden jede Sekunde abgeworfen werden. Als sie eine Kurve umrundeten, prallten die Kamele aneinander, lösten sich dann wieder und ihre Reiter torkelten und gerieten wild ins Schwanken. Kate griff sich entsetzt an den Hals.

»Bleib dran, Nick! Du kannst es schaffen! Du kannst ihn schlagen!«

Meg Stenning feuerte ihren Vater laut brüllend an, sehnte seinen Sieg herbei und gierte fast nach der Demütigung ihres Bruders in aller Öffentlichkeit. All der Zorn und Ärger, den sie jahrelang unterdrückt hatte, löste sich jetzt in ihrem frenetischen Schreien. Ihre ganze Zukunft hing von diesem Rennen ab. Als Napoleon seinen Kopf wieder vorn hatte, hüpfte sie wild auf und ab, um ihn weiter anzutreiben.

»Los, Dad! Zeig's ihm! Zermalm seine Fratze im Staub!«

Es hatte zwei Stürze gegeben, und weiter hinten im Feld alberten einige herum, doch das bemerkte die Menge kaum. Alle Augen waren auf die Spitzenreiter gerichtet, die jetzt auf die Zielgerade zugaloppierten. Nur ein Meter trennte sie, doch das war die Grenze zwischen Triumph und Schande. Nick versuchte aufzuschließen, indem er Farouz noch heftiger antrieb, doch sein Vater konterte das Manöver. Er lenkte Napoleon so vor das Kamel seines Sohnes, daß Farouz aus dem Schritt kam.

»Gut gemacht, Ed! So ist es recht!«

»Weiter, Nick! Nicht aufgeben!«

Ratschläge und Ermutigungen mischten sich zu einer Kakophonie.

Eds Taktik hatte mehr Abstand zwischen die Tiere gebracht. Als er um die letzte Kurve bog, frohlockte der alte Mann bereits mit einem anmaßenden Lächeln, sicher, daß er das Rennen gewonnen und den Herausforderer besiegt hatte. Doch Nick war noch nicht geschlagen. Als es in die Zielgerade ging, führte er Farouz leicht hinaus und spornte sie heftig an. Sein Tier reagierte sofort und holte Napoleon rasch ein.

Eine Lärmwoge trieb die Reiter voran.

»Du schaffst es, Ed!«

»Du kriegst ihn, Nick!«

»Jetzt!«

»*Mach doch*!«

Farouz spurtete auf den letzten zwanzig Metern noch schneller und schaffte es, ihre Nase als erste über die Ziellinie zu stecken. Nick Stenning war der Sieger. Voller Stolz stieß er seine Faust hoch in die Luft. Er hatte seinen Vater in aller Öffentlichkeit besiegt, und die Genugtuung war ungeheuer groß. Ein Rennen in Alice Springs zwischen zwei Kamelen hatte ihm erlaubt, eine Menge alter Rechnungen zu begleichen.

Ed Stenning hingegen war von der Niederlage erschüttert. Mit aschgrauem Gesicht, atemlos, staubbedeckt und zur Seite gesunken, konnte er sich kaum auf seinem Tier halten. Er hatte alles in diesem Rennen gegeben, doch es war nicht genug gewesen. Sein Stolz war schwer angeschlagen.

Nick setzte seinen Triumphzug fort, sonnte sich in den Ovationen. Die Heiterkeit ließ ihn seine müden Glieder und die brennenden Lungen vergessen. Er suchte nach Kates Gesicht in der Menge, entdeckte es kurz, sah sie lächeln und war glücklich.

Während ein Stenning gefeiert wurde, half dem anderen die besorgte Tochter vom Kamel. Meg geleitete ihren Vater zu einem Stuhl und reichte ihm dann einen Drink und ein Handtuch. Er hatte verloren, aber er hatte sich nicht blamiert, erinnerte sie ihn, versuchte ihn aufzumuntern und zugleich seinen erschöpften Körper zu beleben.

Doch es war die Stunde ihrers Bruders. Als er die Siegertribüne erreicht hatte, stieg er ab und ging darauf zu. Offizielle standen auf einem Podium, und der Camel

Cup, eine große, glänzende Silbertrophäe, wartete auf einem Tisch.

Während der kurzen Ansprache des Präsidenten des Organisationskomitees ruhte Nicks Blick unverwandt auf seiner Trophäe. Er war ein Symbol seines Erfolges, eine materielle Erinnerung an einen hart erkämpften Sieg über seinen Vater und eine Belohnung für Jahre geduldigen Ertrages.

»Und so geht der Camel Cup an ... Nick Stenning!«

Kate Hannon stimmte das Jubelgeschrei an, das ihn lawinengleich überschüttete. Sie teilte seine Glückseligkeit als jemand mit einer Magnumflasche Champagner zu ihm hochrannte, sie laut knallend entkorkte und dann den schäumenden Inhalt in den Cup füllte. Sie hätte sich nicht mehr für ihn freuen können.

Dann kam jemand dazu.

Von Freunden über die Absperrung gehoben, rannte Sal, das Mädchen in dem weißen Kleid, zu ihm, um mitzufeiern und küßte Nick auf die Lippen. Der Cup kippte und Champagner schäumte über sie beide. Die Menge brach erneut in begeisterten Jubel aus.

Kate jedoch fiel diesmal nicht ein. Als sie Nick ansah, den Arm vertraut um das Mädchen gelegt, stiegen Eifersucht und Schmerz in ihr hoch. Sie wandte sich ab und bahnte sich den Weg durch die Menge.

Nick bemerkte nicht, daß sie fortging und schwelgte in diesem Augenblick seiner Freude, strahlte alle Welt champagnergebadet an. Plötzlich war Ed Stenning da. Er trat an die Barriere, kaum drei Meter von der Stelle entfernt, an der sein Sohn stand.

Ihre Blicke begegneten sich für einen Augenblick. Dann brachte Ed ein scharfes Lächeln zustande und hob seine Hand zum Gruß, zeigte eine Würde in der Niederlage, die seinen Sohn überraschte.

Nick blieb wie angewurzelt stehen, entsetzt über die

Tränen, die ihm in die Augen schossen. Er war jetzt blind gegen alles, bis auf den alten Mann, der sein Vater war.

Ed verschmoz mit der Menge und verschwand aus seinem Blickfeld.

16

Es war ein außergewöhnlicher Tag gewesen. Als der Camel Cup zu Ende war und die Menschenmenge das Veranstaltungsgelände räumte, herrschte ein allgemeines Gefühl von Zufriedenheit. Angetrunken, nüchtern, schlafend oder wach – jeder hatte einen tollen Tag erlebt und nahm Erinnerungen mit sich, die für ein Jahr reichen würden, solange, bis es wieder soweit war. Sie drängten fröhlich über den mit Abfall und funkelnden Bierdosen bedeckten Boden dem Haupttor zu; jeder beging den Abschluß auf seine Weise.

Einige zogen in die Kneipen, andere zu ihren Zelten oder Wohnwagen, wieder andere brachen zur langen Heimreise per Auto oder Flugzeug auf. Der Camel Cup, der sich zu einem so dramatischen Höhepunkt entwickelt hatte, war ein voller Erfolg gewesen.

Alice Springs hatte es wieder mal gebracht.

Kate Hannon empfand da ganz anders. Abseits der Menge, die sich am Haupteingang zusammenballte, fühlte sie sich erschöpft und gekränkt. Es war ihre eigene Schuld, daß sie Nick Stenning so nah an sich herankommen ließ. Sie hatte ihre Vorsicht aufgegeben und sich verwundbar gemacht. Er hatte sie hängenlassen, genauso, wie es seine Schwester vorhergesagt hatte, und das wurmte sie.

Während sie sich von der Menge schieben ließ, versuchte sie, mit ihren schwankenden Gefühlen fertigzuwerden.

Bei ihrer ersten Begegnung hatte sie Nick nicht gemocht und ihn abgelehnt. Diese Einstellung hatte sich beim Barbecue verhärtet, nur um revidiert zu werden, als er auf Larapinta mit den Lebensmitteln auftauchte. Die Explosion an der Wasserstelle hatte sie in eine sehr persönliche Situation gebracht, und Kate hatte sich ihr gestellt.

Als sie ihn jedoch beim Essen mit Meg gesehen hatte, waren ihr ganzer Ärger und all ihr Mißtrauen wieder zutage getreten. Nick hatte dies mit der Einladung zum Camel Cup erstickt, sie dazu gebracht zu glauben, daß sie etwas Besonderes in seinem Leben sei und daß er sie wirklich dort haben wollte. Das Mädchen im weißen Kleid hatte ihn als das gezeigt, was er wirklich war.

Valentino, das sagte alles. Das Kostüm zeigte den Mann, der darunter steckte.

Eine Hand fiel auf ihres Schulter und drehte sie herum.

»Wohin willst du gehen?« fragte Nick. Er trug jetzt wieder seine übliche Kleidung. Valentino war verschwunden.

»Ich hätte dir schon noch auf Wiedersehen gesagt«, erwiderte sie schroff. »Aber du hattest wieder alle Hände voll zu tun!«

»War nicht meine Schuld.«

Eine verlegene Pause entstand, als sie einander ansahen.

»Ich fliege mit den Shackletons zurück«, verkündete sie.

»Ich hab' gerade mit ihnen gesprochen. Hab' ihnen gesagt, daß *ich* dich zurückbringe.«

»Mit welchem Recht hast du das getan?«

»Ich hab' dich hergebracht«, sagte er. »Also muß ich dich auch zurückbringen.«

»Ist nicht nötig.«

Die zweite Pause war länger, aber weniger verlegen.

»Ich hab' eine Wohnung in der Stadt.«

»Und?«

»Ich hab' etwas zum Essen für uns vorbereitet.«

»Danke, aber ich muß zurück.«

»Warum?«

»Weil ich vier Kinder habe, die in Larapinta auf mich warten.«

»Ruf sie an«, riet er. »Sag ihnen, daß du über Nacht in Alice bleibst. Sie werden schon damit fertig. Wie alt sind sie? Vierzehn? Mein Gott, als ich in dem Alter war, habe ich Nächte allein im Busch verbracht, hatte nichts weiter bei mir als einen Hund und eine alberne Mundharmonika als Gesellschaft.« Er sah, daß sie noch immer zögerte. »Wenn du dich ihretwegen sorgst, dann laß einen der Aborigines im Haus schlafen. Sie sollen Gillie darum bitten.« Er grinste. »Dann hättest du ein gutes Gewissen.«

In diesem Augenblick dachte Kate überhaupt nicht an ihr Gewissen. Für ihren Geschmack ging das alles viel zu schnell. Sie durchlebte abermals ein Wechselbad von Gefühlen, spürte den Drang zu bleiben und zugleich den Zwang zu gehen.

Liebe ich oder hasse ich ihn? überlegte sie. *Was geschieht mit mir?*

»Nun?« drängte er.

»Wo soll ich bleiben?«

»Es gibt viele Motels in der Stadt. Ich empfehle das Koala.«

»Und du?«

»Sagte ich doch. Ich habe meine Bude.«

Größerer Widerwillen. »Ich glaub', ich sollte zurückfahren.«

»Das wirst du, Kate. Gleich morgen früh.«

»Ich bin mir nicht sicher, ob...«

»Du brauchst dir auch nicht sicher zu sein. Ich bin mir dessen für uns beide sicher.« Er grinste sie wieder lässig an. »He, ich habe das Rennen gewonnen. Gratulierst du mir nicht?«

»Natürlich«, sagte sie mit einem plötzlichen Lächeln. »Gut gemacht!«

»Und ich bekomm keinen Dank?«

»Wofür?«

»Für meinen Hut.«

Kate bemerkte erschreckt, daß sie ihn noch trug, nahm ihn ganz verlegen ab und reichte ihn ihm. Nick war über diese Reaktion sehr amüsiert und setzte ihr den Hut prompt wieder auf den Kopf.

»Bring ihn mit, wenn du kommst«, schlug er vor. »Ich zeig' dir, wo ich ihn aufhänge.«

So einfach war das.

Nick fuhr sie zum Koala, wo sie ein Zimmer reservierte, und dann gingen sie zu seiner Bude zum Essen, das er ihr versprochen hatte.

Das winzige Haus lag geduckt hinter einem Zeitschriftenstand an der Hauptstraße. Davor erstreckte sich ein kleiner gepflasterter Hof, der durch mächtige Büsche vor neugierigen Blicken abgeschirmt war. Das Haus war makellos sauber, mit Antiquitäten möbiliert und völlig anders als alles, was Kate bisher in Australien gesehen hatte. Die Einzimmerwohnung schien mehr Ähnlichkeit mit dem fernen Osten zu haben.

Während Nick in der kleinen Küche beschäftigt war, bewunderte sie seine Ölbilder und Aquarelle, seine umfangreiche Schallplattensammlung mit klassischer Musik und seine Bibliothek. Seine Fähigkeit, sie zu überraschen, schien unendlich. Sie hätte nie erwartet, daß er an Kunst interessiert sei.

»Was hältst du davon?« fragte er.

»Besser als der Hügel bei Glenwarra.«

»Das ist nur meine Sommerresidenz.«

Sie bemerkte das eindrucksvolle Foto einer jungen Frau. Der alte Rahmen war so auf einem Mahagonitisch aufgestellt, daß Licht durch das Fenster darauf fiel.

»Wer ist das?« fragte sie.

»Meine Mutter.«

»Oh.«

»Sie starb vor langer Zeit. So erinnere ich mich am liebsten an sie.«

Nick ging durch die Doppeltür in den Hof hinaus und deckte den Tisch. Es wurde jetzt dunkel, und er entzündete Kerzen, bevor er Kate bat, Platz zu nehmen. Als er wieder in der Küche verschwand, war sie in den romantischen Schimmer von Kerzenlicht getaucht und sog den wohlrichenden Duft der nachtschweren Blumen ein. Es war eine ganze Welt von Larapinta entfernt – und von der Not, die damit für sie verbunden war.

Er brachte das Mahl auf einem Tablett heraus und servierte es stolz. Dann beobachtete er sie aufmerksam, während sie kostete, gespannt auf ihren Kommentar.

»Köstlich!«

»Sei ehrlich. Ich kann Kritik vertragen.«

»Absolut köstlich!«

»In dem Fall kann ich ja auch mal probieren.«

Er schenkte ihnen zwei Gläser mit australischem Champagner ein und prostete ihr schweigend zu. Sie ließ sein Glas gegen das ihre klingen und nahm einen tiefen Schluck. Der Champagner prickelte in ihrer Kehle.

»Freust du dich, daß du nach Alice gekommen bist?« sagte er.

»Sehr.«

»Was hältst du vom Camel Cup?«

»Ripper!«

In dem Augenblick, als sie das Wort aussprach, wünschte sie, sie könnte es zurücknehmen. Es war Tom Hannons Wort und gehörte zu ihren Erinnerungen an ihn. Sie fühlte sich schuldig, weil sie es so gedankenlos gesagt hatte.

Nick war als Koch wirklich begabt. Jeder Gang war besser als der vorherige, und bald fielen ihr keine größeren Komplimente mehr ein. Der Wein, die Kerzen und die Umgebung taten das ihre, und sie sanken in eine zärtliche, nachdenkliche Stimmung, waren ganz ungezwungen und fühlten sich zueinander hingezogen.

»Das hatte ich nicht erwartet«, gestand sie.

»Ist das gut oder schlecht?«

»Gut. Mir gefallen die Bilder sehr.«

»Meine Mutter hat mir Kunstverständnis beigebracht«, vertraute er ihr an. Tatsächlich hat sie mir all das Wissen beigebracht, das man dazu braucht. Eigentlich ist diese Wohnung eine Art Schrein für sie.«

Sie spürte die tiefe Bitterkeit hinter seinen Worten und ging auf seine Stimmung ein. Über den Tisch gebeugt, stellte sie ihre Fragen mit unerschrockener Direktheit.

»Nick, was ist das Problem zwischen dir und deinem Vater?«

»Lange Zeit starrte er in die Kerzenflamme.

»Hat es mit deiner Mutter zu tun?« fragte sie nach.

»Ja«, gab er ruhig zu. »Ursprünglich kam sie aus Melbourne. Wußte alles, was man über Musik, Kunst und so wissen mußte. Und Bücher – sie las eigentlich immer. Meine Mutter war alles andere als eine typische Frau aus dem Outback.«

»Wo hat dein Vater sie kennengelernt?«

»In Melbourne. Er hatte dort geschäftlich zu tun.« Seine Stimme klang fast sehnsüchtig. »Er verliebt sich sofort in sie, und er war so anders als jeder andere Mann, den sie je kennengelernt hatte. Eine Art Anziehung von Gegensätzen.« Er preßte seine Hände zusammen. «Dann änderte sich alles. Ich habe nie erfahren, was tatsächlich passiert ist. Ich kam eines Tages einfach nach Hause und fand sie – betrunken, blau und grün geprügelt und halbtot ...«

Kate war entsetzt. »Dein Vater?«

»Er hatte sie fast umgebracht.«

»Aber warum?«

»Weil er eben ein solcher Mann ist«, sagte er traurig.

»Danach trank sie noch mehr. Sie starb durch Alkohol.«

»Wie alt war sie damals?«

»Zweiunddreißig.«

Kate war entsetzt über den Verlust eines so jungen Menschen.

»Für den Fall, daß du dich das gefragt hast«, erklärte Nick trocken, »das ist der Grund, warum ich nie geheiratet habe.«

»Diese Frage hat mich beschäftigt«, gestand sie.

»Es ist schwer für eine Frau, wenn von ihr erwartet wird, tagaus, tagein mit deiner Vergangenheit zu leben.«

»Es ist auch schwer für dich, Nick.«

»Ich spüre es die ganze Zeit in mir. Diese ... Wut. Ich brauche mit Dad nur zwei Sekunden zusammensein und es fängt wieder an, mich innerlich zu verbrennen. Ich hab' versucht, dagegen anzukämpfen, Kate, aber es ist immer da.«

Sie spürte seine Qual und konnte seinen Schmerz verstehen. Die Liebe zu seiner Mutter und der Haß auf seinen Vater hatten ihn zerrissen und eine seelische Wunde hinterlassen, die nicht heilen wollte.

»Vielleicht ist es eine Frage des Loslassens«, meinte sie. »Das ist etwas, was wir schließlich alle tun müssen. Ich empfinde auch diese hilflose Wut. Wegen Tom. Warum mußte er sterben? Das schreit meine Seele. Es war so unfair!«

»Ja.»

»Aber er ist fort, und ich muß irgendwie weiterleben. Ich muß lernen, mit dieser Wut fertig zu werden – und du mußt es auch.« Sie seufzte sehnsüchtig. »Ein Teil von mir wird Tom immer lieben. Und dankbar sein.«

Eine kurze, beredte Stille entstand. Beide hatten Dinge gesagt, von denen sie geglaubt hatten, daß sie nie ausgesprochen werden könnten, hatten so dem anderen ihr Innerstes preisgegeben. Es half.

Nick fuhr sich mit der Hand durchs Haar und schüttelte traurig seinen Kopf.

»Als man mir heute den Cup überreichte, blickte ich auf und sah meinen Vater in der Menge stehen. Er lächelte mich an. Ich kann mich nicht daran erinnern, wann ich meinen alten Herrn zum letzten Mal hab' lächeln sehen.«

»Wann hat er dich zum letzten Mal lächeln sehen?«

Nick starrte sie schweigend an, und sein Blick war fragend und begehrlich.

»Es ist spät«, stellte sie fest. »Ich muß früh aufstehen.«

»Läufst du wieder davon?«

»Es war ein wunderschöner Abend.«

»Warum muß er dann jetzt zu Ende gehen?«

»Ich muß zurück ins Motel.«

»Bitte, bleib, Kate...«

Sein Flehen war wie eine Hand, die ihr Herz streichelte, aber sie wehrte es ab, wandte ihren Blick ab und nahm ihre Tasche vom Tisch.

»Ich kann nicht. Es tut mir leid, Nick.«

»Warum nicht?« flüsterte er.

Ihre Gefühle wurden immer widersprüchlicher, und sie wußte, daß sie sofort gehen mußte, bevor sie in eine Situation geriet, die viel zu gefährlich und verwickelt sein würde, als daß sie sie bewältigen konnte.

»Warum nicht?« wiederholte er.

»Ich muß zuerst noch einiges loslassen«, sagte sie und stand rasch auf. »Danke für heute. Es war wundervoll.«

Sie verschwand in den Schatten, bevor er auch nur ein Wort sagen konnte.

Nick seufzte schwer und schlug voller Erbitterung auf die Tischkante. Dann starrte er in sein Weinglas und strich mit einem Finger nachdenklich den Rand entlang, während er zu verstehen versuchte, was an Kate Hannon war, das ihn so stark zu ihr hingzog. Keine Frau hatte ihn je zuvor so beeindruckt, und das quälte ihn.

Hatte er endlich die Frau gefunden, die er brauchte?

Ein anderes Gesicht erschien im Wein und drang in seine Gedanken. Es war seine Mutter. Betrunken, geprügelt und geschlagen. Er packte das Glas und schüttelte seinen Inhalt ins Gebüsch.

Er erhob sich vom Tisch und ging rasch ins Haus. Als er stehen blieb, um ihr Foto zu betrachten, spürte er, wie die alte Wunde wieder zu schmerzen begann. Er löste sich und ging direkt ins Badezimmer. Nach dem Entkleiden trat er unter die kalte Dusche und ließ sich von dem eisigen Wasserstrahl zur Vernunft bringen.

Als er wieder klar denken konnte, mischte er den kalten Strahl mit heißem Wasser, griff dann zum Shampoo und goß sich davon reichlich auf den Kopf, bevor er es mit seinen Fingern einmassierte.

Er hörte nicht, daß sich hinter ihm die Badezimmertür öffnete.

»Ich wollte zurückkommen«, sagte Kate einfach.

Den Kopf mit weißem Schaum bedeckt, drehte er sich um und schaute sie an.

Dieses Mal blickten ihre Augen fragend und begehrlich.

Sie ließ ihre Tasche zu Boden fallen und trat so, wie sie war, zu ihm in die Duschkabine. Das warme Wasser durchnäßte sie augenblicklich, löste ihr Haar auf, ließ das Kleid an ihrem Körper kleben und enthüllte so die ganze Üppigkeit ihrer Formen.

Als sie versuchte, ihn zu umarmen, entzog er sich ihr und preßte statt dessen seine Lippen mit zärtlicher Sanftheit auf die ihren. Nur so berührten sie sich, während sie langsam unter dem Wasser kreisten, als vollführten sie einen rituellen Tanz.

Kate bebte vor Lust. Ihm so nahe zu sein, ohne ihn berühren zu können, ließ sie voller Erwartung erschauern. Nick strahlte animalische Leidenschaft aus, doch er versagte sich einer richtige Umarmung. Sie legten alles in diesen Kuß. Ihre Liebe, ihre Einsamkeit, ihr Sehnen, ihr Leiden, ihre Hoffnung. Es schien ewig zu währen.

Dann begann er sie zu entkleiden, löste ihre Kleider mit solcher Zärtlichkeit, daß sie glaubte, eine unerwünschte Haut würde ihr abgezogen. Und in all dieser Zeit genoß sie das warme Wasser, daß sich über sie ergoß.

Als sie völlig nackt war, führte er sie behutsam bis zum äußersten Rand des Strahls. Dann griff er nach der Seife. Er seifte seine Hände kräftig mit Schaum ein, glitt dann damit über ihre Schultern und dann zu ihrem Hals, herunter zu ihren Brüsten und liebkoste sie, bis ihre Brustwarzen aufblühten und fest waren.

Mit neuem Schaum fuhr er über ihre Hüften und Schenkel und Waden, hob ihre Füße so, daß er sie einzeln einseifen konnte. Dann drehte er sie herum und hüllte ihren Rücken in Schaum, streifte ihn herunter, bis er die sanfte Rundung ihres Gesäßes erreichte und weiter bis zu den Beinen hinab.

Kate nahm die Seife. Jetzt war er an der Reihe.

Mit beiden Händen massierte sie den Schaum in seine Schultern, seine Arme und seine Brust, genoß das Gefühl des starken, kräftigen Leibes unter ihren Fingern. Dann seifte sie ihre Handflächen noch kräftiger ein, bevor sie zwischen seine Beine griff, um ihn zu fassen.

Nick zog sie dicht an sich, so daß sie behutsam aneinander glitten und küßte sie dann mit einer ungestümen Glut, die ihr den Atem nahm. Sie rutschten, streichelten sich, stießen aneinander und drückten sich gegenseitig, bevor sie sich unters Wasser zurückdrehten und abspülen ließen. Dieses Gefühl war einfach sündhaft erotisch.

Kate öffnete sich ihm ganz.

Er hob sie hoch und trug sie ins Schlafzimmer, legte sie auf die Bettdecke. Mit einem drängenden Stoß glitt er direkt in sie, füllte sie aus, wie es kein Mann je zuvor getan hatte und ließ sie voller Lust und Entzücken erbeben. Kate legte ihre Hände auf sein Gesäß und preßte es fest an sich. Er stieß immer kräftiger pumpend in sie, küßte und streichelte sie zugleich und gab sich ihr aus vollem Herzen hin.

Kate reagierte auf seinen Rythmus sofort und ließ sich völlig von der wilden Lust hinreißen, die sie durchströmte.

Ihr Orgasmus kam mit solch gewaltiger Wucht, daß sie zu zerreißen glaubte, und sie grub ihre Zähne in sein Fleisch, um den Laut des langen lustvollen Stöhnens, das aus ihr brach, zu ersticken. So ging es weiter, durcheilte jeden Teil ihres Körpers, immer tiefer, immer spürbarer, und sie zuckte in Krämpfen unbeschreiblicher Wollust.

Nick ritt sie bis zur Erschöpfung, führte sie immer neuen Wonnen zu und verlängerte geschickt ihre Lust. Erst als sie erschöpft auf dem Bett lag, wurde er langsamer und hörte dann auf. Er strich das feuchte Haar aus ihrer Stirn zurück und küßte ihre Falte fort.

»Wie war's?« flüsterte er.

»Überirdisch!«

»Gut.«

»Und bei dir?«

»Gefiel mir.«

»Du mußt auch kommen«, beharrte sie.

»Oh, das werde ich, Kate. Aber nicht so schnell. Ich laß mir gerne Zeit.« Er liebkoste ihre Wange. »Außerdem kannst du öfter als ich. Du warst schon bereit, und ich wollte dich nicht warten lassen. Was mich anbelangt ... wir haben die ganze Nacht?«

»Ja.«

Kate stieß einen kleinen Seufzer der Enttäuschung aus,

als er aus ihr glitt. Er lag neben ihr und nahm sie in seine Arme und leckte ein paar Tropfen aus ihrem Gesicht.

»Was hat dich umgestimmt?« fragte er.

»Ich weiß nicht. Als ich im Motel ankam, da wollte ich .... da wollte ich einfach zu dir zurück. Ich brauchte dich.«

»Mich – oder es?«

Sie lächelte. »Beides.«

Er legte seine Lippen zu einem langen, trägen, lockenden Kuß auf ihre, kniete sich dann so hin, daß er sie erstmals richtig ansehen konnte. Begierde schmolz zu Anbetung.

»Du bist schön«, murmelte er.

»Du auch.«

»Zusammen sind wir schön.«

Er beugte sich, um ihren Fuß zu lecken, nahm jeden der feuchten Zehen einzeln in seinen Mund, um mit beharrlicher Zärtlichkeit daran zu saugen. Er bahnte sich seinen Weg langsam an ihrem Bein empor und hinterließ eine Spur hingebungsvoller Küsse, unter denen sie erglühte. Er bewegte sich über ihren Körper, bis er ihre Brüste erreichte.

Kate schloß ihre Augen und seufzte vor Befriedigung. Bald war sie wieder erregt, begehrte ihn mehr und heftiger, um ihm Lust zu geben.

Nick drang mit einem langsamen, behutsamen Stoß in sie, noch tiefer als zuvor. Sein ganzes Gewicht ruhte nun auf ihr und seine Hände streichelten ihre Brüste. Kate war im siebten Himmel. Sie fühlte sich erregt, verzückt, völlig besessen. Sie fühlte sich geliebt.

Seine Bewegungen waren zuerst fast unmerklich, ein winziges Zucken und Beben, ein sachter Wechsel des Winkels. Sie wurden deutlicher und bald entbrannte Kate aufs neue, wälzte sich unter ihm mit zunehmender Lust und drängte ihn, fester und schneller zu stoßen.

Er brachte sie bis kurz davor und hielt dann inne, fügte

so eine köstliche Pein hinzu, die sie um Erfüllung betteln ließ, Als sie den Höhepunkt hinter sich hatte, begann er wieder, arbeitete langsam, bis er sie wieder an den Rand gebracht hatte und hielt im entscheidenden Augenblick inne, ließ sie in glückseliger Erwartung schweben.

»Hör nicht auf!« flehte sie.

»Ich liebe dich, Kate.«

»Ich liebe dich!«

Beim dritten Mal gab es kein Halten mehr. Im Rhythmus seines Stoßens preßte er ihre Brüste, drang mit wachsender Kraft in sie und wieder heraus bis er einen Höhepunkt entfachte, der ein langes Stöhnen reiner Verzükkung war. Und während ihr Orgasmus zu schwinden begann, begann der seine, ein sich ergießender Sturzbach, der ihn laut aufschreien ließ.

Als alles vorüber war, lagen sie eng umarmt und im Zustand träger Befriedigung da. Sie waren Geliebte. Nichts anderes zählte in diesem Augenblick. Sie hatten einander geholfen, eine lebenswichtige Barriere zu durchbrechen. Beide hatten endlich gelernt, loszulassen.

Er beugte sich hinüber, um ihr einen Kuß voller Dankbarkeit zu geben und versuchte dann, aufzustehen. Sie schlang seine Beine um ihn und hielt ihn fest.

»Bleib, Nick.«

»Ich wollte nur die Dusche abstellen.«

Kate lauschte. Das Wasser lief noch immer. Es war ein Omen.

»Laß es«, sagte sie.»Ich möchte es hören.«

17

Das Zusammentreiben Tausender Rinder war für Marty und Tina eine völlig neue Erfahrung. Sie wäre weniger mühsam gewesen, hätten sie mehr von dem sehen können, was eigentlich vorging. Doch ihre Augen und Münder waren bald von dem roten Staub verklebt, den die schlagenden Hufe aufwirbelten.

»Mein Hintern brennt wie verrückt!« gestand Marty.

»Und meiner erst«, sagte seine Schwester. »Ich wünschte wirklich, wir könnten so reiten wie Zoe und Emmie. Die sind einfach Klasse.«

»Ja. Vor allem Zoe.«

Die natürliche Leichtigkeit, mit der die beiden Mädchen ritten, spornte die Zwillinge an und ließ sie aushalten. Zum ersten Mal ländlich-zünftig gekleidet, trabten sie um die Herde und konzentrierten sich auf die schwere Aufgabe, auf ihren Pferden zu bleiben und sie unter Kontrolle zu halten.

»In den Filmen sieht das ganz anders aus«, beklagte sich Tina.

»Ich weiß. Ich dachte immer, es macht Spaß, Cowboy zu sein.«

»Jetzt sind wir klüger.«

Sie zügelte ihr Pferd und holte ihre Kamera heraus, als Zoe ins Blickfeld galoppierte. Tina folgte ihr mit dem Objektiv und drückte den Auslöser, als ihr Opfer einige Ausbrecher zur Herde zurücktrieb.

Kräftig von Bluey unterstützt, der an den Hufen der Rinder bellte, ritten Zoe und Emmie in beeindruckendem Tempo über die Weide, führten die Pferde gekonnt und hatten keine Angst. Gillie und Jamie lenkten den Auftrieb von ihren Motorrädern aus, jagten um die Herde herum, während sie sie voranbrachten.

Tina machte mehrere Fotos von den beiden Aborigines.

»Diese Jungs müßten Show-Fahrer werden«, meinte sie.

»Sind sie!« sagte Marty. »Sieh doch nur mal, wie die losjagen.«

Sie rasten über die Ebene, wirbelten Böen von Staub auf.

Ihre Maschinen ächzten, Hufe schlugen und die Rinder protestierten lautstark. Dann mischte sich ein anderes Geräusch in den Lärm. Aus dem Himmel stieg Nicks Hubschrauber herab, senkte sich rasch tiefer, wobei seine Rotorblätter heftig wirbelten.

»Mami ist wieder da!« schrie Tina und zeigte hoch.

»Ja.«

»Oh, Mann ich muß 'n Bild vom Hubschrauber machen.«

Doch bevor sie ihre Kamera scharf stellen konnte, sackte der Hubschrauber plötzlich weg und schwebte nur wenige Meter über dem Boden, wobei er die Rinder in die entgegengesetzte Richtung trieb.

»Was, zum Teufel, spielt er denn da!« schrie Marty.

»Ich denk', er hat's absichtlich gemacht«, fand seine Schwester.

»Aber er erschreckt ja die Herde.«

»Nein, tut er nicht. Er hat sie dahin getrieben, wo sie hin soll.«

Nick steuerte den Hubschrauber wieder nach unten und jetzt war es klar, daß er beim Zusammentreiben half. Daran gewöhnt, Vieh auf diese Weise zu treiben, steuerte er seine Maschine mit derart wagemutiger Gewandtheit, daß selbst die beiden Aborigines Beifall spendeten. Die Zwillinge kicherten.

»Siehst du, Marty? Ich hab's ja gesagt.«

»Ist das 'n Pilot!«

»Ich hoffe, Mami trägt ihren Sicherheitsgurt.«

»Muß sie ja, wie der mit der Maschine rumgurkt.«

Die Herde bewegte sich nun sehr schnell zu einer enfernten Schlucht, aber es gab einen Abtrünnigen. Ein Kalb brach aus und versuchte, ins Gestrüpp zu galoppieren. Marty sah das und spornte sein Pferd an, um das Tier aufzuhalten. Er lenkte es so ab, daß es zur Herde zurücklief. Er war ganz begeistert von seinem Erfolg, zumal es Tina gelang, von diesem Augenblick seines Triumphs ein Foto zu machen.

Zoe brachte ihr Pferd im Galopp herüber und zügelte es.

»Gut gemacht, Marty!« gratulierte sie ihm. »Du lernst schnell.«

»Ach, das war doch nichts...«

Doch es war schon etwas. Es änderte seine ganze Einstellung zum Outback.

Er begann, es tatsächlich zu genießen.

Die Schlucht war eng und steil. Rotleuchtende Klippen ragten in den Nachthimmel. Sterne strahlten verschwenderisch darüber. In der Ferne brüllte das Vieh. Ein warmer Wind wehte.

Das Lagerfeuer brannte hell auf dem gelben Sand. Kate, Nick und die Kinder lagen auf ihren Decken daneben, erschöpft von der Arbeit des Tages, aber glücklich. Ihnen gegenüber saßen die beiden Aborigines. Gillie schnitzte etwas aus einem Stück Holz, und Jamie spielte ein Lied seines Stammes auf seiner Harmonika.

Während die Musik klagend durch die Stille drang, erklärte Nick Kate und den Kindern die verschiedenen Sternbilder.

»Das ist der große Bär«, sagte er.

»Und wo ist der Ursa Major?« fragte Tina.

»Dasselbe. Ist nur ein anderer Name dafür.« Sein Finger wies auf eine Sterngruppe. »Die sieben hellsten in diesem Sternbild werden der Pflug genannt. Seht ihr die Kontur?«

»Ja«, sagte Marty. »Äh, und wie heißt der, Nick?«

»Orion. Der Jäger.«

»Wo steht das Kreuz des Südens?« fragte Kate.

»Das ist dort.« Emmie stieß Marty an und deutete nach oben.

»Wo?«

»Siehst du die beiden Sterne, die in einer Linie stehen?« fuhr Nick fort. »Das sind die Zeiger. Nun schau, wohin sie zeigen. Das ist das Kreuz des Südens.«

»O ja«, bestätigte Marty. »Jetzt sche ich es.«

»Ich auch«, fügte Tina ganz verzaubert hinzu. »Toll! Sind einfach großartig hier, die Sterne. Früher hab' ich sie eigentlich nie richtig bemerkt. Alles, was man nachts in Los Angeles sehen kann, sind Neonreklamen.«

Kate betrachtete fasziniert den Himmel und senkte dann den Blick auf die Schlucht und die dahinter liegende Ebene, die von einem melancholischen Mond schwach beleuchtet wurde.

»Plötzlich sieht alles so anders aus«, flüsterte sie.

»Hängt davon ab, wie man's betrachtet«, sagte Nick. »Dieses Land ist seit 40 000 Jahren die Heimat der Aborigines. Es ist Teil der Traumzeit. Es hat einen ganz eigenen Zauber.«

»Tom sagte das«, erinnerte sie sich zärtlich.

»Es kann dein Feind oder dein Freund sein.«

Kate lächelte optimistisch. Instinktiv spürte sie, daß sich für sie alles zum Guten wenden würde. Die Zukunft auf Larapinta war eine wundervolle Verheißung.

Die Musik endete und schwand in der Dunkelheit.

»Danke, Jamie«, sagte sie. »Das war wunderschön.«

Der Aborigine strahlte, als hätte er grade ein riesiges Trinkgeld bekommen.

Weiter unten in der Schlucht blökten die Rinder noch immer. Der Klang machte Kate nachdenklicher, und sie äußerte Zweifel.

»Nick, ich habe noch immer ein schlechtes Gewissen, Toms Rinder zu verkaufen.«

»Tom hätte das auch getan.«

»Wirklich?«

»Es ist das Vernünftigste, was man machen kann. Du mußt realistisch sein. Das Geld, das du dafür bekommst, könnte reichen, um euch durchzubringen, bis die Dürre endet.« Er zuckte kläglich die Schultern. »*Falls* sie endet.«

»Man kann nie wissen.«

Nick kicherte und warf ihr einen bedeutungsvollen Blick zu.

Marty erhob sich mit seiner Gitarre und gesellte sich auf der anderen Seite des Feuers zu Gillie und Jamie. Die anderen schauten zu, wie er sein Instrument stimmte. Leise und unerwartet sang er »Waltzing Matilda« mit einer Stimme, die schön und sicher zugleich war. Das Lied wurde zum Fanal, als es durch die Schlucht hallte.

Im flackernden Feuerschein tanzten Schatten auf seinem Gesicht. Marty sang fest entschlossen, machte seiner Mutter, seiner neuen Familie und Tom Hannons geliebtem Land ein Friedensangebot. Alle waren tief bewegt.

Es war sein Versprechen an die Zukunft.

Nicks Hand suchte im Dunkel die von Kate und drückte sie leidenschaftlich. Marty bemerkte die Berührung und lächelte. Nun entschloß sich Emmie, einzustimmen. Scheu holte sie ihre Flöte aus ihrer Tasche, nahm neben Marty Platz und spielte dann mit ihm, so ihre Bereitschaft signalisierend, ihre neue Familie zu akzeptieren und mit ihr zu teilen, was immer vor ihnen liegen mochte.

Die ganze Schlucht war nun mit melodiösem Klang erfüllt.

Das Echo schwang noch nach, als sich die warme Umarmung der Nacht um sie schloß.

Der riesige Tankwagen hatte weitere Wassertröge auf Cutta Cutta gefüllt, und Hunderte durstiger Rinder steckten ihre Schnauzen ins Wasser. Nicht weit davon entfernt wurde eine Gruppe von Kälbern gebrandmarkt. Phil beaufsichtigte die Aktion, aber Ed Stenning war entschlossen, selbst Hand anzulegen. Mit aufgekrempelten Hemdsärmeln hielt er das Brandeisen, während jedes neue Kalb vor ihm auf den Boden gepreßt wurde, damit er sein Zeichen darauf brennen konnte. Ed zeigte seinen Leuten gern genau, wie Dinge getan werden mußten.

Der Hufschlag eines Pferdes ließ ihn aufblicken und seine Stirn runzeln. Meg galoppierte wie der Teufel auf ihrem Rotschimmel auf sie zu. Ed steckte das Eisen zurück ins Feuer, bevor er seine Handschuhe auszog und sie einem der anderen Männer zuwarf.

»Mach weiter«, befahl er.

Phil beobachtete, wie er hinüber zu Meg ging, nachdem die ihr Pferd in einer Staubwolke angehalten hatte und abgestiegen war. Ihr Gesicht war angespannt und Schweiß lief in Strömen darüber.

»Es muß wichtig sein«, mutmaßte Ed.

»Das ist es, Dad. Wunjuk ist unterwegs nach Larapinta.«

Er zuckte zusammen. »Wunjuk!«

»Ich wette, Nick steckt dahinter«, sagte sie voller Verachtung. »Wunjuk ist der beste Wassersucher im Territorium. Was, wenn er den unterirdischen See findet?«

»Tom Hannon hat ihn nie entdeckt. Und Simmo auch nicht.«

»Wunjuk ist etwas Besonderes«, gab sie zu bedenken. »Außerdem hat Nick ihnen wahrscheinlich inzwischen von dem See erzählt. Wenn sie erst einmal wissen, daß er da ist, dann brauchen sie ihn nur zu finden.«

»Das Risiko müssen wir in Kauf nehmen, Meg.«

»Es ist ein zu großes Risiko.«

»Schluß damit!« herrschte er sie an. »Du tust, was dir gesagt wird!«

»Wir müssen uns gegen sie wehren.«

»*Ich* treffe hier die Entscheidungen, Meg.«

»Nick hat dich in Alice Springs besiegt«, erinnerte sie ihn brutal. »Willst du dich wieder von ihm schlagen lassen?«

»Jetzt reicht's!« brüllte er.

Blut schoß ihm ins Gesicht, und die Adern an seiner Stirn quollen wie dicke Drahtstränge heraus. Ed Stenning sah schrecklich aus, wenn er wütend war, und Meg gab sofort klein bei. Sie wußte, daß sein Wort endgültig war.

Phil hatte all dies voller Sorge beobachtet. Jetzt kam er hinüber, um zu sehen, ob er Meg helfen könne. Doch bevor der Vormann auch nur den Mund aufmachen konnte, bedeutete ihm Ed mit der flachen Hand zu schweigen.

»Halt dich da raus, Phil!«

»Ich will nur – «

»Das ist eine Familienangelegenheit.«

Meg warf Phil einen raschen Blick zu, der sowohl dankbar wie warnend war. »Schon in Ordnung«, sagte sie. »Ich werd' damit fertig.«

»Schön, Meg«, murmelte er. »Ich ...wir sprechen uns nachher.« Er nickte und kehrte gemächlich zu den anderen zurück.

Ed blickte seine Tochter weiter mißbilligend an, falls sie es wagte, ihn wieder herauszufordern.

Meg fühlte, daß es ein Fall war, in dem ihr Vater irrte, obwohl sie wußte, daß er das nie zugeben würde. Aber sie hatte das gleiche Temperament wie er, und das loderte nun in ihr. Unter seiner Abfuhr leidend, umfaßte sie den Sattelknauf, steckte einen Fuß in den Steigbügel und schwang sich auf das Pferd. Ohne ein Wort zu sagen, trieb sie das Tier zurück über die Ebene.

Hinter Ed schauten alle Cowboys mit Interesse zu.

»Was habt ihr da zu gaffen?« brüllte Ed, als er sich umwandte.

Seine Stimme war wie ein Brandeisen.

Wunjuk war ein dürrer Aboriginal unbestimmbaren Alters. Lediglich eine dunkelblaue Baumwollhose, die von der Sonne gebleicht und im Lauf der Zeit gefährlich zerschlissen war, verdeckte seine fast völlige Nacktheit. Während er nun im Führerhaus des Pritschenwagens zwischen Nick und Kate saß, musterte der alte Mann die Umgebung mit großem Interesse. Dann und wann murmelte er ein paar Worte in seiner Eingeborenensprache zu Nick.

Kate betete, daß der Wassersucher sie retten könnte. Als sie von Larapinta aufgebrochen waren, war sie voller Hoffnung und guten Mutes gewesen. Jedoch je weiter sie fuhren, desto größer wurden ihre Zweifel. Wunjuk mußte einfach Erfolg haben, sagte sie sich immer wieder, andernfalls würde die Ranch sterben. Larapintas ganze Zukunft lag jetzt in den Händen eines zerbrechlichen alten Aborigine mit zerschlissener Hose.

Nachdem sie mehrere Meilen in der Morgenhitze gefahren waren, streckte Wunjuk plötzlich einen Finger aus und grunzte dem Fahrer etwas zu. Nick lenkte den Wagen aus der Spur und steuerte ihn über den harten, holprigen Boden. Nahe einem Dickicht bremste er quitschend.

Wunjuk stieg sofort aus und schritt eine Linie ab, wobei er zwei gekrümmte Drähte vor sich hielt.

Kate war skeptisch. »Und das funktioniert wirklich, Nick?«

»Seit Tausenden von Jahren.«

»Aber es ist so … primitiv.«

»Darum ist es ja gerade so zuverlässig. Die Aboriginals haben im Outback seit Anbeginn der Zeit überlebt. Und das nur, weil sie wissen, wie man Nahrung findet und Wasser aufspürt. Gib Wunjuk Zeit.«

»Warum sucht er nicht bei den alten Brunnen?«

»Er sagt, daß die unterirdischen Reservoirs fast erschöpft sind. Er sucht nach einer frischen Quelle.«

»Wie lange wird es dauern?«

»Ein paar Tage – falls Wasser da ist.«

»Falls!« rief sie aus. »Es *muß* dort sein, Nick!«

»Es wird da sein.«

»Du bist nicht sicher, nicht wahr?«

»Kate...« Er blickte in ihr Gesicht, das durch die Erregung faltig war, und sehnte sich danach, sie in seine Arme zu nehmen und sie zu trösten, indem er ihr sagte, daß es irgendwo unter dem Territorium von Larapinta einen See gab. Aber etwas hielt ihn zurück. Etwas, das tiefer und komplizierter war, als seine Liebe zu ihr. Etwas, das er weder verstehen noch gegen das er ankämpfen konnte.

Nick wurde durch eine geradezu perverse Loyalität zu seinem Vater, durch ein rudimentäres Pflichtgefühl gegenüber einem Mann, denn er haßte, daran gehindert. Er hoffte brennend darauf, daß Kate von allein Wasser finden würde, aber er konnte das Ergebnis der von Ed Stenning in Auftrag gegebenen Untersuchung nicht enthüllen.

Der innere Konflikt drohte ihn zu zerreißen.

Kate flehte ihn an, ihr etwas Gewißheit zu geben. »*Gibt* es dort Wasser, Nick?«

Er konnte ihrem Blick nicht standhalten. Statt dessen schaute er zu dem alten Aborigine mit seinen beiden absurden Drahtstücken hinüber.

»Wunjuk weiß, was er tut.«

Tina lag allein auf dem Bett in ihrem Zimmer und sichtete ihre privaten Schätze, die sie in einer alten Zigarrendose aufbewahrte. Wieder einmal flossen Tränen, als sie Billys letzten Brief an sie las. Der Schmerz über seine Treulosigkeit war im Laufe der vergangenen Wochen nicht geringer geworden. Wenn sie mit den anderen zusammen war, konnte Tina sich beherrschen, indem sie arbeitete oder spielte. Doch wenn sie allein war, kehrten die Erinnerungen wieder und plagten sie wie ein Moskitoschwarm. Und sie konnten stechen.

Es klopfte an der Tür und eine ruhige Stimme sagte, »Darf ich hereinkommen?«

Tina schreckte auf und stopfte rasch alles wieder in die Zigarrenkiste, bevor sie mit dem Handrücken über ihre Augen wischte.

»Wer ist da?« fragte sie.

Die Tür öffnete sich und Zoe kam mit einem mitleidsvollen Lächeln herein. »Möchtest du darüber reden?«

Tina schüttelte ihren Kopf und stellte die Zigarrenkiste auf den Nachttisch.

Zoe kam durch das Zimmer und ignorierte ihre erste Reaktion. »Ich finde, manchmal hilft es, wenn man sich ausspricht«, erklärte sie. »Emmie und ich reden immer. Wenn man alles in sich hineinfrißt, dann ist man mit sich nicht gut, oder mit irgend jemand anderem.« Sie lehnte sich an das Bett. »Wie war Billy?«

»Er war nichts Besonderes«, sagte Tina abweisend.

»Wie alt war er?«

»Achtzehn. Gerade geworden.«

»Das ist aber kein Junge mehr«, kommentierte Zoe beeindruckt. »Das ist ein junger Mann.«

»Er war schon ganz schön erwachsen«, gab die andere zu.

»War er groß? Blond oder dunkel? Dick oder dünn?«

Es gab einen Augenblick der Unentschlossenheit, während Tina ihre Besucherin abschätzte. Sie hatte mit Kate über ihren Freund gesprochen, aber ihre Mutter konnte eigentlich nicht wirklich verstehen, was sie durchmachte. Nur ein Mädchen ihres Alters konnte ahnen, wie sie sich fühlte. Beth würde alles verstanden haben. Wenn sie jetzt in Los Angeles wäre, wußte Tina, dann hätte sie ihrer besten Freundin alles erzählt und Trost von ihr bekommen.

Aber Beth war nicht hier. Zoe wollte ihr helfen. Tina gab sich dem Bedürfnis hin, sich jemandem anzuvertrauen.

»Billy war groß«, sagte sie. »Fast einsachtzig. Dunkelbraunes Haar. Und er war dünn – nicht dürr, nein. Er hatte starke Muskeln. Hat immer Gewichte gestemmt. Aber er war schlank.«

»Sah er gut aus?«

»Recht stattlich. Die anderen Mädchen waren ganz verrückt, weil ich ihn mir geangelt hatte. Die waren so eifersüchtig, Zoe. Du kannst dir gar nicht vorstellen, was ich durchgemacht habe, ehrlich.«

»War Billy auf derselben Schule?«

»Ja – dann ist er abgegangen.«

»Hat er in der Nähe gewohnt?«

»Nein, wir lebten in Downtown, und er hatte seine eigene Wohnung in Venice.«

»Seine eigene Wohnung?« Zoe war ganz überrascht.

»Sicher. Die war zwar nur klein, gehörte ihm aber ganz allein.«

»Heißt das, daß du und Billy dahin gehen konnten ... alleine?«

»Wir waren verliebt«, sagte Tina einfach.

Zoe starrte sie einige Augenblicke lang an und entschloß sich dann, ihr ihre eigenen Geheimnisse anzuvertrauen. Sie ahnte, daß Tina verschwiegen wie ein Grab sein würde.

»Ich hab' eigentlich nie einen Freund gehabt«, gab sie zu.

»Nein, Emmie hat mir von eurem Internat erzählt. Nur Mädchen.«

»Und hier draußen gibt's auch nicht besonders viel Jungen.«

»Hab' ich bemerkt!« stöhnte Tina.

Die beiden lachten unwillkürlich über ihre traurige Lage.

»Da war ein Junge, den ich mal auf einer Party in Glenwarra kennengelernt habe«, fuhr Zoe fort. »Er hat mich nach draußen ins Dunkel geführt und geküßt. Zweimal.«

»Und dann?«

»Nichts. Ich hab' ihn nie wiedergesehen. Weiß nicht einmal mehr,wie er heißt.«

»Jungen sind widerlich, Zoe. Die meisten stinken, weißt du das?«

»Marty stinkt nicht«, erwiderte Zoe verteidigend.

»Gut, nein. Der ist anders. Er ist mein Bruder.«

»Marty ist in Ordnung. Der kann toll Gitarre spielen.«

»Ich weiß«, seufzte Tina. »Ich mußte ihm ja auch fünf Jahre lang zuhören, wie er übte!«

Sie lachten wieder, und das brachte sie unbewußt zusammen. Tina dachte über eine schwerwiegende Entscheidung nach, dann hob sie den Deckel und griff hinein.

»Möchtest du ein Foto von ihm sehen?«

»Von Billy? Sehr gerne.«

»Das hier hab' ich selbst am Strand von Santa Monica gemacht.«

Sie reichte das Foto hinüber, auf dem Billy in einer schwarzen Badehose vor dem pazifischen Ozean zu sehen war und die Luft anhielt, um seinen Brustkorb zu vergrößern.

»Mann!« Zoe betrachtete das Foto mit großem Interesse.

»Das ist er ... *war* er.«

»Er sieht aber wirklich nett aus, Tina.«

»Ja.« Alles kam in ihr wieder hoch. »Ich hasse ihn.«

»Ich auch«, entschied ihre Freundin.

Das Band zwischen ihnen war jetzt noch fester geworden.

Kate Hannon saß vor dem Schreibpult und blätterte einen Stapel Post durch. Neben Briefen an Freunde in Kalifornien waren da mehrere Rechnungen, die sie begleichen mußte. Um das Geld dafür zu bekommen, würde sie einen beträchtlichen Teil ihrer Herde verkaufen müssen. Sie war darüber noch immer geteilter Meinung, hatte aber sonst kein Geld verfügbar.

Während sie die Rechnungen durchsah, hörte sie ganz nah ein feines raschelndes Geräusch, so, als ob ein leichter Windstoß die Vorhänge bewegt hätte. Sie warf einen Blick über die Schulter, sah aber nichts und wandte sich wieder ihrer Arbeit zu. Kate hörte ein zweites Rascheln. Dieses Mal wußte sie genau, wo es herkam, weil etwas gegen ihren Knöchel stieß.

Sie blickte hinunter und erstarrte auf der Stelle vor Entsetzen.

Eine große braune Schlange ringelte sich an ihrem Fuß. Sie hatte sich offensichtlich unter dem Schreibtisch versteckt gehalten und war nun herausgeglitten, um sich umzuschauen. Sich noch immer an ihr reibend, bewegte sie sich einige Zentimeter vorwärts.

Kate war entsetzt. Sie konnte sich weder bewegen noch aufschreien aus Angst davor, daß sie damit die Schlange zum Angriff provozieren würde. Sie saß in der Falle. Sie war buchstäblich ein sitzendes Ziel. Ihr Blut gefror.

Tom hatte sie vor Schlangen gewarnt und sie wußte, daß viele von ihnen giftig waren. Am meisten erschreckte sie, daß sie unbemerkt ins Haus gelangt war. Nach ihrer Begegnung mit den beiden Dingos in der Küche hatte sie geglaubt, das Schlimmste hinter sich gebracht zu haben. Doch die Schlange war ein weitaus tödlicheres und erschreckenderes Geschöpf. Sie konnte sich nicht dagegen wehren.

In blinder Panik überschlugen sich ihre Gedanken. Natürlich hatte sie um sich selbst Angst, aber ihre Hauptsorge galt den Kindern – ihren eigenen und denen Tom Hannons. Wenn ihr irgend etwas zustoßen sollte, würden sie niemanden haben, der für sie sorgte. Dadurch wurde sie sich sehr heftig der schrecklichen Verwundbarkeit bewußt, die eine Familie mit nur einem Elternteil hat.

Sie brauchen mich, dachte sie. *Ich kann sie nicht allein lassen. Laß mich nicht sterben! Bitte, Gott. Nicht so. Nicht jetzt.*

Die Schlange glitt über ihren Fuß, verharrte dann, um den Raum zu beobachten. Sie fühlte sich tonnenschwer an, und Kate durchlitt tausend Ängste, daß ihr Fuß sich zufällig bewegen könne. Alles was sie tun konnte, war absolut unbewegt sitzen zu bleiben und zu hoffen, daß sie verschwinden würde.

Aber die Schlange bewegte sich nicht mehr. Genau wie ihre Probleme mit Larapinta, die auch nicht von alleine verschwanden, erkannte sie plötzlich. Sie mußte irgendwie damit fertig werden, sonst wäre es ihr Tod.

Hysterie packte sie und sie schrie in Gedanken.

Bitte rettet mich! Warum kommt denn niemand – helft mir!

Doch niemand kam; die Schlange blieb, wo sie war, hob ihren Kopf etwas und züngelte.

Kate versuchte, ihre Fassung wiederzugewinnen und zu überlegen, was geschehen würde, wenn sie gebissen werden würde. In Glenwarra gab es kein Krankenhaus. Sie mußte die fünfhundert Kilometer nach Alice Springs geflogen werden, um das Schlangenserum zu bekommen – falls es dort wirklich vorhanden war –, und sie war davon überzeugt, daß sie längst tot sein würde, bevor sie ankam.

Es war eine so schreckliche Art zu sterben. Es vorher zu wissen, und die langsame Qual des Wartens ertragen zu müssen. Ihre Mörderin zu sehen und zu beobachten, wie sie den rechten Moment abwartete. Um ihre Kinder zu bangen und übrhaupt nichts für sie tun zu können.

Kate Hannon litt Höllenqualen, und der Schmerz war mörderisch.

»Wenn du mit Bumerangs werfen willst, wird's Gillie dich lehren.« Nicks Stimme. Sie näherte sich draußen. Endlich Hoffnung.

»Wie macht man's, daß sie zu einem zurückkommen?« fragte Marty.

»Man denkt ganz fest daran.« Er lachte. »Nein, war ein Scherz. Liegt alles am Handgelenk...«

Die beiden traten durch die Tür und winkten Kate zu. Sie sahen ihr Gesicht, das sie flehend anblickte. Dann sahen sie die Schlange.

»Teufel!« murmelte Nick.

»Mami!« flüsterte Marty.

Nick hieß Marty mit einer Geste absolut still zu bleiben, schlich dann langsam zu der Wand, um das Gewehr zu nehmen, das an zwei Holzpflöcken hing. Während er prüfte, ob es geladen war, begann die Schlange sich wieder zu bewegen und glitt zu Kates anderem Bein. Plötzlich nahm sie den Kopf zurück, um zuzuschlagen und Kate ertrug es nicht mehr, hinzuschauen. Sie schloß fest die Augen und nahm all ihre Kräfte in Erwartung des stechenden Bisses zusammen.

Päng!

Der Schuß schleuderte die Schlange durch das Zimmer, und sie blieb als lebloser Haufen nahe dem Fenster liegen.

Nick nahm das rauchende Gewehr unter den Arm und warf einen Blick auf das Tier.

»Eine braune Puffotter«, stellte er fest. »Du hast Glück gehabt. Die sind giftig.«

Kate spürte, daß sie die Selbstbeherrschung verlor, sprang auf und warf sich ihm aufschluchzend in die Arme.

»Oh, Nick...Nick!«

»Ist ja gut, ist ja gut!« tröstete er sie. »Ist ja alles vorbei.«

Marty sah ihn voller Staunen und Bewunderung an.

Ed Stenning und seine Tochter saßen einander an den Enden des prunkvollen antiken Eßtisches gegenüber, der den Mittelpunkt des Salons bildete. Sie nahmen ihr Abendessen auf Cutta Cutta ein, und Ed bestand auf Wahrung korrekter Formen. Das bürgerliche Menü war vom Personal serviert worden, und die beiden vollzogen ihr bizarres Ritual, ein gewöhnliches Abendessen wie ein Bankett einzunehmen.

Meg schob ihren Teller beiseite und griff nach der Landkarte von Larapinta, die neben ihr lag. Die Ergebnisse der Wassersuche waren deutlich markiert, wiesen einen großen, unterirdischen See aus.

»Glaubst du, daß dieses Gutachten falsch ist, Dad?«

»Der Geologe hat das Gelände monatelang untersucht – wenn Tom Hannon nicht aufpaßte. Wenn er sagt, daß da ein See drunter liegt, dann kannst du's ruhig glauben.«

»Oh, das tue ich«, erwiderte sie mit ironischem Lächeln.

»Was ist so komisch?«

»Du, fürchte ich. Ich überlegte nur, wieviel du dafür zahlen mußtest, dieses Gutachten unbemerkt durchführen zu lassen.« Ein spöttischer Ton kam hinzu. »Und jetzt kommt irgendein stinkender alter Aborigine für ein paar Dollar zum gleichen Ergebnis.«

Sie schaute begierig auf die Landkarte und wurde ernst. »Wir wollen doch Larapinta, oder? Dann sollten wir hingehen und dafür sorgen, daß wir's auch bekommmen. Mrs. Hannon wird nie verkaufen, wenn sie erst einmal auf den See gestoßen ist.«

»Es gibt keine Garantie dafür, daß sie darauf stoßen wird. Nicht einmal mit Wunjuk.«

»Wenn sie aber Wasser findet, dann haben wir keine Chancen mehr. Willst du einfach hinnehmen, daß diese Hexe Larapinta behält?«

»Es gehört ihr rechtmäßig, Meg.«

»Rechtmäßig!« wiederholte seine Tochter verächtlich. »Sie kannte Tom Hannon zwei Wochen, das ist alles. Was für eine Basis ist das für eine Ehe? Sie war nicht die Art Frau, die er da draußen brauchte, und sie hat kein Recht, dort zu bleiben.« Sie ergriff die Karte und schwenkte sie. »Dieses Land gehört *uns*, Dad. Wir müssen etwas tun.«

»Du wirst nichts tun«, bestimmte er.

»Du wirst weich«, warf sie ihm vor. »Das ist nicht der Ed Stenning, den jeder kennt. Du hast mich immer gelehrt, den Mut zu haben und hinzugehen, um mir zu nehmen, was ich will.«

»Erzähl du mir nichts von Mut!« explodierte er, wobei er wütend aufsprang. »Mit meinem Mut habe ich ein ganzes Imperium geschaffen. Dafür bürgt mein Name in diesem Territorium, und das solltest du nie vergessen!«

Meg änderte ihre Taktik, kam zu ihm hinüber und stellte sich vor ihn. »Larapinta ist da, um genommen zu werden«, redete sie auf ihn ein. »Nimm es. Diese Frau *verdient* es nicht!«

»Kate Hannon macht mir keine Angst«, sagte er leichthin. »Früher oder später wird sie aufgeben. Allein kann sie keine Ranch bewirtschaften.«

»Und wenn Nick ihr hilft?«

Es war wie ein Messerstich in seine Rippen, und er schluckte.

Fast eine Woche verging, und Wunjuk hatte noch immer kein Wasser gefunden. Kates Hoffnungen begannen zu schwinden, und die Zukunft sah düster aus. Der Pessimismus griff auf die Kinder über. Sie wurden mißtrauisch und verdrossen. Sie wußten nur zu gut, welche Folgen Wunjuks Nein haben würde.

»Marty! Frühstück, Liebling!« Kate stieß die Scheunentür auf, als sie ihn rief. Sonnenlicht durchflutete das düstere Innere. Sie ging hinein.

»Marty, du kannst später noch mit dem Kalb spielen ...«

Ihre Worte verloren sich, als sie das Gesicht ihres Sohnes sah. Er kniete im Stroh neben dem ausgemergelten Körper des Kalbs, bei dessen Geburt er geholfen hatte. Die Trauer verwandelte ihn wieder in einen hilflosen kleinen Jungen.

»Buddy ist tot«, murmelte er. »Seine Mutter hatte einfach nicht genug Milch.«

»Oh, Marty!«

»Ich kam rein und fand ihn so.«

Er streichelte das tote Kalb einen Augenblick lang, erhob sich dann, um sich in die Arme seiner Mutter zu werfen und weinte bitterlich über die Ungerechtigkeit. In seinem kurzen Leben war er in dieses Tier vernarrt gewesen. Nun war es ein weiteres Opfer der mörderischen Dürre.

»Es ist nicht fair, Mami!«

»Ich weiß, Liebling«, tröstete sie ihn. »Ich weiß.«

Kate teilte seinen Schmerz und wiegte ihn langsam hin und her. Als seine Tränen schließlich versiegt waren, ging sie mit ihm zurück ins Haus. Was sie jetzt brauchte, war eine Tasse Kaffee, um wieder zu Kräften zu kommen. Sie griff nach dem Kessel und hielt ihn unter den Wasserkran. Als sie ihn jedoch aufdrehte, hörte sie nur ein seltsam gurgelndes Geräusch und dann quollen ein paar Tropfen schmutziges Wasser heraus, die in Sekunden verdunsteten.

Der Wassertank war leer. Das war der letzte Strohhalm gewesen.

»Nein!« heulte sie auf, schleuderte den Kessel zu Boden.

Kate hämmerte mit ihren Fäusten in einem Ausbruch völliger Verzweiflung gegen den Wasserhahn, brach dann hilflos stöhnend auf einem Stuhl zusammen.

»Oh, Gott ... wie lange können wir noch durchhalten!«

18

Eine kleine Gruppe von Rindern ruhte im Schatten eines Baumes, der mitten auf dem Hof der Larapinta-Ranch stand. Sie waren entspannt und ahnungslos, mahlten ihr Futter langsam zwischen den Kiefern und schlugen mit ihren Schwänzen, um die Fliegen zu vertreiben. Keines der Tiere sah, daß Gillie in den Ästen über ihnen kletterte, sein Gewehr über den Rücken gehängt.

Musik drang aus dem Klassenzimmer. Kinder aus vierzig Rinderstationen, die über ein riesiges Gebiet verstreut lagen, waren durch Funk zu einem Stegreif-Orchester verbunden. Marty spielte auf seiner Gitarre, während Emmie auf ihrer Flöte blies, und ihre Instrumente den Klang verstärkten, der von denen Dutzender anderer kam.

Der alte Aborigine brachte sich in bequeme Position und griff dann nach seinem Gewehr. Er suchte sich einen fleischigen Stier aus, zielte und schoß. Der Schuß zerschmetterte das Gehirn des Tieres und ließ es dröhnend zu Boden fallen. Verwirrt von dem Geräusch muhten die anderen Rinder voller Erschöpfung und trabten rasch davon.

Kate erschien auf der Veranda, und vier Kinder blickten aus dem Fenster des Klassenzimmers. Obwohl der Stier tot war, zuckte er noch eine Weile, wobei seine Augen blicklos nach oben starrten.

»Warum hat er ihn erschossen?« fragte Marty entsetzt.

»Zum Essen«, sagte Zoe. »Dad hatte immer einen Stier im Fleischschuppen hängen.«

Marty sagte nichts, war aber völlig aufgeregt. Er beobachtete, wie Gillie und Jamie Seile um den Stier schlangen und ihn dann mit dem Lastwagen über den Hof schleppten. Eine Spur roten Blutes zog sich über den ausgedorrten Boden. Die Aborigines fuhren um die Ecke der Scheune herum und verschwanden aus dem Blickfeld.

»Laß uns weiterspielen«, schlug Emmie vor.

»Ich hab' genug«, fand Marty.

Er stellte seine Gitarre beiseite und ging rasch aus dem Zimmer.

»Was hat er denn?« fragte Zoe.

»Ist wegen Buddy«, erklärte Tina. »Als sein Kalb starb, hat ihn das richtig mitgenommen.«

Zoe hatte Mitleid. »Soll ich zu ihm gehen?«

»Nein. Er ist bestimmt ganz gern 'ne Weile alleine.«

Während die Kinder wieder Dotty Phillips Musikunterrischt lauschten, fuhren Gillie und Jamie mit ihrer Arbeit fort. Nachdem sie den toten Stier in den Fleischschuppen gehängt hatten, spritzten sie ihn gründlich sauber und schlugen ihm dann Kopf und Beine ab. Der Kadaver wurde dann an einen riesigen Haken gehängt, der am Hauptbalken befestigt war. Mit langen, scharfen Messern begannen sie, den Stier zu häuten.

Während sie arbeiteten, plauderten sie fröhlich und erledigten alles rasch und sachlich. Nachdem alles vorbei war, ließen sie den Rumpf an dem Haken hängen und reinigten den Boden. Dann verließen sie den Schuppen.

Marty kam herbei und preßte seine Nase gegen den Fliegendraht im Inneren des Gebäudes. Er schluckte heftig als er den Kadaver sah, der sich langsam an dem Haken drehte. Eine heftige Übelkeit überkam ihn und er ging hinaus, um sich im Staub zu erbrechen.

Dieses Mal war es Tina, die tröstend ihre Arme um ihn legte.

Der Telefonanruf veranlaßte Kate Hannon, so schnell sie konnte nach Glenwarra zu fahren. Sie hielt vor Henry

Dingwells Büro, sprang aus dem Wagen und rannte durch die Tür. Bevor die Sekretärin sie aufhalten konnte, war Kate einfach zu dem Anwalt hineingegangen.

»Henry, Sie sind ein Genie«, verkündete sie.

»Wirklich?« sagte er, wobei er sich überrascht hinter seinem Schreibtisch erhob.

»Sie sind wundervoll! Ich könnte Sie küssen.«

»Tun Sie sich keinen Zwang an.«

»Stimmt es, was Sie am Telefon gesagt haben? Sie haben tatsächlich ein Darlehen beschafft?«

»Natürlich«, erwiderte er munter. »Am Ende schaffe ich das immer. Das ist das Motto der Dingwells. Niemals aufgeben.« Er deutete ihr an, Platz zu nehmen, nahm dann einige Papiere von seinem Schreibtisch. »So, fangen wir an.«

»Von wem kommt das Geld?«

»Machen Sie sich deshalb keine Gedanken, Kate. Unterschreiben Sie einfach hier unten.«

»Aber ich muß doch wissen, welche Bank es ist«, warf sie ein.

»Es ist ein privates Darlehen«, sagte er ihr. »Alles völlig legal und ehrlich. Sehen Sie selbst.«

Dingwell reichte ihr die Papiere. Während sie diese durchsah, kam er herum und stellte sich hinter sie und verwies auf eine bestimmte Klausel in dem Vertrag. Ihre Augenbrauen hoben sich.

»Warum so wenig Zinsen?«

»Sie haben einen unbekannten Wohltäter.«

»Wen?« fragte sie. »Ich kann doch nicht einen Vertrag mit jemandem unterschreiben, den ich gar nicht kenne. Wozu die Geheimniskrämerei?«

Dingwell nahm auf der Ecke seines Schreibtisches Platz und seine Gesichtszüge verzogen sich zu einem kläglichen Grinsen.

»Kate, ich hab' verdammt große Mühe gehabt, dieses

Darlehen aufzutreiben. Die meisten haben mir nicht mal zugehört. Alle Banken haben mich abgewiesen.« Seine Stimme klang nachdenklich.

»Warum?« sagte sie leicht beunruhigt.

»Weil Larapinta ein großes Risiko ist. Es hatte schon Schwierigkeiten, als Tom noch lebte, und der hat sein Leben lang Rinder gezüchtet. Die Banken hatten wenig Lust, jemandem Geld zu leihen, der...«

»Sagen Sie's Henry – ein Greenhorn ist.«

»An jemanden, der weniger Erfahrung hat«, fügte er taktvoll hinzu. »Und außerdem sind sie überhaupt nicht davon überzeugt, daß es Wasser unter Ihrem Land gibt.«

»Und warum ist mein Wohltäter dann bereit, seinen Hals hinzuhalten? Das kommt mir alles doch sehr merkwürdig vor.«

»Kate«, erklärte er ihr, »lassen Sie's mich ganz klar sagen. Dieses Angebot ist nicht nur das beste, das sie bekommen werden. Es ist das *einzige*. Also – wollen Sie das Geld jetzt oder nicht?«

Sie verwarf ihre Zweifel und griff nach einem Stift, der auf dem Schreibtisch lag.

»Wo muß ich unterschreiben?«

Meg Stenning saß auf dem Beifahrersitz des Landrover, während Phil sie über die Hauptstraße von Glenwarra fuhr. Sie war auf der Fahrt von Cutta Cutta mürrisch und geistesabwesend gewesen, und seine Geduld war ziemlich erschöpft. Sie schien endlos weit weg zu sein.

»He!« schimpfte er. »Weißt du noch, wer ich bin?«

»Was?« Sie schreckte auf. »Oh, es tut mir leid, Phil. In Gedanken war ich ganz woanders.«

»Das ist seit Tagen so.«

»Sei mir nicht böse«, sagte sie, legte ihm eine Hand auf den Arm und klang endlich einmal wieder zärtlich.

»Ich mach's wieder gut.«

»Ich werd' dich daran erinnern«, erwiderte er und warf ihr einen Blick zu, bevor er wieder durch die Windschutzscheibe nach vorn schaute. »Scheiße!«

Phil bremste hart, als er Kate Hannon sah, die mit Paketen beladen direkt vor ihm auf die Straße trat. Das Fahrzeug kam nur Zentimeter von ihr entfernt quietschend zum Stehen, wobei sie ihre Pakete fallenließ und die Hände abwehrend hob.

Als er hinaussprang, um sie anzusprechen, war mehr Sorge als Ärger in seinem Verhalten und er konnte sehen, daß sie ganz durcheinander war.

»Was zum Teufel machen Sie denn da?«

»Es tut mir leid«, murmelte sie. »Ich hab' zur falschen Seite geschaut. Ich hab' völlig vergessen, daß hier ja auf der anderen Straßenseite gefahren wird.«

Er bückte sich, um die Pakete aufzuheben, als Meg aus dem Fahrzeug stieg.

»Ich bin sicher, daß Mrs. Hannon nichts passiert ist, Phil.« Ihre Stimme war absichtlich eisig.

»Nein ... ist alles in Ordnung«, stimmte Kate zu, die überrascht war, sie zu sehen.

Phil reichte ihr die Pakete mit einem höflichen Lächeln. »Das ist 'ne Menge.«

»Danke.«

»Gehen wir«, sagte Meg abrupt.

Als sie sich abwandten, handelte Kate impulsiv.

»Warten Sie!« Als Meg sich umdrehte, sagte sie zu ihr: »Ich würde gern mit Ihnen sprechen. Allein.«

Meg überlegte einen Augenblick, nickte dann Phil zu, der wieder in den Landrover stieg.

»Nun? Worum geht's?« fragte Meg ungeduldig.

Kate holte tief Luft und versuchte, versöhnlich zu klingen.

»Meg«, sagte sie, »ich weiß, daß es in der Vergangenheit viel Böses zwischen den Stennings und den Hannons gegeben hat. Aber ich würde das gerne ändern.«

»Küßchen und alles in Ordnung? Schlagen Sie das vor?«

»Etwas in dieser Art.«

»Ja«, bemerkte Meg, »das könnte Ihnen so passen: gute Beziehung zur Familie ihres Liehabers.«

»So ist das nicht!« wehrte sich Kate tief gekränkt über diese Anspielung.

»Wie ist es denn?«

»Ich möchte ganz ehrlich, daß wir Freunde sind. Nick hat damit nichts zu tun.«

»Nein?« Meg blieb hochmütig. »Verkohlen Sie doch jemand anders.«

Kate hatte Mühe, ihren aufwallenden Zorn zu unterdrücken.

»Sie hassen Ihren Bruder, nicht wahr?«

»Nick ist es nicht wert, gehaßt zu werden«, entgegnete Meg. »Dennoch, danke für die Friedenspfeife. Ich werd's Dad erzählen. Da kann er herzlich lachen.«

Meg ging zurück zum Landrover und ließ sie einfach stehen.

»Worum ging's?« fragte Phil.

»Fahr los.«

»Sie sieht verstört aus«, bemerkte er, während er langsam anfuhr. »Was hast du ihr gesagt?«

»Die Wahrheit. Stennings und Hannons passen nicht zueinander.«

»Nick denkt offensichtlich nicht so.«

»Er ist kein echter Stenning mehr!« fauchte sie.

»Er ist aus anderem Holz als du und dein Dad, das steht fest.« Phil blickte in den Rückspiegel und sah eine verlassene Kate, die ihnen noch immer nachblickte. »Mrs. Hannon hat viel Glück gehabt. Ich hätte sie fast überfahren.«

»Wenn ich gefahren wäre«, gestand Meg, »dann *hätte* ich sie überfahren.«

Er fuhr herum. »Absichtlich?«
»Ich mag Leute nicht, die mir im Wege stehen!«
Eine erschreckende Offenheit schwang in ihren Worten mit.

Die Bohrung an der neuen Stelle begann, und sie alle sahen ängstlich zu. Gillie und Jamie hielten den Atem an. Marty kreuzte seine Finger. Nick und Kate waren bis zum äußersten gespannt. Die drei Arbeiter, welche die Maschinen bedienten, waren ebenso besorgt. Dies war Larapintas absolut letzte Überlebenschance.

Mit lautem, dröhnendem Knirschen bahnte sich der Bohrer seinen Weg durch die ausgedorrte Erde, bis er seinen tiefsten Punkt erreicht hatte. Der Schalter wurde umgelegt und das Gestänge drehte sich zurück an die Oberfläche. Sie beugten sich vor, um das Ergebnis zu sehen. Dann stöhnten sie auf. Die Erde blieb völlig trocken. Die Bohrung war ein Fehlschlag gewesen.

»Tiefer«, drängte Kate.

»Tut mir leid, aber es geht nur so weit«, erklärte Nick.

»Bist du ganz sicher, daß dies die Stelle ist, die Wunjuk meinte?«

»Völlig sicher, Kate.«

»Ich dachte, du hättest gesagt, er sei zuverlässig.«

»Niemand hat hundertprozentig Erfolg.«

Kate sah sich nach den anderen um. Sie alle schauten sie voller Mitleid an und warteten auf ihre Entscheidung. Obwohl sie niedergeschlagen war, tat sie ihr Bestes, um Haltung zu bewahren.

»Wir brechen wohl besser ab...«

Als die Arbeiter begannen, ihre Maschinen abzubauen, ging sie zu einer kleinen Anhöhe, von der aus sie die Ebene überblicken konnte. Es war ein wehmütiger Augenblick, weil sie wußte, daß ihr Larapinta nicht mehr gehören würde. Sie mußte verkauft werden. Ohne Wasser war sie erledigt.

»Wir haben unser Bestes getan, Tom«, murmelte sie. »Er tut mir leid.«

All ihre mutigen Pläne und kühnen Ambitionen waren jetzt dahin. Alle Anstrengungen, die sie in die Ranch gesteckt hatte, waren vergebens gewesen. Der Schmerz der Niederlage nagte an ihr, und sie kniff sich in die Seite.

Dann geschah das Wunder.

»Mami!« schrie Marty aufgeregt. »Komm doch!«

Die trockene Erde unter dem Bohrgeschirr schien ein wenig zu erbeben, dann drang etwas Wasser hervor. Es sickerte heraus, blubberte dann, strömte schließlich mit ungeheurer Gewalt aus dem Boden, schoß hoch in die Luft, bevor es sich wie ein gigantischer Springbrunnen über sie ergoß.

»Kate!« schrie Nick. »Wir haben gerade Wasser gefunden!«

Alle tanzten voller Freude herum und ließen sich das Naß über die Köpfe strömen.

»Ripper!«

»Du Wahnsinnsweib!«

»Klasse!«

»Wir sind gerettet!«

Kate warf sich in Nicks Arme, weinte und lachte zugleich. Und während sie da unter dem freundlichen Gießbach standen, fühlte sie sich, als sei sie mit ihm unter der Dusche in seinem Haus.

Die Nacht in Alice Springs war wahrhaftig ein Omen gewesen.

Bis tief in die Nacht hinein wurde auf der Ranch mit Essen und Trinken und endlosen Liedern gefeiert. Sie hatten den unterirdischen See entdeckt, und ihre Probleme waren weitgehend gelöst. Als der erste Toast ausgebracht wurde, trank man – dazu passend – Wasser.

Kate hob ihr Glas und musterte ihre Familie voller Stolz.

»Auf uns«, sagte sie. »Auf uns alle. Und – die Zukunft!«

»Auf die Zukunft!« wiederholten sie im Chor.

Der Erfolg hatte sie alle zu einer glücklichen Gemeinschaft verbunden.

Als es Zeit war, ins Bett zu gehen, zogen sich die Kinder in ihre Zimmer zurück, und Nick schlenderte allein zu seinem Schlafhaus hinüber. Kate wartete, bis alle anderen im Hause zu schlafen schienen, stahl sich dann aus der Küchentür und eilte rasch über den Hof. Ein dünner Lichtschimmer war im Fenster des Schlafhauses zu sehen.

Sie ging hinein und fand Nick ausgegestreckt auf einer der Pritschen liegen, nur mit einer leichten Decke bedeckt. Eine Petroleumlampe brannte daneben und umschmeichelte sein Haar so, daß es fast wie ein Heiligenschein wirkte.

Kate schlüpfte aus ihrem Morgenmantel und glitt neben ihn unter die Decke. Sie schmiegte sich an seinen vertrauten nackten Körper und schmeckte seine Lippen mit einem ersten, langen, liebenden, fordernden Kuß.

»Nick...«

»Ja?«

»Danke.«

»Wofür?«

»Daß du's möglich gemacht hast.«

»Das Wasser? Das war Wunjuks Werk.«

»Ich dachte dabei an die Bohrkosten.« Sie streichelte sein Gesicht mit zärtlichen Händen. »Danke dafür, daß du uns das Geld geliehen hast.«

Eine lange Pause entstand. Dann breitete sich ein gestehendes Lächeln aus.

»Woher weißt du, daß ich es war, Kate?«

»Wer denn sonst?« Sie wurde ernst. »Ich werde es auf Heller und Pfennig zurückzahlen ...«

»Psssst!«

Er küßte sie zärtlich, und sie liebten sich die ganze Nacht.

Meg Stenning hatte keine Liebe, die ihr durch die Finsternis half. Von Haß verzehrt lag sie auf ihrem Bett, während Phil mit triumphierendem Grunzen in sie drang und dann zu stoßen begann. Seine kräftigen Hände umfaßten ihr Gesäß, und er drückte es jedesmal heftig, wenn er in sie stieß. Er war ein feuriger Liebhaber, aber Raffinessen waren ihm fremd. An der Art, wie er mit immer kräftigerer Wucht hinein- und herausglitt, war etwas fast roh Mechanisches. Sein Kopf war an ihren Hals gepreßt, und sein Mund senkte sich hungrig in ihr Fleisch.

Sie ließ das alles mit zurückhaltendem Interesse und minimaler Lust über sich ergehen, starrte an die Decke und fuhr mit ihren Händen über seinen Rücken. In Gedanken war sie auf Larapinta und bei dem Wasser, das dort gefunden worden war. Wenn sie an Kate Hannon dachte, schwelte ihre Wut. Wenn sie sich vergegenwärtigte, daß ihr Bruder dabei geholfen hatte, brannte Rachsucht in ihrem Herzen.

Phil bockte jetzt heftig und grunzte geräuschvoll. Als er dann zu stöhnen begann, grub sie seine Fingernägel in ihn und stieß einen hohen, schrillen Schrei aus, der sich mit seinem Keuchen mischte. Meg wälzte sich unter ihm, bis sein Orgasmus vorbei war und umarmte ihn noch einmal, bevor sie bewegungslos zurückfiel.

Als er wieder bei Atem war, stützte er sich auf seine Ellenbogen und starrte sie verletzt an.

»Du hast nur so getan als ob!«

»Phil…«

Er nahm ihren Kopf in beide Hände, um sie dichter an sich zu ziehen.

»Beim nächsten Mal«, warnte er, »muß es aber echt sein.«

Zoe stand in der Mitte des Hofes und hielt die Leine, während das Pferd in einem großen Kreis trabte. Marty saß im Sattel, richtete sich auf ihren Befehl hin in den Steigbügel auf und fand die ganze Übung weitaus angenehmer als seine vorangegangenen Versuche hoch zu Roß. Zoe war eine gute Lehrerin, und er gehorchte jeder ihrer Anweisungen.

»Gut«, sagte sie. »Jetzt versuch's allein.«

»Okay.«

Sie kam hinüber, um Leine und Geschirr vom Pferd zu lösen, gab ihm dann einen festen Schlag auf den Rumpf.

»Lauf, Pegasus!«

In raschem Trab umrundeten Pferd und Reiter einige Male den Hof, dann zügelte Marty sein Tier. Er war über seinen Erfolg erfreut.

»Ich denk', ich krieg's langsam raus.«

»Emmie wird mit dir 'nen anständigen Ausritt machen«, sagte sie.

»Was ist mit dir?« fragte er mit offensichtlicher Enttäuschung.

»Ich hab' hier zuviel zu tun.«

»Danke, jedenfalls. Du warst eine tolle Hilfe, Zoe.«

»Gut.«

Sie lächelten einander in offener Zuneigung an. Beide hatten seit diesen ersten Tagen voll trotzigen Abwehrens und Widerborstigkeit viel gelernt. Marty bewunderte sie außerordentlich wegen ihrer Geschicklichkeit bei so vielen schwierigen Dingen, und Zoe war ihrerseits von seiner Bereitschaft beeindruckt, sich einem völlig anderen Lebensstil anzupassen.

»Es wird besser, Marty, nicht wahr?« fragte sie.

»Was meinst du?«

»Larapinta.«

»Seit wir Wasser gefunden haben, ist es der Mittelpunkt des Universums!«

»Ich möchte, daß es dir gefällt«, gestand sie. »Es ist unser Zuhause.«

»Ich mag es jetzt, Zoe. Es wird mir immer lieber.«

»Heißt das, daß du gern hierbleiben würdest?«

Abklingende Vorbehalte von früher ließen ihn die Achseln zucken und mit der Antwort zögern. »Ich will einfach sagen, daß ich nicht mehr so versessen darauf bin, wegzukommen.«

»Und Tina?«

»Oh ... Tina gefällt hier vieles«, sagte er ohne Überzeugung.

»Aber sie würde lieber zurück nach Kalifornien gehen.«

»Das würde ich nicht sagen.«

»Ich bin nicht blind«, erwiderte Zoe. »Sie war genauso aufgeregt wie wir, als wir auf Wasser stießen, aber auf Larapinta ist sie nicht wirklich glücklich. Tief drinnen hängt sie an Los Angeles. Auch ohne Billy.«

»Vielleicht«, räumte er ein.

Emmie kam auf ihrem Pony aus den Ställen getrabt.

»Können wir, Marty?«

»Sicher.«

»Denk an das, was ich dir beigebracht habe«, sagte Zoe und grinste zu ihm hoch.

»Ich hab' kein Wort davon vergessen«, versprach er.

Emmie schwenkte ihr Pony herum und ritt zum Haupttor. Marty gab Pegasus mit seinem Reitstock einen leichten Klaps auf den Rumpf und ritt dann in schnellem Trab davon. Zoe winkte ihnen nach, und ihre Augen ruhten auf ihrem Schüler. Ohne daß sie sich dessen bewußt war, war Marty einer der Gründe dafür, warum sie es so genoß, wieder auf Larapinta zu sein.

Die Reiter trabten einige Meilen hinaus auf die Ebene, erlaubten ihren Pferden im Wechsel zu traben, zu kantern und zu galoppieren. Sie erreichten einen Teil des Weidegebietes, in dem sich Dünen in regelmäßigen Wellen erhoben und die flache Landschaft durchbrachen.

»Los, Em. Wir reiten um die Wette zu diesem großen Sandhügel.« Martys Selbstvertrauen war jetzt beträchtlich gewachsen.

»Wieviel Vorsprung möchtest du haben?« neckte ihn Emmie.

»Ich reite Pegasus«, prahlte er. »Er kann fliegen!«

Er stieß einen triumphierenden Schrei aus und spornte das Pferd zum Galopp an, aber Emmie ließ sich nicht abschütteln. Mit klappernden Hufen jagte ihr Pony über die Weite und überholte bald den größeren, aber schwerfälligeren Pegasus. Martys Unerfahrenheit machte sich bemerkbar, und das Mädchen war weit vor ihm, als sie den Sandhügel erreichte, in einem letzten Endspurt hinaufritt und dann aus dem Blickfeld verschwand.

Als er die Düne schließlich erreicht hatte, ritt er an ihrem Fuß um sie herum – aber von Emmie war keine Spur zu sehen. Er nahm die Zügel kurz und brachte Pegasus zum Halt. Das Pferd atmete jetzt schwer, und seine Flanken waren mit fließendem Schweiß bedeckt.

Marty konnte Tausende Verstecke sehen und wußte nicht, welches Emmie sich ausgesucht hatte. Er hielt seine Hände trichterförmig vor den Mund.

»Wo bist du?!«

Seine Stimme hallte durch die Stille, aber er erhielt keine Antwort.

»Emmie!«

Er beschloß, die Suche aufzugeben und heimzureiten, da das Mädchen offensichtlich irgendein Spiel mit ihm trieb. Er war sicher, daß sie aus ihrem Versteck kommen würde, wenn sie ihn umkehren sah.

»Komm, Pegasus!« drängte er und stieß ihn mit den Knien an.

Doch das Pferd blieb entschlossen in derselben Position.

»Komm schon, Junge! Los geht's!«

Nicht einmal ein kurzer Schlag mit dem Reitstock brachte Pegasus in Bewegung. Er stand eigensinnig da und ignorierte alle Bemühungen Martys. Schließlich stieg Marty ab und führte ihn am Zaum. Die beiden gingen um die Sandhügel herum und dann über die Ebene zurück.

Es war eine lange, anstrengende Plackerei in sengender Hitze, und bald war er selbst in Schweiß gebadet. Seltsame Bilder hoben sich rings um ihn, da die wabernde Hitze alles verzerrte. Eine Eidechse blinzelte von ihrem Versteck hoch in einem toten Baum, glitt dann zu Boden als er näherkam und rannte pfeilschnell zu ihrem Loch. Aus dem Nichts tauchte ein Präriehuhn auf, das in komischem Gang vorbeiwatschelte.

Marty ging weiter, bis seine Beine schmerzten und blieb dann stehen, um sich auszuruhen. Emmie war noch immer nirgendwo zu sehen. Er tätschelte das Pferd und sprach beruhigend darauf ein, so wie er es bei Zoe gesehen hatte. Dann stieg er wieder auf und trieb es an. Pegasus begann langsam über die Ebene zu laufen.

»Guter Junge!« sagte Marty erfreut. »Gutes Pferd!«

Plötzlich wurde seine Stimme vom Knall einer gewaltigen Explosion ganz in der Nähe erstickt. Pegasus scheute und fiel dann in erschreckten rasenden Galopp. Marty konnte sich nur festklammern.

»He! Haaalt, Junge! Stop, bleib stehen! Hilfe!« schrie er, doch das Pferd donnerte über den roten Lehm auf den niedrigen Hügel zu. Rauch stieg dahinter in einer unheilvollen Säule auf. Marty klammerte sich fest, so gut er konnte, als das Pferd den Hang empor und über die Kuppe galoppierte, bis es schließlich rutschend zum Stehen kam, nachdem es die Ebene wieder erreicht hatte.

Eine Staubwolke wirbelte unter seinen Hufen auf. Nachdem sie sich verzogen hatte, bot sich Marty ein Bild völliger Verwüstung. Die neue Bohrstelle war gesprengt worden. Der Boden war eingestürzt, das Gerät war ein wirres Knäuel von Metall und alles war mit rauchenden Trümmern bedeckt.

Martys Magen zog sich zusammen, als er etwas anderes sah.

Ed Stenning stand am Rand der Bohrstelle.

In seiner Hand hielt er eine Stange Dynamit.

19

»Kate, tun Sie's nicht! Um Himmels willen, denken Sie noch mal drüber nach!«

»Ich habe keine andere Wahl, Henry.«

»Es könnte ein schrecklicher Fehler sein«, gab er zu bedenken.

»Wessen Anwalt sind Sie eigentlich?« sagte sie herausfordernd. »Meiner oder Ed Stennings?«

»Die Antwort kennen Sie sehr gut«, erwiderte er mit verletztem Stolz. »Aber es ist meine Aufgabe, Sie zu beraten. Und da ist die schlichte Tatsache, daß Sie nicht genügend Beweise haben.«

Kate deutete auf ihren Sohn, der zwischen ihnen im Führerhaus des Larapinta-Lastwagens saß, der jetzt durch Glenwarra rumpelte.

»Marty hat ihn gesehen«, widersprach sie. »Ed hatte das Dynamit noch in der Hand. Was wollen Sie denn noch mehr – ein schriftliches Geständnis und Farbfotos?«

»Kate, bitte«, drängte er. »Beruhigen Sie sich.«

»Ich *bin* ruhig.«

»Martys Wort wird gegen Eds stehen. Die Beschuldigung wird nicht reichen.«

»Dann *sorgen* Sie dafür, daß sie reicht.«

Sie brachte den Lastwagen vor der Polizeistation rukkend zum Stehen und schaltete den Motor ab. Ihr eigener, innerer Motor hingegen lief weiter und ganz deutlich auf Hochtouren. Dingwell rang in dieser emotionalen Situation um seine Selbstbeherrschung.

»Übereilen Sie nichts«, wandte er ein.

»Henry«, sagte sie mit bebender Verzweiflung, »alles ist verloren. Diese Explosion hat ganz Larapinta vernichtet. Ich muß doch irgend etwas tun!«

»Nichts überstürzen«, schlug er vor. »Mehr verlange ich doch gar nicht. Nur nichts überstürzen.«

Kate umklammerte fest das Lenkrad, damit ihre Hände zu zittern aufhörten, und schaute grimmig durch die Windschutzscheibe.

»Die Klasse, in der Sie hier kämpfen, ist zu hoch für Sie, Kate«, erinnerte er sie. »Ed Stenning ist wirklich ein Schwergewicht. Er kann sich eine ganze Armee der besten Anwälte dieses Staates leisten. Die werden Sie und Marty fertigmachen.«

Dingwell schwieg, um die Möglichkeit abzuwägen. Er wußte, daß sie vielleicht ein Leben lang eine Entscheidung bedauern würden, die in der Hitze des Augenblicks getroffen wurde. Wenn erst einmal eine polizeiliche Untersuchung eingeleitet war, würden sich alle möglichen Schwierigkeiten ergeben. Wenn überhaupt möglich, war es weit besser, eine Gerichtsverhandlung zu vermeiden. Er entschied sich für einen Kompromißvorschlag.

»Reden wir mit ihm, Kate.«

»Mit Ed Stenning?«

»Ja. Wir geben einen Warnschuß ab. Wir drohen ihm mit einem Prozeß, der diesen Staat zerreißen wird. Es ist einen Versuch wert. Vielleicht rückt er mit der Sprache heraus und gesteht. Das würde uns allen eine Menge Ärger ersparen.« Er legte eine Hand auf ihren Arm. »Glauben Sie, daß Sie das schaffen?«

»Sicher, Henry!« Erbitterung schwang in ihrer Stimme mit. »Und ich wollte Cutta Cutta die Hälfte unseres Wassers anbieten. Bis er die Bohrstelle gesprengt hat, war genug für uns beide da.«

»Wir können nur annehmen, daß er sie gesprengt hat«, verbesserte er.

»Ich hab' ihn gesehen«, sagte Marty einfach. »Keine zehn Meter entfernt.«

»Das ist das erste, worüber ich mit Ed sprechen werde«, versprach Dingwell.

»Nein, Henry«, entschied Kate. »Ich gehe allein.«

»Ist das klug?«

Mit eiserner Entschlossenheit preßte sie die Worte durch zusammengebissene Zähne.

»Es muß so sein. Das ist persönlich.«

Ed Stenning stolperte zu dem Barschrank in seinem Arbeitszimmer und riß die Türen auf. Er war staubig, völlig aufgelöst und zitterte am ganzen Leib. Er schenkte sich ein großes Glas Whiskey ein und hob es an seine Lippen. Doch bevor er trinken konnte, stürmte Nick in den Raum.

»Was tust du denn hier?« fragte der alte Mann überrascht.

Sein Sohn kochte, vermochte sich nur mühsam zu beherrschen.

»Hast du heute morgen Kate Hannons Bohrstelle gesprengt?«

»Nein!«

»Du bist ein Lügner!«

»Das solltest du besser wissen!« erwiderte Ed, dessen Stimme jetzt genauso laut wie die Nicks war. »Habe ich dich jemals belogen? Bei irgend etwas?«

»Kates Sohn – Marty – sagt, daß er dich gesehen hat.«

»Das hat er.«

»Und was hast du als Entschuldigung vorzubringen?« höhnte Nick. »Bist du zufällig vorbeigekommen und hast das Dynamit ganz ohne Absicht gehalten?«

»Ich hörte die Explosion«, erklärte Ed. »Ich bin rübergefahren, um zu sehen, was los sei. Das ist alles. Ich schwöre es!«

Die Reaktion seines Sohnes erfolgte augenblicklich und war bitter. »Bei was schwören? Bei dem Grab meiner Mutter?«

Eine gespannte Pause entstand, als Ed ihn voller Wut ansah.

»Darauf läuft's immer hinaus, nicht wahr?« Er kippte seinen Drink in einem gewaltigen Schluck hinunter und wischte sich den Mund ab.

»Ich wollte es nicht glauben«, sagte Nick ruhig, »wollte nicht glauben, daß du so weit gehen würdest. Ich wollte nicht glauben, daß du so tief sinken würdest.«

»Halt's Maul!«

»Die Ironie dabei ist nur, daß du Cutta Cutta ebenso geschadet hast wie Larapinta. Kate wollte das Wasser nicht für sich allein behalten. Sie wollte es mit dir teilen. Hatte mich gebeten, hierher zu gehen und einen Vertrag auszuarbeiten.« Bitterkeit ließ seine Stimme noch schneidender klingen. »Statt dessen – *das*! Das Gemeinste überhaupt. Ich habe nie geglaubt, daß du so schlecht wärst.«

Ed Stenning wirkte plötzlich sehr alt und grau. Er schenkte sich einen zweiten Drink ein und leerte ihn in einem Zug, bevor er seinem Sohn wieder ins Gesicht sah. »Bist du fertig?«

»Noch nicht ganz«, gab Nick zurück. »Kate ist zur Polizei gefahren. Aus dieser Sache wirst du dich nicht freikaufen. Ich hoffe, sie stecken dich ins Gefängnis. Mir ist egal, ob du da verrottest!«

Ed zuckte wie unter einem Schlag zusammen, versuchte dann, sich zusammenzureißen. Als er wieder sprechen konnte, war seine Stimme ruhig und sehr traurig.

»Wenn es so kommen soll«, sagte er, »dann werde ich mich dem stellen. Aber da wir von Wahrheit sprechen, dann wollen wir über die ganze Wahrheit sprechen.«

»Was meinst du damit?«

»Laß uns über deine Mutter sprechen. Das ist längst überfällig.«

»Nein.« Nick wandte sich zum Gehen, doch die Stimme seines Vaters hielt ihn zurück.

»Ich hab' dich nicht belogen, was die Sprengung der Bohrstelle anbelangt. Aber ich habe dich belogen, was deine Mutter betrifft.« Nick drehte sich um, starrte ihn an. Eds Stimme senkte sich. »Ich werde alt, mein Sohn. Zu alt, um noch länger mit deinem Haß zu leben.«

Er ging zu seinem Schreibtisch hinüber und nahm ein großes gerahmtes Foto aus einer Schublade. Es war ein Bild von ihm und seiner Frau an ihrem Hochzeitstag. Er stellte es so auf den Schreibtisch, daß Nick es sehen konnte, und dann blickte er traurig auf das lächelnde Gesicht von Olivia Stenning hinab.

»Ich liebte sie«, begann er weich. »Sie war alles, was ich nicht war. Sie hatte Klasse. Ich dachte, daß etwas davon auf mich abfärben würde, wenn ich sie heirate. In den ersten paar Jahren waren wir glücklich. Sehr glücklich. Doch nachdem ihr beide, du und Meg, auf der Welt wart, veränderte sie sich.« Er drehte das Foto um und legte es hin. »Deine Mutter begann zu trinken, Nick. Es tat entsetzlich weh, das zu sehen. Ich versuchte alles. Gab ihr, was immer sie wollte, aber es war nicht genug.« Er krümmte sich unter Schmerzen der Erinnerung. »Sie verließ unser Heim mehr als einmal. Ich versuchte immer, für dich und Meg eine gute Entschuldigung dafür zu finden, warum sie nicht hier war. Dann hörte ich, daß sie sich mit anderen Männern traf. Ich flog nach Adelaide, um sie zurückzuholen.« Er schaute flehend zu seinem Sohn hinüber. »Ich liebte sie noch immer, mußt du wissen. Aber sie hatte keine Zeit für mich. Sie scherte sich den Teufel – um mich, um ihre Kinder...«

Nicks Gesicht war kalkweiß geworden. Er stand absolut reglos, als er die schreckliche Enthüllung hörte und sein eigenes zärtliches Bild der Mutter in tausend Scherben zerfiel.

Sein Vater sagte jetzt die Wahrheit. Er sah es ihm an. Tränen standen in den Augen des alten Mannes. Seine Schultern waren gebeugt, sein Kopf auf die Brust gesenkt. Er wurde von der ganzen Schwere des Geheimnisses, das er all die Jahre für sich behalten hatte, niedergedrückt.

»Ich bettelte sie an, heimzukommen«, fuhr Ed fort. »Und sie tat es. Dann kam ich eines Nachmittags früh nach Hause – wir hatten aufgetrieben –, und ich fand sie blutverschmiert auf dem Boden. Sie hatte einen Mann ›unterhalten‹. Tom Hannons Vater. Er hatte sie zusammengeschlagen, war dann davongelaufen und hatte sie so liegen lassen...Weißt du, was als nächstes geschah, Nick?«

Sein Sohn nickte. »Ich kam ins Zimmer. Ich sah sie wie eine zerbrochene Puppe auf dem Boden liegen.«

»Ich erinnere mich an dein Jungengesicht, wie du mich anschautest, glaubtest, ich hätte das getan. Was hätte ich dir sagen sollen?« Er stellte das Foto wieder hin und schaute auf seine Frau. »Es vergeht kein Tag, an dem ich nicht an sie denke. Liebe stirbt langsam. Genau wie Haß. Und es vergeht noch immer kein Tag, an dem ich nicht an Hannon denke und an das , was er ihr angetan hat.«

Vater und Sohn starrten einander über einen Abgrund des Schweigens an. Ed war erschöpft durch die Anstrengung, die Wahrheit endlich gesagt zu haben, und Nick war von Gewissensbissen völlig zerrüttet.

Die Stille wurde durch einen Tumult in der Halle unterbrochen.

»He, Lady!« protestierte Phils Stimme. »Sie können da nicht hinein.«

»Versuchen Sie bloß nicht, mich aufzuhalten!«

Kate Hannon stürmte in den Raum und blieb vor den beiden Männern stehen. Sie war erstaunt, Nick hier zu finden, aber noch überraschter über den traurigen Gesichtsausdruck der beiden. Doch dadurch ließ sie sich nicht ablenken. Sie marschierte zu dem alten Mann.

»Mr. Stenning«, erklärte sie, »ich muß mit Ihnen sprechen.«

»Er hat's nicht getan, Kate«, sagte Nick ruhig.

»Marty sah ihn. Er stand mit einer Dynamitstange in der Hand da. Wie, in Gottes Namen, kannst du ihn verteidigen?«

»Er ist mein Vater«, erwiderte Nick. »Und er sagt die Wahrheit.«

Kate fuhr zurück, als hätte er ihr ins Gesicht geschlagen.

»Du bist sein Sohn, okay«, sagte sie. »Du bist ein Stenning durch und durch. Wie konnte ich nur glauben, daß du anders wärst?« Sie ging zur Tür, blieb dann stehen, um ihm noch etwas zuzurufen. »Und mach dir keine Sorgen wegen des Geldes, das du mir für die Bohrung geliehen hast. Du bekommst es zurück!«

Sie stürmte hinaus in den Korridor und Nick folgte ihr.

»Kate! Komm zurück!«

Ed Stenning war überrascht, aber keineswegs böse über die Neuigkeit, daß sein Sohn die Bohrung finanziert hatte. Aus irgendeinem Grund hatte all sein Zorn ihn verlassen. Das bittere Mißverständnis, das ihn und seinen Sohn so viele vergeudete Jahre auseinandergebracht hatte, war jetzt endlich aufgeklärt.

Er nahm das Foto wieder in die Hand, führte es an die Lippen, um seiner Frau einen zärtlichen Kuß des Verzeihens zu geben und ging dann hinüber zum Kamin, wo er das Bild auf den Sims stellte.

Jetzt gab es keinen Grund mehr, sie länger in der Schublade zu verstecken.

Mit halsbrecherischer Geschwindigkeit und qualmenden Reifen schoß der Lartapinta-Lastwagen über die staubige Piste. Kate fuhr mit unbesonnener Wut, besessen davon, soviel Entfernung wie möglich zwischen sich und den Mann zu legen, der sie so eindeutig betrogen hatte.

»Ich hasse ihn!« sagte sie. »Ich verabscheue ihn!«

Der einzige Mensch, den sie liebte, dem sie vertrauen konnte, hatte sich nun gegen sie gewandt. Es war verheerend. Sie wollte einfach nicht glauben, daß der Mann, der ihr in jener Nacht in Alice Springs so nah gewesen war, so etwas tun konnte. Er hatte sie geliebt. Hatte sich ihr anvertraut. Sich ihr verpflichtet. Und jetzt, da sie ihn am meisten brauchte, hatte er sie verlassen.

Als es zur ersten echten Krise kam, hatte er sich auf die Seite seines Vaters geschlagen und versucht, einen schuldigen Mann zu schützen. Es lief alles auf das eine hinaus: die alte blutige Fehde zwischen den Hannons und den Stennings.

Was war der Grund dafür?

Warum sollte sie, Kate, sich einbilden, daß *sie* das ändern könne?

Gut, soll er doch zurück nach Cutta Cutta gehen. Das wird mich nicht daran hindern, seinen Vater vor Gericht zu bringen, schwor sie sich. *Wenn's sein muß, kämpfe ich gegen alle Stennings. Ich werde ihnen beweisen, daß auch ich den Mut der Hannons habe.*

Was auch geschehen mag, ich werde bis zum Ende durchstehen.

Ihr Zorn mischte sich mit Selbstvorwürfen. Wenn sie im Nachhinein über ihre Freundschaft mit Nick nachdachte, wünschte sie sich, sie wäre nicht so offen gewesen; sie hätte sich ihm nicht preisgegeben und damit so verwundbar machen dürfen. Ihr enttäuschtes Vertrauen war es, an dem sie jetzt verzweifelte.

In ihrem Kopf drehte sich alles ebenso schnell wie die Räder des Lastwagens.

Ich hätte ihm nie vertrauen dürfen. Er ist ein Mann, und Männer lassen mich früher oder später immer im Stich. Mein erster Mann hat mich sitzenlassen. Der zweite starb, bevor unsere Ehe überhaupt begonnen hatte. Und jetzt ist mir dieser Mann in den Rücken gefallen. Immer, wenn ich mich mit jemandem einlasse, endet es in einer Katastrophe, und mir bleiben nur noch Tränen.

»Ich hasse dich, Nick Stenning!« schrie sie in die Luft. »Ich hasse alle Männer!«

Plötzlich nahm sie ein lautes, sirrendes Geräusch wahr, das sich von oben näherte. Nicks Hubschrauber folgte ihr. Er senkte sich bald direkt vor sie und versuchte, sie zum Bremsen zu bringen, aber sie wich ihm aus und gab Gas.

»Hau ab!« schrie sie. »Ich will dich nicht sehen!«

Der Hubschrauber senkte sich wieder und flog direkt neben ihr, so daß er sich herausbeugen und ihr etwas zurufen konnte.

»Halt an, Kate! Ich muß mit dir reden!«

»Ich will nie wieder mit dir reden!«

Er flog näher an sie heran, aber sie wich aus, indem sie den Lastwagen von der Straße lenkte und quer durchs Gelände fuhr, um schließlich wieder da auf die Straße zu gelangen, wo sie einen Bogen beschrieb. Staub und Schlaglöcher blieben unbemerkt. Sie wollte ihm einfach ausweichen.

Er war ein Stenning. Das sagte alles. Sie glaubten, sie

kämen mit allem durch – selbst damit, eine Wasserstelle zu sprengen. Sie war entschlossen, sich ihnen zu widersetzen.

Um nichts in der Welt würde sie seinetwegen halten.

Nick verfolgte sie den ganzen Weg nach Larapinta, aber er vermochte sie nicht dazu zu bringen, langsam zu fahren. In ihrer Wut drückte sie das Gaspedal durch. Der Lkw schoß durch die Dämmerung und passierte das Haupttor der Ranch, bevor er direkt vor der Veranda aufjaulend hielt.

Der Hubschrauber senkte sich jetzt herunter und schwebte einige Meter von dem Fahrzeug entfernt in der Luft. Kate sprang heraus und richtete ein Gewehr auf Nicks Brust.

»Runter von meinem Land!« Ihre Stimme war wie das Bellen eines verletzten Tieres, das sich wehrt.

An diesem Abend war die Bar an Stenning Arms mit Rinderleuten überfüllt. Der Lärm hatte die übliche Betäubungsschwelle erreicht, und das Bier floß in Strömen. Überall wurden Geschichten erzählt, und rauhes Gelächter folgte. Eine Wolke von Zigarettenrauch hing über allem.

Bert Simpson hockte in einer Ecke über seinem Bier und versuchte mit jedermann zu reden, der Lust hatte, zuzuhören. Er schwenkte wild seinem Arm.

»Ihr alle solltet lieber austrinken«, drängte er. »Ist vielleicht das letzte Bier für lange Zeit, was ihr euch leisten könnt.«

»Hört euch den an!« höhnte jemand.

»Halt's Maul, Bert«, riet eine andere Stimme. »Du bist der geborene Schwarzmaler.«

»Genau wie dein Vater.«

In plötzlicher Wut schmetterte Bert sein Glas zu Boden. Damit erreichte er die Aufmerksamkeit, die er haben wollte. Er blickte in die angespannten Gesichter ringsum.

»Laßt meinen Vater da raus!« warnte er. »Ich hab' ein paar Neuigkeiten für euch alle. Ich komme gerade aus dem Kittchen. Diese Hannon-Hure hat Klage gegen Ed Stenning eingereicht, wegen Sprengung ihrer Bohrstelle!«

Plötzlich hörten alle zu. Sie umringten ihn dicht, um mitzubekommen, was er zu sagen hatte. Schließlich waren sie persönlich betroffen.

»Ja«, fuhr Bert fort. »Es gibt keinen Mann in dieser Bar, der nicht auf Stennings Lohnliste steht und damit seine Kinder ernährt. Wenn er geht, dann könnt ihr eure verdammten Jobs vergessen. Und alles wegen ihr. Diese Wahnsinnige hat schon meinen Vater ermordet. Am Ende wird sie die ganze Stadt kaputt gemacht haben.«

Seine Worte riefen sofortige Reaktion hervor, und wilde Drohungen wurden gegen Kate ausgestoßen. Der Aufrührer beschwichtigte sie mit erhobenen Händen und nötigte sie zum Handeln.

»Ihr müßt nicht nur rumjammern!« brüllte Bert. »Sie ist in diesem Augenblick drüben auf der Polizeiwache. Und was tut ihr dagegen? Seid ihr Männer oder Memmen?«

Sie stießen ihn beiseite und drängten sich durch die Eingangstür.

Nachdem sie bei der Polizei ihre Anzeige erstattet hatte, wollte Kate das Gebäude mit Henry Dingwell verlassen. Sie war befriedigt darüber, daß jetzt gesetzliche Schritte eingeleitet worden waren, er aber blieb skeptisch, was ihre Erfolgschancen anging.

»Was geschieht nun?« fragte sie.

»Das ist es zunächst einmal«, erklärte er. »Bis zur gerichtlichen Anhörung werden Sie nicht benötigt.«

»Ich verstehe.«

»Sie können die Anzeige jederzeit zurückziehen, müssen Sie wissen. Das wäre mein Rat.«

»Schenken Sie sich das.«

Sie hatten jetzt den Ausgang erreicht. Er äußerte eine letzte Bitte.

»Denken Sie darüber nach – mehr will ich ja nicht. Einverstanden?«

»Gute Nacht, Henry.«

»Kate ... Wegen Nick...«

»Ich möchte nicht darüber reden«, sagte sie entschlossen.

Er seufzte, »Gute Nacht.«

Sie verließen die Polizeistation und wandten sich in verschiedene Richtungen, Kate ging die Straße zum Parkplatz hinunter, wobei ihr Kopf hämmerte. Die Ereignisse des Tages hatten sie ziemlich fertiggemacht.

»Da kommt sie!«

»Hure!«

»Verdammtes Yankee-Weib!«

»Was glaubt sie eigentlich, wer sie ist!«

Kate sah die Reihe der Männer, die vor ihr standen und schreckte voller Furcht zusammen. Es mochten zwanzig oder mehr sein, dunkle, drohende Gestalten, die leise miteinander tuschelten. Als sie sich in Marsch setzten, beschleunigte sie ihre Schritte, bog auf den Parkplatz ab und erreichte nur Sekunden, bevor sie sie eingeholt hatten, ihren Wagen.

Sie verriegelte ihn von innen, starrte zu ihnen hinaus und versuchte die Angst zu verbergen, die sie jetzt erfüllte.

»Was wollen Sie? Gehen Sie weg!«

Die Männer umstellten den Wagen in stummer Drohung und preßten sich dagegen. Sie spürte, daß er leicht zu schaukeln begann und ihr Blut erstarrte. Mit zitternder Hand schaltete sie die Zündung ein und der Motor sprang an. Als sie die Scheinwerfer einschaltete, wurden einige der harten, anklagenden Gesichter von ihrem Strahl erfaßt.

Kate löste die Handbremse und rollte langsam vorwärts, entschlossen, ihre Panik nicht zu zeigen. Sie begriff, wer sie waren und warum sie gekommen waren. Es waren Ed Stennings Leute, die versuchten, sie einzuschüchtern und sie zum Umfallen zu bewegen.

Ihre Entschlossenheit wuchs. »Aus dem Weg«, murmelte sie.

»Ihr werdet mich nicht aufhalten.«

Allmählich schneller werdend, stieß sie die Männer beiseite und fuhr auf die Straße hinaus. Doch ihr Problem war noch nicht gelöst. Eine noch größere Gruppe erwartete sie hier, die eine Mauer aus lebendigen Menschen mitten auf der Fahrbahn bildete. Die finsteren, ausdruckslosen Gesichter sprachen für sich. Kate Hannon war eine Gefahr für die Allgemeinheit. Die ganze Stadt war jetzt gegen sie.

Ihr erster Impuls war, auf die Hupe zu drücken und mit Vollgas auf sie zuzufahren, um sie auseinanderzujagen, doch sie beherrschte sich. Sie würde auf diese Bedrohung mit ruhiger Entschlossenheit reagieren. Sie mußte ihnen beweisen, daß niemand sie von ihrem Entschluß abbringen konnte.

Kate fuhr langsam weiter, bis sie die geschlossene Reihe erreicht hatte. Dann schien sie sich um sie zu schließen, so daß sie völlig umstellt war. Ihr Fahrzeug rollte noch, aber es wurde von Dutzenden von Händen gerüttelt und geschüttelt; Fäuste hämmerten gegen die Türen.

»Ihr machte mir keine Angst!« wiederholte sie ständig, um sich zu beruhigen.

Der Lastwagen rollte weiter und die Prüfung schien endlos zu dauern. Gesichter warfen sich ihr an der Windschutzscheibe entgegen. Häßliche Gesten wurden gemacht. Tritte trafen ihr Fahrzeug.

Steif hinter dem Lenkrad sitzend und stur geradeaus blickend fuhr sie weiter, bis sie endlich aus der Menge heraus war. Obwohl sie darauf brannte, den Gang zu wechseln und davonzubrausen, spürte sie, daß es zu sehr wie eine Flucht aussehen würde.

So fuhr sie langsam im Schritt weiter bis zum Ende der Straße.

Erst nachdem sie um die Ecke gebogen und das entsetzliche Bild aus dem Rückspiegel verschwunden war, fühlte sie sich sicher. Sie preßte den Fuß aufs Gaspedal und verließ die Stadt Glenwarra so schnell sie konnte, von ihren Bewohnern verjagt – nur weil sie Gerechtigkeit forderte.

Es war ein grausamer Vorgeschmack dessen, was sie beim Prozeß zu erwarten hatte, aber sie war entschlossen, auch das auf sich zu nehmen. Ed Stenning hatte Larapintas letzte Überlebenschance zunichte gemacht. Die Ranch, in die Tom Hannon all seine Liebe und Arbeit gesteckt hatte, mußte nun verkauft werden.

Es war ein abscheuliches Verbrechen. Kate wollte, daß es angemessen bestraft würde.

Der Gerichtssaal war bei der Zeugenvernehmung brechend voll. Es war ein großer, funktionaler Raum, mit einander gegenüberstehenden Tischen und einem Podium in der Mitte. Auf den Zuschauerbänken drängten sich die Bewohner des Outback, deren ausdruckslose Gesichter kaum den Zorn verbergen konnten, den sie der Fremden gegenüber hegten, die den Bedeutendsten unter ihnen anzuklagen wagte. Alle litten unter der ungeheueren Hitze, und viele fächelten sich Luft zu; das rhythmische, unheimliche Flattern schien ihre heftige Mißbilligung zu unterstreichen.

Tante Deir und Ralph waren mit Zoe und Emmie neben sich auf einer der Bänke eingeklemmt. Alle vier suchten den Gerichtssaal nach Kate ab. Sie bewunderten ihren Mut, es mit Ed Stenning aufzunehmen, aber sie wußten genau, was ihr bevorstand.

Kate selbst saß mit Tina und Dingwell hinter einem Tisch. Der Anwalt trug jetzt einen korrekten dunklen Anzug. Die drückende Hitze machte ihm zu schaffen, und er schien von seiner Aufgabe nicht sonderlich angetan. Da er die Hannons repräsentierte, war er automatisch Gegner der Stennings – und das konnte ernsthafte Folgen für sein Geschäft haben.

Ed Stenning selbst, eine gelassene Gestalt im leichten Sportanzug und Hemd mit offenem Kragen, saß ihnen an einem anderen Tisch gegenüber. Nick und Meg saßen neben ihm. Zum ersten Mal seit vielen Jahren waren sie durch die Umstände vereint.

Obwohl sie dicht nebeneinander saßen, schienen sie nichts voneinander wissen zu wollen. Sie spielten bei einer Familienintrige mit.

Der Richter, der den Vorsitz führte, war ein großer, rotgesichtiger Mann, der schon jetzt seinen kahlen Schädel mit einem Taschentuch abtupfte. Die Bekanntschaft mit der Familie Stenning machte seine Aufgabe nicht gerade beneidenswert, und er fühlte sich auf dem Podium ausgesprochen unwohl.

Ein Gerichtsdiener und verschiedene andere Beamte saßen auf den für sie vorgesehenen Plätzen. Uniformierte Polizisten bewachten die Tür.

Frank Austin, der Anwalt der Verteidigung, war mitten im Kreuzverhör mit Marty, und er nahm den Jungen hart ran. Groß, schlank und mit scharfen Gesichtszügen, strahlte Austin unerschütterliches Selbstvertrauen aus.

»Aber du hast den Rauch gesehen«, sondierte er. »Viel Rauch. Das hast du selbst gesagt.«

Marty, der eine Falle spürte, zögerte und warf Kate einen Blick zu.

»War da nun Rauch, mein Sohn – oder nicht?«

»Doch – aber der Wind wehte ihn fort.«

»Einfach so?«

»Ja.«

»Und wie weit war Mr. Stenning von dir entfernt?«

»Fünfzehn oder zwanzig Meter, denke ich. Ich weiß nicht genau.«

»Du weißt es nicht?« bemerkte Austin leicht sarkarstisch.

»Du kannst dich daran erinnern, daß der Rauch sich plötzlich verzog, aber du weißt nicht, wie weit er entfernt war?«

»Ich kann's nicht *genau* sagen«, erklärte Marty. Er war verwirrt; die Hitze und die Anspannung machten ihm zu schaffen.

»Hat dich die Sonne geblendet? Ist das der Grund?«

»Einspruch, Euer Ehren!« erklärte Dingwell, wobei er sich erhob. »Das ist nicht statthaft. Die Verteidigung versucht, den Zeugen zu beeinflussen.«

»Er hat recht, Mr. Austin«, stimmte der Vorsitzende zu.

Austin nickte respektvoll der Bank zu und änderte seine Taktik ein wenig. Er trat ganz dicht an Marty heran und lächelte.

»Deine Mutter mag die Stennings nicht, stimmt's?«

»Mami haßt sie nicht alle«, platzte er heraus.

»Ach?« Vorgebend, daß diese Information neu für ihn sei, trat der Anwalt einen Schritt zurück. »Und wen mag sie?«

»Nick« murmelte der Junge mit Unbehagen.

»Sehr?«

Marty warf Kate in gelinder Panik einen Blick zu, antwortete dann mit einem Nicken. Austins nächste Feststellung war so geschmacklos und trocken, daß sie johlendes

Gelächter im Publikum auslöste.

»Kate Hannon mag Nick Stenning ... sehr.«

Der Vorsitzende pochte mit seinem Hammer gegen die Unterbrechung an.

»Ruhe! Ruhe!« schrie er.

»Einspruch!« rief Dingwell, der wieder aufgesprungen war.

»Begründen Sie Ihre Fragestellung, Mr. Austin«, verlangte der Vorsitzende mit gemessener Strenge.

Der Anwalt der Verteidigung deutete mit einer manikürten Hand auf die Leute, deren Namen er nannte. Seine Art war so ruhig und plausibel wie zuvor.

»Wenn mein Klient eingesperrt werden würde, kann sein Sohn, Nick Stenning, Cutta Cutta übernehmen. Das wäre ein Segen für Mrs. Hannon. Ihre eigene Ranch steckt in Schwierigkeiten. Sie ist auf einen freundlichen Nachbarn angewiesen, der ihr aus der Notlage heraushilft.«

»Das ist nicht wahr!« schrie Marty.

»Nein?«

Bevor Dingwell sie daran hindern konnte, war Kate aufgesprungen und übertönte den Lärm im Saal.

»Das reicht jetzt! Er ist nur ein Junge!«

Aber Austin hatte bereits genug Schaden angerichtet.

Die Enthüllung über eine Beziehung zwischen Nick und Kate hatte einen Tumult ausgelöst. Austin blickte sich gelassen um und ging dann zurück zu seinem Platz. Der Hammer dröhnte vergebens.

»Ruhe! Ruhe!«

Kate konnte ihren Blick nicht von dem Tisch vor sich abwenden. Sie war gedemütigt. Es war schrecklich genug, an ihre Verbindung mit Nick erinnert zu werden, aber es war unerträglich, daß dies in aller Öffentlichkeit vor Gericht gegen sie ausgenutzt wurde. Noch schlimmer war die Tatsache, daß ihr eigener Sohn unwissentlich dazu beigetragen hatte, diese kleine Sensation zu schaffen. Kate fragte sich, ob es richtig gewesen war, Marty in den Zeugenstand treten zu lassen.

»Ruhe! Ruhe!«

Allmählich erstarb die Aufregung.

Aber die Erregung in Kates Herz ließ nicht nach.

Der lange, heiße Tag forderte von jedermann seinen Tribut, und Ed Stenning machte keine Ausnahme. Als er selbst in den Zeugenstand trat, war er grau im Gesicht und glänzte vor Schweiß. Bei Dingwells Kreuzverhör fühlte er sich noch unwohler.

»Haben Sie Dynamit gekauft?« fragte der Anwalt.

»Wir alle brauchen Dynamit, für Räumarbeiten. Um Dämme zu bauen und dergleichen.«

»Beantworten Sie bitte meine Frage«, beharrte Dingwell. »Haben Sie ein paar Wochen, bevor die Larapinta-Bohrstelle gesprengt wurde, Dynamit gekauft oder nicht?«

Eine bedeutungsvolle Pause. Ed blickte hilfesuchend zu Austin hinüber. Von dort ein Nicken.

»Ja«, gab der alte Mann leise zu.

»Die Person, die es Ihnen verkauft hat, erinnert sich deutlich daran. Sie hat uns das zu Protokoll gegeben.« Dingwell hob ein Blatt Papier hoch. »Er sagt, ihm sei es eigenartig vorgekommen, daß Sie so viel Dynamit gekauft hätten, und er hatte sie gefragt, wozu Sie es brauchten. Was haben Sie ihm gesagt, Mr. Stenning?«

»Um Felsen zu sprengen.«

»Und haben Sie Felsen gesprengt?«

»Ich bin noch nicht dazu gekommen«, murmelte Ed, rutschte auf seinem Stuhl hin und her, offensichtlich unter Schmerzen.

»Sie haben dieses Dynamit *wochenlang* aufbewahrt und es nicht benutzt?«

»Das ist richtig.«

»Ist das nicht ein bißchen ungewöhnlich?«

»Ich hatte ganz andere Sorgen.«

Dingwell hakte nach. »Oder hatten Sie es für einen ganz anderen Zweck aufbewahrt?«

»Einspruch!« rief Austin.

Doch die Sorge des Vorsitzenden um Ed Stenning siegte über alle Formalitäten. Er war kalkweiß geworden und konnte nur mit großer Anstrengung atmen. Er schien fast am Rande eines Zusammenbruchs zu sein. Nick und Meg musterten ihn voller Sorge, und selbst Kate war nicht ganz wohl in ihrer Haut.

»Ed?« fragte der Vorsitzende. »Ist bei dir alles in Ordnung?«

»Ja.«

»Wenn du willst, daß wir vertagen ...«

»Bringen wir's hinter uns«, entschied der alte Mann matt.

Dingwell fuhr fort und warf dramatisch vor Austin ein Dokument auf den Tisch.

»Unser Laborbericht«, sagte er triumphierend. »Er beweist, daß das Dynamit, das Ed Stenning gekauft hat, dazu verwendet wurde, den Hannon-Brunnen zu sprengen!«

Ed Stenning wirkte zutiefst erschüttert.

Nick war verwirrt. Er blickte erst seinen Vater an, dann hinüber zu Kate. Weiteres Leugnen war sinnlos. Er mußte sich eingestehen, daß Ed in den Anschlag verwickelt gewesen war.

Sein Vater hatte ihn belogen.

Niedergeschlagen senkte er seinen Kopf.

Reporter und Fotografen umringten das Gerichtsgebäude in Scharen, während sie auf Neuigkeiten warteten. Dutzende von Menschen, die keinen Platz im Zuschauerraum gefunden hatten, hingen sensationslüstern draußen herum. Die Neuigkeit mit dem Dynamit hatte sich wie ein Lauffeuer verbreitet. Jedermann war entsetzt. Alle befanden sich im Zustand totaler Spannung, während sie auf den Urteilsspruch warteten.

Im Gericht selbst war die Spannung ungewöhnlich. Eine der prominentesten Persönlichkeiten des ganzen Territoriums schien einer verbrecherischen Handlung überführt worden zu sein. Tiefes Schweigen herrschte, als der Vorsitzende seine Entscheidung verlas.

»Ich habe die Beweise, die diesem Gericht vorgelegt wurden, geprüft. Und ich bin zu dem Ergebnis gekommen, daß ein Verdacht gegen Edward Clive Stenning glaubhaft begründet worden ist ...«

Tumult brach aus. Der Vorsitzende wischte sich Schweißbäche von seiner Stirn und begann heftig mit seinem Hammer zu schlagen.

»Ruhe! Ruhe!«

Ed Stenning war völlig gebrochen und litt Qualen. Meg schäumte vor Wut. Nick war wie betäubt. Austin war sichtlich wütend, blieb aber gefaßt. Kate und ihre Kinder genossen diesen Erfolg. Dingwell lächelte.

Nachdem der Lärm sich gelegt hatte, fuhr der Vorsitzende fort.

»Deshalb werde ich dem Staatsanwalt empfehlen, gegen Mr. Edward Stenning Anklage zu erheben, nach Paragraph ...«

Seine Stimme erstarb, als er den alten Mann anblickte. Ed Stenning hatte an sein Herz gefaßt, einen erstickten Seufzer ausgestoßen und war umgekippt.

»Dad! Dad!« schrie Meg voller Angst.

»Schnell! Einen Arzt!« rief Nick.

Das Durcheinander wurde noch größer, weil alle sich um den zusammengebrochenen Mann versammelten. Nick drängte die Menge zurück, damit sein Vater Luft zum Atmen bekam und nahm Ed dann in die Arme. Meg streichelte das Gesicht des alten Mannes und versuchte, ihn zu beruhigen.

Ängstlich näherte sich Kate, um zu sehen, was geschehen war.

«Kann ich irgend etwas tun?«

Meg drehte sich ihr zu. »Sie haben schon genug angerichtet! Sehen Sie ihn sich an. Sie haben ihn fast umgebracht – ich hoffe, Sie sind zufrieden!«

Kate war wie vom Donner gerührt. Ein Quentchen Wahrheit steckt in dieser Beschuldigung, der sie sich nicht entziehen konnte: Es war die Anstrengung und Demütigung der Verhandlung, die seinen Herzanfall verursacht hatte. In dem Bemühen, Ed Stenning vor Gericht zu bringen, hatte sie dazu beigetragen, ihn zu fällen. Reue erfaßte sie.

Sie wußte, daß jeder hier ihr diesen Vorwurf machte und wich vor der allgemeinen Feindseligkeit zurück. Als sie in Nicks Augen blickte und den stumpfen Haß darin sah, hätte sie sich am liebsten umgedreht und wäre davongelaufen.

In Gedanken wiederholte sie immer wieder nur einen Satz.

Ich wünschte, ich wäre nie hierher gekommen, und ich wünschte, ich wäre ihm nie begegnet.

Ein neuer Alptraum hatte begonnen.

Ein neuer Tag brachte die üblichen Arbeiten für die Larapinta-Ranch. Obwohl sie Abschied nehmen mußten, erledigten Kate und ihre Kinder ihre Routineaufgaben. Marty fütterte wie üblich die Hühner und ging dann zurück in die Küche. Seine Mutter säuberte den Herd.

Der Junge versuchte noch immer, mit seinem traumatischen Erlebnis vor Gericht fertigzuwerden. Er hatte sich nie vergegenwärtigt, daß ein Kreuzverhör so quälend sein könnte, und war ganz durcheinander. Das Nachdenken über die Gefühle seiner Mutter veranlaßte ihn jetzt, sich bei ihr zu entschuldigen.

»Mami?«

»Ja, Liebling?«

»Tut mir leid wegen gestern. Ich hab' dich hängenlassen.«

»Nein, hast du nicht, Marty«, versicherte sie ihm.

»Was ich über dich und Nick gesagt habe ...«

»Man hat dich dazu gezwungen. Vergiß es.«

»Ich fühl' mich mies.«

Kate schaute ihn an und sah den Zweifel in seinen Augen. Sie ging zu ihm hinüber, um ihn in die Arme zu schließen und drückte ihn fest an sich.

»Ich war stolz auf dich im Gericht. Sehr stolz.«

»Und wir haben gesiegt!« erinnerte er sie, wobei er sie etwas hänselte.

»Rein formal!« gab sie zu.

»Ja – auch wenn wir verkaufen müssen.«

»Sie haben uns besiegt, Marty. Die Stennings haben uns erledigt.«

Dieses Mal war es der Junge, der sie umarmte. Die Umarmung wurde durch den Lärm eines Wagens unterbrochen, der draußen im Hof vorfuhr. Kate war überrascht.

»Wer mag das so früh sein?« wunderte sie sich.

Sie eilte hinaus auf die Veranda, um nachzusehen.

»Guten Morgen, Kate!«

»Hallo, Henry.«

Er stieg aus dem Wagen und kam hinüber, um ihr die Hand zu geben. »Ein herrlicher Tag.«

»Leider«, erwiderte sie, wobei sie zum blauen Himmel hochschaute. »Wir brauchen Regen. Gibt's niemanden, den man im Himmel wegen Vertragsbruch verklagen kann?«

»Keine schlechte Idee«, scherzte er. Dann musterte er sie aufmerksam. »Wie fühlen Sie sich?«

»Ziemlich kaputt.«

»Kann ich mir vorstellen.«

»Der gestrige Tag hat uns alle mitgenommen. Vor allem Marty.«

»Das alles hätten Sie ihm ersparen können, Kate. Und sich selbst.«

»Ich stehe zu meinem Entschluß«, versicherte sie.

»Aber was führt Sie her? Sie haben eine lange Fahrt hinter sich. Es muß etwas sehr Wichtiges sein.«

»Ist es auch«, gab er zu. »'ne Tasse von diesem amerikanischen Kaffee, den Sie kochen.«

»Und was noch?«

Er schnalzte mit der Zunge und rückte dann mit dem heraus, was er zu sagen hatte.

»Nick ist mein Freund«, erklärte er. »Wir kennen uns schon sehr lange. Nick ist nicht schuld an alledem. Machen Sie ihm keine Vorwürfe.«

»Ich weiß nicht, wem ich überhaupt einen Vorwurf machen soll«, gestand sie. »Ich bin nur völlig bestürzt. Warum sind wir nur hierher gekommen? Alle hassen uns.«

»Nick nicht. Er liebt Sie.«

Kate war zwischen Wut und Neugier hin- und hergerissen.

»Hat er Sie hergeschickt, um uns das zu sagen?«

»Nee. Und er würde mir einen Tritt geben, daß ich von hier bis nach Darwin fliege, wenn er es je rausbekommt. Aber ich wollte das einfach klargestellt haben. Kate Hannon spielt für ihn die erste Geige. Freut Sie das nicht?«

»Es ist zu spät, Henry«, flüsterte sie. »Jetzt freut mich nichts mehr.«

»Aber Sie werden dem Mann doch eine Chance geben, nicht wahr?«

Doch Kate wollte nicht einmal über Nick sprechen. Es war sein Vater, der sie vor allem beschäftigte.

»Wie geht es Ed Stenning?«

»Nicht sehr gut.«

»Es war schrecklich, ihn so zusammenklappen zu sehen.«

»Wenn er wieder genesen ist, wird ihm der Prozeß gemacht.«

Kate dachte über diese Nachricht langsam nach und Bedauern erfüllte sie. Plötzlich zeigte sich Trauer in ihrem Gesicht.

»Ich weiß, daß ich das nicht sollte«, sagte sie. »Und ich ärgere mich über mich selber, aber ... ich fühle mich so schlecht!«

»Dazu gibt es keinen Grund.«

»Es ist unfair!« beharrte sie. »So verdammt unfair! Ich meine, da ist ein Kerl, der meinen Brunnen in die Luft jagt, damit ich aus dem Geschäft bin, und am Ende tut er mit leid. Ist doch verrückt! Was für ein Land ist das bloß, Henry? Ich muß hier einfach weg.«

Das Schlafzimmer war weiträumig. Es war prächtig möbliert und hatte etwas Unwirkliches an sich. Ein riesiges Eichenbett beherrschte den Raum. Ed Stenning saß aufrecht darin. Bleich und durch den Herzanfall geschwächt, starrte er mit wässrigen Augen in die Luft. Die Zeit hatte keine Bedeutung für ihn.

Die Tür wurde leise geöffnet und Nick schaute herein.

»Ich schlafe nicht«, murmelte der alte Mann.

»Wie fühlst du dich, Dad?«

»Ich werde leben.«

Nick trat ins Zimmer, kam hinüber und stellte sich ans Bett.

»Das sind gute Neuigkeiten«, sagte er.

»Ja. Ich denke, das werde ich.«

Ed seufzte zufrieden und winkte ihn näher heran. »Ich habe diesen Brunnen nicht gesprengt, Nick. Ich schwöre es.«

»Das weiß ich jetzt, Dad.«

»Hast du eine Ahnung, wer dahintersteckt?«

»Ich glaube, ja.«

»Es war Meg. Als du auf diesen See in Larapinta gestoßen warst, konnte sie's einfach nicht ertragen. Es nagte an ihr. Also holte sie sich das Dynamit und ritt dorthin.«

»Wie kam's, daß du an der Bohrstelle warst?«

»Phil sagte mir, daß sie gegangen sei«, erinnerte sich der alte Mann. »Ich ritt ihr nach, aber ich war nicht schnell genug. Die ganze Anlage ging bei der Explosion hoch. Von Meg keine Spur. Ich fand gerade noch diese eine Stange Dynamit.«

»Und in dem Augenblick sah Marty dich«, vermutete Nick.

»Auf frischer Tat ertappt. Indizienbeweis.«

Nick legte eine Hand auf die Schulter seines Vaters und drückte sie. »Ich wußte, daß du jemanden deckst, Dad«, sagte er. »Es war nicht schwer, herauszufinden, wer's war. Ich war entsetzt und konnte mir nicht vorstellen, daß du zu so etwas fähig seist. Daß Meg das tun konnte, wundert mich nicht.«

Ed schenkte ihm resignierend ein schiefes Lächeln. »So war's mein Leben lang«, stellte er fest. »Immer nach Ausreden für meine Weiber suchen. Vor deine Mutter hab' ich mich auch all diese Jahre gestellt. Jetzt muß ich's für meine Tochter tun.«

»Nur weil sie nicht die Verantwortung übernimmt«, widersprach Nick, und machte seinem Ärger Luft. »Sie läßt dich den Prozeß allein ausbaden. Es war Meg, die dich hierher gebracht hat.«

»Vergiß sie mal für einen Augenblick. Was wirst *du* tun, Nick?«

Er zuckte die Schultern. »Kommt drauf an.«

»Auf was? Auf Kate Hannon? Sie ist eine Frau.«

»Ich weiß.«

»Viel Glück, mein Sohn.«

Nicks Hand ruhte noch immer auf seiner Schulter, als Ed schließlich friedlich in tiefen Schlaf sank. Er träumte nicht, und ihm wurde nicht bewußt bewußt, wie die Zeit verging. Als er erwachte, lag noch eine Hand auf seiner Schulter und er wähnte, es sei die seines Sohnes.

Doch sie gehörte Meg, und sie schüttelte ihn.

»Wach auf, Dad«, sagte sie. »Wir müssen miteinander reden.«

»Was ist denn los?« murmelte er und brauchte eine Weile, um sich zu orientieren.

Er war bei Tageslicht eingeschlafen und erwachte in der Dunkelheit. Er hatte sich von einem Sohn verabschiedet, mit dem er sich endlich ausgesöhnt hatte, um eine Tochter vorzufinden, der er sich zunehmend entfremdete.

Meg hatte eine Petroleumlampe mitgebracht und sie auf den Nachttich gestellt. In ihrem flackernden Licht sah ihr Vater blaß aus. Er schien Schmerzen zu haben. Sie setzte sich auf die Bettkante und blickte auf ihn hinunter.

»Ich glaube, ich bin dir eine Erklärung schuldig«, begann sie. »Es beschäftigt mich die ganze Zeit, seit ... seit dem, was im Gericht geschah.«

»Rede weiter«, forderte er sie auf, wobei er sie aufmerksam betrachtete.

»Ich tat es für dich, Dad – um Larapinta zu bekommen.«

»Erzähl mir nicht solchen Unsinn!«

»Es ist wahr.«

»Du hättest zugelassen, daß sie mich für etwas ins Gefängnis stecken, was ich nicht getan habe?«

»Nein«, wehrte sie sich. »Wenn's zu einem Prozeß kommt, werde ich alles gestehen. Ich könnte nicht tatenlos zusehen, wie du die Strafe auf dich nimmst.«

»Du hast doch gesehen, wie ich bei Gericht schon genug Strafe auf mich genommen habe«, warf er ihr vor.

Seine Hand glitt zu seiner Brust, als ihn ein heftiger Schmerz durchzuckte.

»Ich mußte es tun, Dad. Verstehst du denn nicht? Es war der einzige Weg, Larapinta zu bekommen.«

»Alles, was ich weiß, ist – daß du mich anekelst, Meg. Deshalb habe ich Nick als meinen Erben eingesetzt.«

Meg reagierte auf diese Nachricht, als habe sie einen Schlag bekommen.

»Aber *ich* stand doch in deinem Testament.«

»Ich habe mein Testament geändert.«

»Das kannst du doch nicht tun!« schrie sie. »Mein ganzes Leben habe ich mich um dich gekümmert und um die Ranch. Und was zum Teufel hat Nick getan?«

»Er ist mein Sohn.«

»Das ist keine Antwort, Dad!« wütete sie. »Ich will das, was mir zusteht.«

»Heirate Phil«, riet er ihr. »Es wäre nicht das Schlechteste. Ich mag alt sein, aber ich bin nicht blind.«

Doch Meg hörte nicht einmal zu. All diese Jahre hatte sie darauf gewartet, Cutta Cutta zu erben, und nun würde sie alles an ihren Bruder verlieren. Rasende Wut erfüllte sie. Sie sprang auf und warf ihre Arme hoch. Ohne auf den schlechten Gesundheitszustand ihres Vater Rücksicht zu nehmen, kreischte sie mit überschnappender Stimme: »Diese Ranch gehört mir!«

»Du hast deine Chance vertan, als du den Brunnen gesprengt hast«, sagte er. »Ich werde Cutta Cutta nicht jemandem überlassen, der so verdorben ist. Auch wenn du meine Tochter bist. Was du getan hast, ist unverzeihlich.«

»Niemand kann beweisen, daß ich's getan habe«, sagte sie herausfordernd. »Nicht einmal du!«

Er konnte wieder soviel Kraft schöpfen, daß die alte Energie in seinen Augen funkelten. »Hinaus!« brüllte er. »Ich bin fertig mit dir! Ich will dich nie wiedersehen!«

Noch bevor er die letzten Worte ausgestoßen hatte, begann er zu keuchen. Sein Gesicht wurde weiß wie ein Leichentuch, während er an seine Kehle griff.

»Meg!« gurgelte er. »Jesus ... ich will nicht sterben ...«

Ed Stenning verstummte, als sei er in anhaltende Trance gefallen. Voller Entsetzen verharrten seine Augen auf seiner Tochter. Sie stieß einen Schrei aus und fiel neben dem Bett auf die Knie, packte ihn in dem letzten, verzweifelten Versuch, ihn zu behalten.

»Nein, Dad ... nein!«

»Der Mensch wird vom Weibe unter Schmerzen geboren und ist nur wenige Tage auf dieser Welt. Er wächst wie eine Blume und welkt. Er geht vorbei wie ein Schatten und bleibt nicht. Mitten im Leben sind wir vom Tod umfangen ...«

Die Stimme von Reverend Metcalf intonierte die Grabesrede für Ed Stenning. Eine riesige Menge hatte sich zu diesem gewichtigen Anlaß versammelt. Freunde wie Feinde waren gleichermaßen gekommen, um dem Mann die letzte Ehre zu erweisen, der seit Jahrzehnten eine Legende gewesen war. Ed hatte sein Imperium mit strenger Autorität beherrscht, die ihnen allen Respekt abnötigte.

Nun lag er neben dem offenen Grab in seinem Sarg.

Eine große Persönlichkeit hatte das Outback verlassen.

»Die Tage des Menschen sind wie Gras. Er blüht wie eine Blume auf dem Felde. Und wenn der Wind darüber streicht, ist er fort. Und niemand weiß mehr, wo er gestanden hat.«

Kate und die Kinder eilten auf den Friedhof und schlossen sich hinten der Menge an. Wie die anderen Trauergäste, waren sie in das traditionelle Grau oder Schwarz gekleidet, doch damit endete auch schon die Ähnlichkeit. Die Neuankömmlinge wurden durch stumme Feindseligkeit von den anderen zurückgewiesen. Ihr Anblick löste finstere Blicke und böse Gedanken aus.

Das verletzte Kate, und es kostete sie all ihre Selbstbeherrschung, ruhig zu bleiben. Sie blickte sich verstohlen um, sah nach, ob ein Freund beim Grab stand. Sie erhaschte ein kurzes, aufmunterndes Lächeln von Dingwell, ein Nicken von Tante Deir und ein angedeutetes Winken von Ralph Shackleton.

Bei allen anderen war unterdrückter Haß zu spüren. Sie gaben ihr die Schuld. Hätte Kate Hannon nicht Anklage gegen Ed Stenning erhoben, dann würde er noch leben. Irgendwie war die Frage nach seiner Schuld in Vergessenheit geraten. Er war gestorben, und jetzt war sie der Sündenbock.

Kate wurde als seine Mörderin betrachtet.

»Freunde, wir haben uns hier versammelt, um den Leib unseres Bruders Ed Stenning der Erde zurückzugeben ...«

Die Worte verhallten ungehört in Kates Ohren. Sie sah Nicks ausdrucksloses Gesicht und Megs weiße Trauermaske. Welchen Haß sie auch auf die Stenning-Familie haben mochte, jetzt wurde er durch überwältigendes Mitleid gedämpft.

Sie dachte an den stolzen, herrischen, arroganten Mann, dem sie erstmals bei einem Barbecue begegnet war. Ed hatte sie sofort eingeschüchtert, aber es hatte sie beeindruckt, wie jedermann ihm Ehrerbietung erwies. Solche Bedeutung in einer Welt, die so hart wie das Outback war, zu erlangen, war ein gewaltiges Kompliment. Auf dem Höhepunkt seiner Macht, das erkannte sie jetzt, mußte er ein ungewöhnlicher Mann gewesen sein.

Seine herausragenden Qualitäten spiegelten sich in seinen Kindern wider. Nick hatte seine innere Kraft und seine Kompromißlosigkeit, Meg dagegen seine Unbarmherzigkeit und Skrupellosigkeit geerbt. Sie beide verfügten über die Aufrichtigkeit ihres Vaters.

Kate erinnerte sich an den Camel Cup, bei dem Ed sich jemandem gestellt hat, der viel jünger und stärker war als er. Das sagte viel über das Wesen dieses Mannes aus. Er war nicht einfach nur der anerkannte König des Territoriums gewesen. Er hatte sich bereit erklärt, es vor jedermann unter Beweis zu stellen.

Für eine Sekunde wandte Nick seinen Blick in ihre Richtung. Er war überrascht, aber dankbar dafür, daß sie gekommen war, wußte, wie schwer es ihr fallen mußte. Und überdies waren seine Gefühle zerrüttet. In seinem Schmerz konnte er sie noch nicht ordnen.

Sie las die Verwirrung in seinen Augen, die so groß wie ihre eigene war. Der Instinkt zog sie zu ihm, doch die unumstößlichen Tatsachen hielten sie ab. Seine Rückkehr nach Cutta Cutta hatte ihr Vertrauen zerstört. Indem er sich auf die Seite seines Vaters gestellt hatte, hatte er ihr den Krieg erklärt. Kate verstand noch immer nicht, warum.

Alles, was sie wußte, war, daß sie sein Leid nachfühlen konnte und wünschte, sie könnte etwas tun, um es zu lindern. Es schnitt ihr ins Herz, als der Sarg in die Erde gesenkt wurde.

»Erde zu Erde, Asche zu Asche, Staub zu Staub ...«

Helfende Hände beiseite stoßend, nahm Meg eine Schaufel roter Erde und ließ sie ins Grab fallen. Es war ihr letztes, symbolisches Lebewohl an ihren Vater, bevor sie von Nick fortgeführt wurde.

Die Trauergäste näherten sich in kleinen Gruppen dem Haupttor. Ein ehrerbietiges Schweigen hing über dem Friedhof. Es geschah nicht jeden Tag, daß ein Mann von Ed Stennings Format zur Ruhe gebettet wurde. Sie waren Zeuge des Endes einer Ära.

Kate und die vier Kinder schritten zwischen den Grabsteinen hindurch und wurden von allen geflissentlich ignoriert, die neben ihnen gingen. Zoe und Emmie zauderten. Einen Augenblick lang standen sie unentschlossen da, überlegten, ob sie bleiben sollten, wo sie waren, oder zu ihren alten Freunden gehen sollten. Die Aussonderung galt Kate und ihren Kindern, nicht ihnen. Für sie stand der Weg nach beiden Seiten offen.

Die beiden Schwestern wechselten einen Blick und setzten sich gleichzeitig in Bewegung. Sie rannten, um die Frau einzuholen, die in all diesen langen, schweren Wochen ihre Mutter gewesen war. Emmie nahm Kates Hand und ging neben ihr. Die endgültige Verbindung war besiegelt.

Die drei saßen sehr verkrampft um den Tisch im Speisezimmer von Cutta Cutta und aßen nur wenig von dem, was vor ihnen stand. Nick hatte den Platz seines Vaters am Kopfende eingenommen. Meg saß ihm gegenüber und Phil zwischen den beiden. Das angespannte Schweigen wurde unterbrochen, als Meg sich Wein nachschenkte. Sie funkelte ihren Bruder an und schürzte spöttisch die Lippen.

»Nur zu. Sag's Nick. Alles meine Schuld.«

»Du hast Kate Hannon von dem Augenblick an gehaßt, als sie herkam«, erklärte er.

»Ja, das habe ich!«

»Wegen Tom.«

»Eine hergelaufene Kellnerin, die hinter seinen Dollars her war. Mehr war sie nicht. Er hat sie in einem Restaurant aufgegabelt. Sie hatte kein Recht auf ihn.«

»Hattest du eins?« fragte er betont.

»Natürlich«, erklärte sie und nickte heftig mit ihrem Kopf.

»Wie hast du das rausgefunden?«

Von ihren Erinnerungen mitgerissen, vergaß Meg völlig, daß Phil dort saß. Ihre Worte überschlugen sich in feurigem Stolz.

»Ich habe Tom Hannon geliebt«, prahlte sie. »Er ist der einzige Mann, den ich je wirklich geliebt habe. Wenn er mich geheiratet hätte, wäre ich die richtige Frau für ihn gewesen und hätte ihm geholfen, seine Ranch zu bewirtschaften. Ich wäre Herrin von Larapinta geworden.«

»Aber als das schiefging«, ergänzte Nick, »hast du versucht, hier der Boß zu werden. Um jeden Preis.«

»Es ging nur ihretwegen schief«, schrie Meg. »Sie hat mir Tom Hannon weggenommen. Damit fing es an. Dann hat sie Dad gegen mich aufgehetzt. Sie hat an allem Schuld!«

»Du hast ihren Brunnen gesprengt!«

»Und ich würd's wieder tun!« tobte Meg, wild mit den Armen fuchtelnd, wobei sie ihr Weinglas umstieß. »Ich werde froh sein, wenn diese Hure endlich weg ist. Je schneller sie aus meinem Leben verschwindet, desto besser!«

Phil hatte genug gehört. Er erhob sich abrupt und ging hinaus.

»He ...« Sie war entgeistert. »Warte!«

Nick rief ihr vom anderen Ende des Tisches die schreckliche Wahrheit zu.

»Es gibt etwas an dir, das Männer nicht ertragen können. Sie alle verlassen dich letzten Endes, weil du sie einfach anekelst. Tom Hannon war der erste, der ging. Dann hat selbst Dad dir den Rücken gekehrt. Und jetzt sieht's so aus, als ob Phil das gleiche tät.«

»Halt's Maul!« kreischte sie, mit beiden Fäusten auf den Tisch hämmernd.

»Und dann natürlich ich selbst. Ich hab' dich schon vor Jahren abgeschrieben.«

Sie sprang auf und stand eine Sekunde lang zitternd da, bevor sie aus der Tür rannte. Furcht beschleunigte ihre Schritte, während sie in den Hof jagte. Er war leer.

»Phil!«

Keine Antwort. Meg rannte zu den Unterkünften und entdeckte ein gesatteltes Pferd davor. Phil kam aus der Tür und hatte einen Sack geschultert, der alle seine Habseligkeiten enthielt.

»Was hast du vor?« fragte sie.

»Ich gehe.«

»Aber ich brauche dich, Phil.«

»Ich wünschte, es wäre wahr«, sagte er mit aufrichtiger Enttäuschung.

»Früher habe ich es geglaubt. Darum bin ich geblieben.«

»Verlaß mich nicht«, bettelte sie, packte seinen Arm.

»Du bist krank, Meg. Der Haß frißt dich auf, wie Krebs. Ich wünschte, ich könnte dir helfen, aber ich glaube, das kann jetzt niemand mehr.« Er stieß ihre Hand beiseite, warf den Sack auf den Rücken seines Pferdes und stieg auf. «Sag Nick, daß ich gegangen bin. Cutta Cutta ist in guten Händen.«

Ihre Enttäuschung wandelte sich augenblicklich in Wut.

»Geh nur!« brüllte sie. »Du hast mich sowieso nur gelangweilt! Hier wirst du nirgendwo Arbeit bekommen, dafür werde ich sorgen!«

Er tippte kurz grüßend an seinen Hut und ritt über die Weide davon, wobei ihm ihr Geschrei wie das Gebrumm einer wütenden Wespe folgte.

Sie kreischte, bis er außer Hörweite war, ließ sich dann gegen die Bretterwand der Unterkunft fallen. Sie hatte alles verloren. Ihren Vater, ihren Geliebten, das rechtmäßige Erbe von Cutta Cutta. Kate war an allem Schuld. Sie hatte ihr Tom Hannon gestohlen, und das Unglück hatte seinen Lauf genommen. Jetzt war Meg ganz allein.

Nichts und niemand war ihr geblieben.

Aber sie würde sich rächen!

»Marty? Wie ist Tante Molly?« fragte Zoe mit gezwungenem Interesse.

»Nett«, erwiderte er und versuchte, ermutigend zu klingen. »Ein bißchen wie Tom. Aber ziemlich amerikanisch. Eine Mischung. Du wirst sie mögen. Bestimmt.«

»Gibt's in San Diego Pferde?«

»Na ja, vielleicht nicht direkt im Zentrum«, sagte er. »Aber draußen ein paar ... bestimmt. Sogar 'ne Menge Pferde.«

Sie saßen in ihren Schlafanzügen gemeinsam draußen auf der Veranda. Die drei Mädchen hatten sich in die alte Hängematte gekuschelt, während Marty auf dem Treppenabsatz hockte und mit dem Kopf gegen einen Pfosten lehnte.

Ihre Stimme war düster. Keiner von ihnen freute sich wirklich auf eine Zukunft in Kalifornien. Zoe und Emmie wollten ihr Zuhause nicht verlassen. Marty haßte das Gefühl, daß sie in Schande gehen mußten, und vor ihren Gegnern klein beigaben. Und selbst Tina, der Mensch, der am meisten darauf versessen war, nach Amerika zurückzukehren, war sich nun nicht mehr ganz sicher.

Die Not hatte sie zu einer richtigen Familie zusammengeschweißt. Keiner wollte daß sie wieder auseinanderbrach. Die Ironie des Schicksals deprimierte sie – in genau dem Augenblick, wo sie Larapinta zu lieben begannen, wurde es ihnen genommen.

Tina machte einen Versuch, die Mädchen aufzuheitern. »Ihr könnt dann nach Disneyland gehen.«

Das machte es auch nicht wett, Australien verlassen zu müssen.

Kate tauchte in der Tür auf, spürte die allgemeine Stimmung, die vor ihr selbst nicht haltmachte. Sie sah ihre Kinder sorgenvoll eins nach dem anderen an.

»Zeit zum Schlafengehen«, verkündete sie.

Sie wünschten ihr eine gute Nacht und verzogen sich in

ihre Schlafzimmer. Kate verschloß die Tür und begab sich dann in ihr eigenes Zimmer. Es war spät, und sie alle waren müde. Bald schliefen sie fest.

Keiner von ihnen hörte den Jeep, der sich der Ranch näherte. Oder das Geräusch der Benzinkanister, die auf den Boden gestellt wurden. Oder das Gluckern des Benzins, als es über die Veranda geschüttet wurde.

Meg Stenning verrichtete ihre Arbeit rasch und heimlich.

Nick durchsuchte das Gelände mit wachsendem Unbehagen. Seine Schwester war nirgendwo zu finden. Er ging über den Hof, um in der Scheune und den Anbauten nachzusehen, rief laut ihren Namen, erhielt aber keine Antwort. Als er die geöffnete Garagentür sah, lief er hinüber – der Jeep war weg.

Sie hatte mehrere Benzinkanister mitgenommen.

»Oh, nein … Meg, nicht auch noch das!«

In aufsteigender Panik raste er zu seinem Hubschrauber.

Meg entzündete das Streichholz und ließ es auf das Benzin fallen. Es brannte sofort und eine blaue Flamme schoß längs der Spur auf das Haus zu. Mit hallendem Zischen explodierte die Larapinta Ranch in einem Feuerball, machte die Nacht zum Tage und beleuchtete die Ebene meilenweit.

Sie stand in sicherer Entfernung und bewunderte ihr Werk.

Das war die absolute Rache.

Kate erwachte und sah die Flammen vor ihrem Fenster lodern. Sie griff sich an die Kehle, weil der Rauch sie einhüllte, dann sprang sie aus dem Bett. Schreie und Kreischen aus den anderen Teilen des Hauses verrieten ihr, daß auch die Kinder aufgewacht waren. Sie eilte zur Tür, stieß sie auf, um zu ihnen zu gelangen, doch vor ihr waberte ein Flammenmeer.

»Oh, mein Gott!«

Die Hitze ließ sie zurückweichen und ihr Gesicht bedecken.

Ein hysterischer Schrei drang vom anderen Ende des Korridors zu ihr. Zoes Stimme übertönte das wütende Prasseln der Flammen.

»Kate! Hilfe! Bitte, hilf mir! Hilfe!«

Ohne zu zögern reagierte Kate. Mit gesenktem Kopf und den Mund mit den Händen bedeckend, rannte sie durch die Flammen, die ihr den Weg versperrten, den Korridor entlang. Sie stieß die Tür zum Schlafzimmer auf, aus der ihr dicker Rauch entgegenquoll.

»Hierher!« schrie Zoe. »Schnell!«

Hustend und spuckend taumelte Kate durch die Glut zum Bett. Zoe hatte eine Decke über Emmie geworfen, die in blankem Entsetzen darunter schrie. Das ältere Mädchen hatte sich neben ihre Schwester gekauert, während die Flammen an den Vorhängen fraßen und sich den Weg über den Holzfußboden bahnten. Die Hitze und der Rauch waren fast unerträglich. Zoe starrte wie hypnotisiert in die Flammen.

»Komm schon!« befahl Kate. »Raus hier!«

»Emmie ist unter der Decke.«

»Ich nehme sie«.

Sie ergriff Mädchen und Decke und wandte sich zur Tür, die jetzt ein glühendes, funkensprühendes Rechteck war. Ein lautes Krachen erschreckte sie, sie drehte sich um und sah Gillie, der gerade das Fenster eingeschlagen hatte. Im Rauch würgend, winkte er ihnen wild zu.

»Hier entlang, Missus.«

»Gott sei Dank!« rief Kate erleichtert aus und reichte ihm Emmie in der Decke durch das Fenster hinaus.

»Ich habe sie«, sagte Gillie, »Jamie – er hat die kleine Tina.«

»Wo ist Marty?«

»Ich hab' ihn nicht gesehen.«

Kate half Zoe durchs Fenster hinaus und suchte dann nach ihrem Sohn. Sie kam nur bis zur Tür. Sie glühte so heiß, daß sie wie von unsichtbarer Hand zurückgeworfen wurde. Tränen liefen aus ihren Augen und ihr ganzer Körper war versengt.

»Marty!« schrie sie voller Angst.

»Hilfe!« hörte sie einen fernen Schrei. »Mami! Ich bin hier drin!«

»Kommen Sie, Missus!« drängte Gillie am Fenster. »Bevor es zu spät ist. Das ist der einzige Weg nach draußen.«

Von dem Schmerz überwältigt, nicht zu ihrem Sohn gelangen zu können, machte Kate kehrt und rannte zum Fenster. Gillie zog sie ohne große Umstände hinaus und führte sie aus den Flammen

Sie sammelten sich vor der brennenden Veranda und sahen, wie Larapinta in dem Inferno gefressen wurde. Der Lärm war so ohrenbetäubend, daß sie nicht hörten, wie der Jeep davonfuhr – und auch die Landung des Hubschraubers nicht wahrnahmen. Sie bemerkten es erst, als Nick auf sie zugerannt kam.

Jamie hielt Kate jetzt mit Gewalt fest.

»Laß mich los, Jamie! Mein Sohn ist noch drin!«

»Es ist hoffnungslos, Missus«, entgegnete er. »«Sie bringen sich um!«

»Wo ist er?« fragte Nick, während er näherkam.

Kate riß sich los, um sein Hemd zu packen, während sie auf ihn einredete, »Nick – Marty ist noch darin ... in seinem Zimmer an der Rückseite.«

»Geh nicht rein!« flehte Gillie.

Aber Nick ignorierte die Warnung. Mit der Hand vor

dem Mund tauchte er direkt durch die Eingangstür hinein, die wie der brennende Schlund der Hölle loderte. Drinnen fand er sich in einem Chaos von Flammen und Rauch wieder. Um ihn barst krachend Holz, und die schreckliche Hitze umfing ihn immer heftiger.

Er rannte durch das Zimmer und in den Korridor, stieß einen Holzbalken bciseite, der vor ihm zu Boden fiel, trat einen kleinen Teppich weg, der gelb lodernd vor ihm brannte.

Als er die Tür zu Martys Zimmer erreicht hatte, stellte er fest, daß sie klemmte. Die Hitze hatte sie gedehnt. Der Messing-Türknopf war glühendrot, und überall waberte der erstickende schwarze Qualm.

Nick handelte schnell. Er rammte die Tür mit seiner Schulter und hob sie aus den Angeln. Martys Zimmer war ein Flammenmeer und der Junge lag vom Rauch halb erstickt auf dem Boden. Neben ihm, zusammengekrümmt und kläglich jaulend, lag Bluey, der Hund.

Bevor Nick sie erreichen konnte, knisterte es bedrohlich, und das Dach begann einzustürzen. Ein Balken krachte zu Boden und sauste mit brutaler Wucht auf den bewußtlosen Jungen hinab.

Nick sprang vor und griff nach dem Balken, verbrannte sich dabei die Hände, ließ aber nicht los, bis er das Holz beiseite gedrückt hatte.

Er warf sich den Jungen über die Schulter und rannte zurück zur Tür, den Hund dicht auf den Fersen. Der Rauch war noch schwärzer und dichter als zuvor und ließ seine Lungen beinahe bersten. Seine Last ließ ihn nur langsam vorankommen, und er gelangte nur mühsam über die heruntergefallenen Balken. Doch der Gedanke an Kates Schönheit gab ihm Kraft. Um ihr zu helfen, würde er notfalls durch die Hölle gehen.

Als er die Eingangstür erreichte hatte, brach er vor Erschöpfung fast zusammen und merkte kaum, daß seine

Hosenbeine brannten. Der Ausgang war ein einziges Flammenmeer, das ihm den Weg versperrte. All seine verbleibende Kraft zusammennehmend, warf er sich buchstäblich durch die Tür und hinaus in die Nacht.

Kate rannte zu ihm hinüber, als er Marty auf den Boden legte und schlug die züngelnden Flammen an seiner Jeans aus.

»Wie geht es ihm?« rief sie mit angstverzerrter Miene.

»Er lebt. Wir müssen ihn ins Krankenhaus bringen.«

Kate streichelte das Gesicht ihres Sohnes, und betete, er möge überleben.

»Los, Gillie«, sagte Nick. »Hilf mir, ihn in den Hubschrauber zu schaffen. Jede Sekunde ist kostbar.«

Sie schleppten den schlaffen Körper zur Maschine.

Im Hintergrund sank Larapinta in Schutt und Asche, und eine schwarze drohende Rauchsäule stieg zum Himmel empor.

Die Intensivstation war mit den modernsten Geräten ausgestattet,aber das war noch längst keine Garantie für Martys Genesung. Mit einer Maschine verbunden lag er im Koma in seinem Bett. Kate und Tina saßen neben ihm und hielten Wache. Sie beide waren wegen kleinerer Brandwunden behandelt worden, doch ihre Verletzungen waren, gemessen an Martys Zustand, nebensächlich.

»Mami ... muß er sterben?«

»Ich hoffe nicht, Liebling.«

Sie fielen einander in die Arme und ließen ihren Tränen freien Lauf. Von all den entsetzlichen Dingen, die ihnen seit ihrer Ankunft in Australien widerfahren waren, war dies das schlimmste. Martys Leben hing an einem seidenen Faden. Sie konnten nur zuschauen und beten.

Nachdem Tina aufgehört hatte zu weinen, ging sie aus dem Zimmer und gesellte sich zu Zoe und Emmie, die im Wartezimmer mit Tante Deir saßen. Die Schwestern trösteten sie, so gut sie konnten, und die Frau redete ihr mit ruhigen, zuversichtlichen Worten gut zu.

Kate blieb beim Krankenbett. Eine bedrückende Ruhe schwebte in der Luft. Marty schien kaum zu atmen. Er war völlig bandagiert und sah seltsam klein und zerbrechlich aus.

Nick tauchte draußen auf und schaute durch das Glasfenster hinein. Seine eigenen Brandwunden waren inzwischen versorgt worden; beide Hände steckten in Verbänden. Obwohl er große Schmerzen hatte, vergaß er die eigenen Verletzungen, als er den Jungen daliegen sah, während seine Mutter sich über ihn beugte. Es hatte Augenblicke gegeben, in denen er glaubte, Kate Hannon für das zu hassen, was sie seinem Vater angetan hatte. Doch das war jetzt vorbei. Er war wieder voller Liebe und Mitgefühl.

Er sehnte sich danach, bei ihr in diesem Zimmer zu sein, ihr Trost zu spenden, ihren Kummer zu lindern, ihr Hoffnung zu geben. Doch da war kein Platz für ihn. Er war überzeugt, daß Kate ihn nicht mehr sehen wollte.

Kate sprach mit ihrem Sohn, ohne Nicks Anwesenheit zu bemerken. Ihre Augen glänzten und ihr Herz war übervoll. Sie versuchte, die Kluft der Bewußtlosigkeit zu überbrücken und ihn zu erreichen.

»Marty«, flüsterte sie. »Ich weiß nicht, ob du mich hören kannst. Aber wenn du mich hören kannst ... verlaß uns nicht. Bitte – wir brauchen dich. Du bist der Mann im Haus. Wir haben schwere Zeiten hinter uns gebracht, aber irgendwie haben wir's doch immer geschafft, nicht? Verlaß uns jetzt nicht. Streng dich an, Marty. Versuch's. Bitte. Gib dir mehr Mühe ... Ich hab' dich so lieb ... «

Sie blieb völlig ruhig sitzen, als die ersten Strahlen der Sonne durch das Fenster drangen, das Grau des Zimmers in ein weiches Gold tauchten und auf Martys Gesicht fielen.

Kate nahm das als ein Zeichen. Ihr Optimismus flackerte auf. Irgendwie, so glaubte sie, würden sie überleben.

»Von jetzt an kann's nur bergauf gehen«, murmelte sie.

Als sie wieder Hoffnung geschöpft hatte, dachte sie über die Zukunft nach und begann, Pläne zu schmieden. Die Zeit in Australien war keine ununterbrochene Serie von Niederlagen gewesen. Es hatte viele kleine Triumphe gegeben. Sie waren zu einer Familie zusammengewachsen und hatten alle in sich Fähigkeiten entdeckt, die sie sich kaum zugetraut hätten. Larapinta hatte sie vieles gelehrt. Dafür mußten sie dankbar sein.

In Zukunft würde alles besser sein. Ruhiger. Die Zwillinge würden in die sichere Welt Amerikas zurückkehren, und sie wollte ihr Bestes tun, um Zoe und Emmie dabei zu helfen, sich möglichst problemlos einzugewöhnen.

Und was war mit Nick Stenning? Er hatte Marty das Leben gerettet. Es hatte einen Augenblick in seinem Schlafzimmer in Alice Springs gegeben, in dem sie geglaubt hatte, er könne auch ihr Leben retten, aber das hatte zu nichts geführt. Bedauern erfüllte sie. Sie hatte das Bedürfnis, ihn zu sehen und ihm für das zu danken, was er für Marty getan hatte. Es drängte sie immer stärker dazu, und sie verließ mit leuchtenden Augen die Intensivstation. Als sie das Wartezimmer erreichte, las Tante Deir ihre Gedanken.

»Nick ist nicht hier, meine Liebe. Ist vor ein paar Minuten gegangen.«

Am frühen Vormittag wurde die Behandlung geändert. Zwei Krankenpfeger brachten ein Funkgerät herein und stellten es neben Marty auf. Die Schwester gab eine Erklärung.

»Ich befolge nur die Anweisung des Arztes, Mrs. Hannon.«

Sie schaute auf ihre Uhr und schaltete das Gerät ein. Dotty Phillips sprach.

»Hallo, ihr da draußen. Dies ist eine Sondersendung der Funkschule. Kinder von den Rinderstationen und den Farmen überall in Zentralaustralien stehen in diesem Augenblick an ihren Funkgeräten, um einen Freund und Mitschüler zu begrüßen ... Marty, es ist wegen dir.«

Kate war tief bewegt. Sie hörte, wie die Lehrerin ein paar Töne auf ihrem Keybord spielte und dann vereinigten sich die mißtönenden Stimmen vieler Kinder zum Singen der amerikanischen Nationalhymne.

Es war eine prächtige, herzerweichende Kakophonie.

Oh! Say can you see by the dawn's early light
What so proudly we hail at the twilight's last gleaming?
Whose broad stripes and bright stars thro's the perilous fight,
O'er the ramparts we watched, were so gallantly streaming?

Kate ergriff die Hand ihres Sohnes, während sie den australischen Stimmen lauschte, die die Hymne ihres Landes sangen. Tränen strömten.

And the rockets' red glare, the bombs bursting in air,
Gave proof trough the night that our flag was still there.
Oh! Say does the star-spangled banner yet wave
O'er the land of the free and the home of the brave?

Und während weitergesungen wurde, zuckten Martys Augenlider. Ganz langsam begann er auf die Worte zu reagieren, die er so gut kannte. Seine Augen öffneten sich ganz, und er schaute zu seiner Mutter auf. Sie drückte ihm fest die Hand, und seine Miene zeigte ein schwaches Lächeln des Erkennens.

Es war genug. Marty würde durchkommen.

Der Larapinta-Lastwagen rollte über die Straße nach

Cutta Cutta, und seine Fahrerin summte die Melodie der Sternenbanner-Hymne. Es dämmerte. Jetzt, da ihr Sohn das Schlimmste überstanden hatte, konnte Kate ihn beruhigt in der Obhut der Ärzte zurücklassen, um loszufahren und dem Menschen zu danken, der ihm das Leben gerettet hatte. Nick hatte ein großes Risiko auf sich genommen, als er in das brennende Haus eingedrungen war. Sie wollte ihm einfach danke sagen für das, was er getan hatte.

Als sie die Abzweigung nach Cutta Cutta erreichte, geschah das Unmögliche. Regentropfen begannen auf ihre Windschutzscheibe zu fallen. Kate konnte es nicht glauben.

Die Tropfen wurden zu einem ständigen Rieseln, und sie trat auf die Bremse, hielt an, sprang hinaus, um zum Himmel hoch zu blicken.

Er öffnete sich, um eine Sintflut auszuschütten. Regen ergoß sich in Sturzbächen und durchnäßte sie in wenigen Sekunden. Kate streckte dankbar ihre Hände nach oben. Sie jauchzte voller Entzücken und ließ das Wasser minutenlang auf sich herniederrauschen, genoß dieses Gefühl und seinen Geschmack, wußte, was es für dieses verdorrte Land bedeutete.

Die Dürre war vorüber.

Glücklich durchnäßt stieg sie wieder in den Lastwagen und fuhr weiter nach Cutta Cutta, wobei sie voller Lust erstmals die Scheibenwischer laufen ließ. Kate war wie in Ekstase. Zwei Wunder an einem Tag. Martys Genesung. Und jetzt der Regen.

Als sie langsam über die sich windende Straße fuhr, sah sie mitten auf dem Weg eine Gestalt vor sich. Sie kam näher heran und sah das Gewehr, das auf sie gerichtet war. Kate bremste sofort und stieg aus.

Meg Stenning setzte ihr die Waffe auf die Brust.

»Ich habe auf dich gewartet«, sagte sie voller Bosheit.

»Meg, hat es nicht schon genug Tod und Zerstörung gegeben?«

»Ich dachte, das Feuer würde die Arbeit für mich erledigen«, erklärte Meg. »Ich möchte keine halben Sachen machen.«

Kate war erschüttert. »*Du* hast das Feuer gelegt?«

»Ich habe auch deinen kostbaren Brunnen gesprengt«, trumpfte Meg auf. »Dad hatte gar nichts damit zu tun. Ich war es. Ja – und ich habe auch Simmo bezahlt, um den ersten in die Luft zu jagen.«

In Kate drehte sich alles. Es war unfaßbar.

»Was, um alles in der Welt, hat dich dazu gebracht, Meg?« sagte sie.

»*Du*!«

»Ich?«

»Ja!« Aus Megs Stimme klang unversöhnlicher Haß. »Wenn du nicht gewesen wärst, hätte Tom mich geheiratet. Du kanntest ihn erst seit zwei Wochen, aber ich habe ihn mein Leben lang gekannt und geliebt. Ich war froh, als seine Frau starb. Endlich bekam ich eine Chance. Aber ich wollte Tom Zeit geben. Und deshalb wartete ich.«

»Meg, das tut mir leid. Tom hat mir nie etwas davon gesagt.«

»Hätte das etwas geändert, wenn er's gesagt hätte?«

Kate zuckte die Schultern. »Wer weiß?«

»Du hast mir Larapinta geraubt, indem du Tom geheiratet hast. Und jetzt willst du mir mit Nick auch noch Cutta Cutta nehmen.«

»Das ist nicht wahr.«

»Es gehört mir!«

»Ich will es nicht ... du hast es ... «

Kate trat einen Schritt zurück, als Meg das Gewehr auf ihr Gesicht richtete. Nackte Angst erfaßte sie. Obwohl der Regen noch immer rauschte und sie bis auf die Haut durchnäßte, war ihr Mund trocken.

Sie versuchte, Meg zu beschwichtigen. »Tu's nicht ... ich gehe zurück nach Amerika ... «

»Es ist zu spät.«

»Wenn du mich umbringst, wird jeder wissen, wer es war.«

»Tatsächlich?« fragte Meg höhnisch. »In dieser Gegend bist du nicht sehr beliebt. Niemand wird dich vermissen, wenn du verschwunden bist. Niemand wird sich darüber Gedanken machen, was geschehen ist – wenn sie dich nur los sind.« Mit der Mündung der Waffe stieß sie Kate nach links. »Dort hinüber.«

Sie gingen zu einem Wasserloch, das bereits halb voll war. In ihrem ganzen Leben hatte Kate noch nie solche Angst gehabt. Es war schlimmer als das Feuer, sogar schlimmer, als am Bett ihres Sohnes zu sitzen und um seine Genesung zu bangen. Die ganze Hilflosigkeit ihrer Situation wurde ihr bewußt.

»Es wird Monate dauern, bis man deine Leiche findet«, sagte Meg mit gräßlicher Genugtuung. »In dieser Gegend gibt es Hunderte von Wasserlöchern.«

»Hör auf, Meg! *Bitte*!«

»Hast du je aufgehört, mich zu quälen?«

»Du siehst das alles doch ganz falsch!«

»Leben Sie wohl Mrs. Hannon ...«

Jetzt oder nie. Wenn Kate nichts unternahm, würde sie einfach erschossen werden. Sie vertraute auf ihren Instinkt. Rückwärts zum Wasserloch gehend, ließ sie sich zu Boden fallen, ergriff eine Handvoll Schlamm und schleuderte ihn in Megs Gesicht. Dann stürzte sie sich mit aller Gewalt auf die andere Frau.

Meg war völlig überrumpelt. Der Schlamm hatte sie außer Gefecht gesetzt, und bei Kates Aufprall fiel sie rücklings zu Boden. Ein Schuß löste sich aus dem Gewehr, doch die Kugel pfiff über die Ebene, ohne Schaden anzurichten. Kate packte Meg fest beim Handgelenk und drehte ihr den Arm herum. Mit einem Schmerzensschrei ließ Meg das Gewehr fallen.

Wutschnaubend ging sie Kate an die Kehle.

»Ich bring' dich um! Ich werde dich mit bloßen Händen erwürgen, du Hure!«

Meg packte fester und drückte ihr den Hals zu. Sie war eine starke Frau. Kates Augen quollen hervor, ihre Kehle brannte, und sie glaubte, ihre Lungen würden platzen. Sie hielt es nicht mehr aus. Blitzartig zog sie ihr Knie hoch, löste sich so von der Angreiferin und stieß sie das schlammige Ufer hinunter. Keuchend sprang Kate ihr nach.

Sie wußte, daß Meg nie aufgeben würde. Durch körperliche Gewalt mochte sie zu bändigen sein, nicht aber mit Argumenten. Die einzige Sprache, die diese irrational handelnde Frau verstand, war die Kraft des Stärkeren.

Es regnete weiter. Die Frauen waren bis auf die Haut durchnäßt. Als sie einander wieder zu packen versuchten, glitten ihre Hände ab und ihre Füße fanden keinen Halt mehr in dem dicken Schlamm.

»Tom Hannon gehörte mir!« heulte Meg.

»Warum hat er dann nicht dich gebeten, seine Frau zu werden?«

Diese Verhöhnung feuerte Meg an. Sie kämpfte wie eine Wahnsinnige, schlug, kratzte und biß wie wild. Aber Kate hatte mehr als Haß, hatte mehr, das ihr Kraft gab. Sie hatte eine Familie gehabt, eine Zukunft und einen Mann, von dem sie jetzt wußte, daß sie ihn liebte. Das alles war ihr genommen worden, seit sie hier in Australien war. Sie würde sich nicht auch noch das nackte Leben nehmen lassen.

Als Meg versuchte, ihr in die Augen zu stechen, duckte sich Kate und sprang gleichzeitig vorwärts, wobei sie sie mit sich riß. Sie rutschten in das Wasser und es bedeckte sie fast. Meg versuchte, sich freizustrampeln, aber Kate